Petra Tessendorf

Der Wald steht schwarz und schweiget

Kriminalroman

Deutscher Taschenbuch Verlag

Ausführliche Informationen über unsere Autoren und Bücher finden Sie auf unserer Website www.dtv.de

Originalausgabe 2010

Quellenhinweise auf Seite 331
Umschlagkonzept: Balk & Brumshagen
Umschlaggestaltung: Wildes Blut, Atelier für Gestaltung, Stephanie Weischer unter Verwendung eines Fotos von Trevillion Images / Clayton Bastiani
Satz: Fotosatz Amann, Aichstetten
Gesetzt aus der Palatino 9,6/12,5
Druck und Bindung: Druckerei C.H. Beck, Nördlingen
Gedruckt auf säurefreiem, chlorfrei gebleichtem Papier
Printed in Germany · ISBN 978-3-423-21232-8

Es war in unsres Lebensweges Mitte,
als ich mich fand in einem dunklen Walde.
Dante

Prolog

Der kleine grüne Wasserfrosch ließ sich nahe des Ufers im seichten Wasser treiben. Er war gut getarnt und zwischen dem Laichkraut und der Wasserpest kaum zu sehen. Aber Olga hatte ihn gleich entdeckt, denn sie war die Späherin und musste das Ufer und die steile Böschung genau im Auge behalten. Die ständige Furcht davor, entdeckt zu werden, schärfte ihr Bewusstsein, machte sie hellhörig und sensibel für alles, was um sie herum geschah. Die stillen Bewohner des Sees waren zu Verbündeten geworden. Sie lagen mit ihr auf der Lauer, wachsam, immer bereit zur Flucht.

Das Floß lag ruhig auf dem dunklen Wasser. Die Luft, ja alles um sie herum war vollkommen lautlos, seltsam starr. Olgas Sinne surrten, waren angespannt, nur auf das eine gerichtet: Wo lauert der Feind?

Das Beobachten und die ständige Anspannung waren anstrengend. So sehr, dass Olgas Augen schmerzten. Das lag zum einen an der großen Konzentration. Eine unachtsame Sekunde, und es war aus und vorbei. Zum anderen waren die grellen Sonnenstrahlen schuld, die wie durch ein Brennglas an die Netzhaut drangen und blendeten. Deshalb musste sie die Augen immer wieder zusammenkneifen und die Stirn runzeln, und das tat auf Dauer weh. Aber sie wollte unbedingt durchhalten, zu viel hatten sie bereits in das prächtige Floß investiert, das schon einigen Widrigkeiten hatte trotzen müssen. Olga hatte die Idee dazu gehabt und ihr Freund Benno hatte den Plan durchdacht. Wochenlang waren sie gemeinsam mit Thorvald, dem Dritten im Bunde der Zehnjährigen, durch den Wald gestreift, hatten Bruchholz gesammelt, immer wieder Stämme ausgetauscht, wenn sie schönere, dickere oder geradere gefunden hatten. Dass Hanna überhaupt bei dem waghalsigen Unternehmen dabei sein durfte, hatte sie einem einfachen Umstand zu verdanken: Sie hatte die drei Freunde beim Stapellauf erwischt. Und das Risiko, dass Hanna die Flößer bei den Eltern verpetzen würde, wollten sie nicht eingehen. Benno hätte ihr am liebsten eine geklebt, aber Olga lenkte ein, denn sie wusste, wozu Hanna fähig war. Sie war ein impulsives Mädchen und die Kränkung hätte sie nicht widerstandslos hingenommen.

Obwohl Thorvald erst wegen Mumps, dann wegen Windpocken und schließlich wegen eines gebrochenen Arms vorübergehend außer Gefecht gesetzt war, bauten sie das Floß schließlich zusammen. Dass es bei der Jungfernfahrt sofort sank, obwohl nur eines der Besatzungsmitglieder an Bord war, entmutigte die Tapferen nicht. Schließlich sorgten mehrere riesige Kunststoffkanister, fest unter das Floß geschnürt, für den nötigen Auftrieb.

Stolz lag das Gefährt nun auf dem von der Sonne aufgeheizten Wasser. In der Mitte war eine Kiste befestigt, in der sich der Proviant befand, streng rationiert: Eine große Tüte rosa-weiß gestreifter Mäusespeck, vier Doppelpäckchen Knackwurst, vier Rosinenbrötchen, einhundertundzwanzig Blatt Esspapier, acht Tüten Frigeo-Ahoj-Brause. Zwei stabile Steinschleudern, Bennos Flitzebogen mit fünf selbst geschnitzten echten Pfeilen und Olgas Wurfmesser sollten nur zur Verteidigung in Notwehrsituationen zum Einsatz kommen.

Die Aufgaben waren vor der Fahrt ausgelost worden. Die Flößer mussten sie ohne Palaver übernehmen. Einer saß am Steuer, zwei sicherten das Ufer ab. Der vierte hatte den Joker und konnte tun und lassen, was er wollte. Faulenzen, schwimmen, sinnlose Kommandos geben, egal. Er war Chef, und damit basta.

Bis auf ein leises Fluchen – Thorvald hatte versehentlich seinen Arm ins Wasser getaucht und der Gips war weich geworden – sprach niemand ein Wort.

Zwei blaugrüne Mosaikjungfern surrten wie Hubschrauber in großen Kreisen durch die Luft, eine Ringelnatter, die Olga an dem gelben Krönchen erkannte, schlängelte sich geschmeidig an ihnen vorbei, Frösche lugten aus dem Wasser wie Krokodile, und der große Graureiher stand bewegungslos im Wasser und wartete auf eine gute Mahlzeit.

Seit der kleine Junge aus dem Nachbardorf vor einem Jahr beinahe im See ertrunken war, hatten es ihnen die Eltern strengstens verboten, auch nur in dessen Nähe zu gehen. Denn der See war tückisch. Man kam leicht hinein, aber nicht so leicht wieder heraus. Das Ufer war schlammig, sumpfig und glatt.

Aber gerade darin lag der Reiz. Sich auf dem leicht schaukelnden Holz dahintreiben lassen, die Nase von der Sonne versengt, sacht ins dunkle, schwere Wasser abgleiten und unter das Floß tauchen, um im lichtdurchfluteten, milchig grünen Fruchtwasser der Erde behütet umherzuschweben – der ganze Sommer war entrückt wie ein ferner Traum, der das Bewusstsein nur am Rande erreichte.

Thorvald Einarsson war und blieb der unangefochtene Meister im Luftanhalten. Eine Ewigkeit konnte er unter Wasser bleiben und nur an den aufsteigenden Luftblasen ließ sich sein Aufenthaltsort vage ausmachen. Olga hatte jedes Mal große Angst um ihn, sah ihn schon auf dem Grund des Sees in dem alten Autowrack sitzen, das seit

Ewigkeiten dort lag. Die weißblonden Haare schwebten wie goldene Bänder um seinen Kopf. Die wasserblauen Augen weit geöffnet schien er den Gesängen der Meerjungfrauen zu lauschen. Thorvald ließ das natürlich völlig kalt. Er wollte sogar noch eine Verdoppelung der Zeit erreichen.

Olga war dann und wann auch ins Wasser gegangen, aber die Erzählungen vom zwei Meter langen Hecht, der pfeilschnell, mit siebenhundert Zähnen bewehrt, scharfäugig und gefräßig auf sie zuschoss, hatten bewirkt, dass sie nur ganz kurz ins Wasser rutschte, um sich abzukühlen, und dann sofort wieder aufs Floß kletterte. Selbst den Fuß ließ sie nie zu lange ins Wasser hängen.

Hanna schien es überhaupt nicht zu stören, dass sie nicht willkommen war. Sie genoss die Fahrten in vollen Zügen und war eine fleißige Späherin, verantwortungsbewusst und sehr genau.

Als sich der Graureiher mit lautem Getöse aus seiner Starre löste und unbeholfen davonflog, wurden die Flößer aufgeschreckt. Irgendetwas war dort hinten. Ein Stück vom Ufer entfernt, hinter den Rohrkolben, nahe der alten Schwarzerle. Etwas, das größer sein musste als ein Eichhörnchen, sonst hätte der Reiher nicht reagiert.

Thorvald besah sich gerade das Floß von unten, den Gipsarm hatte er mit einer Plastiktüte abgedichtet, und Hanna starrte mit ihrer Schwimmbrille ins Wasser und hörte sowieso nichts. Benno behauptete später, oben auf dem Plateau einen großen dunklen Schatten gesehen zu haben. Olga glaubte, unterhalb der Klippen, so nannten sie die Felsen an einer Seite des Sees, ein Reh bemerkt zu haben. Dann war es wieder still. Unheimlich still. Alle lagen bewegungslos da und lauschten. Selbst der wieder aufgetauchte Thorvald hielt inne und glitt geräuschlos neben dem Floß hin und her.

Zehn Minuten vergingen, dann entspannte sich die Situation wieder.

Erst der laute Aufschrei Thorvalds, der wie wild im Wasser strampelte, weil er nach unten gerissen wurde, verwandelte die gerade einsetzende Entspannung der anderen in vollendete, nackte Panik. Der Siebenhundert-Zähne-Hecht!

Die drei kreischten los, fingen an zu heulen und drückten sich in der Mitte des Floßes zu einem elenden Häufchen Angsthasen zusammen. Thorvald überließen sie dem gefräßigen Untier. Er war verloren.

Dann ein Lachen. Ein grässliches Lachen. Das verängstigte Knäuel löste sich langsam wieder auf, in den Gesichtern der Kinder lag echte Verblüffung. Sie blickten umher, konnten aber nichts entdecken. Dann wieder dieses unverschämte, hämische Lachen.

Erst als sich Juliane, vor Spaß ganz außer Atem, am Floß hochzog und nass und schwer auf das Holz platschte, schlug das Erstaunen in Wut um. Doch die wüsten Beschimpfungen prallten an ihr ab, sie war zufrieden mit ihrem Unterwasserangriff. Sie hatten sie für ein Reh oder einen großen Vogel gehalten. Keiner der Späher hatte sie am Ufer bemerkt. Auch nicht, als sie ins Wasser geglitten und unter das Floß getaucht war, um Thorvald zu packen und ihn ins Reich der Seeungeheuer zu zerren.

Oh, sie habe die geheime Aktion schon lange beobachtet! Und wie stümperhaft sie das Floß versteckt hätten. Und wie schwierig es gewesen sei, unbemerkt bis zum See zu gelangen, denn auf dem Felsen seien Leute gewesen. Juliane erzählte und erzählte. Sie war eine Schwatzbacke, schlimmer noch als Hanna, und Thorvald und

Benno dachten, jeder für sich, darüber nach, wie sie die beiden wieder loswerden könnten. Käme jetzt nur der Hecht!

Die Sonne stand schon tief und brannte nicht mehr so stark. Endlich hatten auch die Mädchen mit dem Schwatzen aufgehört. Das Licht war warm und orangerot. Alles war wieder ruhig.

1

Die Unbefangenheit, mit der sie früher im Wald umhergestreift war, hatte sich in eine steife Unsicherheit gewandelt. Das satte grüne Laub der Bäume, der Geruch des feuchten Waldbodens, das Sirren und Summen der Insekten – all das war wie immer, doch es rauschte an Olga vorbei, berührte sie nicht mehr.

Früher war das anders. Da war der Wald ein Teil von ihr gewesen, so wie Leber oder Milz, die den Menschen am Leben erhalten, ohne dass er deren Arbeit spürt. In ihren Adern floss grüner Pflanzensaft, die Fingernägel bekam sie gar nicht mehr sauber und die Feuchtigkeit durchdrang ihr rotblondes Haar, so dass es sich leicht wellte. Doch längst hatte die Stadt von ihr Besitz ergriffen. Schleichend und beharrlich hatten sich Großstadtgeräusche und das ständige Licht bei Olga eingenistet und ihr den steinernen Rhythmus aufgezwungen.

Die vierte Kehre nahm Olga schon schwer atmend in Angriff. Sie hatte vergessen, wie extrem die Steigungen und wie scharf die Kurven im Bergischen Land waren und wie mühsam man ohne Fahrzeug vorwärtskam. Bei ihren wenigen Besuchen in der alten Heimat, die allesamt schon eine Ewigkeit zurücklagen, war sie immer mit dem Auto gekommen, hatte vor dem Haus ihres Vaters geparkt und war bald wieder abgereist. Dieses Mal aber war sie mit dem Zug gefahren, und der Bus hatte sie in den äußersten Osten der Stadt gebracht. Das letzte Wegstück, das steil den Wald hinaufführte, wollte sie zu Fuß bezwingen.

Die Vorzeichen dieses Besuchs waren anders als sonst. Sie ließ sich darauf ein, Erinnerungen an ihre Kindheit zurückzuholen, an den Geruch, die Stille. Schon während der Zugfahrt hatte sie sich auf den Anblick der tief verborgenen Täler gefreut, der sich bot, wenn man in die Höhe stieg.

Aber sie hatte vergessen, wie drückend heiß es schon im Frühsommer werden konnte.

Hinter der fünften Steilkehre kamen die ersten geduckten Häuser zum Vorschein. Sie drängten sich so dicht zusammen, als fürchteten sie sich, allein dazustehen, oder als suchten sie in der Nähe Trost, weil man sie hier in der Einsamkeit auf halber Höhe vergessen hatte. Es waren nur wenige, denn für ganze Dörfer boten die engen Täler keinen Platz.

Alles kam Olga viel kleiner und schäbiger vor als früher. Selbst das Haus am Eingang des Weilers, in ihrer Erinnerung groß und stattlich, war jetzt nur noch ein einfaches Bergisches Fachwerkhäuschen. Die schwarz verschieferte Wetterseite war angenagt von ewiger Feuchtigkeit, die eine hauchdünne, grüne, alles bedeckende Moosschicht nährte. Olga war enttäuscht. Der optimistische, manchmal verherrlichende Blick eines Kindes war der nüchternen und kritischen Sichtweise einer Erwachsenen gewichen.

Langsam ging sie durch den Weiler. Als Olga das letzte Haus passierte, hinter dem der Weg steil in die Einsamkeit hinaufführte, nahm sie den Modergeruch wahr, der aus einem geöffneten Fenster drang. Dazu roch es nach säuerlicher Gemüsesuppe und abgestandenem Zigarettenrauch. Sie beschleunigte ihren Schritt und fragte sich, wann die Bewohner wohl das letzte Mal den Weg hinauf zu der Anhöhe gestiegen waren, um den eigenen Ausdünstungen zu entfliehen.

Olga hatte drei Wochen hier draußen vor sich. Mit dem Verlagsauftrag für die Illustration des Märchenbuches würde sie erst unmittelbar nach ihrer Rückkehr beginnen, aber vorbereiten wollte sie sich. Sie würde fotografieren und erste Skizzen erstellen, Studien, die ihr später als Grundlage für die Zeichnungen dienen sollten. Die Einladung zum Klassentreffen passte perfekt in ihre Zeitplanung.

Und Olga wollte eine Entscheidung treffen. Sie hatte sich vorgenommen, so lange in der alten Jagdhütte ihrer Familie zu wohnen, bis sie den Entschluss fassen konnte, das Haus entweder zu verkaufen oder zumindest so lange zu hüten, bis eine für alle akzeptable Lösung gefunden war. Olga wusste allerdings, dass drei Wochen nicht ausreichen würden, drei Monate vermutlich auch nicht. Wahrscheinlich würde sie nach Ablauf der Zeit die Fenster und die Türen wieder verschließen, den Schlüssel zu Konrad bringen und ein schlechtes Gewissen haben, das bohrende Gefühl, etwas im Stich zu lassen. Denn dieses Haus war mehr als ein Wochenendhaus, es war Bestandteil ihres Lebens. Es war das Fundament ihrer Kindheit.

In den zwanziger Jahren des vergangenen Jahrhunderts von Olgas Urgroßvater Hagen als einfacher Jagdunterstand errichtet, hatte sich die Hütte im Laufe der Jahre zu einem stattlichen Holzhaus gewandelt. Nach und nach waren behutsam einige Veränderungen durchgeführt worden. Hier ein Wasserrohr, dort eine neue Mauer. Nicht immer fachmännisch, von Ästhetik am Bau gar nicht zu sprechen, aber zweckmäßig. Olgas Vater Roman wollte immer ein wenig Freiheit verspüren, wenn er hier war. Dieses Gefühl stellte sich seiner Meinung am ehesten ein, wenn die Dinge provisorisch blieben, wenn es eben nicht so war wie zu Hause. Unter dem Herd war eine riesige Gasflasche versteckt, die Betten waren klein und hart, das Wasser kalt. Das Klohäuschen draußen neben der alten Eibe hatte ein Herz in der Tür, durch das Thorvald dicke, behaarte Spinnen und Erdkröten geworfen hatte, während Olga auf dem Klo saß.

Ob das Stück Land im Wald wirklich im Besitz der Familie war oder ob Hagen Ambach aus der Bezeichnung »umzäuntes Grundstück« ein Besitzrecht herleitete, war ungewiss. Es fragte niemand danach.

Jetzt allerdings, nach vielen Jahren und jenseits der verklärten Kindheitserinnerungen, erschien Olga das Haus deutlich kleiner und ganz schön zusammengeschustert. Als Kind war ihr nie aufgefallen, dass alle Fenster eine unterschiedliche Bauweise hatten, dass der Holzboden einer Patchworkarbeit oder einem unvollendeten Puzzle glich und überhaupt nichts zusammenpasste.

Hier war intensiver gelebt worden als zu Hause. Das hatte Olga erst begriffen, als sie längst erwachsen gewesen war und den Wald verlassen hatte. Hier war man naturverbunden und genießerisch zugleich, und die Lebenslust kannte keine Grenzen.

Jede freie Minute hatte sie früher hier verbracht. Manchmal allein, oft mit ihrer Familie, mit Thorvald und Benno, Hanna und den anderen. Auch Thorvalds Eltern, die aus Island stammten, fanden sich oft hier ein, hatten die Lichtung mit dem inzwischen recht komfortablen Haus für sich entdeckt. Die Tatsache, im Besitz eines herrlichen Anwesens zu sein, oder es zumindest uneingeschränkt nutzen zu können, diesen Luxus, einen so zauberhaften Zufluchtsort unweit der Großstadt zu haben, das genoss man ganz bewusst und ausschweifend.

Wie im Schnelldurchlauf eines Videos huschten die Erinnerungen durch Olgas Kopf. Längst vergessene Szenen, an die sie nicht mehr gedacht hatte, seit sie fortgegangen war. Die Bilder ihrer Kindheit hatten das Stückchen Erde hier nie verlassen, weil Olga sie nicht mitgenommen hatte. Geduldig auf Olgas Rückkehr wartend, hingen sie im wiegenden Gras und krabbelten nun wie ausgehungerte Zecken an ihr hinauf.

Sie blieb stehen und seufzte. Ihr wurde plötzlich mehr denn je bewusst, wie schön diese Zeit, wie glücklich und zufrieden sie hier gewesen war. Alles hatte sich geändert. Olga war raus aus dem Geschehen. Raus aus dem Wald, aus dem Haus ihrer Eltern und dem wärmenden Nest, aus dem sie unmittelbar, nachdem sie das Abitur gemacht hatte, mit kräftigen Flügelschlägen davongeflogen war, um ihr eigenes Leben zu leben. Olgas Mutter und ihre Schwester Lissy waren ebenfalls fortgezogen und seit der Trennung ihrer Eltern hatte ihr Vater die Hütte mehr oder weniger vergessen. Er lebte inzwischen mit einer Tänzerin zusammen, die zehn Jahre jünger war als Olga. Das Glück der Vergangenheit war verflogen, die paradiesische Unschuld der Kindheit wehmütig in der Erinnerung eingezäunt. Zurückgeblieben war ein kleines ramponiertes Häuschen, das umso trauriger wirkte, je länger es leer stand.

Olga beschleunigte ihren Schritt, entschlossen, sich nicht jetzt schon von Gefühlsausbrüchen mitreißen zu lassen. Sie ließ die Häuser hinter sich und stapfte den schmalen, in der Mitte mit einem dichten Gestrüpp aus Rainfarn und Beifuß zugewachsenen Weg hinauf. Weidenröschen säumten den Pfad, und Indisches Springkraut verströmte seinen aufdringlichen Duft wie lasterhafte Bardamen, die ein Abenteuer suchten.

Olga hatte bereits deutlich an Höhe gewonnen, und an der Stelle, wo die Bank an der Birke stand und der Weg in den Tannenwald führte, drehte sie sich um und atmete tief durch.

In ihrer Vorstellung hatten hier vor Jahrmillionen Riesen die Landschaft zusammengedrückt, um das Wasser herauszuquetschen. Zurückgeblieben waren enge, feuchtdunkle Täler, umgeben von waldbedeckten Steilhängen und senkrechten Felsen, aus deren Ritzen dunkelgrüner Farn wucherte und die sich im Winter mit bizarren Eisformationen aus meterlangen Eiszapfen schmückten. Ein schroffes Land, abweisend, garstig. Vor allem aber völlig verkannt. Für sie hatte ihre Heimat am Rande des Ruhrpotts so viel mehr zu bieten als die Schwebebahn und heruntergekommene Industrieanlagen. Aber Olga hatte nie versucht, das, was sie gerade sah, zu beschreiben. Sie glaubte an die Riesen, die ihr einst die Täler geschenkt hatten.

2

Thorvald Einarsson und Benno Thalbach waren die Ersten im »Luis«. Benno war das kleine Stück von seinem Vater aus zu Fuß gegangen. Er brauchte nur einmal den Berg hinab- und auf der gegenüberliegenden Seite wieder hinaufzusteigen. Thorvald hatte sich mit dem Taxi bis zu der Stelle bringen lassen, an der die asphaltierte Straße einfach aufhörte.

»Hier endet die Fahrt«, hatte der Taxifahrer gesagt. »Von hier aus kommen Sie nur noch zu Fuß weiter.«

»Ich weiß.«

Thorvald hatte die Hitze unterschätzt und erreichte das »Luis« ziemlich durchgeschwitzt. Als er, eine halbe Stunde zu früh, auf der Veranda des »Luis« stand, kam ihm ein dunkelhaariger, hochgewachsener Mann entgegen, der ebenfalls nicht die beste Kondition zu haben schien. Schwer atmend wischte dieser sich gerade den Schweiß von der Stirn.

»Mein Gott… Junge… bist du alt geworden!«, rief Thorvald in diesem Moment, schleuderte seine Reisetasche von sich und machte zwei große Schritte auf seinen besten Freund aus Kindertagen zu. Er packte ihn mit beiden Händen an den Schultern und zog ihn zu sich heran. Als sie sich nach einer ganzen Weile aus der Umarmung lösten, wischten sich beide verstohlen die Tränen aus den Augen.

Wenig später schon war der Parkplatz unterhalb des Restaurants voll. Die Schlange der halb auf der schmalen

Straße, halb im abschüssigen Wald geparkten Autos zog sich immer weiter den Berg hinab.

Thorvald und Benno saßen auf dem Holzgeländer der Veranda und beobachteten vergnügt das fröhliche Treiben. Immer wieder zeigte Benno auf einen ihrer ehemaligen Mitschüler, Thorvald schaute, lachte ungläubig, winkte, schlug sich die Hände über dem Kopf zusammen.

Und er suchte nach dem einen Gesicht.

Immer wieder schaute Benno seinen Freund an, als könnte er es gar nicht fassen, dass er wirklich da war. Bis zum letzten Moment hatte er gezweifelt, dass Thorvald zum Klassentreffen kommen würde. Er hatte Thorvalds Karriere mitverfolgt; mehrere Male hatten sie sogar miteinander telefoniert und vereinbart, dass sie sich sehen würden, wenn ein Auftritt ihn in diese Gegend bringen würde. Das war vor zwei Jahren gewesen. Seither hatten sich Thorvalds Auftritte gehäuft, doch bislang hatte es ihn noch nie in die alte Heimat verschlagen.

»Kriegen wir heute noch eine Kostprobe von deinen Sangeskünsten – oder hast du deine Playback-Anlage nicht dabei?«

Die Stimmen waren so vertraut, dass Thorvald sich langsam, mit erwartungsvollem Grinsen herumdrehte. Ines und Hanna, die während der gesamten Schulzeit unzertrennlich gewesen waren, sahen aus, als wären sie gleich nach dem letzten Schultag vakuumverpackt und erst jetzt wieder ausgewickelt worden. Die vielen Jahre hatten sich verflüchtigt. Alles, was in der Zwischenzeit geschehen war, hatte für diesen kurzen Moment seine Bedeutung verloren.

Es war bereits halb sieben und die Spannung stieg. Wer würde kommen, wer nicht? Es war das erste Wiedersehen, seit das Abitur sie alle getrennt und jeden einzelnen auf einen anderen Weg geschickt hatte.

Als Olga den Raum betrat, stand die Luft trotz aller geöffneten Verandatüren drückend schwer im Raum. Am liebsten hätte sie sich auf dem Absatz umgedreht. Doch schon war sie entdeckt worden. Einige ihrer ehemaligen Klassenkameraden kamen auf sie zugestürmt und zerrten sie in die Runde.

»Olga, wie schön! Wir dachten schon, du würdest nicht kommen«, rief eine Frau, die Olga nicht wiedererkannte. Sie war verunsichert und unbeholfen, weil sie keine Wiedersehensfreude verspürte.

»Ich bin's!«, rief die Frau, die ihr Zögern bemerkt hatte. »Conni! Cornelia Ziegler!«

»Ach du meine Güte …!«

Es folgten Gespräche hier und dort. Olga schüttelte Hände und drückte Wangen, doch ständig huschte ihr nervöser Blick durch die Menge, suchte nach dem leuchtenden, weißblonden Schopf. Wieder einmal stellte sie fest, wie viel sie mit Thorvald verband. Ihr Herz pochte und ihr Mund wurde trocken. Ein wenig schüchtern sah sie sich um und überlegte, wo sie sich hinsetzen sollte. In diesem Moment legten sich von hinten zwei kräftige Arme um ihre Taille, die sie mit lautem Gejohle in die Höhe rissen.

Wie benommen saß Olga wenige Sekunden später neben Thorvald und Benno. Sie lehnte sich zurück, nippte an ihrem Eistee, den Thorvald ihr gebracht hatte, und beobachtete die fröhlich lärmende Runde. Sie dachte an ihre gemeinsame Kindheit, ihre Jugend, die grenzenlosen Leidenschaften, Ängste und nicht erfüllten Hoffnungen. Es waren einige Mitschüler dabei, mit denen Olga vom ersten Schultag an bis zum Abitur zusammen war. Alles hatte sich um diese Menschen gedreht, die nach den so prägenden Jahren der Schulzeit ihr Leben mehr oder weniger in die Hand genommen hatten, um irgendetwas daraus zu machen.

Wer von ihnen war glücklich? Wem war es gelungen, einen Traum zu verwirklichen? Wer einfach nur nüchtern, abgeklärt, schlimmstenfalls gelangweilt? Dann doch lieber erfolgreich gescheitert, schoss es Olga durch den Kopf.

Ihr fiel wieder ein, dass sie sich zusammen mit Thorvald, Benno und einigen anderen ziemlich arrogant von den Mitschülern abgegrenzt hatte, die sie schlichtweg als »Masse« bezeichnet hatten. Jetzt galt es zu prüfen, ob die Einteilung von damals zukunftstauglich gewesen war. Es gab da einige Grenzgänger, die sich nicht so genau einordnen ließen, und sie stellte fest, dass einige ihrer ehemaligen Klassenkameraden recht selbstbewusst daherkamen. Ebenso gab es Leute, die sich ganz offensichtlich von der schweren grauen Masse abhoben und Olgas Interesse weckten.

Langsam wich das Gefühl der Benommenheit aus Olgas Kopf. Jetzt hatte sie auch Lust auf den Sekt, der gerade die Runde machte.

»Komm!«, flüsterte in diesem Moment Thorvald, zu ihr herübergebeugt. Er nahm ihre Hand und zog sie nach draußen. In der Rechten eine Flasche Veuve Clicquot, weiß beschlagen.

Olga taumelte über die Veranda, obwohl sie noch keinen Tropfen Alkohol zu sich genommen hatte. Thorvald legte seinen Arm um ihre Schultern und wortlos gingen sie die schmale asphaltierte Straße entlang. Olga trug ihre Pumps an den Riemchen, Thorvald hatte seine Schuhe gleich zurückgelassen. Die Hosenbeine seiner Jeans schabten auf der Straße. Er trank aus der Flasche, sie hatten die Gläser vergessen. Wie früher.

Olga nahm auch einen tiefen Schluck und spürte augenblicklich, wie der Alkohol die Anspannung im Kopf fortspülte. Langsam und ohne Ziel schlenderten die beiden dahin. Ab und zu hob Thorvald lachend und grüßend die Flasche und Olga winkte den Leuten zu, die sie noch nicht begrüßt hatten.

»Sag mal, ist das nicht Juli?« Thorvald zeigte auf eine Frau in einem engen blaugrünen Kleid, das Olga an das Wasser einer Lagune erinnerte. Sie saß auf einer Bank und war in ein Gespräch mit einer älteren grazilen Frau neben ihr vertieft. Olga und Thorvald gingen auf die Frauen zu.

Juliane sah erst auf, als die beiden direkt vor ihr standen. Augenblicklich war der Ernst aus ihrem Gesicht verschwunden. Strahlend sprang sie auf und umarmte Olga. Dann bekam Thorvald einen dicken Kuss auf die Wange.

»Thor! Ich glaub's nicht. Du siehst genauso aus wie früher. Du hast ja gar keinen Bierbauch. Hast du etwa Zeit für Sport?«

Sie lachte vergnügt und schaute erwartungsvoll zwischen Olga und Thorvald hin und her. Beide wussten, was sie dachte. Seid ihr jetzt endlich zusammen?

»Kennt ihr Frau Himmelreich noch?«, erkundigte sie sich schließlich.

Die schmale Frau erhob sich und lächelte die beiden an. Ihr Händedruck war fest. »Guten Tag, Olga.«

»Sie haben lange für meinen Großvater gearbeitet, nicht wahr?«, sagte Olga, die sich freute, Frau Himmelreich in so hervorragender Verfassung zu sehen. »Er hat immer sehr viel von Ihnen gehalten.«

»Und das will was heißen bei Vincent Ambach«, ergänzte Thorvald. »Gestatten, Einarsson. Ich weiß nicht, ob Sie mich noch kennen.«

Er gab Frau Himmelreich mit einer höflichen Verbeugung die Hand. Barfuß, die halblangen Haare verschwitzt und durcheinander, nahm er die Flasche rasch in die Linke.

»Guten Tag, Thorvald. Ich freue mich sehr, Sie hier mit Olga zu sehen. Sie sind so ein schönes Paar!«

Sie zwinkerte den beiden vielsagend zu, ohne eine Antwort zu erwarten.

»Aber nur, weil wir uns so selten sehen.« Lachend riss Olga ihren Begleiter an der Hand fort.

»Ich komme gleich ins ›Luis‹!«, rief Juliane ihnen nach und winkte.

Olga drehte sich noch einmal um und sah zu ihrer Schulfreundin zurück. »Sie sieht toll aus. Früher war sie absolut unscheinbar.«

»Das meint ihr Frauen vielleicht«, widersprach Thorvald. »Ich fand Juliane schon immer klasse. Eigentlich war ich immer ein bisschen in sie verliebt.«

Olga schaute ihn verdutzt an und lachte los.

»Du?«, rief sie lachend. »Das glaube ich nicht. Hinter *dir* waren doch immer alle her. Du hattest doch freie Wahl.«

»Mag schon sein.« Er drehte sich auch noch einmal zu Juliane um. »Aber bei ihr hatte ich nie eine Chance.«

Es war fast neun. Olgas Kleid – sie hatte extra das helle Leinenkleid mit dem tiefen Rückenausschnitt ausgesucht – klebte zwar nicht mehr am Bauch fest, aber sie hatte das starke Bedürfnis nach Abkühlung. Als hätte Thorvald ihre Gedanken gelesen, zog er sie plötzlich den Berg hinunter und deutete auf das steinig grüne Gewässer, das sich mit verlockendem Geplätscher in einem schmalen Bett entlangschlängelte.

An diesem Bach, der früher durch unzählige selbstgebaute Staudämme an seinem natürlichen Lauf gehindert worden war und in dessen kleinen Staubecken sie wunderbar hatten baden können, ließen sie sich nieder. Olga zog das enge Kleid hoch und setzte sich vorsichtig auf einen Stein. Beide hielten die Luft an, als sie die Füße ins kalte Wasser tauchten.

»Und?« Thorvald hatte sich zurückgelegt und auf die Ellenbogen gestützt. »Komisch, oder?«

»Was denn?«

»Alles. Die Leute. Der Wald. Und die Tatsache, jetzt mit dir hier zu sitzen. An unserem Staudamm.« Er zeigte mit der Flasche aufs Wasser. »Meinst du, die Steine sind noch von uns?«

»Kann sein«, erwiderte Olga. »Weißt du noch, was das für eine Plackerei war, sie hierherzuschaffen? Die Arbeit hat sich bestimmt nach uns keiner mehr gemacht.«

Thorvald nahm einen tiefen Schluck. Schweigend sahen sie in das glucksende Wasser.

»Wie geht es dir? Du bist so ruhig.« Thorvald richtete sich auf und warf kleine Steinchen ins Wasser. »Freust du dich nicht, mich wiederzusehen?«

Er lachte auf. Das machte er oft, wenn er etwas sagte. Schon als Kind. Olga freute sich über diese vertraute Geste. Sie nahm ihm die Flasche aus der Hand und sagte: »Du bist der Einzige, auf den ich mich wirklich gefreut habe. Du und Benno. Die anderen sind schon zu weit weg. Ich habe im Moment nicht so viel Lust auf Vergangenheit. So toll war die auch nicht immer. Außerdem bringt mich das nur wieder von meinem Vorhaben ab.«

»Was? Keine unbekümmerte, behütete Kindheit im Schoß der Familie?«, fragte Thorvald ironisch.

»Na, du warst doch die ganze Zeit dabei«, sagte Olga.

»Eben. Also, ich kenne Leute, denen es schlechter ergangen ist.«

Olga sah ihn an. Das vertraute Gesicht. So vertraut wie ein Bruder. Gott sei Dank ist er das nicht, dachte sie.

Thorvald drehte sich zu ihr und nahm ihre Hand. »Ich habe dich fast ein Jahr nicht gesehen. Werden die Pausen jetzt immer länger?«

Thorvald klang fast ein wenig vorwurfsvoll. Olga wusste nicht, was sie sagen sollte. Sie war sich schon seit längerem nicht mehr im Klaren darüber, wie gut Thorvald, oder besser gesagt, wie gut die Beziehung zu ihm für sie war. Denn eine klare Trennung zwischen »bestem Freund« und »feurigem Liebhaber« gab es nicht. Er hatte einen festen Platz in ihrem Leben, aber eben nicht so fest, dass sie zusammenleben, gemeinsame Zukunftspläne schmieden oder vielleicht sogar Kinder großziehen würden. Bisher hatte ihr das nichts ausgemacht, im Gegenteil. Olga war unruhig geworden, fühlte sich plötzlich hin- und hergerissen zwischen unstillbarer Sehnsucht nach Thorvald und einer Angst vor zu viel Nähe, auch wenn die Nächte mit ihm ihr sonstiges Liebesleben zu einem schlechten Witz degradierten.

Thorvald ging es nicht anders. Die beiden konnten nicht voneinander lassen. Wie Tristan und Isolde. Das, was sie verband, sie immer wieder zusammenzog wie ein unsichtbares Gummiband, war der Liebestrank, den sie bereits als Kinder gekostet hatten. »Und beide wähnten, es wäre Wein.« Nur dass Tristan und Isolde daran zugrunde gegangen waren.

Aber so konnte es nicht weitergehen. Vielleicht hatte

sie sich deshalb so lange nicht bei Thorvald gemeldet. Sie wollte ihn nicht verlieren, aber sie musste ihn loslassen.

Und dann war da Nyoko. Sie war ebenfalls Sängerin und teilte sich mit Thorvald in Kopenhagen eine Wohnung. Olga hatte das Gefühl, als würde Nyoko auf Thorvald großen Einfluss ausüben, jene Art von Einfluss, der exzentrischen Menschen Bodenhaftung verlieh und der nur von zukünftigen Ehefrauen ausgeübt werden konnte. Sie, Olga, würde ihn nicht auf Nyoko ansprechen. Sie würde merken, wenn sich etwas Ernstes zwischen den beiden entwickelt hätte. Dann wäre es mit ihnen vorbei und sie wäre frei.

All das schoss ihr in Sekundenschnelle durch den Kopf. Und wieder einmal wurde ihr bewusst, dass sich keinerlei Routine einstellte, keine Gewohnheit die Begierde ermatten ließ. Jedes Liebesabenteuer mit Thorvald war aus großer Lust zustande gekommen. Mit einem Prickeln im Magen und mit Herzklopfen. Was gab es Schöneres mit vierzig?

Ein riesiger Stein, der gemächlich den Abhang hinabrollte, platschte schwerfällig ins Wasser und spritzte die beiden von Kopf bis Fuß nass. Thorvald fluchte erst, musste dann aber lachen. Olga sprang wütend auf, das weiße Kleid war voller brauner Punkte.

»Welcher Idiot war das?«, schrie sie und suchte das Dickicht des gegenüberliegenden Hanges ab. Knackende Äste waren zu hören. Und dann tauchten Benno und Hanna kichernd aus den Büschen auf und hockten sich auf die großen Steine am anderen Ufer des Baches.

»Entschuldigung«, sagte Benno immer noch lachend. »Ich habe nicht damit gerechnet, dass der so schnell wird und dass es hier so tief ist.«

»Sieh mal, mein Kleid, so kann ich unmöglich zurück ins ›Luis‹«, rief Olga sauer.

Benno hatte inzwischen auch die Füße im Wasser und schüttelte den Kopf. »Die sind inzwischen alle nicht mehr nüchtern, das fällt sowieso nicht auf. Apropos, habt ihr noch was zu trinken?«

»Für dich nicht«, rief Olga immer noch verärgert und zupfte an dem nassen Kleid. »Ich muss mir was anderes anziehen. Ich habe was zum Wechseln mit.«

Hanna stand auf. »Ich hol dir die Sachen.« Unsanft zog sie Benno auf die Füße. »Und du kommst mit!«

Als die beiden davongestolpert waren, merkte Olga erst, wie angenehm kühl es in dem nassen Kleid war.

»Die beiden haben sich überhaupt nicht verändert«, sagte Thorvald, der ihnen nachschaute, bis sie hinter der Wegbiegung verschwunden waren.

»Aber sie sind nicht mehr zusammen«, erwiderte Olga.

»Wie bitte?« Thorvald starrte sie an. Er konnte sich für Benno keine andere Frau und für Hanna keinen anderen Mann vorstellen. Unmöglich!

»Die sind doch schon seit der Schulzeit zusammen. Benno hat mir gar nichts davon erzählt. Und sie haben sich benommen wie immer.«

»Hanna ist mit Luis zusammen. Ich glaube, sie haben vor kurzem geheiratet«, entgegnete Olga.

»Luis?«, fragte Thorvald erstaunt. »Was will Hanna denn mit dem?«

Er dachte nach. »Weiß Benno davon?«

»Ich glaube nicht«, sagte Olga. »Hanna trägt keinen Ehering, nur Luis.«

»Warum müssen sich Frauen wie Hanna immer Männer wie Luis aussuchen? Er ist hinter den Frauen her wie …«

»Ich hab's ja immer gesagt. Er ist wie du.«

»Moment mal, Luis ist eine Bohnenstange, ist bestimmt schon über fünfzig und hat einen Frauenverschleiß, von dem ich nur träumen kann.«

»Woher weißt du das?«, fragte Olga trocken.

»Der ist ein Zyniker. Das war er doch damals schon. Er macht eine Frau nach der anderen an, und wenn sie endlich auf seiner Bettkante sitzt, hat er bereits das Interesse verloren und hält nach der nächsten Ausschau.«

Olga zuckte die Schultern. »Jetzt übertreib mal nicht. Luis Sander ist ein Charmeur. Er sieht gut aus, ist witzig…« Olga stand auf und sah sich um. »Und er lebt hier, wie Hanna. Luis mit seinem Lokal und Hanna mit ihrer Praxis, sie haben hier Wurzeln geschlagen. Das passt doch.«

Die Dämmerung senkte sich allmählich auf die Umgebung und ließ die Bäume noch enger zusammenrücken.

»… und er muss eine Granate sein.«

»Ach ja? Bei was denn?«

»… in der Küche.«

Im »Luis« war man zum heiteren Beruferaten übergegangen. Die Wissenden sollten sich zurückhalten, die Unwissenden mussten ein kurzes Psychogramm des Mitschülers erstellen und daraus den passenden Beruf herleiten.

Bei Thorvald war allerdings nicht schwer zu erraten, dass er Opernsänger geworden war. Denn wer auch nur am Rande mit dieser Szene in Berührung kam, hatte schon von ihm gehört. Thorvald Einarsson, der isländische Tenor, der Sänger mit der kraftvollen Stimme und dem endlosen Atem.

Dass Benno die Liebe zur Kunst von seinem Vater Konrad geerbt hatte, wussten die meisten ebenfalls. Nur hatte der Sohn den direkten Weg gewählt und sich gleich nach dem Abitur dem Studium der Kunst und ihrer Geschichte gewidmet. Vor allem sein Vater freute sich darüber, dass Benno als Kurator des Museums in der nahen Stadt arbeitete, konnte er so doch regelmäßig bei einem guten Glas Rotwein mit seinem einzigen Sohn über dessen Arbeit, die Malerei überhaupt und die eigenen Arbeiten fachsimpeln.

Auch von Hanna von Nahmens kleiner Landpraxis wussten die ehemaligen Mitschüler. Sie hatte einen hervorragenden Ruf als Ärztin, die Patienten schienen ihr zu vertrauen.

Inzwischen hatte Olga sich ein anderes Kleid angezogen und war ins »Luis« zurückgekehrt. Sie ging zu dem Grüppchen, das sich um Ines Sadur versammelt hatte. Diese schüttelte gerade lachend den Kopf, weil ihr jemand den Job einer Auftragskillerin andichten wollte. Tatsächlich wusste niemand, womit sie ihr Geld verdiente. Erst bei der Frage nach ihrer Klientel traf Thorvald, nachdem er den Umweg über die Leichenwäscherin, Geldeintreiberin und der Kneipenseelsorgerin gegangen war, ins Schwarze.

Dass Ines bei der Polizei war, Kriminalhauptkommissarin, hätte niemand vermutet. Auch Olga war erstaunt. Fast die gesamte Schulzeit, von der Sexta bis zur Oberprima, hatte Olga mit Ines verbracht und kannte sie doch so wenig. Und das, obwohl Ines mit Hanna befreundet war, die wie Olga im Wald gewohnt hatte. Doch bis auf die verträumten Sommertage auf dem Floß, hatte Hanna immer mit Ines zusammengesteckt. Die beiden hatten nie so richtig dazugehört.

Olga spürte wieder eine gewisse Vertrautheit. Das Einpendeln auf den gemeinsamen Nenner »Schulklasse« schaffte eine positive Verbundenheit und Herzlichkeit, obwohl viele Charaktere und Lebenswege unterschiedlicher nicht hätten sein können.

Olga schaute sich um. Das vergnügliche Treiben hatte sie bisher davon abgehalten, die neuen Räume in Augenschein zu nehmen. Von der ehemaligen »Waldklause«, die schon vor Jahren dichtgemacht hatte, war bis auf die Fassade und den großen Garten nichts mehr übrig geblieben. Die gutbürgerliche Gemütlichkeit mit der Decke aus Eichenimitat war einer sonnigen, einladenden Atmosphäre gewichen. Die im Raum verteilten Tische luden dazu ein, aufzustehen und am Nachbartisch mitzumischen oder sich an die Bar zu setzen, hinter der die geschwätzigen Barkeeper mit selbstsicherer Professionalität hervorzauberten, was das durstende Herz begehrte.

Luis Sander war sich seiner Sache sicher und von seiner Idee überzeugt. Denn es war nicht die erste Bar, das erste Restaurant, welches er ins Leben gerufen hat. Zwei weitere Läden in der Innenstadt liefen gut, und den Erlös steckte er in sein neues Projekt.

Und dies war sein Lieblingskind. Draußen, mitten im Wald, nur zu erreichen über die einzige asphaltierte schmale Straße, lag das »Luis« direkt an einer Kreuzung mehrerer Hohlwege, die den Wald durchzogen wie ein Wurzelgeflecht. Hier waren schon vor Jahrhunderten die Reisenden bewirtet worden, die diese uralte Handelsstraße passierten. Die geschundenen Tiere waren versorgt und die Wagen repariert worden, die wegen der schlechten, holprigen Wege enorm litten.

Luis wusste, dass sein Konzept aufgehen würde. Denn der Erfolg dieser Unternehmung hing nicht allein vom Angebot des »Luis« ab, der Ort war das alles Entscheidende. Hier war der Herzschlag des Waldes zu spüren, der die Bewohner in natürlichem Rhythmus anzog und davontrieb, ohne dass Luis selbst viel dafür tun musste.

»Schau dich um«, sagte Hanna. »Du weißt doch sicher noch, wie das früher hier aussah. Dieses klebrige braunbeige Ausflugslokal, überfüllt mit grau-beigen Omas.«

»Platt gehauene, trockene Schnitzel an wässrigen Erbsen mit Möhren. Dazu weiße zerkochte Salzkartoffeln – ich rieche noch das Tagesgericht«, erinnerte sich Thorvald.

»Kannst du alles hier kriegen«, sagte Luis und reichte ihm die Speisekarte. »Nummer einundvierzig.«

»... einundvierzig ... ›Der Wunsch des König Midas‹«, las Thorvald auf der Karte und runzelte die Stirn.

»Das ist das Wunschessen. Du kannst mit mir oder den Köchen diskutieren. Wenn alle Zutaten da sind, bekommst du dein Lieblingsessen. Arme Ritter, Kartoffelpüree mit weichem Spiegelei ...«

»Aber ist König Midas nicht verhungert?«, fragte Thorvald.

»Beinahe«, sagte Luis. »Weil er sich gewünscht hat, dass alles, was er berührt, zu Gold wird.«

Thorvald fächelte sich mit der Karte Wind zu. »Was du als einfacher Gastwirt alles so weißt.«

Luis überhörte die Anspielung Thorvalds. »Aber ihm wurde ein zweiter Wunsch gewährt. Hätte der Dummkopf gleich Pillekuchen mit Speck und Kopfsalat bestellt, hätte er noch einen zweiten Wunsch für eine schöne Bergische Waffel mit heißen Kirschen übrig gehabt.«

Allmählich hatten sich die Leute gefunden, die auch während der Schulzeit zusammen gewesen waren. Wenn man sich damals nicht für einen der Klassenkameraden interessiert hatte, warum sollte man das so viele Jahre später tun?

Benno und Thorvald steckten am Tresen hockend die Köpfe zusammen, Schippe und Freddy saßen mit verklärten Blicken da, ihre Jugendlieben Conni und Marie im Arm. Ja, manchmal blieb die Zeit wirklich stehen. Das wurde Olga umso mehr bewusst, als sie Robert hereinspazieren sah, der zielstrebig den Tresen ansteuerte und sofort von Toni ein großes Bier gereicht bekam. Offenbar ein sich in schöner Regelmäßigkeit wiederholendes Ritual.

Thorvald sah in diesem Moment auf und erkannte ihn sofort wieder. »Hallo, Robert, wie geht's? Versteckst du dich immer noch in deinen Höhlen im Steinbruch oder bist du endlich seriös geworden?«

Thorvald prostete ihm zu. In wenigen Schlucken hatte Robert drei Viertel seines Bieres ausgetrunken. Mit einem lauten »Aaahhh« wischte er sich über den Mund.

»Mann, hatte ich einen Brand!«, sagte er. »Ja, der Steinbruch. Auf der ganzen Erde werde ich kein besseres Stückchen Land finden. Da stimmst du mir zu, oder?«

»Stimmt, ein bisschen duster vielleicht, aber okay. Und? Was treibst du so? Züchtest du noch Hunde? Schoßhündchen hattest du ja nicht gerade im Angebot«, sagte Thorvald.

»Höchstens als Futter«, sagte Robert und verzog das Gesicht zu einer Grimasse. »Ja, ja ich weiß, alle denken, ich produziere Killerbestien. Kommt mich mal besuchen, ich habe gerade zwei super Bordeaux-Doggen, sechs Monate alt. Die werden euch gefallen.«

»Wir werden unseren Spaziergang mal in deine Richtung lenken«, sagte Thorvald. »Und den Schrottplatz, hast du den noch?«

»Klar, der ist 'ne Goldgrube.«

»Tatsächlich?«, staunte Benno. »Womit man sein Geld so verdienen kann ...«

»Altes Metall, Operngeheule oder Leinwandgekrakel; die Leute geben für alles Mögliche ihr Geld aus«, grinste Robert. »Ich stehe eben eher auf Metall. Habe mich spezialisiert auf ausrangierte Militärfahrzeuge.«

»Gibt es dafür so viele Abnehmer?«, wollte Benno wissen.

»Ist 'ne kleine Szene, in der jeder jeden kennt. Liebhaber eben. Und die haben das Geld locker sitzen, sag ich euch.«

Robert schaute sich um. »Gute Stimmung hier.« In diesem Moment sah er Olga, die sich gerade zur Bar vorgearbeitet hatte. »Schau, schau. Aus unserer pummeligen Waldhexe ist ein Prachtweib geworden.«

Olga drehte sich um. »Robert!«, rief sie. »Mit dir habe ich ja gar nicht gerechnet.« Sie sah ihn gelassen an. »Ich habe gehört, was du eben gesagt hast.«

Er trank sein Bier in einem Zug aus. »Draußen warten meine Leute, ich muss los. Kommt mal vorbei, Jungs.« Dann verbeugte er sich vor Olga. »Ich hoffe ebenso auf Damenbesuch.«

Er drehte sich um und marschierte kraftvoll stramm nach draußen. Das ganze Leben war ein Laufsteg!

Sie sahen ihm nach.

»Wer war das denn?« Ines stand neben ihnen und hatte die ganze Zeit vergebens versucht, die Aufmerksamkeit eines der Barkeeper auf sich zu lenken.

»Robert«, entgegnete Olga. »Hast du noch nie von ihm gehört?«

Ines überlegte kurz. »Doch, ja«, lachte sie. »Ich erinnere mich. Er stand immer mit einem Bein im Knast.« Sie sah ihm nach. »Er hat sich aber gut gehalten.«

Thorvald drückte Bennos Bauch. »Wenn du mal über fünfzig bist, musst du auch anfangen, was an dir zu tun, mein Lieber.«

»Wohnt Robert immer noch hier?«, wollte Ines wissen. »Was macht er?«

»Ich weiß nur, dass er immer irgendwelche ›Geschäfte‹ laufen hatte«, sagte Olga und lachte plötzlich auf. »Erinnert ihr euch noch an die große Baustelle, drüben am Ehrenberg? Das Erholungsheim mit den Tagungsräumen der Genossenschaft? Zur gleichen Zeit entstand auf Roberts Hof die Doppelgarage mit den gleichen ziegelroten Steinen. Was für ein Zufall! Alle haben darüber gelacht, und keiner hat ihn verpfiffen. Ich habe noch irgendwo ein Foto, auf dem er mit Schubkarre durch den Wald flitzt.«

Thorvald und Benno nickten vergnügt.

»Einmal hat er sich in der Hütte unterm Bett versteckt, weil die Polizei ihn gesucht hat«, erinnerte sich Thorvald.

»Apropos Fotos!«, rief Olga plötzlich. »Ich habe Bilder mit«, sagte sie und suchte in ihrer Tasche. »Ihr wisst doch, mein Vater hatte mir zum Geburtstag die Leica geschenkt.«

»Na, sicher wissen wir das«, sagte Benno. »Du hast sie überhaupt nicht mehr aus den Händen gelegt. Manchmal hast du uns damit ganz schön genervt.«

»Ich habe sie immer noch. Und ihr könnt froh darüber sein, dass ich euch so gequält habe. Es gibt nichts, was ich nicht auf Papier habe.«

Olga öffnete die Fototaschen und verteilte die Bilder auf dem Nachbartisch. »Hanna, Juliane! Ich hab hier was Schönes«, rief sie.

Die ganze Vergangenheit der Waldkinder lag jetzt vor ihnen, festgehalten auf erstaunlich guten Farbfotos.

»Alle Achtung, du hast damals schon Talent gehabt«, sagte Juliane und zog ein Foto heraus, auf dem sie mit zwei anderen Mädchen auf einer Wiese saß. »Selbst mich hast du abgelichtet, obwohl wir zu der Zeit nicht gerade die besten Freundinnen waren.«

Benno hatte mehrere Fotos aus dem Stapel gezogen.

»Seht mal, hier«, triumphierte er. »Unser Floß. Was war das für ein tolles Projekt. Einen Sommer lang haben wir daran herumgebastelt.«

Olga machte die Runde durch den Raum, zeigte hier und dort einige der Fotos.

»Ja, stimmt. Und wisst ihr noch«, erinnerte Thorvald sich, »mein Gipsarm. Wir sind abends mit dem aufgeweichten Ding zu deinem Vater gelaufen und er hat mir einen neuen verpasst. Meine Mutter hat das gar nicht gemerkt.«

»Aber Olgas Vater war sauer«, meinte Benno.

»Stimmt«, pflichtete Thorvald bei. »Der war richtig wütend. Dabei war das gar nicht so schlimm.«

»Vielleicht war er sauer, weil wir auf dem See waren«, vermutete Hanna.

»Unsinn!«, rief Thorvald. »Wir haben nie erzählt, dass das mit dem Arm auf dem Floß passiert ist. Wir haben gesagt, wir waren am Bach.«

»Der muss euch aber gesehen haben«, sagte Juliane nachdenklich. »Ich habe euch doch auch beobachtet, ihr wart so was von dilettantisch.«

»Als du uns so erschreckt hast?«, fragte Thorvald und musste unwillkürlich nach Luft schnappen. Er gab ihr einen Klaps auf den Hinterkopf. »Weißt du eigentlich, dass ich damals richtig Todesangst hatte?«

»Man muss im Leben immer wieder an seine Grenzen stoßen, Thorvald, sonst verblödet man.« Juliane zeigte keine Reue.

»Immer wieder bin ich nachts aufgewacht und glaubte zu ersticken.«

»Ich dachte, du wolltest Weltmeister im Luftanhalten werden, bei wie vielen Minuten warst du gleich?« Juliane sah ihn forsch an.

»Bei drei!«

»Ich wollte eben wissen, ob du auch in Stresssituationen funktionierst«, sagte Juliane und winkte mit ihrem leeren Sektglas zu Luis hinüber.

»Ich habe mein Leben lang daran gearbeitet.«

»Aber dann warst du schon froh, dass ich es war und nicht der böse Hecht, oder?« Juliane strich ihm über die Wange. »Gib's doch zu.«

Benno sah die beiden abwechselnd grinsend an.

»›Sie sprach zu ihm, sie sang zu ihm. Da war's um ihn geschehn. Halb zog sie ihn, halb sank er hin …‹«

»›Und ward nicht mehr gesehn‹«, ergänzte Thorvald und ließ sich in seinem Stuhl zurückfallen. »Aber Goethes Seejungfrau war zärtlicher.«

»Jeder bekommt, was er verdient«, lachte Juliane und schaute Thorvald und Benno an. »Aber es war total leichtsinnig. Ich dachte, ihr wolltet in geheimer Mission auf dem See unterwegs sein. Aber dass da jede Menge Leute herumliefen, habt ihr nicht gesehen?«

Sie hoben die Schultern und schüttelten die Köpfe.

»Auch nicht den Mann, der da im Moos sein Schläfchen gehalten hat? Direkt am See. Den habt ihr auch nicht gesehen?«

Hinter ihnen gab es einen lauten Knall.

»Ja, ja, ja … meine Schuld!«, hörten sie Luis rufen, der beim Öffnen einer Sektflasche offenbar nicht mit so viel Druck gerechnet und die halbe Flasche verspritzt hatte. Eilends öffnete er eine neue.

Olga hatte sich in der Zwischenzeit wieder zu ihnen gesellt.

»Ich dachte es mir, ihr habt tatsächlich nichts mitbekommen«, rief Juliane.

Olga runzelte die Stirn.

»Als sie mich damals ertränken wollte«, fügte Thorvald erklärend hinzu.

»Ach ja, der Hecht«, lachte Olga jetzt.

»Und du willst dreißig Jahre später noch wissen, wer an diesem Tag alles am See war?«, sagte Luis leicht verächtlich, während er Sekt nachschenkte.

»Und du weißt so genau, dass es dreißig Jahre her ist?«, rief Benno. »Du warst doch gar nicht dabei!«

Olga und Juliane erhoben sich lachend und traten auf die große Veranda hinaus. Auch hier draußen war noch einiges los, aber es mischten sich auch andere Gäste unter die ehemaligen Schüler.

»Wartet, ich komme mit!« Hanna war herausgekommen und schloss sich den beiden Frauen an, die gerade die Stufen von der Veranda hinuntergingen.

Olga steuerte zielsicher auf die schwarze Wand des Waldes zu. Juliane und Hanna folgten dicht hinter ihr. Bald war das verschwenderische Licht, das aus dem Haus drang, von der Dunkelheit geschluckt und der Weg war kaum mehr zu sehen.

Im Wald herrschte Stille. Innerhalb weniger Minuten waren die Frauen von einer ganz anderen Stimmung umgeben. Ab und zu erklang von weit her ein Lachen oder Rufen. Dann war es wieder ruhig.

Und plötzlich lag der See vor ihnen. Eine dunkle, glatte Scheibe, bedrohlich und unschuldig zugleich. Vorsichtig rutschten sie den zugewachsenen Abhang hinunter. Olga war froh, dass sie die Riemchenpumps gegen bequeme Schuhe eingetauscht hatte.

Irgendjemand hat sich die Mühe gemacht und einen kleinen Steg gebaut, der einige Meter in den See hineinragte.

»Das sieht ganz nach Konrad aus«, sagte Olga, als sie sich auf den Steg setzten und die Füße ins Wasser tauchten. »Er hat bestimmt Bachforellen reingesetzt. Er angelt doch so gerne.«

»Oder Hechte. Sie sind bei Anglern sehr beliebt wegen ihrer Kampfeslust«, erwiderte Juliane.

Sie ließ ihre Füße trotzdem im Wasser baumeln und legte sich dann erschöpft auf den Rücken. Hanna lag auf dem Bauch und tauchte die Hand in das schwarze Wasser. Eine ganze Weile lagen sie so. Ganz dunkel war der Himmel hier am See nie, die glühende Stadt erleuchtete ihn mit ihrem nie verlöschenden Licht.

»Jetzt liegen wir hier, und mir kommt es so vor, als hätten wir uns letzte Woche erst gesehen«, sagte Olga. »Die Leute sind auf einmal wieder so vertraut. Überlegt doch mal, wie viele Jahre wir tagtäglich zusammen waren. Euch kenne ich mit Sicherheit besser als meine eigene Mutter.«

Juliane lachte auf. »Deine Mutter! Was macht sie eigentlich?«

»Sie lebt nach wie vor in Paris. Nach der Trennung von meinem Vater hat sie ein Engagement an der Opéra Garnier bekommen.« Olga musste lachen. »Das war typisch Mama. Ließ zu Hause alles stehen und liegen und ging mal eben nach Paris, ans größte Opernhaus der Welt.« Dann sah sie Juliane aufmerksam an. »Und was ist mit dir, Frau Journalistin? Woran arbeitest du gerade? Korruption im Rathaus oder vielleicht an einem neuen Lifestyle-Artikel mit Fotos von angetrunkenen Wohltätigkeitsveranstaltern, die selbst nicht so genau wissen, warum sie gerade so prominent sind?«

Hanna musste lachen und Juliane legte sich schmunzelnd auf die Seite und zündete sich eine Zigarette an. Die Glut ließ ihr Gesicht für einen kurzen Moment orangerot aufleuchten. Sie hatte offensichtlich auf diese Frage gewartet. »Ich hätte mich in den nächsten Tagen sowieso an dich gewandt. Ich brauche dich«, erwiderte sie geheimnisvoll.

»Wozu?« Olga hatte nicht die geringste Ahnung, was Juliane von ihr wollte.

»Ich beschäftige mich gerade mit herausragenden Persönlichkeiten im Bergischen Land.« Sie machte eine bedeutungsvolle Pause. »Also mit Leuten, die hier wirklich was geleistet haben, über einen langen Zeitraum hinweg, die ein ›Lebenswerk‹ geschaffen haben.«

»*Mich* kannst du dann ja nicht meinen.«

»Nein, aber deinen Großvater natürlich!« Juliane hörte sich fast so an, als wäre sie sauer, dass Olga nicht selbst darauf gekommen war. »Er ist der Letzte einer großen Industriedynastie. Er ist steinalt, aber noch nicht verkalkt, kurzum, er ist das Beste, was einer Journalistin passieren kann.«

»Aber er heißt Vincent Ambach und das macht die Sache kompliziert, wenn nicht unmöglich.«

»Du meinst seine schwierige Art …«

»›Schwierige Art‹ ist gut«, lachte Olga. »Er hat mit allem, was geschehen ist, abgeschlossen, Punkt, fertig. Er redet nicht mehr darüber. Selbst mit mir spricht er nicht über seine Vergangenheit. Und ich bin in der Familie die Einzige, mit der er überhaupt noch redet. Und du wirst sicher bereits an der Haustür von Elise höflich, aber bestimmt zurückgewiesen werden.«

»Ich weiß, ich weiß.«

»Na dann, viel Glück«, lachte Olga, »vielleicht bringst

du mir dann meine Familie näher, von der ich so gut wie nichts weiß. Ist das dein einziges Projekt? Du solltest noch Alternativen in petto haben.«

»Habe ich auch. Produktpiraten und Bergisch Heil.«

»Bergisch was?«

»Bergische Neonazis.«

»Oje!«, stöhnte Hanna.

»Ich sage euch, da tun sich Abgründe vor einem auf«, erwiderte Juliane. »Da schreien Sechzehnjährige ›Juden raus!‹ und keiner von denen hat je einen Juden gesehen oder auch nur den Hauch einer Ahnung von jüdischem Leben. Das Schlimmste ist, es gibt wirklich brutale Übergriffe. Das erschreckt mich immer wieder.« Juliane seufzte. »Aber diese Dummköpfe bilden nur den Bodensatz. Anders wird es, wenn du an die Alten, die echten Überzeugungstäter gerätst. Die, die an das glauben, was sie verbreiten.«

»Du meinst, die NPD-Leute, die sich den Anschein von Seriosität geben, weil sie gewählt werden? Aber wie willst du an die anderen herankommen? Hast du gute Kontakte?«, fragte Hanna.

»Ja. Ich muss noch prüfen, ob sie brauchbar sind. Aber ich denke schon.«

Sie drückte ihre Zigarette aus. Schweigend saßen sie auf dem Steg und lauschten den Geräuschen des nächtlichen Waldes, dem Rascheln irgendeines kleinen Nagers. Aus der Ferne erklangen Fetzen von Stimmen, die sich im warmen, abgestandenen Dunst des vergangenen Tages verflüchtigten.

»Ach Mädels.« Juliane drehte sich mit einem Lächeln zu Olga. »Na, was ist nun mit deinem Heldentenor?«

Olga hatte auf diese Frage gewartet. »Nichts«, sagte sie kurz angebunden.

»Wie, nichts!«

»Auf jeden Fall nichts Neues. Wir sehen uns ab und zu und das war's dann. Er ist in Kopenhagen …«

»… und wohnt dort mit einer Japanerin zusammen«, fiel Juliane ihr ins Wort. »Weiß ich. Aber wenn man euch beide zusammen sieht, hat Thorvald seine Japanerin vergessen, glaub mir. Ihr habt immer so ein Leuchten in den Augen.«

»Das Leuchten könnte verschwinden, wenn Thorvald und ich richtig zusammen wären.«

»Weiß man erst, wenn man es probiert hat.« Juliane ließ nicht locker. »Und wenn es nicht klappt, macht ihr weiter wie bisher.«

»Ach … du bist immer so pragmatisch.«

»Er ist richtig erfolgreich, oder?«

»Ja, er arbeitet ja auch ohne Unterlass, es ist ein Wunder, dass er überhaupt gekommen ist«, sagte Olga.

»Er wollte dich sehen, ist doch klar. Was zaudert und zögert ihr eigentlich so? Das kann man ja gar nicht mitansehen.«

»Mein Gott, wenn das alles so einfach wäre, wären wir seit fünfzehn Jahren verheiratet und hätten sechs Kinder. Aber so ist es nun mal nicht. Wir …«

»Ihr wisst nicht, was ihr wollt«, unterbrach Juliane sie. »Und ihr traut euch nicht. Wie die Teenies.« Sie seufzte. »Na, ich kann mich ja selbst auch nicht festlegen. Und wenn man zu hohe Ansprüche hat, wird alles ganz schwer, und nichts funktioniert mehr.«

»Thorvald ist für Olga eben mehr als nur ein möglicher Ehemann.« Hanna nickte Olga zu. »Ich kann dich verstehen.«

»Warum hast du dann Luis geheiratet, wenn es nach dem Ehemann noch eine Steigerung gibt?«, lachte Juliane.

»Luis ist nicht Thorvald. Und wir sind eben beide pragmatisch«, entgegnete Hanna.

»Und Benno war nicht pragmatisch?« Juliane ließ nicht locker.

»Benno ist der netteste Kerl, den ich kenne. Nach wie vor. Aber … nein. Er ist kein Pragmatiker, er ist ein Träumer. Als ich ihn vorhin gesehen habe, hat er mir so leidgetan.« Hanna holte tief Luft.

»Jetzt hör auf, ihn zu bemitleiden«, sagte Juliane. »Du musst an dich denken. Benno ist selbst schuld, dass er eine Frau wie dich verloren hat.«

»Trotzdem … ach, lassen wir das. Ich habe so viel darüber nachgedacht, ich will mir den Abend nicht verderben.«

Sie richtete sich auf, als hätte sie den Ballast der trüben Gedanken von sich geworfen. »Wen hast du denn gerade an der Angel?«, fragte sie, an Juliane gewandt.

»Ach, niemand Festen«, antwortete Juliane kurz angebunden und stand auf. Sie nahm den Stein, mit dem sie schon die ganze Zeit herumgespielt hatte. Sie hatte nicht vor, über ihr eigenes Liebesleben zu sprechen.

Plötzlich zeigte Olga auf einen Lichtstrahl, der sich zwischen den Tannen auf der anderen Seite des Sees zu bewegen schien. Sie stand auf.

»Wer ist denn da?«, rief sie.

Noch eine Weile tanzte das Licht umher, dann verschwand es. Es war ganz ruhig. Nur von weit her erklang ein helles Lachen.

»Die stromern durch den Wald«, sagte Hanna leise. »Möchte nicht wissen, was die hier alles so treiben.«

»Ja, aber die Stimmen sind weit weg, das Licht war ganz nah.« Olga setzte sich wieder hin, behielt jedoch die Stelle im Auge.

»Was ist eigentlich aus dem Floß geworden?« Juliane hatte sich erneut eine Zigarette angezündet.

»Es wurde konfisziert.« Olga versuchte sich zu erinnern. Sie schaute auf das schwarze Wasser und beschwor die Bilder der Vergangenheit herauf.

»Ich weiß nicht mehr genau, wie das passiert ist. Und wer uns verpfiffen hat. Ich bin fest davon überzeugt, dass meine Schwester Lissy ihre Klappe nicht halten konnte und unserem Vater davon erzählt hat.«

»Nein, das glaube ich nicht«, widersprach Juliane. »Ich denke, dass dein Vater euch gesehen und zurückgepfiffen hat. Oder dieser Heini da. Oder dein Großvater vielleicht?«, sagte Juliane bedeutungsvoll.

»Was?«, fragte Olga erstaunt.

»Du warst vorhin am Nebentisch, als wir uns darüber unterhielten«, erklärte Juliane.

»Was hat denn dein Vater dazu gesagt? Irgendwann später werdet ihr ihm doch davon erzählt haben. Oder weiß er das bis heute nicht?«, fragte Hanna lachend.

»Doch klar, aber ich bin mir sicher, dass sie uns an dem Tag nicht gesehen haben, sonst hätten sie uns garantiert vom Floß geholt.« Olga überlegte angestrengt. »Also du willst … warte mal …«, sie rechnete nach, »wir müssen zehn, elf gewesen sein, also dreißig Jahre später willst du das noch wissen?«

»Ja. Ich habe ein extrem gutes Gedächtnis«, prahlte Juliane. »Ich kann mich an Dinge erinnern, die passiert sind, als ich gerade mal zweieinhalb Jahre alt war.«

»Jetzt übertreib mal nicht«, sagte Hanna. »Ich kann mich kaum noch an meine Konfirmation erinnern.«

»So ist es aber. Bestimmte Szenen sehe ich noch vor mir, als wären sie gestern passiert.«

»Dann hast du den richtigen Beruf gewählt. Wenn du

mal deinen Block oder das Diktiergerät vergessen hast, schaltest du den Speicherchip in deinem Kopf ein«, lachte Hanna.

Ein lautes Knacken schreckte die Frauen erneut auf. Sie spähten in den Wald. Die dunkle Wand der Bäume hob sich deutlich vom See ab. Wieder ein Knacken, dann war es ruhig.

Olga rechnete damit, dass Thorvalds leuchtender Haarschopf jeden Moment aus dem Dunkel auftauchen würde oder Benno wieder irgendeinen Unfug plante, aber nichts geschah. Wenn dort jemand war, dann wollte er im Verborgenen bleiben, schoss es Olga durch den Kopf.

»Das war aber ein dickes Wildschwein«, sagte sie laut.

»Eins mit Taschenlampe.« Juliane stand auf. »Komm, lasst uns zurück ins ›Luis‹ gehen.«

Von der Veranda aus sahen sie durch das große Fenster in die Bar. Die Stimmung war fröhlich und ausgelassen. Thorvald stand auf einem Tisch und sang. Olga verstand nur »… Leberzirrhose von dem Bier aus der Dose …«. Die anderen klatschten, pfiffen und sangen mit. Benno aber saß völlig abwesend an der Bar, ein leeres Glas in der Hand. »Benno hat von eurer Hochzeit erfahren, stimmt's?«, meinte Olga.

Hanna nickte traurig. »Ja. Und zwar nicht von mir. Irgendjemand hat es ihm erzählt und ich habe es sofort gemerkt. Seitdem schaut er mich so merkwürdig an. Ich hätte es ihm selbst sagen sollen.«

»Der Tanz ist eröffnet, meine Damen«, rief plötzlich jemand hinter ihnen und im selben Moment wurden die Frauen untergehakt und weggezogen. Freddy grinste Olga breit an. Er wusste, wie sehr sie das Aufgefordertwerden hasste. Auch Hanna war überrumpelt worden und Schippe sah nicht so aus, als ob er sie auslassen würde. Drinnen saß keiner mehr an seinem Platz, das »Luis« tanzte. Die Nacht hatte gerade erst begonnen.

Olga aber hatte genug. Sie wollte zurück zur Hütte.

3

Olga saß auf den Stufen zur Veranda der Jagdhütte und sah auf die gemähte Wiese und das dichte Gestrüpp dahinter. Es schien das kleine Anwesen der Familie Ambach von der Außenwelt abzuschirmen. Bennos Vater, Konrad Thalbach, hatte sich bemüht, die wuchernden Pflanzen vom Hause fernzuhalten. Er hatte eine genauso liebevolle Beziehung zu dem Häuschen entwickelt wie ihre Familie. Aber als wahrer Gartenkünstler war er nicht in der Lage, einfach nur den Rasen zu mähen. Er hatte einen Irrgarten angelegt, durchsetzt mit kleinen, versprengten Blüteninselchen, aus denen Schmetterlinge und Bienen zu wachsen schienen. War ein Busch zu üppig geworden, bekam er eine neue Frisur verpasst. Ein Strauch hatte sogar die Gestalt eines Esels. Und das durfte durchaus als Warnung verstanden werden, denn das lebende Vorbild, Hausesel Tito, war schon ein paarmal auf den vorbeiführenden Wanderweg gerannt und hatte die Wanderer getreten.

Kein Lüftchen regte sich, und Olga spürte bereits den nahenden Sonnenaufgang. Es war ein wenig kühler geworden, aber die Sonne würde die feuchte, drückende Luft bald erneut aufheizen.

Wo die anderen abgeblieben waren, wusste Olga nicht. Als sie die letzte Steigung erklommen hatte, sah sie zwei Schemen nahe der Hütte, die gerade im Wald verschwanden. Sie konnte nicht erkennen, wer es war, und achtete auch nicht weiter darauf, denn irgendwelche Partygäste waren immer wieder einmal nach draußen gegangen.

Keiner hatte bisher gezielt den Weg hinauf zur Hütte genommen, obwohl alle wussten, dass es hier oben Schlafplätze gab.

Wie lange sie schon hier oben saß, wusste sie nicht. Sie hatte plötzlich Sehnsucht nach der Jagdhütte und nach Ruhe gehabt. Doch die Vögel gaben ein Konzert von solcher Intensität und so voller Inbrunst, dass sie sich eingeladen fühlte, auf der Veranda der einzigartigen Darbietung der Rotkehlchen, Amseln und Singdrosseln zu lauschen.

Gegen Morgengrauen, als der Kuckuck schon zu hören war, glitten Olgas Gedanken in jene verborgenen Sphären ab, aus denen die Träume heraufsteigen, um sich mit ihnen zu verweben.

Plötzlich war eine Stimme zu hören: »Olga … Olga!«

Augenblicklich war Olga hellwach. Sie fühlte sich steif und ihr Rücken schmerzte. Sie hatte wohl nur wenige Minuten geschlafen, denn das Licht hatte sich kaum verändert. Der Ruf ihres Namens hallte noch deutlich nach.

Doch außer dem Gesang der Vögel und dem zufriedenen Glucksen des kleinen Bächleins, das an dem Haus vorbeigurgelte, war nichts mehr zu hören. Langsam richtete sie sich auf und spähte in den Wald.

Lautes Rascheln, das Knacken dünner Äste und schwere Schritte kündigten einen Besucher an. Das schützende Dickicht teilte sich und ließ den hellen Schopf Thorvalds sichtbar werden, der sie mit offenem Mund ansah.

»Hier bist du!«, sagte er, als er vor ihr stand. Er schien einen relativ klaren Kopf zu haben, obwohl er offensichtlich nicht den richtigen Weg zur Hütte genommen hatte.

»Wo sind die anderen?«, fragte Olga belustigt.

»Keine Ahnung, die waren auf einmal weg. Benno muss noch irgendwo …«, er reckte seinen Hals und zeigte nach links, »... er lief dahinten herum – ich weiß auch nicht – ist er nicht hier?«

»Nein«, lachte Olga.

Langsam ging Thorvald an der Hütte vorbei und verschwand dahinter. Als er auf der anderen Seite wieder auftauchte, war sein Gesichtsausdruck völlig verändert.

»Willkommen zu Hause!«, rief er mit erhobenen Armen. Er stand vor Olga und strahlte, die aufgehende Sonne im Rücken.

Es war schon Mittag, als Olga die Augen öffnete und sich in ihrem Bett aufsetzte. Thorvald lag in der anderen Zimmerecke, voll bekleidet auf der platten Luftmatratze. Offenbar hatte er den Stöpsel nicht fest genug in den Verschluss gesteckt.

Sie schlich auf Zehenspitzen die schmale Holztreppe hinunter und trat in den lichtdurchfluteten Raum, worüber sie sich im ersten Moment unbändig freute.

Aber die Freude über das Sonnenlicht, das jeden Winkel des Hauses eroberte, wich rasch der Ernüchterung, als ihr bewusst wurde, dass sich der blaue Strich des Thermometers auch heute wieder mühelos über die Dreißiggradmarke erheben würde. Schlagartig wurde ihr heiß. Sie öffnete die Tür und trat auf die schmale Holzveranda hinaus. Die Luft war schon jetzt drückend und zäh vor Feuchtigkeit. Es fiel ihr schwer, zu atmen. Sie beschloss, ein Glas Wasser zu trinken und sich noch einmal hinzulegen.

4

Olga packte ihre Kamera, den Zeichenblock und eine riesige Wasserflasche aus Kunststoff in den alten Rucksack und ging durch den Hohlweg, der an der Hütte vorbei in den Wald führte. Ihr Körper bewegte sich in Zeitlupe. Bloß nicht zu schnell und möglichst jede Anstrengung vermeiden. Es war erst zehn, und doch legte sich die Hitze bereits wie ein heißes Tuch auf Schultern und Arme, sobald die Sonne durch eine undichte Stelle im Blätterdach der hohen Buchen drang.

Sie hatte den ganzen Sonntag über geschlafen. Traumlos und bleiern. Abends hatte sie ein wenig von ihrem mitgebrachten Proviant gegessen und dann sofort weitergeschlafen. Einmal hatte sie geglaubt, im Halbschlaf die Stimme ihres Vaters gehört zu haben, oder hatte sie doch nur geträumt? Am Morgen hatte sie festgestellt, dass jemand in der Hütte gewesen sein musste, denn auf dem Tisch lagen frisches Brot und Marmelade. Jemand hatte sie mit Lebensmitteln versorgt und sie würde frühstücken können, ohne erst einzukaufen. Vermutlich hatte Thorvald die Sachen besorgt, bevor er sich auf den Weg zu Benno gemacht hatte.

Dürre trockene Äste und Blätter knisterten unter ihren Füßen. Alles war so trocken und zerbrechlich wie das Esspapier, das sie als Kinder in großen Mengen gegessen hatten. Plötzlich liefen sie wieder um sie herum. Thorvald auf Tito den Hohlweg entlangpreschend, die zerbrechliche Lissy und Benno, der beim Rennen immer wild mit den Armen ruderte, als wollte er einen Schwarm Mücken verscheuchen oder damit der überströmenden Lebensfreude eines kleinen fröhlichen Jungen Ausdruck geben. Sie hörte Lachen und Gejohle, Eselsgebrüll und Ritterfluchen. Jede Hohlwegbiegung, jeder Baum, der sprudelnde Bach ließ die Kindheitserinnerungen farbig und lebendig werden.

Olga blieb stehen. Diese Stelle hier war ihr Lieblingsplatz gewesen. Wie hatte sie ihn nur vergessen können? Sie setzte ihren Rucksack ab. Unter den breiten Riemen war sie schweißnass. Lange schaute sie auf das riesige Mooskissen, das sich vor ihr im scheckigen Sonnenlicht ausbreitete. Es hatte im Laufe der Jahre beträchtlich an Größe zugenommen und bedeckte nun fast die ganze Mulde zwischen der alten Buche und dem Bach. Herrliches dichtes Ordenskissen bildete zusammen mit weichem Purpurmoos und gemeinem Kissenmoos ein Bett, wie man es sich im Paradies vorstellte.

Sie musste an die Geschichte von dem faulen Waldarbeiter denken, der die meiste Zeit im Moos lag, anstatt zu arbeiten. Er lag da, schaute in die Baumkronen und den Himmel darüber, zählte die Mücken, lauschte dem Kuckuck oder dem Eichelhäher, bis er eines Tages vollkommen vom Moos überwuchert war. Und tatsächlich gab es weiter oben eine Stelle, dicht bei der alten Eiche, an der auf dem Boden der Umriss eines Menschen ganz deutlich zu erkennen war.

Langsam ließ Olga sich nieder und streckte Arme und Beine weit von sich. Die Kühle, die das Moos aus dem Boden sog und unter ihrem Körper verbreitete, war wohltuend. Sie schaute in die bewegungslosen Baumkronen hinauf und gelangte in einen Zustand, wie sie ihn seit ihrer Kindheit nie mehr erlebt hatte. Alles um sie herum zog sich zurück, wurde kleiner, leiser und blasser. Das Moosbett trug sie in die Baumwipfel und wiegte sie sacht im wärmenden Licht.

Die kleinen Lichtkugeln tanzten wie Mücken um sie herum und manche zerplatzten wie Seifenblasen, und aus den zersprengten Teilchen formten sich neue und tanzten weiter. Es wurden immer mehr, bis Olga sich in einem dichten Nebel wiederfand. Sie saß ganz allein auf dem Floß. Wo waren denn die anderen? Olga suchte das Dickicht oberhalb des Sees ab.

»Wo seid ihr denn alle?«, hörte sie ihre eigene Stimme.

Jemand stand am Ufer. »Hallo? – Wer bist du?«

Angestrengt versuchte sie, die Person zu erkennen. Sie war groß. »Wer bist du denn?«

»Wo ist das Loch?«

Etwas Großes kam langsam auf sie zu. Der weiße Schwan tauchte aus dem Nebel auf und schwamm an ihr vorbei. Er sang ein Lied. Mit Thorvalds Stimme. Er sang so schön, dass Olga weinen musste.

»Was denn für ein Loch?«

»Das mit dem Schatz drin. Unten bei den Klippen.«

»Warum habt ihr Ruben mit dem Floß rausgeschickt. Er ist ertrunken!«

Das Brummen, das schon seit längerem über dem Traum lag, wurde energischer. Es schwoll an und wurde von einem unerträglichen Gestank getragen, der Olga jäh aus den Baumwipfeln in das weiche Moos zurückholte. Sie schlug die Augen auf, aber sie konnte sich nicht rühren. Wie ein Magnet zog das Moos ihren Körper in den Boden und hielt sie fest. So, als wollte es Olga vor dem Ungetüm schützen, das sich zu ihr hinunterbeugte und mit gefletschten Zähnen anknurrte. Es stank, und die Augen waren gelb. Geifer hing an seinem offenen

Maul und lief in langen Fäden hinab auf ihre nackten Beine.

Ihr blieb vor Schreck schier das Herz stehen. Sie wagte kaum zu atmen. Da gellte ein Pfiff von weit her durch die Luft, und das Ungeheuer ließ von ihr ab. Olga war nicht in der Lage, sich aufzurichten. Aber sie hörte deutlich, wie das große Tier davontrottete. Sie bewegte sich erst, als nichts mehr zu hören war außer dem vertrauten Vogelgezwitscher.

Wie benommen ging sie zum Bach und wusch sich Arme und Beine gründlich ab. Oh, wie sehr sie es hasste, wenn diese Riesenköter nicht angeleint herumliefen und andere zu Tode erschreckten. Aber wem gehörte dieses Ungetüm? Von dem Besitzer hatte sie nichts als den Pfiff gehört. Hier im Wald war nur Robert als Hundenarr bekannt und gefürchtet. Aber vielleicht war es auch jemand aus der Stadt.

Sie fühlte Unruhe in sich aufsteigen. Diese leise, altbekannte Unruhe, die hauchte: »Du findest keine Ruhe, nie bist du ganz zufrieden. Immer wirst du gestört. Dein Leben lang. Gestört, geärgert, verängstigt. Es gibt kein Paradies. Denn da sind Mücken und Rapskäfer. Fiese Nachbarn, Zahnschmerzen und Hunde. Und da sind böse Ahnungen, genährt aus verdrängten Erinnerungen, die ihre Fühler nach dir ausstrecken. Irgendetwas quält dich immer oder verdirbt dir den Tag.«

Sie seufzte. Sich abzulenken, das gelang mit ihrer Arbeit fast immer. Da wurde sie wieder zum Kind, das auf dem Bauch lag, die Zunge zwischen die Zähne geklemmt, und mit heißem Eifer und roten Wangen zeichnete. Manchmal wunderte sie sich selbst darüber, dass diese Leidenschaft nie verblasste.

Olga drehte sich einmal im Kreis und betrachtete den

Waldboden, dann setzte sie sich auf eine umgestürzte Buche. Das Sonnenlicht schimmerte gelblich durch die Baumkronen und ließ auf dem Moos, das den Stamm mit kleinen Inselchen bedeckte, goldene Lichtflecken tanzen.

Sie holte ihren Skizzenblock hervor und betrachtete den Baumstamm genau. Er eignete sich hervorragend für eine Texturstudie. Die glatte silberne Rinde war an manchen Stellen aufgesprungen und hatte ein kleines Biotop gebildet. Der ganze Wald im Miniaturformat war darauf zu finden.

Die Zeit verstrich. Irgendwann bemerkte Olga, dass sich das Licht verändert hatte. Sie verstaute ihre Zeichenutensilien und erhob sich langsam. Die glatten, kerzengeraden Stämme der Buchen schufen das Innere einer Kathedrale, in die sie aufmerksam und ehrfurchtsvoll eintrat. Hier war es still. Wie von allen vergessen standen die schlanken Säulen da. In den Himmel strebend und fest im Erdreich verwachsen. Olga legte den Kopf in den Nacken und suchte die Baumkronen ab. Sie liebte dieses kleine intakte Refugium, das einem vorgaukelte, die Welt wäre vollkommen und in Ordnung. Und sie durfte daran teilhaben.

Eine fette blaue Schmeißfliege brummte an ihr vorbei, und der faulig-süßliche Geruch der Stinkmorcheln zog in Schwaden über den Waldboden, bemüht, mit dem verlockenden Duft Fliegen und Mistkäfer anzulocken.

Langsam ging Olga durch den Wald, um Ausschau nach diesen phallischen Gewächsen zu halten. Schließlich gelangte sie an die Stelle, wo sich der Bach durch natürliche Stauung zu einem kleinen blanken Teich geweitet hatte. Gerade so groß, dass ein Erwachsener bequem darin Platz fand.

Ruhig schimmerte das dunkle Wasser durch die üppig

gewachsenen Farne, die dieses geheime Kleinod vom Wald abschirmten. Ein Fremder, der nichts von diesem kleinen Gewässer wusste, bemerkte es nicht, auch wenn er abseits der Wege unterwegs war.

Beim Anblick des Wassers überkam Olga ein starkes Verlangen nach Abkühlung. Sie überlegte, ob sie sich einfach ausziehen und ins Wasser legen sollte. Nur der Gedanke an den großen Hund hielt sie davon ab.

Plötzlich entdeckte Olga durch die großen Farnwedeln hindurch etwas Blaugrünes. Mit der Kamera um den Hals und mit wedelnder Hand die dicken Fliegen verscheuchend, bahnte Olga sich den Weg durch die grüne Barriere hin zum Wasser. Unzählige Pilze hatten sich hier ihr Refugium gesucht und stanken so intensiv, dass sie auf Olga wie ein frisch injiziertes, starkes Betäubungsmittel wirkten, das alles andere aus ihrem Bewusstsein verdrängte.

Langsam, als sähe sie sich selbst in einem Traum, sank sie in die Knie und blieb am Bachrand sitzen. Olga wurde seltsam ruhig. Die Fliegen hatten aufgehört zu brummen, die Insekten verstummten, das Wasser floss geräuschlos den Berg hinab. Aus dem Wald drang kein einziges Geräusch mehr. Jemand hatte den Ton abgestellt.

Leicht wiegten sich die grasartigen Wasserpflanzen in der Strömung und flochten das lange, dunkle Haar mit in die Wellenbewegung hinein. Das Wasser strich leise über das nach oben gewandte Gesicht, und das blaugrüne Kleid ließ den Eindruck entstehen, als gehörte die Frau hierher, als wäre nur hier ihre Welt. Gleich würde sie sich vorsichtig regen und sich mit sanften Flossenschlägen davonschlängeln.

Doch Juliane regte sich nicht. Viel zu lange schon lag ihr Gesicht mit den geschlossenen Augen unter der dünnen Haut aus Wasser. Zufrieden, nicht der quälenden Hitze ausgeliefert zu sein, tief schlafend in dem klaren Wasser, das ihre fröhliche Seele längst die vielen Windungen des kleinen Baches hinabgetragen hatte.

Wie lange Olga schon am Wasser gehockt war, hätte sie nicht zu sagen vermocht. Ihr Zeitgefühl hatte eine andere Dimension angenommen, war wie verzerrt. Das Licht hatte sich leicht verändert, die Schatten waren länger geworden. Aufmerksam betrachtete Olga die Pilze und die Fliegen, den Geruch nahm sie nicht mehr wahr, er hatte seine betäubende Wirkung entfaltet.

Reglos schaute sie auf die Frau im Wasser, die sie so gut kannte und für die sie plötzlich nichts mehr empfand. Sie lebte nicht mehr. Das war alles. Wieso spürte Olga nichts? Keine Angst, kein Entsetzen. Sie müsste doch jetzt laut schreiend durch den Wald rennen, über eine Wurzel stolpern, hinfallen, sich wieder aufrappeln, weiterrennen bis zum nächsten Haus und dort an der Tür zusammenbrechen.

Ein lautes Knacken der Äste hinter dem hohen Farn ließ sie zusammenfahren. Was tat sie hier? Sie musste Hilfe holen! Wie aus einem Traum erwacht, erhob sich Olga. Langsam löste sie sich aus ihrer Starre, griff zitternd nach ihrem Rucksack. Vielleicht war Juliane gar keines natürlichen Todes gestorben? Lag hier vielleicht noch jemand auf der Lauer? Der Mörder? Vielleicht war Juliane ja erst Sekunden vor Olgas Erscheinen getötet worden und der Mörder hatte nicht genügend Zeit gehabt, um wegzulaufen? Was, wenn er seine Inszenierung der schönen Ophelia in ihrem Grab aus Blumen und Wasser noch genießen wollte? Warum war ihr das nicht früher eingefallen?

Olga sprang auf und lief in den Wald zurück. Sie musste an die Nacht des Klassentreffens denken, als sie mit Juliane am See gelegen war. An das Knacken der Äste.

Es war ruhig. Kein Spaziergänger, kein Hund. Sie blieb stehen. Ihr Herz schlug so laut, dass es alle anderen Geräusche übertönte. Wenn es jemand auf sie abgesehen hätte, dann jetzt. Sie drehte sich um. Hinter jedem der Bäume konnte sich jemand versteckt haben. Sie drehte sich weiter und atmete schwer. Er könnte sich jetzt von dem Baum lösen und auf sie zugehen. Was würde sie tun? Rennen? Vermutlich. Sie war eine gute Läuferin, das wusste sie, darauf konnte sie sich verlassen.

Dann ein Knacken. Und wieder.

Erst als sie Stimmen hörte, brach Olga innerlich zusammen. Es war eine muntere Truppe Best Agers, die mit Nordic-Walking-Stöcken unterwegs waren. Die hatten bestimmt ein Handy dabei.

Kriminalhauptkommissar Martin Kirschbaum bahnte sich einen Weg durch die Absperrungen und ging auf eine Gruppe Leute in weißen Overalls zu, die damit beschäftigt waren, die Umgebung abzusuchen. Einer von ihnen hielt etwas in der Hand und die anderen beugten sich darüber, so als ob der Leiter einer naturkundlichen Wanderung einen seltenen Frosch gefunden hätte und den aufmerksamen Teilnehmern nun Art, Gattung und besondere Merkmale erläuterte.

Olga saß etwas abseits auf einem Baumstumpf und betrachtete das Geschehen wie durch den Sucher ihrer Digitalkamera. Sie sah die vielen Menschen, die plötzlich da waren. Es wurden immer mehr. Sie trugen weiße Overalls und sahen alle gleich aus. In Zeitlupe gingen sie auf und ab, als folgten sie einer Choreografie.

Olga funktionierte irgendwie. Konnte gehen, sprechen und sich wieder hinsetzen. Aber nur, weil der Autopilot eingeschaltet war. Ohne dieses Korsett aus schockhafter Betäubtheit hätte sie nicht so gefasst hier sitzen können, sie wäre heulend zusammengebrochen und hätte sich nie mehr beruhigt. Eine bleierne Müdigkeit legte sich über sie, am liebsten hätte sie sich wieder in ihr Bett gelegt. Die Bergische Hitze legte Olgas Kreislauf lahm, das war schon immer so gewesen.

Die Fragen des Kommissars, professionell einfühlsam, doch Punkt für Punkt gestellt, konnte sie ordentlich beantworten. Aber beide wussten natürlich, dass das Gespräch erst später interessant werden würde, wenn Olga alle Facetten des Todes ihrer Klassenkameradin Juliane noch einmal durchlebt haben würde und der Ausnahmezustand vorbei wäre. Dann würde auch die Erinnerung wieder einsetzen. Erinnerungen an all die Kleinigkeiten, die man unbewusst mitbekam und zunächst nicht weiter beachtete, später aber gezielt zu Deutungen einer bestimmten Situation verwenden konnte. All diese scheinbar unbedeutenden Vorkommnisse, nebensächlichen Bemerkungen oder Beobachtungen, die ihr aufgefallen waren, seit sie den Weg zu ihren Kindheitserinnerungen hinaufgeklettert war.

Darauf setzte Kirschbaum. Und Olga auch. Was war hier geschehen? Warum? Und wo waren die anderen? Wo, verdammt noch mal, blieb Thorvald?

Olga stand auf, nahm ihren Rucksack und ging langsam los. Sie ging einfach. Sofort war Kirschbaum wieder an ihrer Seite.

»Sie können gehen«, sagte er freundlich, ohne dass sie ihn danach gefragt hatte. »Ich begleite Sie, wenn Sie nichts dagegen haben.«

Olga antwortete nicht.

»Haben Sie jemand, der sich um Sie kümmern kann?«

»Kümmern?« Olga schüttelte abwehrend den Kopf. »Ich bin nicht krank. Ich will nur meine Ruhe haben.«

»Natürlich, das kann ich gut verstehen.«

Olga fragte sich, was er jetzt dachte. Oder was er bereits wusste. Er hatte zwischendurch immer wieder telefoniert.

Schweigend erreichten sie die Jagdhütte. Olga wurde erst jetzt klar, dass Juliane ganz in ihrer Nähe gestorben war. Sie suchte im Rucksack nach dem Schlüssel. Aber sie brauchte ihn gar nicht, die Tür stand offen. Sie trat ein, ohne den Kriminalhauptkommissar hineinzubitten. Die Luft im Inneren war stickig. Olga nahm zwei Gläser und eine Flasche Wasser und ging wieder hinaus. Sie hatte insgeheim gehofft, dass Thorvald irgendwo im Schatten sitzen würde, mit Noten auf den Knien, leise vor sich hin summend. Aber er war nirgends zu sehen.

Kirschbaum setzte sich neben Olga auf die Stufen, die zur Veranda hinaufführten. Sie tranken einige Schlucke und schauten in das grüne Dickicht am Rand des Gartens.

»Ist sie umgebracht worden?« Olga hörte sich diese Frage stellen und fand sich seltsam fremd dabei. War sie es wirklich, die so etwas Unfassbares fragte?

»Das können wir jetzt noch nicht sagen.« Kirschbaum stützte die Ellenbogen auf die Knie. »Aber vieles deutet darauf hin.«

Trotz der Hitze begann Olga plötzlich zu frieren. Sie hatte Kopfschmerzen. Die ganze chaotische und heiße Nacht des Klassentreffens wirbelte durch ihren Kopf. Kann das jemand von uns getan haben? Wer, um Gottes willen?

Kirschbaum sah sie an. »Haben Sie irgendeine Vorstellung? Eine spontane Idee?«

»Ich weiß es wirklich nicht. Ich habe sie gefunden und ...« Sie stockte. Was sollte sie ihm erzählen? Dass sie ihre tote Freundin wer weiß wie lange betrachtet hatte, weil sie so wunderschön aussah?

»Haben Sie jemanden bemerkt? Einen Spaziergänger zum Beispiel? Davon gibt es doch genug hier draußen«, unterbrach Kirschbaum Olgas Gedanken.

»Ein großer Hund hat mich geweckt.«

Kirschbaum sah sie fragend an.

»Ich war eingeschlafen, oben, unter der alten Buche. Ich hatte mich in das weiche Moos gelegt, dort haben wir als Kinder viel gespielt. Und dann bin ich wohl eingedöst. Diese Hitze macht mich ganz fertig. Und dann hat der Hund mich geweckt.«

»Welcher Hund?«

»Ein riesiges Ungetüm. Hat mich angeknurrt. Einen Menschen habe ich nicht gesehen. Nur dieses Riesenvieh. Dann habe ich einen Pfiff gehört. Von einer Hundepfeife, glaube ich. Das Tier ist dann weggetrottet wie ein Pferd.«

»Haben Sie den Hund schon einmal gesehen oder so einen Pfiff schon einmal gehört?«

»Nein.« Olga machte eine Pause. »Ich war so lange nicht mehr hier.«

»Gar keine Idee?«

»Hier oben kenne ich nur einen, der diese Art von Hunden hält. Und das ist Robert.«

»Weiter?«

»Hunter. Robert Hunter.« Olga zeigte in Richtung Steinbruch. »Er wohnt hinter dem Hügel, auf dem kleinen Hof.«

»Und was macht er beruflich?«

Olga bemerkte, dass Martin Kirschbaum gar keinen Notizblock hatte, in dem er herumkritzelte. Wie Juliane.

»Er hat einen Schrottplatz und handelt mit Militärfahrzeugen. Mehr weiß ich nicht.«

Sie betrachtete Kirschbaum offen von der Seite. Er war einer dieser unscheinbaren Menschen, die man kaum wahrnahm. Mittelgroß, mittelblond, mittelalt, ruhige Stimme, Ehering. Sein Blick allerdings war besonders. Mit kleinen flinken grünen Augen streifte er sein Gegenüber nur. Dennoch schien er im Bruchteil einer Sekunde alles Nötige zu erfassen. Und dieser Mann war zu Olgas Rettungsring geworden. Sie hatte im Moment sonst niemanden, an dem sie sich festhalten konnte. Er würde sie sicher ans Ufer bringen. Das war sein Job. Er hatte ihr Vertrauen bereits gewonnen. Er war ein Profi. Und er war mit Sicherheit unschuldig.

Plötzlich fiel ihr Ines ein. Kriminalhauptkommissarin Ines Sadur hatte Urlaub und wollte ein paar Tage hier im Wald bei Hanna bleiben. Warum hatte sie nicht früher daran gedacht? Mit *ihr* konnte sie doch reden. Anders reden. Erleichtert stand sie auf und sah Kirschbaum an.

»Ich möchte mich jetzt umziehen«, sagte sie entschlossen. »Und dann möchte ich meine Ruhe haben.«

Die Vorstellung , sich aussprechen zu können, machte ihr wieder Mut. Martin Kirschbaum stand auf, gab ihr fest die Hand und bestellte sie für den nächsten Tag ins Präsidium. Freundlich, aber bestimmt. Die Räder der Ermittlungsmühle hatten sich längst in Bewegung gesetzt.

5

Es war immer wieder ein komisches Gefühl, wenn sich die Schwebebahn in die Kurven legte; es rappelte und rumpelte, obwohl sich dieses außergewöhnliche Verkehrsmittel hängend fortbewegte. Ungestört schwebte sie über Baustellen und verstopfte Kreuzungen, Einbahnstraßen und Sackgassen hinweg, um dann wieder dem vertrauten, kurvigen Verlauf des Flusses zu folgen, begleitet von einem ewigen Quietschen.

Die Schwebebahn fuhr ihren Fahrgast durch das »wahre Leben« der Stadt, die sich ungeschminkt und nachlässig gekleidet ans Ufer des Flusses gesetzt hatte. Alte Firmenschriftzüge, besprüht mit schlechten Graffitis, hielten die Vergangenheit tapfer lebendig. Es waren jene Gründerzeit-Fabrikgebäude aus Backstein, die dem Fluss und seiner Umgebung das unverwechselbare Gesicht verliehen. Nichts war hier geschönt, es gab kein Möchtegern-Getue mit aufgeschraubter Hochglanzfassade. Man fuhr direkt über die Werkhalle einer Autowerkstatt, die Labors und Chemikaliendämpfe von Bayer, vorbei am Kirchenaltar und an den Wohnzimmern der hier lebenden Menschen.

Hatte sich der Fahrgast nach einigem Gedrängle einen Sitzplatz ergattert, konnte er, den Arm auf die breite Gummidichtung der Fenster gestützt, den Fluss absuchen. Der allgegenwärtige Knöterich bildete einen geschlossenen Ufersaum und verdeckte den Müll am Ufer. Mit einigem Glück erwischte das aufmerksame Auge eine Wasserratte, die zwischen verrosteten Einkaufswagen herumwuselte, sah zerfledderte Einkaufstüten, die für immer und ewig an herabgestürzten Ästen festhingen, oder entdeckte neben den in der Strömung wiegenden Büscheln des Wasserhahnenfußes einen riesigen Hecht, der neben einer Baumwurzel im Wasser stand.

Thorvald kam nicht in den Genuss dieser Abenteuer. Er stand in der Mitte eines dichten Menschenpakets, ohne Chance auf einen Haltegriff. Der war auch gar nicht nötig, denn er wurde von stark riechenden, verschwitzten Leibern gehalten, die sich rhythmisch im Kurvenverlauf wiegten. Es war spätnachmittags, und in eine unangenehmere Situation hätte er sich nicht bringen können. Das wurde ihm immer deutlicher bewusst. Die Leute hatten nach einem langen Tag Feierabend und Hunger. Er dagegen hatte einen entspannten Besuch bei Benno hinter sich, bei dem sie noch einmal in Erinnerungen geschwelgt waren.

Ein Vibrieren in seiner vorderen Hosentasche riss Thorvald aus seinen Gedanken. Thorvald versuchte, sein Handy aus der Tasche zu fischen, ohne allzu sehr auf Tuchfühlung mit dem Dicken neben ihm zu gehen.

»Hæ!«, schrie er auf Isländisch in das gerade einsetzende Quietschen.

Köpfe fuhren herum, böse, gelangweilte Blicke wurden ihm zugeworfen. Der Empfang war schlecht und Olgas aufgeregte Stimme drang nur in Fetzen an sein Ohr.

»Ich kann dich nicht verstehen«, rief Thorvald genervt.

»Dann quatsch doch draußen!«, rief einer hinter ihm.

Die Verbindung war mittlerweile unterbrochen, doch Thorvald hielt sich das Telefon weiter ans Ohr. Es lag eine gerade Strecke vor ihnen und kein Quietschen störte die intime Runde.

»So, ja, jetzt ist es besser!«, sagte er laut und deutlich, obwohl er niemanden mehr am anderen Ende hatte.

»Ich weiß nicht, warum man noch eine weitere Untersuchung veranlasst hat. Die ersten Ergebnisse waren nicht eindeutig, ich kann aber nach Hause… Was?… Keine Ahnung. Aber bestimmt ist es nicht ansteckend!… Ja, ja… ich bleibe solange zu Hause.«

Er wischte sich mit der anderen freien Hand den Schweiß von der Stirn. »Ja… bring die Kinder zu Oma. Ist vielleicht besser!«

Ohne auf die Umstehenden zu achten und *sehr* besorgt steckte er sein Telefon wieder in die Tasche. Dass er jetzt wenigstens eine Haltestange für sich allein hatte, machte die Luft auch nicht besser, aber so konnte Thorvald die Fahrt nach Oberbarmen wenigstens halbwegs menschenwürdig fortsetzen.

An der Endstation erbrach die volle Bahn ihren Inhalt schwallartig auf den Bahnsteig. Thorvald stand eine Weile reglos da, dann ging er langsam an das Ende des Bahnsteigs und schaute auf den Fluss hinunter, dessen bräunliche Brühe nur knapp das steinige Flussbett bedeckte. Vor dem Bahnhof standen Grüppchen von Jungen herum, alle in glänzenden, schwarzen Trainingshosen mit Knopfleisten an den Beinen und offenen Schuhen, bewaffnet mit Bierdosen oder Handys, mit denen sie sich unentwegt beschäftigten. Lautstark unterhielten sie sich in einer abenteuerlichen Mischung aus Türkisch, Russisch und Deutsch.

Die Bahn war längst wieder abgefahren, als ihm jemand auf den Rücken klopfte. Er drehte sich um.

Ines Sadur stand hinter ihm, im kurzen Sommerkleid, einen Rucksack auf dem Rücken und den Strohhut auf dem Kopf. Sie wirkte erschöpft und lächelte Thorvald müde an.

»Hallo!«, rief Thorvald erstaunt. »Wo kommst du denn her?«

»Ich war bei meinen Eltern. Fährst du auch wieder in den Wald?«, erkundigte sie sich müde. Sie wartete die Antwort nicht ab und packte seinen Arm. »Thorvald! Was ist mit Juli passiert? Weißt du was Neues?«

»Juliane?« Er runzelte die Stirn und sah sie neugierig an. Er war fast einen Kopf größer als Ines. »Was soll mit ihr sein?«

Ines warf ihm einen ernsten Blick zu. »Du hast es also noch nicht gehört.«

»Was denn?« Thorvald war genervt. Er holte eine Plastikflasche aus seiner Tasche, schraubte den Verschluss auf und trank in großen Zügen, bis sich die Flasche knackend zusammenzog.

»Juliane ist tot. Olga hat sie im Wald gefunden.«

Thorvald hielt unvermutet inne, verschluckte sich und prustete das Wasser auf den Bahnsteig.

»Bist du verrückt? Oder hast du in der Geisterbahn hier einen Hitzschlag bekommen?«, fragte er ärgerlich und wischte sich das Kinn mit dem T-Shirt ab.

Ines antwortete nicht. Thorvald richtete sich auf und strich sich die Haare aus dem Gesicht.

Olgas aufgeregte Stimme am Telefon fiel ihm plötzlich wieder ein.

Die nächste Bahn, vollgestopft mit müden und rotgesichtigen Menschen, fuhr quietschend in die Station ein. Wie Wasser an zwei Felsen, strömte die Masse an den beiden vorbei, die am Treppenabsatz standen und den Ausgang blockierten.

6

Olga drückte die Stirn an die kühle Scheibe der Hütte, so wie sie es als kleines Kind schon getan hatte, und sah hinaus auf den Hohlweg. Ihr kamen wieder die alten Geschichten in den Sinn, die ihr Vater früher gern erzählt hatte, aus der Zeit, als die Reisenden nur voller Angst und Misstrauen auf diesen »Teufelsgassen« unterwegs waren, denn sie galten als Wirkungsstätte böser Mächte. Und an den Wegkreuzungen wurden Galgen aufgerichtet, um die Schande der Gehängten in alle Himmelsrichtungen zu verbreiten.

Wie schwer es die Händler und Reisenden ein paar Hundert Jahre zuvor gehabt hatten, als sie mit ihren Ochsenkarren die steilen Hänge quer zum Flussverlauf passieren mussten, konnte Olga sich als Kind lebhaft vorstellen.

Die Geschichten spielten allesamt in ihrem Wald, auch dort, wo jetzt die Hütte stand. Und das fand Olga besonders aufregend. Das Gefühl, genau dort zu schlafen, wo die Skelette im Erdboden ruhten, die in einer ganz bestimmten Nacht, zu genau festgelegter Stunde ihr kühles Grab verließen, um sich an den Lebenden zu rächen. Olga hatte keine Angst vor ihnen. Sie war felsenfest davon überzeugt, dass sie von den schauerlichen Besuchern verschont bleiben würde.

Oft, wenn ihr Vater schon eingeschlafen war, stand sie wieder auf und schaute aus dem Fenster. Dann löschte sie das Licht, das der Vater für sie angelassen hatte, damit *sie* von draußen nicht gesehen wurde. Dann brauchte sie nur lange genug hinauszusehen, und langsam begannen sich die Umrisse von Gestalten aus den Schatten der Büsche herauszulösen und als Schemen umherzuwandeln.

Sie hörte die schweren Wagen schon von weitem kommen. Es ging nämlich sehr laut zu, mit viel Geschrei und Geschimpfe. Wenn das Ochsengefährt auf der kurzen Geraden direkt vor ihrer Hütte angelangt war, hatte es den Steilhang hinter sich, bei dem Olga schon zu Fuß Probleme bekam. Denn, so hatte der Vater ihr erklärt, man kannte damals keine Serpentinen, man fuhr geradewegs den Steilhang hinauf, um, einmal oben angekommen, auf dem Plateau zu bleiben. Hier war es bequemer und vor allem sicherer, als in den tiefen, dunklen und feuchten Schluchten, in denen so mancher Unhold, sei es aus dem nächsten Dorf oder aus einem der inneren Höllenkreise, sein Unwesen trieb.

»Na los! Kommt schon ihr Mistviecher…! Das letzte Stück schafft ihr auch noch, hoooo, na, wird's bald, elendes Ochsenvieh!«

Deutlich konnte sie den Fuhrmann fluchen hören. Und was der für Schimpfwörter kannte, grandios! Da konnte sie bei weitem nicht mithalten.

Einmal, so hatte der Vater ihr erzählt, sei in unmittelbarer Nähe der Hütte ein Trupp Reisender vorbeigezogen. Es war ein bunter Haufen, denn, so der Vater, aus Gründen der Sicherheit schlossen die Reisenden sich zu einer Karawane zusammen, um gegen Angriffe von Räubern und Wegelagerern gewappnet zu sein.

Ein Teil dieses Trupps bestand aus einfachen Fuhrleuten, die auf ihren zweirädrigen Karren Butter und Käse über Beyenburg nach Köln bringen wollten. Ihnen angeschlossen hatten sich ein Postreiter und eine Gruppe vornehmer Herren, die zu Pferd reisten. Sie trugen Felleisen und Lederflaschen bei sich sowie Dolche und Beile, um überhängende Äste abzuschlagen, die ihnen den Weg versperrten.

Doch gerade als sie an der Stelle des Weges waren, wo Hagen Ambach später dem Urwald einen Platz für die Hütte abtrotzte, brach der Tumult los. Eine Horde Raubritter sprang aus dem Unterholz hervor, fiel über die friedlichen Reisenden her und metzelte sie nieder. Aber auch einige der Raubritter wurden von den bewaffneten Herren getötet. Die überlebenden Ritter nahmen mit, was die Leute bei sich hatten, schnitten den Toten sogar die beringten Finger ab und verschwanden in den dunklen Tiefen des Waldes.

Lange lagen die Getöteten in dem Hohlweg. Man erzählte sich, dass die Erde an dieser Stelle hundert Jahre lang schwarz war vom Blut, das hier vergossen worden war. Und in dieser schwarzen Erde wuchsen bis in die Gegenwart hinein nur Disteln und Teufelskralle. Noch immer hatten die Seelen der Toten keine Ruhe gefunden. Jedes Mal wenn sich dieses schreckliche Ereignis jährte, irrten in der darauffolgenden Nacht körperlose Geschöpfe umher, um ihre Habseligkeiten wiederzufinden. Die Fuhrleute suchten ihre Butter und den Käse, der Postreiter suchte seine Schriftrollen und seinen Kopf, die edlen Reiter ihre Finger, die Goldschnallen und die Pferde.

Vielleicht hatte der Anführer der Raubritter Juliane geholt. Vielleicht war sie aber auch gar nicht getötet worden, sondern eines natürlichen Todes gestorben. Als Kinder hatten sie sich oft in das eisige Wasser gelegt und Wasserleiche gespielt. Olga fröstelte wieder.

Tot. Tot? Dieses Wort hatte bereits Bedeutung in Olgas Leben. Ruben war nicht mehr da. Er war mit seinem Porsche verunglückt, als sie zehn war. Onkel Ruben, der Bruder ihres Vaters, der genauso aussah wie dieser, nur ein wenig größer und schmaler. Alle hatten geweint, nur Großvater Vincent nicht. Und da wusste sie, dass es für ihn besonders schlimm gewesen war. Wer nicht weinen kann, lässt sein Leid nicht mit den Tränen abfließen, es bleibt tief im Inneren und lässt das Herz langsam zu Stein werden.

Ihr Großvater war nach dem Tod seines ältesten Sohnes nicht mehr so wie früher, das hatte Olga genau gespürt. Auch ihr Vater hatte sich verändert. Das war für sie viel schlimmer. Der Tod hatte den Vater besucht und zwar nicht ihn, aber seinen Frohsinn mitgenommen. Und dann war er auch noch bei Vincent vorbeispaziert und hatte ihm den Lebenswillen gestohlen. Aber er war schlampig gewesen, denn einen kleinen Fetzen davon hatte er zurückgelassen.

Es war nicht der Tod selbst, der Olga Angst einflößte, sondern das, was er aus den Menschen machte, die zurückblieben und weiterleben mussten. Auch wenn sie das gar nicht mehr wollten. Olga hatte damals genau gespürt, dass Vincent nicht mehr leben wollte. Er tat es dennoch, und das war für alle schlimmer, als wenn er gestorben wäre.

Sie sollte die Liste für Kirschbaum zusammenstellen, eine Liste der ehemaligen Mitschüler, die im »Luis« gefeiert hatten, aber auch aller anderen Gäste, die sie namentlich kannte. Sollte Olga jemanden vergessen haben, würden Thorvald, Benno und Hanna die Liste ergänzen.

Das Beste wäre, jetzt gleich anzufangen und nicht zu viel nachzudenken. Sie suchte in den Schubladen nach Papier und einem Stift. Als sie überlegte, mit welchem Namen sie beginnen wollte, drifteten ihre Gedanken schon wieder ab. Die welligen Haare, das schöne Kleid, das liebliche Gesicht unter der Wasseroberfläche. Und die schönen Blumen! Wo kamen nur die ganzen schönen Blumen her? Olga begann zu zeichnen.

Etwas rumpelte an der Tür. Sie kannte das Geräusch gut und blickte auf. Thorvald stand müde im Türrahmen und schaute sie fragend an.

»Ich suche einen Stift…« Sie lächelte ihn an und begann wieder, in der Schublade zu kramen. »Hier waren doch immer so viele abgebrochene Buntstifte, ich kann keinen einzigen mehr finden.«

Thorvald stellte seine Tasche in die Ecke und ging auf sie zu. Er legte seine Hände auf ihre Schultern, drehte Olga zu sich um, nahm sie in seine Arme und hielt sie ganz fest, ohne etwas zu sagen. Lange standen sie so da, bis Olga endlich anfing zu weinen. Der Autopilot hatte sich ausgeschaltet. Olga war wieder sie selbst und weinte die Tränen, die noch nicht hatten fließen können. Sie weinte um Juliane. Und sie weinte um ihre Familie.

Spät am Abend fanden sich Thorvald, Benno, Ines und Hanna wieder im »Luis« ein.

»Nie wieder«, murmelte Thorvald. »Und wenn ich dieses verfluchte, stinkende Gewässer in ganzer Länge von Vohwinkel bis Oberbarmen zu Fuß durchwaten muss. Ich setz mich da nie wieder rein.«

»Selbst schuld«, erwiderte Hanna genervt. Sie hatte bis spätabends noch Hausbesuche gemacht und war gerade erst an den Tisch zu ihren Freunden gekommen. »Bei so einem Wetter fährt man auch nur in die Stadt, wenn es unbedingt sein muss.«

Luis kam aus der Küche und servierte einen Gazpacho mit geröstetem Bauernbrot, das er mit Knoblauch abgerieben, gesalzen und mit Olivenöl beträufelt hatte.

Sie aßen schweigend. Keiner hatte Lust, zu reden. Keiner wollte Gemeinplätze über den Tod ihrer Freundin aus Jugendtagen abgeben. Sie wussten einfach nicht, was sie sagen sollten. Es war zu unfassbar. Zu unwirklich. Und doch mussten sie von nun an mit der Gewissheit leben, dass eine von ihnen höchstwahrscheinlich Opfer brutaler Gewalt geworden war, die sie nur aus dem Fernsehen oder aus der Zeitung kannten und über die man sonst so leichtfertig und ungezwungen sprach. Hatte ja immer die anderen getroffen. Aber jetzt hatte sie Juliane geholt und die anderen in einer merkwürdigen Unsicherheit zurückgelassen. Keiner von ihnen zeigte wirkliche Trauer. Keiner weinte um sie oder vermisste sie gerade jetzt. Und doch war tiefe Betroffenheit zu spüren, weil sie alle plötzlich mit Gewalt und Tod konfrontiert worden waren. Zurück blieb eine nüchterne Leere. Schal und bodenlos.

Den ganzen Abend lang hatten Polizeibeamte den Wald durchkämmt, Nachbarn und Spaziergänger befragt und Olgas Hütte durchsucht. Sie waren im »Luis« umhergelaufen, hatten die halbfertigen Gästezimmer inspiziert und Fragen über Fragen gestellt. Luis hatte das Treiben mit Argwohn beobachtet, er war unruhig geworden, hatte einige Beamte zur Seite genommen und sie eindringlich gebeten, mehr Rücksicht auf die Gäste zu nehmen, sein Geschäft müsse schließlich weiterlaufen.

»Wo ist Olga, Thorvald?« Hanna unterbrach die düsteren Gedanken der müden Runde. Sie legte die Serviette beiseite und nahm sich Wasser aus der Karaffe.

»Sie schläft.«

»Olga hat gesagt, Juliane habe so ausgesehen, als würde sie sich nur ausruhen«, sagte Benno plötzlich.

Thorvald schob den halbvollen Teller von sich.

»Was hat Olga noch erzählt?« Luis kam hinter der Bar

hervor und brachte eine Flasche eisgekühlten Pinot Grigio mit.

»Von Stinkmorcheln und dicken blauen Fliegen hat sie gesprochen«, sagte Thorvald.

»Typisch Olga, so was entdeckt sie sofort. Am Abend des Klassentreffens hat sie unten auf der Wildwiese Frauenschuh gefunden«, erwiderte Hanna.

»Na, solange kein Frauenfuß drinsteckte ...«

»Das ist eine Orchideenart, Dummkopf!«

»Ja, ja, kein guter Witz.« Thorvald goss sich Wein nach und fuhr sich durch die Haare. »Mir reicht's für heute.« Grübelnd sah er auf sein Glas. »Was ist eigentlich mit Julis Eltern? Gibt es die noch?«

»Ich glaube, nur noch die Mutter«, sagte Luis, der sich zu ihnen an den Tisch gesetzt hatte. Er war unrasiert und sah übernächtigt aus. »Sie wohnt in Köln.«

Schweigend saßen sie da, aßen lustlos ein paar Häppchen und dachten nach.

»Wie lange bleibst du eigentlich, Ines?«, fragte Thorvald plötzlich, als wollte er die Grübeleien, die doch zu keinem Ergebnis führten, aus seinem Kopf verbannen.

»Ich weiß es noch nicht. Ich habe Urlaub und wollte einige Tage mit meinen Eltern und mit Hanna verbringen.« Sie lächelte Hanna zu. Doch dann verfinsterte sich ihre Miene wieder. »Da habe ich seit langem endlich mal Urlaub, freue mich auf meine Schulfreunde, und schon holen mich Mord und Totschlag wieder ein. Als wäre ich mit einem Fluch behaftet, der mir ständig die Toten vor die Füße legt.«

»Juliane wäre auch tot, wenn du nicht zum Klassentreffen gekommen wärst«, sagte Thorvald. »Es sei denn, du hast sie umgebracht. Das wäre dann was anderes.«

»Hör doch mal auf mit so einem Scheiß!« Benno sah Thorvald genervt an. »Vielleicht sollten wir lieber darüber nachdenken, dass hier, irgendwo im Wald, ein Mörder sitzt und schon die nächste schöne Frau im Visier hat. Das kann doch sein! Von Serienkillern liest man doch immer wieder.«

»Wieso seid ihr eigentlich alle so sicher, dass es Mord war«, wandte Luis ein.

»Wir wissen es nicht«, entgegnete Ines, »aber wenn ... Benno hat nicht ganz unrecht. Fast jede Tat hat eine Vorgeschichte und wird von Menschen aus dem näheren Umfeld des Opfers begangen. Die Wahrscheinlichkeit ist groß, dass wir ihn alle kennen. Oder sie.«

Unbehagen machte sich breit.

»Eifersucht, Neid, vielleicht ging es um Geld ...« Ines versuchte alle gängigen Mordmotive aufzuzählen. »Hanna, du hast doch erzählt, dass Juli an irgendeiner Neonazi-Geschichte dran war, vielleicht weht der Wind aus der Ecke.«

Hanna zuckte die Schultern. »Ich weiß nicht.«

»Mit wem hatte Juliane hier draußen überhaupt Kontakt?«, fragte Thorvald. »Sie wohnte doch in der Stadt, oder?«

»Nein, sie hat das Haus ihrer Tante geerbt, am Kreuz. Und sie hatte mit jedem zu tun!« Hannas spöttischer Blick streifte für den Bruchteil einer Sekunde Luis. »Vor allem mit den Männern.«

Thorvald und Ines sahen Hanna erstaunt an. Benno grinste verächtlich in sich hinein, spielte nervös mit einem Bierdeckel.

»Was meinst du damit, Hanna?«, fragte Ines.

Statt zu antworten, sah Hanna Luis herausfordernd an. »Woher weißt du das eigentlich?«

»Was?«

»Dass ihre Mutter in Köln lebt.«

»Keine Ahnung. Vielleicht hat sie das vorgestern Abend erzählt. Oder ich verwechsle da was.« Luis nahm die leere Weinflasche und stand auf. »Ich hol noch Wein.«

Hanna sah ihm nach. Sie trug die lockigen Haare offen und spielte unruhig mit einer Strähne.

»Ich weiß, wenn jemand gestorben ist, sollte man möglichst gut über ihn reden. Aber jeder weiß doch, dass Juliane allen Männern den Kopf verdreht hat«, sagte sie.

»Stimmt«, warf Thorvald ein. »Ich habe sie beim Klassentreffen beobachtet.« Und in Richtung Bar rief er: »Ist dir das nicht aufgefallen, Luis?«

»Was?«, fragte Luis zurück. Einige der Gäste schauten auch zum Tresen.

»Na, wie Juliane um die Männer herumgeschlichen ist«, rief Thorvald.

»Na hört mal«, mischte Benno sich jetzt ein. »Das ist nun wirklich nichts Neues. Juliane hat damals schon jeden Lehrer angebaggert. Wie hätte sie sonst das Abitur geschafft?«

»Jetzt übertreib mal nicht, ja?«, sagte Ines.

»Ach«, Benno machte eine abfällige Bewegung mit der Hand. »Ich verstehe, dass du sie verteidigen willst, aber das wusste doch jeder.«

Hanna wurde jetzt so unruhig, dass sie aufstand und auf die Veranda ging. Alle blickten ihr nach. Ines erhob sich und folgte ihr.

»Du hast nicht zufällig ein bisschen zu lange mit Juliane getanzt, Luis?«, wollte Thorvald wissen, als alle wieder auf ihre Getränke starrten.

Luis schaute ihn ruhig an, nachdem er wieder Platz genommen hatte. »Nein. Habe ich nicht.« Er lehnte sich zurück. »Leider.« Er nahm das Weinglas und schwenkte den weißgoldenen Inhalt, den er intensiv betrachtete, als wäre dort etwas Geheimnisvolles verborgen. »Klar ist sie mir aufgefallen. Sie hatte das schärfste Kleid an und stand oft hier vorne am Tresen, bei der Himmelreich. Aber zum Tanzen hatte ich leider keine Zeit. Es waren hundert Leute hier, zusammen mit anderen Gästen.«

7

»Sag mal, Papa, musst du eigentlich so viel in anderer Leute Gärten schuften? Du könntest ein wenig kürzer treten, das würde dir nicht schaden.«

Benno Thalbach stand in der Küche seines Vaters und wusch das Mittagsgeschirr ab. Er hatte sich, ohne vorher anzurufen, zum Mittagessen eingefunden, aber dafür auch gekocht. Konrads Speisekammer hatte Bratkartoffeln mit Speck, Rührei und Tomaten hergegeben. Benno trocknete sich die Hände ab und breitete das nasse Geschirrtuch zum Trocknen akkurat über der Spüle aus. Jetzt saßen sie vor den dampfenden Tassen Kaffee und kämpften gegen die bleierne Schwere, die sich nach dem reichlichen Mittagessen über sie herabsenkte.

Konrad sah auf und schaute seinen Sohn belustigt an. Auf alles in der Welt reagierte er mit diesem ruhigen und immer leicht verschmitzten Gesichtsausdruck. Und er wusste genau, worauf sein Sohn hinauswollte.

»Ich weiß gar nicht, was du gegen meine Kunden hast. Sie sind zufrieden und sie zahlen gut. Was gibt es Besseres?« Geräuschvoll schlürfte er den dampfenden Kaffee und drehte sich eine dünne Zigarette aus trockenem Tabak.

»Ach, Papa! Dass du dich um die Hütte kümmerst, ist natürlich in Ordnung. Aber Vincent Ambach!« Benno kniff die Augen zusammen und musterte seinen Vater kritisch. »Hat der jemals danke gesagt?«

»Muss er nicht, er bezahlt mich ja«, entgegnete Konrad.

Benno winkte ab. »Aber darum geht es doch gar nicht. Ich finde es nach wie vor nicht richtig, wie Vincent Ambach sich verhält. Roman gegenüber.«

Konrad legte seinen Kopf zurück und stieß den Rauch zur Decke. »Das geht uns nichts an.«

»Man sagt, dass zwischen den beiden seit Rubens Tod Funkstille herrscht«, versuchte Benno es erneut. »Aber das ist doch schon so lange her. Als ob Roman Schuld am Unfall seines Bruders hatte. So ein Quatsch.«

Konrad drückte seinen Zigarettenstummel aus.

»Für den alten Ambach war es nicht einfach. Keiner der beiden Söhne hat sich für die Firma interessiert und eigentlich auch nicht für ihn.«

»Kein Wunder«, warf Benno ein. »Er hat es ihnen ja auch nicht gerade leicht gemacht. Ich finde es umso erstaunlicher, dass Roman nicht einfach weggegangen ist, um woanders sein eigenes Leben zu leben. Seine Praxis hat er sich direkt vor Vincents Nase aufgebaut.« Benno seufzte. »Ich habe meine ganze Kindheit mit Romans Kindern verbracht und kann einfach nicht verstehen, warum ein so verbitterter Mann wie der alte Ambach nicht endlich Frieden schließen kann. Und keiner traut sich, ihm die Meinung zu sagen.«

»Kommt ja niemand an ihn ran. Außer Gudrun Himmelreich vielleicht.«

»Und dir. Aber du sagst ja auch nichts.« Benno schüttelte resigniert den Kopf. »Mit Olga spricht er doch, oder?«

»Er lehnt seine Enkeltochter jedenfalls nicht ab«, sagte Konrad. »Bei Lissy bin ich mir nicht sicher, die schlägt so nach ihrer Mutter, dass ich mir nicht vorstellen kann, dass sie jemals einen Fuß über seine Schwelle gesetzt hat, ganz zu schweigen von Winnie selbst.«

»Mann, ist das krank«, Benno schüttelte verständnislos den Kopf. »Andere wären froh, wenn sie mit vierzig noch Großeltern hätten. Und die haben nichts Besseres zu tun, als sich das Leben schwer zu machen.«

»Tja«, erwiderte Konrad, »die leidenschaftlichsten Kämpfe finden eben innerhalb der Familie statt.«

»Wenn die Haustür abgeschlossen ist«, ergänzte Benno.

Schweigend saßen sie da. Von Konrads schmalem Küchentisch aus, der mitten in der kleinen Küche stand, konnten sie auf den Weg schauen, der ins Tal hinabführte. Schon lange bevor ein Gast an seine Tür klopfte, wusste Konrad, wer sich zu ihm hinaufbemüht hatte. Und das waren nicht viele. Der Briefträger und Benno, manchmal schaute Roman vorbei. Sonst kam keiner. Und Konrad war froh darüber, eigentlich mochte er keine Überraschungsbesuche. Sie kamen doch immer ungelegen und störten ihn bei der Arbeit.

Benno stand auf und reckte sich. Er fühlte sich schwer und müde. Die Hose schnürte ihm den Bauch ein, er musste dringend abnehmen. Das viele Sitzen im Museum hatte ihm einige zusätzliche Kilos beschert, es war nicht dramatisch, aber er fühlte sich unwohl. So richtig bewusst war ihm das erst nach dem Klassentreffen geworden. Vor allem die Mädels konnten es nicht lassen, ihm in den Bauch zu zwicken. Und die Hitze trug verstärkt dazu bei, dass er sich aufgedunsen und schwabbelig fühlte. Er würde daran arbeiten. Jetzt, wo er satt war, fiel ihm die Vorstellung, ein wenig zu hungern, leicht, und er freute sich, ab morgen weniger zu essen.

»Wann hast du deinen Termin?« Konrad riss ihn aus seinen Träumen vom vollendeten Körper.

»Ich treffe mich um drei mit einer Archäologin.«

»So?« Konrad war immer interessiert an Bennos Arbeit. »Was will eine Archäologin mit einem Kunsthistoriker hier im Wald?«

»Sie sucht nach Bodendenkmälern. Und sie hat hier ganz in der Nähe einen wahren Schatz gehoben. Bisher hatte sie nur Gebrauchsgegenstände gefunden, doch die neue Fundstelle unten am See birgt ganz offensichtlich auch Kunstgegenstände. Ich will mir das mal näher anschauen.«

Unbehagen überkam ihn bei der Vorstellung, gleich mit der agilen Forscherin den Furchen der Hohlwege folgend die steilen Hänge hochzukrabbeln. Die Hitze würde ihr ständiger Begleiter sein und alles Tun und Handeln in ihr heißes Gewand hüllen. Benno steckte zwar mitten in den Vorbereitungen für die neue Ausstellung, aber die Geschichte seines Waldes hatte ihn immer interessiert. Es war also eher ein Treffen mit privatem Hintergrund, aber wer wusste, was sich daraus entwickeln würde?

Er stand auf und ließ kühles, weiches Wasser aus der Leitung in ein großes Glas laufen. Behutsam trank er es in kleinen Schlucken. So muss man es machen, dachte er, wenn man fasten will, das Wasser kauen. Aber so weit war er noch nicht. Dafür würde er erst die Rotweinflaschen aus seinem Keller verbannen müssen. Und das war ein sehr hoher Preis.

Er trank den Rest Wasser in einem Zug aus, spülte das Glas ab und trocknete es sorgfältig.

Konrad beobachtete ihn aufmerksam. »Was ist mit der toten Frau?«, fragte er unvermittelt.

Es kam Benno so vor, als hätten sie sich die ganze Zeit um dieses Thema gedrückt. Aber als beide für einen Moment schwiegen, hatte es sich von allein in den Vordergrund geschoben. Ein neuerliches Unwohlsein bedrängte ihn.

»Keine Ahnung«, seufzte er. »Ich war heute Morgen im Präsidium, zusammen mit den anderen. Ich meine, mit denen, die noch hier sind. Thorvald, Ines, Olga.«

»Und Luis und Hanna«, fügte sein Vater ergänzend hinzu.

»Ja. Die sowieso.« Benno machte eine lange Pause. »Ich verstehe das alles nicht.«

»Der Tod ist nie zu verstehen. Vor allem nicht bei jungen Menschen«, antwortete Konrad.

Benno wurde zusehends niedergeschlagener. Konrad wusste, warum. Er kannte seinen Sohn. Seit der Trennung von Hanna war er nicht mehr derselbe. Konrad hoffte noch immer, dass die Zeit die Wunden heilen würde. Es waren ja erst vier Monate vergangen. Benno trauerte in Wahrheit um Hanna. Sie hatte ihn verraten, und das war noch viel schwieriger zu verstehen als der Tod. Julianes Tod war für ihn die Verkörperung von Hannas Verlust.

»Ich habe noch eine Stunde Zeit.« Benno wollte nicht mehr über Juliane sprechen. Alle taten es, ohne Unterlass, er konnte es nicht mehr hören. »Ich lege mich noch ein wenig hin, ich bin total müde, die Hitze schafft mich.«

Nach dem Tod von Bennos Mutter vor über zwanzig Jahren hatte Konrad das großzügige Haus am Rande des Waldes nahe der Straße, die über den Winterberg nach Norden führte, verkauft und das wesentlich kleinere, sehr ruhig gelegene Haus oben auf dem Hügel unweit des Sees erstanden. Es hatte nur eine überschaubare Küche mit angrenzendem Wohnzimmer, ein kleines Schlafzimmer, ein Badezimmer und eine winzige Kammer, in der Benno dann und wann schlief, wenn er abends mit seinem Vater den guten Rotwein genoss, den er aus seinem eigenen Keller mitgebracht hatte.

Das eigentliche Schmuckstück des kleinen Anwesens auf dem abgelegenen Hügel aber barg das angrenzende Gebäude, dessen Vorderseite nichts weiter als ein gewöhnlicher Schuppen war. Hinter der großen Holztür aber eröffnete sich die lichte, freie Welt eines Malers. Hier standen Staffeleien herum, Farbpaletten und Pinsel lagen auf kleinen Tischchen, und fertige und halbfertige Bilder lehnten an den Wänden. Die komplette Rückwand sowie Teile des Daches waren herausgenommen und durch Glas ersetzt worden, hinter dem der Wald wachte und wunderbares Nordlicht hereinließ.

Benno hatte seinem Vater geholfen, das Atelier umzubauen und einzurichten und war selbst glücklich über diesen wunderbaren Ort. Gemessen an der Produktivität seines Vaters war der Aufwand allemal gerechtfertigt, denn aus Konrads Hobby hatte sich ein profitables Geschäft entwickelt und jeder aus der Region, der etwas auf sich hielt, hatte einen echten Thalbach über dem Sofa hängen.

Benno lag auf dem Rücken in seinem kleinen Zimmer und betrachtete die weiß gekalkte Decke, an der eine hellblaue Blechlampe hing. Mindestens zehn kleine Fliegen schwirrten um die Lampe herum, und er fragte sich, warum sich die Fliegen immer an Lampen in der Mitte des Zimmers trafen. Das taten sie in seiner Wohnung auch. Er versuchte sie zu zählen, versuchte zu schätzen, teilte sie in Dreier- und Vierergruppen ein und meinte, Größenunterschiede festzustellen. Sie gaben keinerlei Geräusch von sich, rasten nur wie besessen um die Lampe und hörten niemals auf. Ihm schwindelte und er kniff die Augen zusammen. Als er sie nach einer Weile wieder öffnete, sah er Julianes Gesicht vor sich. Aus den leeren Augenhöhlen krabbelten Fliegen über Fliegen. Mit einem Aufschrei schreckte Benno hoch. Schweißgebadet saß er im Bett. Alles war still. Es war zehn nach drei.

Benno schoss fluchend aus dem Haus, von Konrad keine Spur. Er packte seine Tasche mit den Unterlagen, die auf der Bank lag, und lief den steilen Weg, der unten zwischen den Tannen verschwand, hinab. Er wusste genau, dass er sein Tempo bei diesem Wetter lieber drosseln sollte, untrainiert, wie er war. Als er unten angekommen war, verließen ihn seine Kräfte. Keuchend und triefend nass stand er an dem Bach und stellte fest, dass er sein Handy vergessen hatte. Er konnte nur hoffen, dass die Archäologin nett war und wartete.

Maria Haller wartete tatsächlich. Die Beine übereinandergeschlagen, einen Apfel in der Rechten, ein Buch in der Linken saß sie am Rande des Hohlweges und schaute auf, als Benno näher kam. Sie winkte ihm freundlich zu.

»Na? Verschlafen?«, rief sie fröhlich und Benno fragte sich, woher sie das wusste.

»Schön wär's«, log Benno, immer noch atemlos. »Ich habe heute meine Termine zu eng gelegt und nicht bedacht, dass bei der Hitze alles langsamer geht.« Er ging davon aus, dass er glaubwürdig war, und fühlte sich nicht mehr so ertappt.

Langsam gingen sie die schmale, asphaltierte Straße entlang. Die Archäologin wollte dem Kurator des Museums eine markante Stelle zwischen der Hölzernen Klinke und dem Bilstein zeigen, wo bereits im Mittelalter intensive Waldnutzung betrieben wurde.

Das vorbeirasende Polizeiauto unterbrach sie in ihren Ausführungen. Schweigend blickten sie dem Wagen nach.

»Ist das wegen der getöteten Frau? Ach, wie schrecklich«, sagte Maria Haller leise.

»Gut möglich.« Benno ging schneller und reckte den Hals, dann sah er, dass der Wagen vom Hauptweg abbog und in hohem Tempo in Richtung »Luis« weiterfuhr. Benno war abgelenkt. Er war überhaupt nicht in der Lage, der netten Archäologin eine Frage zu stellen, geschweige denn, die letzten beiden Sätze zu wiederholen. Maria Haller bemerkte, wie unkonzentriert er war, und sah ihn an.

»Haben Sie die Tote gekannt?« Benno hörte die Frage gar nicht. »Wir können uns auch ein anderes Mal treffen, Dr. Thalbach«, sagte sie verständnisvoll. »Ich bin oft genug hier, Sie können sich einfach meinen Exkursionsgruppen anschließen.«

»Äh, nein, nein. Lassen Sie uns ruhig weitergehen. Mich interessiert das mit den alten Waldschmieden … dahinten … da im Tiefenbachtal.«

»Am Bilstein«, korrigierte sie ihn.

»Ja, genau, am Bilstein.« Langsam gingen sie weiter. »Bitte!« Benno wollte an etwas anderes denken. »Bitte, erzählen Sie doch weiter!«

Maria Haller berichtete von den Schlackenresten, die überall im Boden herumlagen, von der vor Kohle schwarzen Erde und davon, dass man an der Vegetation erkennen konnte, wo vor langer Zeit einmal viele Menschen herumgelaufen waren. Durch die Bodenverdichtung wuchsen dort bis heute vorzugsweise Farn und Ilex. Eine solche wunderbare Stelle habe sie ausfindig gemacht. Und genau daneben, fein säuberlich von der »Arbeitsstelle« getrennt, habe sie diese herrlichen Vasen und Schnallen gefunden.

Der Polizeiwagen kam wieder zurück. Er fuhr jetzt langsamer. Die Frau auf der Rückbank mit den dunklen, gelockten Haaren sah ihn an, ohne die Miene zu verziehen. Benno starrte fassungslos in den Wagen. Erst als er vorbeigefahren war, schrie er Hannas Namen und sah dem Wagen nach. Reglos stand er auf der Straße. Was hatte das zu bedeuten? Sie wird doch nicht …? Dann rannte er los.

Maria Haller war klar, dass er sie jetzt ganz vergessen hatte. Sie setzte sich auf einen Baumstamm und holte eine Flasche Wasser hervor. Dr. Thalbach würde sich schon wieder melden.

8

»Was ist hier los? Warum haben die Hanna mitgenommen?« Ohne Rücksicht auf die Gäste stürmte Benno ins »Luis« und rannte hinter den Tresen. Kellner Toni sah ihn erstaunt an, sagte aber nichts.

»Wo ist Luis?«, schrie Benno. »Ist er in seiner Wohnung?«

»Reißen Sie sich bitte zusammen!« Toni wurde nicht lauter, nur eindringlicher. Er rückte seine Fliege zurecht und näselte: »Er ist in die Stadt zu seinem Anwalt gefahren. Mehr weiß ich nicht.«

Benno blickte sich hilflos um. Er entdeckte kein bekanntes Gesicht und rannte, ohne etwas zu sagen, ins Freie. Draußen stützte er sich auf dem Geländer ab. Ihm war schon heiß gewesen und jetzt wurde ihm auch noch schlecht. Langsam ließ er sich auf einem der Stühle nieder. Was war passiert? Er hatte keine Erklärung. Er verfluchte sich dafür, dass er sein Handy bei seinem Vater vergessen hatte. Langsam, wie in Zeitlupe setzte er sich in Bewegung. Er schlug den Weg Richtung Hütte ein. Wenn niemand da sein sollte, würde er sich ins Gras legen und so lange dort bleiben, bis jemand kam. Und wenn niemand käme, würde er eben sterben. Ihm war speiübel.

Der Weg schien endlos, stöhnend kam Benno oben an. Thorvald saß auf der Veranda, einen Stapel loses Papier auf den Knien, und sah ihn mit offenem Mund an, während er langsam wieder aus Brahms' Liederwelt auftauchte. Benno bewegte sich wie ferngesteuert auf ihn zu.

»Wie siehst du denn aus?« Thorvalds Frage klang ein wenig amüsiert, doch Benno achtete nicht darauf.

»Warum haben sie Hanna mitgenommen?«

»Ah, du hast es also schon gehört?«, fragte Thorvald.

»Nein, gesehen!«

»Wir wissen es auch nicht genau. Olga hat mich gerade angerufen. Sie war unten im ›Luis‹, als sie kamen. Sie haben Hanna festgenommen, glaub ich.«

»Verhaftet?«, rief Benno. »Wieso?«

»Ich weiß es doch nicht«, sagte Thorvald mit leichtem Unmut in der Stimme. »Olga kommt gleich, vielleicht weiß sie mehr.«

»So eine Scheiße. Das gibt's doch nicht.« Benno starrte Thorvald an.

»Sag mal, was ist denn los mit dir? Du bist ja völlig aus dem Häuschen. Jetzt beruhige dich doch erst mal.« Thorvald stand auf und packte seinen Freund bei den Armen. Er sah ihm tief in die Augen.

»Mannomann! Warte.« Er ging in die Hütte und kam gleich darauf mit einer vereisten Flasche Capel Sour und zwei Wassergläsern wieder heraus.

Er schenkte ein und drückte Benno das Glas in die Hand. Benno trank es in einem Zug aus, wischte sich über den Mund und hielt es Thorvald wieder hin. Der füllte nach und wartete. So hatte er seinen Jugendfreund noch nie erlebt. Er wusste nicht genau, was es zu tun galt.

Benno sah ihn nur an, sein Blick war wirr. Thorvald platzierte seinen Freund auf einen Stuhl und setzte sich ihm gegenüber. Die Beine übereinandergeschlagen, wartete er einfach ab.

»Ich kann nicht begreifen, dass sie ausgerechnet Luis geheiratet hat. Was will sie bloß mit dem?«, sagte Benno schließlich.

Thorvald lachte verächtlich auf.

»Ich meine …«, Benno schaute hilflos umher, »ich meine, nach so vielen Jahren, wir waren doch glücklich. Und dann sagt sie auf einmal, wir würden aneinander vorbeileben.«

Bennos gesammelter Frust der letzten Monate, den er mühsam mit seiner Arbeit und Rotwein in Schach gehalten hatte, löste sich und wütete in ihm. Er hielt sich den Kopf.

»Ich hätte mich sogar zu einem Kind überreden lassen«, sagte er traurig.

Thorvald sah ihn lange an und schüttelte dann ganz langsam den Kopf. Er sagte immer noch nichts. Sie blickten einander an. Benno wusste, dass er auf verlorenem Posten stand und dass auch Thorvald so dachte.

»Glaubst du, dass Hanna Juliane umgebracht hat?«, fragte Thorvald unvermittelt.

Benno sprang so heftig auf, dass der Stuhl nach hinten kippte. Wütend rief er: »Wie soll sie das denn gemacht haben?«

»Juliane hatte eine schwere Kopfwunde, an der sie vermutlich gestorben ist. Mehr wissen wir auch nicht.« Die Stimme ließ Benno wie eine Furie herumfahren. Ines stand hinter ihm.

»Sie haben sofort mit der Obduktion der Leiche begonnen, das heißt, sie gehen von einem Tötungsdelikt aus«, fuhr Ines fort.

Benno hörte mit offenem Mund zu. »Woher weißt du das?«

Thorvald saß noch immer auf seinem Stuhl, neigte den Kopf zur Seite und sah Ines mit herausforderndem Blick an.

»Sie muss in der Nacht des Klassentreffens gestorben

sein, vermutlich im Morgengrauen.« Sie setzte sich müde auf die Veranda. »Habt ihr was zu trinken für mich?«

»Klar!« Thorvald ging in die Hütte.

Benno verdrehte die Augen. Er war völlig am Ende.

Dankbar nahm Ines die Wasserflasche und das Glas entgegen. »Hanna wird heute noch dem Haftrichter vorgeführt.«

Benno zuckte zusammen, als hätte er sich den Finger verbrannt.

»Luis hat sich wohl nicht das erste Mal mit Juliane getroffen«, sagte Ines, nachdem sie das Glas in einem Zug geleert hatte.

»... und Hanna soll aus Eifersucht einen Mord begangen haben, oder was?« Benno lachte wirr auf. »Seid ihr bescheuert?«

»Benno«, Ines legte ihm die Hand auf den Arm. »Die Ermittlungen laufen und wir können jetzt nur die Ergebnisse abwarten.«

Benno schüttelte den Kopf. »Wie wollen die das denn nachweisen?«

»Hanna ist in der Nacht gesehen worden«, antwortete Ines ruhig.

»Wir sind alle in der Nacht gesehen worden, im Wald wimmelte es von Leuten, wir sind doch überall herumgelaufen«, warf Thorvald ein.

»Sie ist hier an der Hütte gesehen worden«, ergänzte Ines.

»Ja? Und?« Benno sah sie herausfordernd, fast feindlich an.

»Während Luis und Juliane in der Hütte waren. Und du weißt, wie sauer sie gestern Abend auf Luis war.«

Benno lachte auf und Thorvald erhob sich empört von

seinem Stuhl. »Die waren hier in unserer Hütte, während wir unten gefeiert haben?«

»Und wer will Hanna gesehen haben?«, fragte Benno.

Ines zog die Augenbrauen hoch und spitzte den Mund, so als würde ihr die Antwort nicht leichtfallen.

»Robert.«

Benno sprang auf.

»Robert!«, schrie er. »Robert Hunter, ja? Dieser kriminelle Volltrottel hat Hanna belastet?«

Er lief los, geradewegs in den Wald hinein.

»He, Benno, wo willst du hin?«, rief Thorvald und rannte hinter ihm her.

»Zu Hunter. Ich will ihn fragen, was er sich dabei gedacht hat. Und ihm dann vielleicht eine reinhauen. Das wollte ich sowieso schon immer.«

Thorvald packte ihn fest am Arm und zog ihn wieder zurück. »Das ist das Bescheuertste, was du jetzt machen kannst. Beruhige dich endlich!«

Benno riss sich los, ging aber nicht weiter. Thorvald sah ihn sauer an. »Du benimmst dich wie ein pickeliger Spätpubertierender, dem die Hormone übergeschossen sind. So hilfst du Hanna nicht. Du wartest jetzt ab, und dann werden sich die Dinge klären. Das mit Robert regeln wir später. Er ist auch nicht gerade mein bester Freund.«

Der Tag war noch lange nicht zu Ende, er lag vor ihnen wie ein Parkplatz nach Ladenschluss. Düsternis machte sich breit. Benno hockte bockig auf der Veranda und ließ sich die letzten Tropfen Capel Sour direkt aus der Flasche in den Mund tröpfeln. Er stand auf und schwankte ins Haus. Olga, die mittlerweile aus dem »Luis« zurückgekehrt war, folgte ihm.

»Na, das kann ja heiter werden.« Thorvald hatte seine Unterlagen wieder aufgenommen und blätterte darin. »Wäre ich bloß in Kopenhagen geblieben«, sagte er resigniert. »Hier draußen laufen nur Verrückte rum.«

»Sieht ganz so aus. Verrückte und Mörder.« Ines sah ihn forschend an. »Was denkst du, was passiert sein könnte?«, fragte sie.

Thorvald zuckte mit den Schultern. »Hanna ist eine ehrgeizige, zielstrebige Frau, der ich alles Mögliche zutraue. Und sie ist sehr eifersüchtig. Zumindest die Johanna, die wir alle von früher kennen. Sie würde ihren Mann nie kampflos einer anderen überlassen. Andererseits wäre sie doch niemals so dumm, wegen Luis einen Mord zu begehen.« Er schüttelte energisch den Kopf. »Nicht wegen dem. Nie!«

Ines hatte sich Thorvald gegenübergesetzt. »Sie hat Luis erst vor kurzem geheiratet. Eifersucht oder unerfüllter, verzweifelter Kinderwunsch sind enorme Antriebe, unsinnige Dinge zu tun. Das habe ich so oft erlebt. Völlig unscheinbare, anständige Menschen drehen durch, weil ihr geliebter Partner plötzlich jemand anderen begehrt. Das ist eine schlimme Vorstellung. Und als Verlassene kannst du nicht viel tun.«

Sie saßen schweigend da und sahen einander an. Dann nahm Ines den Faden wieder auf.

»Ist dir das noch nie passiert? Ich meine, dass du versucht hast, einer Frau zu gefallen, und sie ist nicht darauf angesprungen? Egal, was du anstellst, der Funke, dieses Etwas, das man nicht beeinflussen kann, springt einfach nicht über. Da ist man vollkommen machtlos.«

»Du redest von der profanen Liebe«, erwiderte Thorvald trocken.

»Ja. Und von der Lust. Man kann auch jemanden ganz

heiß begehren, ohne ihn gleich zu lieben. Einfaches, wildes Verlangen.«

»Klar ist mir das passiert.« Thorvald dachte aber nicht daran, jetzt und hier über seine verschlungene Beziehung zu Olga oder zu anderen Frauen zu reden.

»Tatsächlich?«, bemerkte Ines ironisch.

»Ja, bei Juliane.«

Sie sah ihn verblüfft an.

»Damals in der Schule. Sie hat mich verrückt gemacht. Und ich bin hinter ihr hergedackelt wie ein Idiot. Und jedes Mal, wenn ich dachte, ich kann zubeißen, hat sie ganz schnell die Leine wieder lang gemacht.« Thorvald betrachtete Ines. »Du warst übrigens früher auch ganz hübsch, Madam Sadur.«

»Früher?« Sie lachten beide.

»Wenn du nicht so verdammt arrogant gewesen wärst, hätte ich dir auch mal ein Kompliment gemacht«, sagte er.

»Ja, ja. Ich weiß. Darauf bin ich während des Klassentreffens mehrfach angesprochen worden«, erwiderte Ines.

»Ach!«

»Ich weiß nicht, warum das alle gedacht haben. Ich bin eben so.«

»Scheint sich aber gebessert zu haben.«

»War das jetzt ein Kompliment?«

»Nein, nein.« Thorvald zog die Augenbrauen hoch. »Wo denkst du hin?«

»Aber Juliane hat Komplimente von dir bekommen.«

»Ja, und das war der Fehler«, konterte Thorvald.

»Na gut, aber ihr wart ja nie zusammen. Also konntest du sie auch nie verlieren. Der Verlust, das ist der Punkt. Da brennt bei vielen die Sicherung durch.«

»Aber nicht bei Hanna«, sagte Olga, die in diesem Moment aus der Hütte trat und sich auf das Verandageländer setzte. »Er ist eingeschlafen.«

»Bei Benno ist aber was durchgebrannt«, sagte Thorvald. »Und zwar die Hauptsicherung.«

»Ich habe ihn während des Klassentreffens beobachtet, bevor er erfuhr, dass Hanna mit Luis verheiratet ist«, sagte Olga. »Er hatte sich sofort wieder in sie verliebt. Das konnte man sehen.« Sie schaute zur Hütte. »Muss er morgen arbeiten?«

»Bestimmt«, Thorvald stand auf und reckte sich genießerisch. »Die Vorbereitungen für die Ausstellung sind in der heißen Phase. Er hat die Leitung und ist sowieso schon im Hintertreffen. Er muss also dringend morgen ausgeschlafen sein.«

»Wir lassen ihn in Ruhe und wecken ihn morgen rechtzeitig, dann wird er seine Sachen schon schaffen«, schlug Olga vor, gerade als Ines' Handy klingelte. Ines sah auf das Display, stand sofort auf und ging in den Garten. Drei Minuten später war sie wieder da. Nachdenklich ging sie hin und her.

»Was ist los?«, wollte Thorvald wissen.

»Die Spurensicherung hat bestätigt, dass Juliane und Luis in der Hütte waren. Damit hat Hanna ein Motiv, nämlich Eifersucht.«

Ines setzte sich, zündete bedächtig eine Zigarette an, inhalierte tief und stieß den Qualm in die heiße Luft. »Für den Staatsanwalt Grund genug, einen Haftantrag zu stellen.« Ines machte eine Pause, drehte ihre Zigarette zwischen den Fingern. »Ich habe gestern Abend noch mit Hanna geredet. Sie war gekränkt und gedemütigt. Und sie war stinksauer auf Luis. Aber ihr glaubt doch nicht, dass sie Juliane deswegen umgebracht hat. Sie setzt doch nicht all das hier aufs Spiel«, Ines zeigte mit großer Geste in den Wald, »die Praxis, die herrliche Wohnung über dem ›Luis‹. Sie führt die Praxis deines Vaters weiter, Olga, sein Lebenswerk, sie ist der verantwortungsvollste Mensch, den ich kenne.« Ines sah abwechselnd Olga und Thorvald an. Dann atmete sie tief ein. »Ich werde ein paar Informationen einholen … es ist das Einzige, was ich im Moment für Hanna tun kann.«

Olga und Thorvald sahen sich an und lächelten.

»Ich wusste doch, dass dein kriminalistischer Spürsinn längst erwacht ist«, sagte Olga. »Ich werde dir helfen.«

»Versprich dir nicht zu viel«, wandte Ines schnell ein. »Ich werde mich im Hintergrund halten. Ich will mir keinen Ärger einhandeln.«

»Wenn einer Hilfe braucht, dann Benno«, sagte Thorvald mit Blick auf die Hütte. »Da drinnen liegt das wahre Opfer.«

Es war bereits spät und die Strahlen der Sonne erreichten nur noch das Dach der Hütte. »Ich habe langsam richtig Hunger«, stöhnte Thorvald.

»Ich habe so gut wie nichts zu essen hier oben«, stellte Olga fest. »Nur aufgeweichte Prinzenrolle.«

»Dann müssen wir uns von Wurzeln, Beeren und Kräutern ernähren«, sagte er traurig.

»Oder ins ›Luis‹ gehen.«

»Ines!«, rief Thorvald erfreut. »Was für eine gute Idee.«

9

Olga hatte die dampfende Teetasse auf dem runden Beistelltischchen abgestellt, dessen Oberfläche mit einer aufwändigen Einlegearbeit aus Schildpatt verziert war. Das heiße Getränk würde ihr nur wieder Schweißausbrüche verursachen. Sie lehnte sich auf dem kalten, ledernen Chesterfield-Sofa zurück und betrachtete die Gemälde, die überall an den Wänden hingen. Die meisten kannte Olga noch aus ihrer Kindheit, doch sie hatte den Eindruck, dass in den mehr als zwanzig Jahren, die sie nicht mehr in diesem Haus gewesen war, noch etliche hinzugekommen waren.

An der gegenüberliegenden Wand hing das »Stillleben mit Hummer und Früchten«, das sie als Kind schon fasziniert hatte, weil es so plastisch gemalt war, dass sie jedes Mal versucht war, in das Bild zu greifen, um die zur Hälfte geschälte Zitrone herauszunehmen, die auf einem silbernen Teller lag.

Vincent Ambach hatte bemerkt, wie interessiert seine Enkelin die Kunstwerke betrachtet hatte. Langsam ging er an dem riesigen Marées vorbei auf ein kleines unscheinbares Bild in einem barocken Goldrahmen zu und nahm es vorsichtig von der Wand. Nachdem er sich neben Olga auf das Sofa gesetzt hatte, reichte er ihr das Bild. Olga hielt es vorsichtig mit beiden Händen am Rahmen und betrachtete es. Als sie die Signatur sah, stockte ihr der Atem. Klein, wie es war, verströmte es eine surrende Energie, so dass Olga unwillkürlich ihre Finger streckte, um so wenig Berührungsfläche wie möglich zu haben, als hätte sie gar nicht das Recht, etwas anzufassen, das von Caspar David Friedrich stammte.

Stumm betrachtete sie das Bild. Vincent beobachtete Olga.

»Ich wusste, dass du so etwas zu schätzen weißt«, sagte er kühl.

»Das muss ein Vermögen wert sein«, flüsterte sie.

»Die Summe hat keine Aussagekraft. Der Wert ist ideell.«

»Ja«, lachte Olga. »Nur für mich würde es bei der Idee bleiben. Oder bei einer Kopie.« Lange betrachtete sie das Bild, bevor sie es ihrem Großvater zurückgab, der es wieder in seine Sammlung integrierte.

»Es braucht einen anderen Platz, es hängt zu nah bei den anderen.« Olga blickte in dem leicht abgedunkelten Raum umher und deutete auf die Wand links neben den beiden verglasten Flügeltüren, an der ein Bild in einem schlichten, schwarzen Rahmen hing, das einen Wald mit mächtigen, alten Eichen darstellte.

»Hier käme es besser zur Geltung«, sagte sie und stand auf. Dann öffnete sie die Tür und ging auf die großzügige Terrasse hinaus, die einen unverbauten Blick über die hügelige Waldlandschaft bot. »Zeichnest du eigentlich noch?«, fragte sie, als der Großvater zu ihr trat. »Du und ich, wir sind doch in unserer Familie die Einzigen, die mit Kunst was am Hut haben.«

Aber kaum war der Satz gesagt, bereute sie ihn zutiefst. Sie wusste, wie Vincent, dass auch sein Sohn Ruben ein äußerst begabter Zeichner gewesen war.

»Ab und zu kommt es tatsächlich noch vor, dass ich meinen Bleistift hole und mir anmaße, diese Szenerie hier festhalten zu können.« Er beschrieb mit dem rechten Arm einen weitläufigen Halbkreis wie ein römischer Feldherr, der sich die majestätische Waldlandschaft inklusive der darin hausenden barbarischen Ureinwohner untertan gemacht hatte.

»Ich habe mein Leben lang daran gearbeitet, aber richtig zufrieden war ich nie. Immer war das Licht dann doch anders, plötzlich war Nebel da, die Schattierungen waren unbefriedigend ...« Er machte eine kurze Pause. »Das wahre Göttliche kriegt man nicht zu packen.«

Olga wunderte sich, so etwas aus dem Mund ihres Großvaters zu hören. Das passte gar nicht zu ihm. Aber kannte sie ihn überhaupt? Woher wollte sie wissen, was zu ihm passte und was nicht?

»Ja, da hast du recht. Es sind immer nur unbefriedigende Momentaufnahmen«, antwortete Olga.

Er wandte sich seiner Enkelin zu. »Und wie steht es bei dir? Verdienst du Geld mit der Kunst?«

»Na ja, ich bemühe mich. Leicht ist es nicht. Die Kundenzeitschriften großer Firmen oder Werbeagenturen zahlen ganz gut. Aber an die wirklich schönen Aufträge zu kommen, ist viel schwieriger. Kurz bevor ich gekommen bin, habe ich den Auftrag für die Illustration einer ganzen Reihe von Kinderbüchern bekommen. Und ein belgischer Verlag interessiert sich für meine Comics.«

»Comics?«

Olga musste lachen. »Ich weiß, was du jetzt denkst. Micky Maus und Superman. Aber es gibt noch viel mehr. Ich erzähle Geschichten. Der Schriftsteller hat die Sprache. Ich erzähle mit Tusche und Pinsel oder mit dem weichen Bleistift.«

Ihr Großvater nickte unmerklich.

Schweigend standen sie auf der Terrasse und schauten in die Ferne.

»Man sieht immer noch kein anderes Haus. Noch nicht einmal einen Mobilfunkmasten hat man dir vor die Nase gesetzt.« Olga suchte die ganze Landschaft ab, es gab, von der Aufforstung abgesehen, keinen Hinweis auf menschliches Dasein. »Als wäre man alleine auf der Welt.«

Ihr Großvater nickte. »Ein tröstlicher Gedanke. Wenn man nicht doch wüsste, dass es unter dem Blätterdach nur so wimmelt ...«

Sie schaute ihn an. Sein Blick tastete die Baumwipfel ab, die sich auf den Bergkämmen erhoben und gemächlich, wellenförmig in den Tälern versanken. Die Luft war heiß, feucht und flimmernd, und nur anhand der unterschiedlichen Grünschattierungen konnte man die bewaldeten Bergrücken ausmachen.

»Manchmal kann auch ein Trugbild tröstlich sein. Man muss nur lernen, sich damit zu begnügen«, sagte Olga.

»Am meisten liebe ich es, wenn die Täler morgens mit Nebel gefüllt sind«, sagte er.

Olga kannte dieses zauberhafte Phänomen noch aus ihrer Kindheit. »Es erinnert an Wasser, das in allen Tälern gleich hoch steht und nicht rechtzeitig bei Tagesanbruch abgeflossen ist. Ich habe mir als Kind immer vorgestellt, mit dem Schiff darauf zu fahren.«

»Na, dafür hattet ihr ja das Floß.«

Olga lachte. »Hat es sich doch herumgesprochen, unser großes Geheimnis.«

»Geheimnis!«, wiederholte Vincent bedeutungsvoll. »Du siehst hier zwar kein Haus und keine Menschenseele, du lebst hier still vor dich hin, auf deiner Nebelburg, hoch über allen Dingen. Dann steigst du herab, weil es aus irgendeinem Grunde doch einmal sein muss – Elise ist krank, Konrad geht nicht ans Telefon – und dann heißt es ›Guten Tag, Herr Ambach. Was macht Ihre Galle, geht es Ihnen wieder besser?‹.« Vincent schmunzelte kaum merklich. »Magst du die Einsamkeit?« Er wandte den Blick vom Tal ab und betrachtete seine Enkelin.

»Ja. Aber nicht diese hier. Mir gefällt die Einsamkeit, die ich mir in der Stadt erkämpft habe. Weil ich sie steuern kann. Sie ist ein kostbares Gut, um das ich täglich kämpfe. Die Einsamkeit hier draußen im Wald ist mir unheimlich.« Olga machte eine Pause. »Sie kommt mir zu nah, sie macht, dass ich mich verlassen und allein fühle. Außerdem ist sie mir zu gefährlich geworden.«

Gemeinsam gingen sie wieder ins Haus. Drinnen war es kühler und Vincent schloss die Verandatür, um die Hitze auszusperren. Die dicken Mauern des alten Herrenhauses glichen die Temperaturschwankungen perfekt aus.

»Es herrscht eine merkwürdige Stimmung unter den Leuten im Wald, seit sie Hanna …«, sie unterbrach sich, »du weißt, die Ärztin hier im Wald«, der Großvater nickte, »… also seit sie in Untersuchungshaft sitzt, sind alle ziemlich verunsichert und grübeln fieberhaft, was passiert sein könnte und wofür Juliane mit dem Tod bezahlen musste.«

»Hattest du mit der Frau noch etwas zu tun?«

»Nein, wir haben uns erst beim Klassentreffen wiedergesehen. Ehrlich gesagt bin ich froh darüber – ich meine, dass ich sie nicht mehr so gut kannte.«

Olga trank einen Schluck Tee, der jetzt schön lauwarm war.

»Aber jeder ist auf seine Weise davon betroffen: Ich habe Juliane gefunden, Hanna wurde verhaftet, Luis Sander hatte ein Verhältnis mit Juliane, Benno möchte Hanna zurückhaben, Ines und Thorvald können nicht weg, weil die Ermittlungen noch laufen – aber ich glaube, sie wären auch so geblieben.«

»Und doch glaubt ihr nicht, dass eure Freundin diesen Mord begangen hat.«

Ihr Großvater hatte aufmerksam zugehört, aber Olga war sich nicht sicher, ob er alle Namen noch zuordnen konnte.

»Richtig«, sagte sie fest. »Ebenso hätte ich sie umbringen können, und das ist genauso undenkbar.«

»Sag das nicht.« Vincent erhob sich, um Tee nachzuschenken. »Jeder Mensch lebt in seiner eigenen Welt. Und jeder steht seit seiner Geburt in Interaktion mit anderen, hat seine eigene Vergangenheit und Zukunft. Deshalb kennt man die Beweggründe, die Motivation anderer Menschen nie wirklich. Und du selbst wirst nur mit den Tatsachen, dem Resultat konfrontiert – das, was dazu geführt hat, wirst du nie ergründen können.«

Olga dachte darüber nach. »Jeder Mensch hat seine eigene Wirklichkeit … und seine eigene Wahrheit. Ich bin, was ich sehe!«, sagte Olga und nippte an ihrem Tee. »Ach, was weiß ich. Lass uns von was anderem reden. Macht Konrad noch deinen Garten?«, fragte sie.

»Sieht man das nicht? Ich würde keinen anderen in meinen Garten lassen.«

»Er ist schon ewig bei dir, oder? Wie lange hat er eigentlich für dich als Buchhalter gearbeitet?«

»Vierzig Jahre. Er war mein zuverlässigster Mitarbeiter.« Vincent Ambach hob energisch den Kopf. »Das ist nicht selbstverständlich, wenn man Angestellte hat.«

Olga wusste, worauf Vincent anspielte: Er hatte zwei Söhne und trotzdem keinen Nachfolger, der seinen Betrieb, sein Lebenswerk weiterführte. Vincent, der »Siegende«, hatte die schwerste Niederlage erlitten. Das war in seinem Lebensentwurf nicht vorgesehen, dafür war er nicht gemacht. Und davon hatte er sich nie mehr erholt.

Jahrhundertelang hatte sich das schwere Wasserrad der kleinen Schmiede der Ambachs in einem feuchten engen Bachtal gedreht. Tag und Nacht hatten Olgas Vorfahren das laute Rauschen und Klappern gehört.

Die Schmiede war kontinuierlich weitergeführt und ausgebaut worden, bis sie am Ende unter Vincent Ambachs Leitung zu einem führenden Unternehmen in der Stahlbranche geworden war. Persönlich war er tagtäglich durch die lärmenden, heißen Hallen gegangen, um seine Mannschaft zu begrüßen. Bis der große Bruch kam, unerwartet, wie eine Heimsuchung.

Vincents Porträt an der Wand zeigte verblüffend echt jene Lässigkeit, die selbst von einem Aristokraten nicht übertroffen werden konnte. Aufrecht an seinem Schreibtisch sitzend, gefällig auf die Bergischen Hügel blickend, auf »sein Land«, markierte es allerdings auch schon das Ende der Ära Ambach. Sah er noch hoffnungsvoll in die Zukunft oder war sein Blick bereits rückwärts gewandt, ahnend, dass er es nicht mehr schaffen würde, sein Erbe an seine Söhne weiterzureichen?

Olgas Vater Roman hatte es gewagt, die Familientradition der Stahlschmiede zu durchbrechen. Er war anders. Er wollte keine harte Materie gewaltsam in Formen zwingen. Er brauchte Menschen um sich. Er wollte helfen, trösten und begleiten und entschloss sich, Arzt zu werden. Damit war er der Erste der Ambachs, der sich gegen die von Gott gegebene Ordnung innerhalb der Familie hinwegsetzte. Vincent hatte ihn und am Ende sich selbst schwer dafür bestraft.

Immer wieder hatte Olga sich vorgenommen, ihren

Großvater auf Roman anzusprechen. »Warum zum Teufel kannst du nicht wenigstens jetzt, am Ende deines langen Lebens, den einzigen dir verbliebenen Sohn zu dir zurückholen?« So oft hörte sie sich selbst diese Frage stellen, doch jedes Mal, wenn sie Vincent ansah, zerfloss ihr Vorsatz im wässrigen Schimmer seiner Augen. Er würde ihr wahrscheinlich gar nicht antworten, einen Husten- oder Herzanfall bekommen oder einfach zum nächsten Thema übergehen. Er hatte mit seiner Vergangenheit abgeschlossen und lebte das Leben eines Neunzigjährigen, der gesundheitlich gerade noch zurechtkam und sich ganz und gar in die Welt seiner Bilder und seiner Bücher zurückgezogen hatte, trotz seiner schlechten Augen. Olga fiel auf, dass er bereits diesen Ausdruck in den Augen hatte, diesen visionären Blick, den sehr alte Leute zuweilen haben. Sie konnten das Kleingedruckte zwar nicht mehr lesen, aber sie sahen anders. Ihr Blick ermöglichte es ihnen, dorthin zu schauen, wo sie erahnen konnten, was sie erwartete. Lange konnten sie einfach nur dasitzen. Nach innen schauen. Und weit hinaus. Das Hier und Jetzt interessierte sie nicht mehr.

»Bekommst du ab und zu mal Besuch?« Olga hatte sich schon öfter gefragt, mit wem ihr Großvater überhaupt noch verkehrte.

»Frau Himmelreich hat sich meiner angenommen.« Olga glaubte, ein verstecktes, leicht mitleidiges Lächeln gesehen zu haben.

»Frau Himmelreich?«, fragte Olga erstaunt. »Deine ehemalige Sekretärin?«

»Ja, ebendie«, antwortete er knapp. »Wir trinken Tee oder gehen in den Garten.«

Er hat seine ehemalige Crew um sich versammelt und sich mit ihr zurückgezogen, dachte Olga. Alle lebten allein und teilten ihre Einsamkeit. Gar nicht so schlecht. Vielleicht las sie ihm ja auch vor?

Vincents Frau war kurz nach der Geburt des zweiten Sohnes Roman gestorben, und Olga konnte sich nicht erinnern, ihren Großvater je mit einer anderen Frau gesehen zu haben. Außer seiner Sekretärin. Gudrun Himmelreich war fast immer an seiner Seite. Aufmerksam und zurückhaltend, vornehm diskret, ausgestattet mit professioneller Kühle. War da mehr gewesen? Olga betrachtete ihren Großvater lange von der Seite. Ein ganz neuer Aspekt tat sich auf, den Olga plötzlich ungeheuer spannend fand.

»Wie alt ist sie jetzt?«

»Zweiundsiebzig. Hast du noch deinen isländischen Freund?«, fragte er plötzlich und Olga erschrak über diese simple Frage. »Wie heißt der Junge noch? Gunvald?«

»Thorvald«, sagte sie. »Äh, ja. Er war auch auf dem Klassentreffen.«

»Musiziert er noch?«

»Er ist Opernsänger. Er singt an der Königlichen Oper in Kopenhagen.«

»Aber hatte er nicht etwas anderes studiert?«

Olga war erstaunt über das gute Erinnerungsvermögen des Neunzigjährigen. Ohnehin schien ihr Großvater von Verkalkung und altersbedingter Demenz weit entfernt zu sein, trotz seines hohen Alters. Olga wurde langsam klar, dass er in jeder Hinsicht ein Phänomen war. Deshalb war auch Juliane auf ihn aufmerksam geworden. Er hatte eine kleine Schmiede zu einem Weltunternehmen gemacht, er hatte Bilder an den Wänden hängen, von denen manche Museen nur träumen konnten, er besaß eine profunde klassische Bildung, er war geistig wie körperlich stabil und er war stolz, voreingenommen, eitel und stur. Der sterbende Fürst verschanzte sich mit seinen Trophäen und harrte aus, am Leben gehalten durch seine Erinnerungen und ein starres Rückgrat, das ihn mühsam aufrecht hielt.

10

Thorvald saß auf dem Trockenen, und ihm lief die Zeit davon. Er wollte zwar einige Tage Urlaub machen, denn das hatte er seit Ewigkeiten nicht getan, aber durch die Ereignisse war sein Urlaubsgefühl völlig verschwunden. Er hätte abreisen können, Kirschbaum hatte keinen Grund, ihn festzuhalten, aber das Versprechen Ines gegenüber, Hanna und damit irgendwie auch Benno zu helfen, hielt ihn. Aber es löste ein tiefes Unbehagen in ihm aus. Er musste eigentlich täglich arbeiten, um im Herbst mit den Liederabenden beginnen zu können.

Die drückende Hitze dämpfte Thorvalds Tatendrang. Schwer erhob er sich von dem Sofa, auf dem er sich gelümmelt und vergebens versucht hatte, sich vorzustellen, wie die ganze Geschichte hier draußen weitergehen würde. Er hatte das kleine Kofferradio eingeschaltet und lauschte dem Wetterbericht. Keine Veränderung. Die extreme Hitze sorgte mittlerweile für die ersten Waldbrände, in manchen Gegenden nahmen die Behörden bereits das Trinkwasser ins Visier. »Bestimmt nicht hier«, dachte Thorvald. Die Wasserspeicher der Gegend hatten sich durch den regelmäßigen und lang anhaltenden Steigungsregen mit Wasser vollgesogen und sorgten für gleichbleibenden Wasserstand der Talsperren. Noch.

Er musste raus. Er hatte gerade diesen Entschluss gefasst und überlegte, wie er an ein Fahrzeug kommen würde – die Schwebebahn war tabu –, als sein Handy klingelte. Ein Mann namens Christian meldete sich.

»Wer?« Thorvald ging davon aus, dass jemand die falsche Nummer gewählt hatte.

»Reuther, Christian Reuther. Mensch, Donar, streng dich mal ein bisschen an!«

Das helle Lachen verwirrte ihn noch mehr. Aber er hatte ihn »Donar« genannt. Das taten nur sehr wenige, die ihn gut kannten. Wer war das nur?

Der Anrufer merkte, dass Thorvald noch immer ohne Orientierung war, und hatte seinen Spaß daran. Auch Thorvald gefiel dieses seltsame Gespräch so langsam.

»Ort? Zeit? Nein, warte! Das hilft mir nicht. Besondere Vorkommnisse?«

»Ein blaues Auge, eine heulende Dramaturgin und sieben Vorhänge!«

»Und ein Dirigent, der seinen Taktstock nach dir geworfen hat und stattdessen den Bassbariton erwischte, weil du dich schnell gebückt hast!«, rief Thorvald lachend.

»Herzlichen Glückwunsch, du Rampensau! Wo steckst du? Ich brauche dich.«

»Im dunklen Wald, ganz tief drin und ganz allein. Rette mich!«

»Bin unterwegs.«

Thorvald hatte keine Ahnung, was Christian von ihm wollte. Er musste sich überraschen lassen und freute sich auf den verrückten Kerl, mit dem er bei der Arbeit so viel Spaß und auch einigen Ärger gehabt hatte.

Gutgelaunt machte Thorvald sich auf den Weg zum vereinbarten Treffen. Der unerwartete Anruf hatte ihn aus seiner Lethargie geweckt. Zum »Luis« nahm er nicht den üblichen Waldweg, sondern er folgte dem Bach, der sich in Kurven den Berg hinabwand. Er schaute in das munter sprudelnde Wasser und Joseph Haydns »Fließ leise mein Bächlein« kam ihm in den Sinn.

Er blieb stehen und drehte sich noch einmal um. Die Hütte lag einsam auf der Anhöhe und Thorvald verspürte auf einmal eine bittere Sehnsucht nach der verlorenen Zeit und nach der Unbeschwertheit, in der sie damals gelebt hatten. Er war plötzlich unendlich traurig, dass die Hütte verkauft werden sollte.

Im Weitergehen versuchte er vergeblich, Benno auf seinem Mobiltelefon zu erreichen. Es war abgeschaltet. Merkwürdig. Benno hatte versprochen, erreichbar zu bleiben. Auch Olga ging nicht an ihr Handy, sie war vermutlich noch bei ihrem Großvater.

Im »Luis« angekommen, setzte Thorvald sich an die Bar. Er bestellte sich gerade einen Limonen-Brandy mit Eis, als sich jemand neben ihm an die Bar lehnte.

»Das ging aber schnell«, wollte Thorvald erstaunt sagen, doch es war nicht Christian. Es dauerte eine Weile, bis Thorvald begriff und einen Freudenjuchzer ausstieß. Olgas Vater hielt ihn lange in den Armen, als hätte er seinen eigenen Sohn wiedergefunden.

Roman und Thorvald setzten sich an einen Tisch in der Nähe der Tür und begannen, sich die letzten Jahre im Schnelldurchlauf zu erzählen.

Thorvald führte das Leben eines Hochleistungssportlers, und er zog seine ganze Kraft aus der Musik, für sie lebte er. Den Ausgleich für den enormen Leistungsdruck, unter dem er stand, holte er sich aus der Natur seiner Heimat Island, die er regelmäßig besuchte. Er sog die Magie dieser unwirklichen Gegend restlos auf und konnte sich damit seiner selbst vergewissern, sich selbst wiederfinden und einordnen. Dann konnte er alle Arbeit und seine ungeheure Selbstdisziplin abstreifen und ganz im Augenblick aufgehen. Sein Job ermöglichte ihm dieses Leben, das er für keinen Preis der Welt mehr hergeben wollte. Er liebte seine Arbeit so sehr, dass es für ihn undenkbar war, seine Zeit mit einem Beruf zu vergeuden, der keinen Spaß machte.

Roman war ihm ganz ähnlich. Er hatte es keine Sekunde seines Lebens bereut, dass er, entgegen den Vorstellungen seines Vaters, Arzt geworden war, obwohl er damit den Bruch herbeigeführt hatte. Da saßen zwei, die sich ihren Lebensweg selbst vorgaben. Der eine ließ sich auf den Flügeln der Musik in verzauberte Sphären des Daseins treiben, der andere war einfach so, wie er war. Er war Arzt und musste viel dafür geben. Doch weder die Verbitterung seines Vaters über die Berufswahl noch die »gescheiterte Ehe« – Roman hasste diesen Begriff: »Hier ist nichts gescheitert, wir haben es uns nur anders überlegt!« – konnten ihn davon abhalten, das zu tun, was er immer tun wollte.

Beide hatten ein Ziel erreicht, für das es sich lohnte, sogenannte Entbehrungen hinzunehmen. Was anderen unzumutbar schien, nämlich wenig Freizeit zu haben, stieß bei Thorvald auf Unverständnis. »Freizeit? Frei von was? Was soll ich denn da machen?«

Manchmal konnte Thorvald es selbst kaum glauben, dass er immer noch gern angelte. Wie viele Forellen, Elritzen oder Äschen hatte er als kleiner Junge mit Benno oder allein aus dem See und den vielen Bächen geholt und wie dankbar waren sie entgegengenommen worden. Roman hatte sie meistens zubereitet, über dem offenen Feuer oben bei der Hütte. Auch wenn es das kleinste Fischchen war, es war immer wieder ein Festmahl.

»Ein Gourmet isst alles. Es muss nur gut zubereitet sein«, hatte er dann immer gesagt.

»Ich muss mir dringend eine elektrische Kühlbox fürs Auto anschaffen«, lachte Thorvald.

»Tu das, aber bevor du abreist, kommst du zu mir und ich koche für dich. Ich habe zusammen mit Luis ein wunderbares Rezept für Doraden kreiert, das musst du probieren.« Roman senkte den Kopf und schaute ihn mit mahnendem Blick an. »Bring Olga mit.«

»Das mache ich gerne. Wenn sie Lust hat.«

»Vorhin am Telefon klang sie so bedrückt. Ich mache mir Sorgen um sie.« Es war das erste Mal, dass Roman so etwas sagte. Bisher hatte er sich auf Olga und ihren Seelenzustand verlassen können. Sie war von stabiler Natur, bodenständig, pragmatisch und pendelte sich nach Rückschlägen überraschend schnell wieder in ihren vergnügtstabilen Grundzustand ein. Es gab für Roman und Winnie nie Anlass zur Sorge, ihre Tochter könnte irgendwie auf die schiefe Bahn geraten.

»Dann rede mit ihr. Ich glaube, sie braucht ein wenig Rückhalt, nach allem, was hier passiert ist.« Thorvald neigte den Kopf. »Und den kann sie von dir am besten bekommen.«

»Ich sag doch, bring sie mit. Ich hätte euch gern beide da.« Roman seufzte schwer. »Habt ihr irgendetwas über Hanna in Erfahrung bringen können? Ich habe mit Luis geredet, aber er hat auch keine Informationen. Ich kann mit einem Kollegen die Vertretung in ihrer Praxis übernehmen. Aber nur für kurze Zeit.«

»Wir wissen nichts«, entgegnete Thorvald. Dass Ines, wie auch immer, an Informationen kam, behielt er für sich. Sie hätten Roman nur noch mehr beunruhigt. Wichtig war, dass Hannas Praxis weiterlaufen konnte.

»Aber der Mord hat doch mit dem Klassentreffen zu tun?«, fragte Roman. »Sagt man jedenfalls.«

»Sagt man das?« Thorvald machte ein nachdenkliches Gesicht. »Ich bin da anderer Meinung.«

»Wieso?«

Thorvald hob die Schultern. »Weiß nicht. Olga sieht das auch so.« Er sah Roman an.

»Es sind nicht die ehemaligen Schüler. Ich glaube fast, der Mörder kommt von hier. Aus dem Wald. Und irgendwie habe ich das Gefühl, dass die ganze Geschichte noch nicht vorbei ist.«

In diesem Augenblick wurde die Tür aufgerissen. Ein zierlicher jungenhafter Mann betrat den Raum und suchte mit flinken Augen die Tische ab. Thorvald hatte ihn längst erkannt, weil er mit dem Blick zur Tür saß, doch er rührte sich nicht. Amüsiert wartete er ab, und es dauerte keine fünf Sekunden, da kam der Mann mit fliegenden Schritten auf die beiden zu. Ohne weitere Umschweife kam er zur Sache.

»Thorvald, wenn du mir nicht hilfst, bin ich verloren. Dass du hier bist, ist mehr als die Macht des Schicksals. Bestimmt habe ich deshalb sogar meinen Erik verloren, weil eigentlich *du* ihn singen solltest! Wenigstens bei der Premiere.«

Thorvald schüttelte verwirrt den Kopf. Er ahnte lediglich, was ihm bevorstand. »Was soll das heißen: ›Ich habe meinen Erik verloren‹?«

»Verloren ist gut. Der Mann ist mit seinem Auto von der Straße abgekommen und hat sich überschlagen. Hat die Bergischen Kurven unterschätzt. Jetzt läuft er mit Halskrause herum und ...«, er schlug resigniert mit der Hand ins Leere, »ich werde noch verrückt. Erst ist Senta umbesetzt worden, jetzt macht dieser Schwachkopf einen Stunt und ich stehe da.«

»Wann ist Premiere?«

»Am Sonntag«, stöhnte Reuther.

»In vier Tagen also«, murmelte Thorvald langsam.

Reuther starrte Thorvald an. Dieser lehnte sich zurück und sah sich im »Luis« um, als würde er schon wieder an etwas ganz anderes denken. Dabei lief in Sekundenschnelle vor seinem inneren Auge ab, was auf ihn zukommen würde. Den Erik hatte er schon oft gegeben, das letzte Mal vor drei Monaten, die Partie war also präsent. Vier Tage! Aber er hatte sich gerade intensiv mit dem Liedgesang beschäftigt. Vier Tage! Allerdings konnte er hier draußen sowieso nicht konzentriert arbeiten. Er konnte also genauso gut Oper singen.

Unvorstellbar, Christian Reuther unverrichteter Dinge ins Opernhaus zurückkehren zu lassen. »Einarsson hat abgesagt. Er ist jetzt was Besseres! Er singt ›Lieder‹«. Thorvald hörte bereits den verächtlichen Ton, mit dem er das Unwort aussprechen würde. Er, der designierte Erik, nicht Senta, würde am Sonntagabend der eigentliche Erlöser sein.

Thorvald brachte es nicht übers Herz, abzulehnen.

»Thorvald, du bist ein Engel!« Christian Reuther sprang auf und drückte ihm einen feuchten Kuss auf die Stirn. Er strahlte. Er hatte soeben den Mann engagiert, der dabei war, den Olymp der Tenöre zu besteigen. Und er, der große Christian Reuther, würde ihn dorthin begleiten. Mit ihm, Hand in Hand, den tosenden Applaus entgegennehmen. »Noch heute fangen wir an!« Er hüpfte wie ein Kind um den Tisch herum und zog Thorvald mit sich fort. »Mein Wagen steht dort hinten. Auf! Marsch! Du leuchtender Stern am Bühnenhimmel!«

Roman war zufrieden, »die Kinder« in der Nähe zu wissen, auch wenn die Umstände keinen Anlass zur Freude gaben. Und er hoffte inständig, dass Olga sich bald beruhigen würde und sie in Ruhe miteinander reden könnten.

Kaum hatte er den Gedanken zu Ende gesponnen, als seine Tochter durch die Tür kam. Gelassen, gar nicht überrascht, dass ihr Vater allein im »Luis« saß, gab sie ihm zu verstehen, dass sie gleich zu ihm kommen würde. Sie ging zum Tresen und bestellte sich ein Bier, dann machte sie kehrt und trat zu ihrem Vater an den Tisch. Nachdem sie sich mit einem Kuss begrüßt hatten, setzten sie sich einander gegenüber.

»Du hast dich lange nicht gemeldet. Muss ich mir Sorgen machen?«, fragte Roman. »Ich habe das Gefühl, ich sollte mich um dich kümmern.«

»Warum?«, fragte Olga ehrlich erstaunt.

»Ich habe dich ein wenig aus den Augen verloren, weil ich gar nicht bemerkt habe, wie schnell die Zeit vergangen ist.«

Olga dachte an seine junge Freundin. »Das ist so bei Verliebten.«

»Höre ich da einen verbitterten Unterton. Sind Thorvald und …«

Olga hob schnell die Hände und unterbrach ihren Vater. »Frag jetzt bitte nicht, wann ich endlich Thorvald heirate oder so was.«

»Hatte ich gar nicht vor.« Roman sah ihr fest in die Augen, als ob er so Olgas Seelenzustand verstehen könnte.

»Viel mehr interessiert mich, was du in Hamburg so treibst. Sitzt du immer noch in Cafés und zeichnest die Leute?«

»Klar! Ich kann nun mal besser zeichnen als reden. Du glaubst ja gar nicht, was sich da angesammelt hat. Meist sind es komische Sachen, die da entstehen. Gezeichnete Kurzgeschichten, lauter Situationskomik.«

Olga schwenkte mit einem Kopfnicken ihr Weinglas. Sie dachte an ihren Arbeitstisch, der vor dem Fenster stand, vollgepackt mit Zeichnungen, teilweise überarbeitet und vorsortiert in Zeichenmappen. »Ein belgischer Verlag ist interessiert.«

Romans Gesicht hellte sich auf. »Ich drücke dir die Daumen.«

Olga stützte ihren Kopf mit den Händen ab und schaute ihren Vater lange an. »Immer, wenn ich dich sehe, vermisse ich dich.«

Roman zog die rechte Augenbraue hoch.

»Dann möchte ich mit dir nach Hause gehen, oben in meinem Zimmer sein, dein Lachen hören, das von unten hinaufhallt, das Türeknallen der Patienten, Mamas Gesang. Selbst Lissys Gezeter fehlt mir manchmal. Wenn ich dann in Hamburg bin, ist alles wieder weg.«

»Dann musst du mich öfter besuchen, dein Zimmer ist noch da. Kein Grund also zur Trauer.«

»Ich bin nicht traurig. Ich bin … ich bin verunsichert. Ich glaube, das fing an, als ich mit meiner Reisetasche den steilen Weg hinaufkam. Da hat mich irgendetwas gepackt. Ein komisches Gefühl, und das hat mich seitdem im Griff.« Olga lehnte sich zurück und sah sich im »Luis« um, als fände sie dort die richtigen Worte an den Wänden. »Ich bin mit so viel Vergangenheit konfrontiert worden: das Klassentreffen, die ganzen Leute, Thorvald, Benno, unser Wald, die Bäche, die Wiesen, ich habe Gudrun Himmelreich gesehen …«, sie schüttelte ungläubig den Kopf, »… die Sekretärin. Ich wusste gar nicht, dass es die noch gibt. Hier hat sich überhaupt nichts verändert. Das ist fast unheimlich. Ich will einen Schlussstrich ziehen. Ich will mich endlich um den Verkauf der Hütte kümmern. Wenn du das schon nicht schaffst!«

Ihr Vater runzelte die Stirn. »Aber warum?«

»Weil sie verfällt. Ich kann das nicht mitansehen. Ich

fühle mich nun mal für sie verantwortlich. Sie war mein Leben.«

»Und das willst du abschütteln.«

»Ach, Papa. Mit dir hat das doch gar nichts zu tun. Aber ich muss endlich loslassen. Das betrifft übrigens auch Thorvald.«

Roman wollte gerade etwas sagen, doch Olga legte schnell den Zeigefinger auf die Lippen.

»Ich will nicht darüber reden. Aber ich bin in einer Sackgasse. Und ich weiß noch nicht, wie ich da rauskommen soll. Deshalb muss ich irgendwo anfangen. Bei der Hütte. Und als ob das nicht schon schwer genug wäre, finde ausgerechnet *ich* die tote Juliane!« Olga seufzte und hob die Schultern. »Ich habe keine Ahnung, wie das alles weitergehen soll.«

»Na, dann versuch das doch mit dem Verkauf. Wenn du ohnehin noch hierbleiben musst, dann nutz die Zeit.«

Olga nickte langsam. Sie war mit ihren Gedanken schon wieder bei dem Mord.

Roman lehnte sich zurück. »Übrigens habe ich Thorvald zum Essen eingeladen, wenn er diese Premiere hinter sich hat. Er will dich mitbringen.«

»Welche Premiere?«

»Hast du ihn nicht eben noch gesehen? Er ging, als du kamst. Ihr müsst euch doch in die Arme gelaufen sein.«

»Ich habe niemanden gesehen. Ich bin allerdings durch den Hintereingang gekommen. Also, welche Premiere?«

»Irgend so ein verrückter Regisseur – Reuther, glaube ich – hat ihn hier überfallen und mehr oder weniger genötigt, für einen indisponierten Tenor einzuspringen.«

»Was?«, rief Olga.

»Thorvald hat zugesagt. Er singt am Sonntag den Erik im ›Holländer‹.«

Olga schüttelte ungläubig den Kopf. »Dieser Regisseur muss ein Genie sein. Wie um alles in der Welt hat er das hingekriegt?«

Roman zuckte mit den Schultern. »Moralisches Unterdrucksetzen, Drohung, Erpressung … wie man das eben so macht. Sie sind alte Bekannte und haben schon mal zusammengearbeitet. Ziemlich erfolgreich sogar. Thorvalds Urlaub ist auf jeden Fall vorbei.«

»Ach«, erwiderte Olga beschwichtigend. »Damit kommt er schon klar. Vielleicht ist das gar nicht so schlecht. Es bringt ihn auf andere Gedanken.«

Olga war bemüht, sich nichts anmerken zu lassen. Und gleichzeitig wusste sie genau, dass Roman ihre Enttäuschung bemerkte. Ihr Vater aber schwieg diplomatisch. Olga wusste nun, dass Thorvald in den nächsten Tagen keine Zeit mehr für sie haben würde. Und dass er – vielleicht schon direkt nach der Premiere – wieder abreisen würde. Nach Kopenhagen. Zu Nyoko.

Sie wurde schlagartig müde. »Begleitest du mich zur Hütte?«

»Gern!«

Schweigend liefen sie durch den Wald, hinauf zur Jagdhütte. Plötzlich blieb Roman stehen.

»Willst du nicht lieber bei mir übernachten? Ich will dir keine Angst machen, aber wer weiß, wer hier alles herumläuft?«

»Du machst mir keine Angst«, erwiderte Olga. »Wenn es wirklich jemand auf mich abgesehen hätte, könnte er jederzeit zuschlagen. Und warum sollte er? Da ist nichts, wofür es sich lohnen würde, mich umzubringen!« An der Hütte angekommen, gab sie ihm einen Kuss. »Danke, Papa.«

Roman blieb noch einige Zeit stehen. Er sah, wie nacheinander alle Lichter in dem kleinen Häuschen angingen und die Vorhänge zugezogen wurden. Er hörte, wie Olga die Tür verriegelte. Sie hatte darauf verzichtet, die Fensterläden zu schließen. Er überlegte, ob er es noch tun sollte, ließ es dann aber sein und ging den Weg zurück zu seinem eigenen Haus. Ein merkwürdiges altbekanntes Gefühl beschlich ihn, ganz leise, unbestimmt, und es ließ sich den ganzen Abend nicht verscheuchen.

11

Die Nacht brachte einen so starken Westwind mit sich, dass Olga davon wach wurde. Sie schlich aus der kleinen Schlafkammer die knarrende Holztreppe hinunter. Sie hatte nur ein Hemd an und fröstelte plötzlich. Unten im Schrank lag der alte blaue Seemannspulli.

Endlich, dachte sie, als sie den Pullover übergestreift hatte. Endlich ist es vorbei. Endlich wieder frieren!

Vom Dach drangen unheimliche Geräusche herunter. Olga trat ans Fenster. Sie zog den Vorhang zur Seite und schaute hinaus in die Dunkelheit. Es war nichts zu sehen. Sie öffnete die Eingangstür und trat auf die Veranda hinaus. Der Wind drückte ihr so heftig ins Gesicht, dass sie einen Augenblick lang keine Luft bekam. Wo kam er plötzlich her? Eigentlich war der Wind warm, aber er fuhr neugierig um ihren Körper herum, so dass sie eine Gänsehaut bekam. Olga zog den Reißverschluss ihres Pullovers bis zum Kragen hinauf zu.

Sie knipste die Außenbeleuchtung an. Die Tür schlug mit einem lauten Knall zu, erschrocken fuhr Olga herum. Doch sie war allein. Da war niemand. Sie holte sich die Decke, die auf dem Sofa lag, nahm einen Stuhl vom Esstisch und setzte sich wieder ans Fenster, die Decke fest um die nackten Beine gewickelt.

Sie hatte ihrem Vater nichts von dem Besuch bei Vincent erzählt. Nicht, dass sie sich nicht getraut hätte. Anfangs hatte sie nicht daran gedacht. Später, als es ihr wieder eingefallen war, hatte sie keine Lust mehr dazu. Warum sollte sie? Es würde nichts an der Tatsache ändern, dass die beiden einander aus dem Weg gingen. Und Roman wusste sowieso, dass sie ihren Großvater besuchte. Und was sollte sie ihm erzählen? Es gab keine Neuigkeiten; nichts, was Anlass gäbe, diese verfluchte Konstellation zu zerschlagen und sich wieder zu versöhnen. Nachdem Roman sie zur Hütte gebracht hatte, hatte Olga sich vor das Bücherregal gesetzt und ein wenig darin herumgestöbert. Sie war noch nicht richtig müde gewesen, aber doch schon so träge, dass sie nur oberflächlich in der kunterbunten Bibliothek herumblätterte. Hier war alles zu finden, alte Kinderbücher und alte Fotoalben.

Da entdeckte sie das alte, riesige Kassettenradio, das völlig verstaubt im untersten Regal stand. Sie nahm es heraus, suchte die Steckdose und drückte auf Start. Die Antenne war abgebrochen und es lag noch eine Kassette darin. Ob die noch lief? Der Kassettenrekorder ächzte und gab gequälte Laufgeräusche von sich. Plötzlich erfüllte das Kichern von hellen Kinderstimmen den Raum, dann ein lautes Rascheln des Mikrofons, um das sie sich jetzt hörbar zankten. Olga versetzte es einen Stich. Sie hörte ihre eigene Stimme, dazwischen Thorvalds und Bennos Piepsstimmen. Im Hintergrund war Lissys Geheule zu hören.

»Nein, das gibt's doch nicht«, flüsterte Olga. »Unsere selbst inszenierten Hörspiele.«

»Meine sehr verehrten Ladies und Damen!« Ein Rülpser von ungeheurer Länge durchbrach die feierliche Ansage, gefolgt von einem dreckigen Lachen. »Dies sind die Abenteuer der Schiffsbesatzung des Raumschiffes Enterscheiß!« Wieder das Lachen im Hintergrund, dann fiel das Mikrofon auf den Boden, Rascheln, Ächzen, Durcheinander. »Ach Mann …, Benno, hör auf! Du bringst alles durcheinander, Blödian!«

Olga lachte und schüttelte den Kopf. Sie stellte den Rekorder aus und stöberte weiter in dem Schuhkarton herum. Zwischen alten Fotos, die die Hütte und die Kinder zeigten, fand sie ein paar nicht beschriftete Kassetten, von denen sie eine herausfischte und in den Rekorder steckte. Das ›Allegro non troppo‹ des Violinkonzerts D-Dur von Brahms erklang. Es war die Aufnahme mit Yehudi Menuhin, zur Zeit seiner größten Reife und Intensität. Wie lange hatte sie das nicht mehr gehört. Sie schloss die Augen. Menuhins Violinenklänge schwebten auf Engelsflügeln hinaus in den Wald und wurden von dem Wind in den Himmel getragen.

Merkwürdig, dieser Wind. In der Wettervorhersage war davon nicht die Rede gewesen. Dabei waren die Meteorologen doch so zuverlässig geworden. Olga hockte noch immer am Fenster und blickte gedankenverloren hinaus. Die Verandalampe leuchtete mit ihrem gelben Lichtkreis auf die grüne Wand, die das Haus umgab. Der ganze Wald war in Bewegung. Der kleine beleuchtete Ausschnitt repräsentierte den Bergischen Wald in seiner ganzen Fülle und Schwere. Der Wind langte einfach in die Bäume und Büsche hinein und schüttelte sie, ohne sich zu genieren. Die Büsche wanden sich unter dem Griff und kicherten, als ob sie gekitzelt würden. Fast hatte es den Anschein, als würden sie mitsamt ihrem Wurzelwerk hin- und herhüpfen, um dem Wind auszuweichen.

Wo war Luis abgeblieben? Oder Benno? Jetzt war auch noch Thorvald weg. Olga kam sich verlassener vor denn je. Sie suchte nach ihrem Handy. Es lag in ihrer Tasche. Es musste aufgeladen werden. Sie brauchte das Ladekabel. Gleich morgen würde sie ihre Freunde aufspüren und dann Kommissar Kirschbaum besuchen. Irgendetwas musste doch passieren. Hanna konnte doch nicht einfach so festgehalten werden. Was war hier los?

Olga stand auf und ging in kleinen Schritten mit der Decke um die Beine zum Herd und setzte Teewasser auf. So eine Nacht wollte sie nicht einfach schlafend vorüberziehen lassen. Der Wind würde vielleicht noch zunehmen und endlich die ersehnte Wetterwende herbeiführen.

Olga setzte sich wieder auf ihren Stuhl an das Fenster, stützte ihre Ellbogen auf das schmale Fensterbrett und schaute in den wogenden Wald hinaus. Der aufsteigende Dampf aus der Tasse ließ das Fenster leicht beschlagen, so dass sie das rege Treiben draußen wie durch Nebelschwaden wahrnahm. Die alte Jagdhütte ihrer Familie war zwar sehr solide gebaut und hatte schon einige Unwetter überstanden, aber es war jedes Mal wieder unheimlich, wenn der Wind versuchte, anzugreifen. Mal packte er sich das Dach, dann drückte er in heftigen Stößen gegen die Giebelwand und rüttelte an den Balken. Olga kannte zwar den Grundtenor der windigen Konzerte, trotzdem schauderte sie immer wieder, wenn der Wind eine Ritze in einem bestimmten Winkel anblies.

Sie wischte ein kleines Guckloch in die beschlagene Scheibe und versuchte, etwas zu erkennen. Das Verandalicht war erloschen und sie sah nur ein Paar weit aufgerissene Augen, die langsam zurückwichen. Mit einem Aufschrei sprang sie zurück, so dass der Stuhl nach hinten kippte und sie sich den heißen Tee über die nackten Beine schüttete.

»Was war das? Verdammt noch mal, was war das?« Ihre Stimme überschlug sich und sie fing vor Schreck beinahe an zu heulen. Sie stellte die Tasse weg, nahm sich schnell die Decke, die auf den Boden gerutscht war, und wickelte sie fest um ihre Schultern, so als ob sie ihr Schutz gewähren könnte. Sie holte tief Luft. Der entsetzliche Schreck schlug in Wut um. Ohne nachzudenken, riss sie die Tür weit auf und rannte hinaus. Sie ging nach rechts an das Fenster, an dem sie gesessen hatte – nichts. Dann drehte sie sich einmal um die eigene Achse, es war niemand da. Das Haus stand tot und verlassen da.

Plötzlich versetzte der Wind ihr einen kräftigen Stoß. Hinterlistig, ohne Vorwarnung. Ihre Decke flog weg. Erst jetzt merkte sie, dass sie zitterte. Sie wickelte sich wieder in die Decke ein und sah von außen durch das Fenster in das gemütliche, warm erleuchtete Zimmer. Was mochte der stille Beobachter wohl gedacht haben, als er die Frau hier mit Decke und Teetasse hatte sitzen sehen. Was machte einer um drei Uhr nachts hier draußen? Das »Luis« hatte doch längst geschlossen. Gar nichts. Wahrscheinlich war sie übermüdet und hatte sich alles nur eingebildet.

Sie lächelte. »Olga, du hast gerade deinem zweiten Ich in die Augen gesehen.«

Als sie gerade wieder hineingehen wollte, bemerkte sie genau auf der Höhe ihrer eigenen Nase einen runden Fleck am Fensterglas. Jemand hatte seine dicke, fettige Nase von außen gegen die Scheibe gedrückt.

Olga hatte alle Fensterläden verschlossen und war wieder ins Bett gegangen. Doch an Schlaf war nicht mehr zu denken. Hellwach lag sie auf dem Rücken, hörte dem Pfeifen und Singen des Windes zu. Immer wieder fielen ihr diese Augen ein, die sie angestarrt hatten. Hatte sie sich getäuscht? Sie war nicht in der Lage, die Frage zu beantworten.

Sie wünschte, sie würde endlich einschlafen. Auch wenn dann die schweren Träume wiederkehren würden.

Bisher hatte sie keine Erklärung dafür gefunden, warum sie in der Hütte immer so viel träumte, die ganze Nacht hindurch. Immer war da jemand, der sich über sie beugte, ihre Arme nahm und sie wegziehen, wachrütteln oder ihr etwas sagen wollte. An alle diese Träume konnte sie sich tage-, manchmal wochenlang erinnern. Plötzlich war draußen ein lauter Knall zu hören. Der Wind musste irgendetwas umgestoßen haben. Nur dass sich Olga ziemlich sicher war, dass auf der Veranda gar nichts stand!

Augenblicklich saß Olga kerzengerade im Bett. Ihr Herz schlug bis zum Hals. Vorsichtig stand sie auf, huschte die Treppe hinunter und blieb stehen. Etwas kratzte an der Tür. Dann war es ruhig.

Sie blickte Hilfe suchend umher, schnappte sich den Besen. Alles ruhig. Dann hielt Olga es nicht mehr aus. Abwarten, das gehörte nicht zu ihren Stärken. Dafür hatte ihr Vater sie als Kind oft gescholten. Sie drehte langsam den Schlüssel um, aber schon fing das Schloss entsetzlich an zu quietschen. Sie musste also gleichzeitig drehen, die Klinke herunterdrücken und die Tür aufreißen. Bei drei!

Sie zählte und riss mit einem Schrei die Türe auf. Der große Hund war gerade im Begriff davonzutrotten. Doch als das Geräusch an der Tür zu hören war, schnellte er herum und starrte sie mit gelben Augen und hochgezogenen Lefzen an. Im letzten Moment konnte Olga die Tür wieder zuknallen. Schwer keuchend stand sie da, drehte eilig den Schlüssel herum. Es gab Hunde, die konnten Zeitungen holen, sich selbst Futter einkaufen, in den Napf schütten und dann auffressen. Oder Türen aufmachen. Dieser hatte vielleicht andere Fähigkeiten. Würde er sich einmal mit seinem ganzen Gewicht gegen die Tür werfen, sie wäre bestimmt kaputt, denn sie war dünn wie Pappe.

Der Hund ähnelte jenem Untier, das sie im Moos aus dem Schlaf gerissen hatte. Olga überlegte, was sie jetzt tun sollte. Was für eine Nacht! Anziehen und Schutz bei ihrem Vater suchen? Nein. Es war bestimmt nicht ratsam, draußen herumzulaufen. Sie stellte den Besen neben die Eingangstür und ging wieder nach oben.

Olga war gerade eingeschlafen, als sie von lautem Gebell erneut geweckt wurde. Dann war lautes Knurren zu hören. Ging der Hund hier auf die Jagd? Olga richtete sich wieder auf. Ein ungutes Gefühl überkam sie. Da draußen stimmte irgendetwas nicht.

In diesem Moment hörte sie schwere Schritte, jemand war auf die Veranda gesprungen, hämmerte an die Tür, lief wieder weg. Knurren. Jemand lief um das Haus, kam lärmend wieder auf die Veranda. Olga rannte die steile Treppe hinunter. Sie horchte an der Tür. Auf der anderen Seite hämmerte es so laut, dass sie entsetzt zurücksprang.

»Scheiße … Olga … bist du da? Olga! Mach die Tür auf.«

Etwas schlug schwer vor die Tür. Ein Schrei. Olga drehte mit zitternder Hand den Schlüssel und öffnete vorsichtig die Tür. Der Hund versuchte seine Beute festzuhalten und hatte sich in dessen Hosenbein verbissen. Thorvald schrie und versuchte, mit dem anderen Bein nach dem Hund zu treten. Olga schrie ebenfalls und sah sich hilflos um. Der Besen! Sie schlug damit auf das Tier ein, bis Thorvald sich schließlich losreißen konnte. Er warf sich in die Hütte und Olga schlug mit lautem Knall die Tür zu. Der Hund bellte laut weiter und rannte auf den Dielen hin und her. Olga hörte deutlich seine Krallen auf dem Holz.

Thorvald blieb schwer atmend auf dem Boden liegen. Olga rutschte langsam mit dem Rücken an der Tür hinunter und starrte auf ihren Freund. Seine Jeans war blutverschmiert. Er rührte sich nicht. Langsam kroch sie zu ihm und strich vorsichtig die Haare aus seinem Gesicht.

Er schlug ein Auge auf. »Hast du was Leckeres zu essen?«

Olga schaute ihn fassungslos an. »Was?« Sie war kalkweiß im Gesicht. »Wie kannst du jetzt ans Essen denken?«

Thorvald stützte sich auf die Ellbogen und zog langsam das verletzte Bein an. Ermattet fiel er wieder zu Boden. Olga starrte ins Leere. Sie rührten sich lange nicht.

»Ich dachte, du hättest auf mich gewartet«, sagte er irgendwann. »Canapés – getrüffelte Gänseleber mit Tokajer-Rosinen …«

Wutschnaubend wollte Olga sich auf ihn stürzen, als Thorvald sie bei den Armen packte und zu sich hinunterzog. Der Kuss war so leidenschaftlich und so voller Leben, Lust und Hitze, dass er sie vollends schachmatt setzte. Olga verlor ihre ganze Kraft, mit der sie eben noch gegen das nächtliche Ungeheuer gekämpft hatte. Sie war verloren. Erst ein lautes Aufstöhnen Thorvalds ließ sie wieder zur Besinnung kommen. Sie erschrak.

»Dein Bein! Das habe ich ganz vergessen«, rief sie, sprang auf und machte Licht.

Thorvald stöhnte noch einmal auf, hielt sich den Arm vor die Augen und setzte sich ebenfalls auf.

Olga besah sich die zerfetzte Jeans. »Wir sollten damit zu meinem Vater.«

»Ach was.«

»Kannst du die Hose ausziehen? Ich möchte mir die Wunde ansehen.«

»Gerne.« Thorvald legte sich wieder auf den Boden und ließ Olga gewähren. Theatralisch verdrehte er die Augen und wollte Olga noch einmal umarmen, doch die blieb standhaft. Obwohl es ihr schwerfiel.

»Hör auf damit«, sagte sie sanft. »Ich hole etwas zum Desinfizieren.« Sie stand auf und ging in die Küchenecke. »Was machst du überhaupt hier, mitten in der Nacht?«, rief sie, während sie nach dem Erste-Hilfe-Päckchen suchte, das seit mindestens fünfundzwanzig Jahren im Schrank über der Spüle lag. Thorvald stand auf, humpelte zum Kühlschrank und holte sich ein kaltes Bier. Dann setzte er sich auf das Sofa.

»Ach was, ach was! Du kannst ja nicht einmal richtig laufen.« Olga tupfte die Wunde ab. »Lass dir wenigstens morgen eine Tetanusimpfung verpassen. Im Übrigen dachte ich, du bist in der Stadt.«

»War ich auch.« Thorvald nahm ihren Kopf in seine Hände. »Ich hatte nur plötzlich so große Sehnsucht nach dir!«

Er lehnte sich vorsichtig wieder zurück und zog Olga in seine Arme, ohne sein Bier zu vergessen. »Puhhh, ich hatte schon während der Probe so einen schlimmen Durst.« Mühsam richtete er sich auf. »Wir müssen endlich mal zu Robert. Das ist doch bestimmt sein Köter, oder?«

»Wenn ja, dann ist eine Anzeige fällig«, sagte Olga.

»Eigentlich habe ich keine Angst vor Hunden. Im Gegenteil. Aber der hier …« Er schüttelte entgeistert den Kopf. »Der war wie aufgehetzt. Total von Sinnen. So was habe ich noch nie erlebt.«

Olga hatte den Eindruck, dass Thorvald erst jetzt wirklich begriff, was gerade passiert war.

»Christian hat mir einen Wagen besorgt«, er drehte sich zu Olga und lächelte. »Ich bin in einer guten Position. Er tut alles für mich.« Thorvald zog eine lange Strähne aus Olgas Haar und wickelte sie um seinen Finger.

»Ich habe das Auto unten am ›Luis‹ stehen lassen. In der letzten Kurve vor der Hütte habe ich ihn gesehen. Er stand vor der Veranda und glotzte mich an. Langsam bin ich weitergegangen. Du weißt ja … den Hund nicht anstarren, nicht wegrennen, weil das den Jagdreflex auslöst … der ganze Scheiß. Als ich an ihm vorbei die Verandatreppe hinaufwollte, sprang er mich an. Einfach so.«

Olga erzählte Thorvald von den Augen am Fenster.

»Ich sag doch. Den Hund hat jemand aufgehetzt. Wahrscheinlich hat er sich da draußen verkrochen und gewartet«, meinte Thorvald.

»Aber warum? Mitten in der Nacht. Woher sollte jemand wissen, dass du nachts noch hier auftauchst? Selbst ich wusste nichts davon.«

»Du solltest nicht mehr allein hier oben bleiben, wenigstens so lange nicht, bis sich die Dinge wieder geordnet haben«, sagte Thorvald. »Kannst du nicht zu deinem Vater oder zu deinem Großvater?«

»Kommt nicht in Frage«, erwiderte Olga, die sich inzwischen an Thorvald gekuschelt hatte. »Du musst eben versuchen, abends hier zu sein. Bei mir.«

Thorvald gab ihr einen Kuss auf die Nase und erhob sich mühsam. Er nahm Olgas Hand und langsam gingen sie die Treppe hinauf.

Der Hund war auf der Veranda eingeschlafen, ein Stück Jeansstoff unter seiner linken Pfote.

12

Im Ruhrgebiet hatte es geregnet: sintflutartige Regenfälle hatten die Keller aller Orten unter Wasser gesetzt, die Kanalisation war übergelaufen, Bäume waren auf Autos und Häuser gestürzt. Im Wald jedoch waren nur die Randerscheinungen des Unwetters zu spüren gewesen. Es war vorbeigezogen und hatte lediglich den nächtlichen Wind mit ein paar Regentropfen gesandt, kaum der Rede wert, um den hitzegeplagten Menschen eine kurze Pause zu gewähren.

Thorvald und Olga hatten sich ins Bett gelegt und waren eng aneinandergeschmiegt sofort eingeschlafen. Gegen halb acht hatte Thorvald sich aus dem Bett gequält und war zu Roman gehumpelt, der sich das Bein ansah.

»Bist du verrückt? Warum kommst du erst jetzt?«

Die Wunde hatte zu schmerzen begonnen, eine Entzündung war nicht auszuschließen. Roman hatte die Wunde desinfiziert und verbunden und Thorvald frisches Verbandsmaterial mitgegeben.

Kaum zurück, war Thorvald wieder zu Olga ins Bett gekrochen, die schließlich gegen Mittag aufgewacht war.

»Thor?«

»Ja!«

»Wann fährst du?«

»Jetzt!«

»Wann kommst du wieder?«

»Ich weiß es nicht, ich ruf dich an!«

Kurz darauf hatte Olga die Tür zufallen hören.

Jetzt saß Olga im Zimmer von Kriminalhauptkommissar Kirschbaum und wartete. Sie war in sich zusammengesunken und immer noch verzaubert von Thorvalds Nähe, seiner Wärme, seinem Geruch, sie fühlte sich warm und wohlig, wie in einer schlafenden Wolke. Erst auf der breiten Treppe des Polizeipräsidiums hatte sie die blanke Angst gespürt. Sie war seit den Ereignissen der vergangenen Nacht schreckhaft geworden. Olga und schreckhaft! Ein Widerspruch in sich. Und doch war sie schon zweimal heftig zusammengezuckt, nur weil ihr eine Haarsträhne ins Gesicht gefallen war.

Kirschbaum nahm ihr gegenüber an seinem Schreibtisch Platz, lehnte sich zurück und sah sie freundlich an.

»Was gibt's? Was führt Sie zu mir? Doch nicht etwa ein neuer Mord?«

»Aber ein Mordversuch.«

Schlagartig wurde er ernst und beugte sich nach vorn. »Was ist passiert?«

»Ein Hund hat Thorvald Einarsson angegriffen.«

»Ein Hund?« Kirschbaum runzelte die Stirn. »Der Hund eines Nachbarn?«

»Wir wissen nicht, wem das Tier gehört.«

»Was genau ist passiert?«

Olga erzählte ihm, was in der Nacht passiert war.

»Wo ist Herr Einarsson jetzt?«

»Er ist bei Proben im Opernhaus. Er singt im ›Fliegenden Holländer‹, am Sonntag.«

Kirschbaum sah sie fragend an.

»Er springt für einen kranken Sänger ein«, erklärte Olga.

»Ist er verletzt?«

»Ja, er hat eine Wunde am Bein. Aber es geht, er kann wohl noch vom Tisch springen. – Bei den Proben, meine ich.«

»Er sollte Anzeige erstatten.«

»Ich werde es ihm ausrichten«, versprach Olga. »Gekommen aber bin ich, um mich nach dem Stand der Dinge zu erkundigen. Wie steht es um Hanna?«

Olga lächelte ein wenig verlegen. Sie wusste natürlich, dass Kriminalhauptkommissar Kirschbaum ihr keine Auskunft über den Stand der Ermittlungen geben würde. Während der Fahrt hatte sie vergebens versucht, Ines zu erreichen, in der Hoffnung, dass sie etwas in Erfahrung gebracht hatte. Olga wollte keine Zeit mehr ungenutzt verstreichen lassen. Ihr wurde dieses Warten langsam unerträglich. Ob es klug war, ausgerechnet zu Kirschbaum zu gehen, oder nicht, war ihr egal. Sie musste etwas tun oder zumindest Klarheit gewinnen in dieser ganzen absurden Geschichte. Sie wurde einfach das Gefühl nicht los, dass die Sache noch längst nicht vorbei war.

»Bisher ist Johanna von Nahmen die einzige Tatverdächtige.« Kirschbaum sah Olga eindringlich an, damit ihm auch nicht die geringste Gemütsregung entging.

»Aber wo sind die Beweise?« Olga kam sich albern vor. Als ob er ihr das sagen würde! »Wenn Robert Hunter der einzige Zeuge ist, können Sie gleich wieder von vorn anfangen.«

»Allen Menschen fällt es schwer zu akzeptieren, dass jemand aus ihrer Mitte ein Verbrechen begangen haben soll«, sagte Kirschbaum und neigte den Kopf zur Seite. »Und dann noch einen Mord … das ist unvorstellbar! Ich kann Sie gut verstehen, ich würde Ihre Freundin gern wieder nach Hause schicken, glauben Sie mir. Aber in vielen Fällen bewahrheitet sich der schlimme Verdacht, nicht selten durch ein Geständnis.«

Olga lachte verächtlich auf. »Darauf können Sie lange warten. Sie war es nicht, glauben Sie mir.« Olga spürte, dass sie besser gehen sollte, sie würde sich nur lächerlich machen. »Kann ich Hanna sehen oder mit ihr telefonieren?«

»Das entscheidet der Untersuchungsrichter. Aber bei Tötungsdelikten …«, er schüttelte langsam den Kopf, »besteht Verdunklungsgefahr. Tut mir leid.«

Kirschbaum sah ehrlich mitfühlend aus. Olga erhob sich. Sie war niedergeschlagen und wütend darüber, dass sie Hanna nicht helfen konnte.

Als Olga wieder vor dem Polizeipräsidium stand, war ihr fast schlecht. Etwas lief hier gänzlich falsch. Kirschbaum gab ihr keinerlei Auskunft, und nach allem, was sie von Ines gehört hatte, belasteten die Beweise Hanna zu Recht. Aus Sicht der Polizei.

Olga ahnte, dass irgendetwas ganz anders war. Irgendetwas, das bisher alle übersehen hatten. Die nächtlichen Ereignisse hatten sie nur in dieser Ahnung bestärkt. Sie selbst war doch auch in der Nähe des Tatorts gewesen. Warum wurde sie nicht verdächtigt? Olga ahnte auch, dass sie mit niemandem über die Sache reden durfte. Vielleicht würde sie Ines einweihen. Benno aber mussten sie außen vor lassen.

»Juli, Juli, was hast du da losgetreten?«, sagte sie leise, als sie auf dem Weg zur Schwebebahn war. »Wer hat dich nur so gehasst? Ich verstehe das nicht.«

In der Innenstadt stieg Olga aus, sie wollte Benno im Museum besuchen. Am Telefon hatte er gesagt, er sei den ganzen Tag dort. Die Arbeit habe ihn fest im Griff. Olga verstand sofort, was er meinte, als sie ihn mitten im Foyer stehen sah, umringt von Reportern. Alle wollten vom Kurator des Museums, der auch für die Presse zuständig war, Informationen zur William-Turner-Ausstellung, die am Wochenende eröffnet werden sollte.

Als er Olga entdeckte, sah er übertrieben gequält zu ihr herüber, doch Olga wusste, dass er sich auch tatsächlich so fühlte. Mit einem kleinen Kopfnicken bedeutete er ihr, sich ins Café zu setzen, bis er fertig war. Olga konnte sogar aus der Ferne erkennen, dass er nicht rasiert und völlig übermüdet war.

»Ich habe eine interessante Beobachtung gemacht«, sagte Benno, als er eine halbe Stunde später ins Museumscafé kam und sich schwer in einen der metallenen Lehnstühle fallen ließ. Er sah aus, als hätte er am liebsten die Füße auf den Tisch gelegt. Unauffällig reckte er sich und bestellte einen doppelten Espresso sowie ein großes Stück Obstkuchen.

»Ich sag dir, Robert...«, er beugte sich verschwörerisch zu Olga herüber, »... ist genau das, was alle ahnen.«

»Ja, ein Ekel! Tolle Erkenntnis, Benno!«

»Er führt irgendwas im Schilde. Und er klaut nicht nur Backsteine für seine Doppelgarage. Nachts, wenn die braven Bürger vor dem Fernseher sitzen, wird der aktiv. Flattert in seinem Steinbruch herum wie eine Fledermaus.«

»Hast du dich etwa auf die Lauer gelegt?« Olga war jetzt doch überrascht.

Benno richtete sich stolz auf. »Vergangene Nacht bin ich losgefahren. Ich konnte nicht einfach herumsitzen, ich musste etwas tun.«

Wenigstens einer, der etwas unternimmt, um Hanna zu helfen, dachte Olga gerührt. »Sag mal, bist du zufällig an der Hütte gewesen, so gegen zwölf?«

Olga wusste, wie unsinnig die Frage war. Benno wäre einfach hereinspaziert und hätte sich nicht draußen vor dem Fenster herumgedrückt. Dennoch musste sie ihn fragen. Vielleicht wollte er nur nicht stören.

»Nein, wieso?«

»Weil ich jemanden gesehen habe. Beziehungsweise, ich glaube, jemanden gesehen zu haben.«

Noch einmal erzählte Olga, was ihr und Thorvald in der Nacht widerfahren war. Benno runzelte die Stirn. »Hm, ich war nur am Steinbruch. Ich bin von oben gekommen und habe es mir in meinem Schlafsack bequem gemacht. Leider zu bequem, denn dann bin ich eingeschlafen und erst gegen halb neun wieder aufgewacht.« Benno verzog das Gesicht. »Das mit dem Hund hätte mir natürlich auch passieren können. Ich muss mir eine bessere Ausrüstung zulegen. Wer weiß, was für Gesindel da nachts im Wald herumrennt. Aber ich frage dich …« Wieder diese Verschwörermiene. »Wer muss nachts arbeiten?«

Olga runzelte die Stirn. »Zeitungsausträger, Bäcker, Grabplünderer …«

»Bevor ich eingeschlafen bin, habe ich gesehen, dass Robert irgendetwas in seinen blöden Laster gehievt hat – und zwar bestimmt keine Brötchen. Von dort, wo ich lag, konnte ich nicht bis ganz unten sehen, da ist doch dieser Felsvorsprung. Robert muss aber direkt unter mir gewesen sein. Und er ist geflitzt wie ein Wiesel. Dieser Muskelbolzen kam mir vor wie ein menschlicher Gabelstapler. Heute Nacht werde ich mir eine bessere Position suchen …«

»Willst du etwa schon wieder dahin?«, fragte Olga entsetzt. »Vielleicht sollten wir besser den Kommissar einschalten.«

»Und dann? Wenn die Polizei jetzt anrückt, wird er aufgescheucht, dann ist er gewarnt. Er darf nichts merken.«

Benno sah Olga eindringlich an. »Lass mich noch ein, zwei Nächte Wache halten. Ich würde dem Kerl gerne eins auswischen«, sagte er.

»Wie denn? Du willst von deinem Felsen hinuntersteigen und sagen: ›So, jetzt hab ich dich, du Mistkerl! Halt still, damit ich dir eine scheuern kann!‹«

Benno winkte ab, hörte gar nicht richtig zu. Er schien sich seiner Sache völlig sicher zu sein und Olga begriff, dass sie ihn niemals würde umstimmen können.

»Und was machst du, wenn der Hund wieder auftaucht?«, fragte Olga.

»Der Steinbruch scheint nicht sein Revier zu sein«, wandte Benno ein.

»Das war meine Hütte bisher auch nicht«, erwiderte Olga.

»Vielleicht hat jemand, vermutlich Robert, den Köter absichtlich dorthin gebracht. Um dich einzuschüchtern.« Benno schaute auf die Uhr. »Ich besorge mir nachher Pfefferspray. Zufrieden?« Dann nahm er ihre Hände und drückte sie fest. »Olga! Johanna war das nicht. Das weiß ich einfach.«

»Wir wissen alle, dass Hanna keine Mörderin ist, Benno.«

Sie hielten sich an den Händen und schauten einander an. In Bennos schwarzen Augen lag Gewissheit, gepaart mit einer Kraft, wie sie typisch für ihn war. Er war gespannt wie ein mongolischer Reiterbogen. Niemand konnte ihn noch aufhalten.

»Wir machen das. Du und ich. Wir nehmen den Wald gründlich unter die Lupe.« Olga war jetzt ebenso entschlossen wie Benno.

Vor dem Eingang des Museums verabschiedeten sie sich. Benno drehte sich vorsichtig um. »Eigentlich müsste ich noch bleiben, aber ich brauche dringend eine Stunde Schlaf.«

»Nimm dein Telefon mit, aber schalte den Ton ab. Nicht

auszudenken ...!«, rief Olga ihm nach, bevor Benno um die Ecke verschwunden war. Er nickte und hielt seine Hand ans Ohr. Alles klar!

Olga hatte ein schlechtes Gefühl dabei, Benno allein oben am riesigen Steinbruch zu wissen. Aber beistehen konnte sie ihm nicht. Sie hatte ganz und gar die Lust verloren, sich im Wald herumzutreiben. Langsam stieg Wut in ihr auf. Sie blieb stehen. Wie kann es sein, dass ich mich in meiner Hütte verbarrikadieren muss, dachte sie. Ich bin dort groß geworden, habe als Kind ganze Nächte draußen verbracht, am Feuer, im Schlafsack, am See. Niemals, niemals wäre ich auf die Idee gekommen, dass das gefährlich sein könnte. Das kann ich nicht zulassen!

Sie musste die Lösung finden. Aber wo sollte sie anfangen? Bei wem? Sie hatte nicht den geringsten Anhaltspunkt.

13

Der Bus brachte Olga bis zur Endhaltestelle. Der Fahrer stellte den Motor ab und reckte sich steif und schwerfällig, bevor er sich eine Zigarette anzündete. Olgas Top klebte am Rücken fest. Langsam schlenderte sie die schmale Straße hinauf, Richtung Kloster. Olga erinnerte sich an die vielen kleinen Geschäfte, die es früher hier gegeben hatte. Jetzt aber waren die Schaufenster zugemauert worden und nur noch der bleiche Abdruck eines Schriftzugs über der Eingangstür erinnerte an das geschäftige Treiben in den schmalen Gassen. Vor ein paar kleinen Häusern, die etwas zurückgesetzt nahe der schroffen Felswand standen, zu deren Füßen sich der Fluss entlangschlängelte, blieb sie abermals stehen. Hier hatte Juliane gewohnt. Eine Nachbarin kam aus der Tür drei Häuser weiter, musterte Olga neugierig, die still und andächtig auf dem Bürgersteig stand, und steuerte auf sie zu.

»Sind Sie eine Freundin von Frau May? Ich kann es gar nicht fassen, dass sie ermordet worden ist. Haben Sie die Arme gut gekannt?«

Olga war für einen kurzen Moment irritiert, dann antwortete sie schnell: »Nein, ich arbeite für die Zeitung. Hatten Sie Kontakt zu Frau May?«

»Tja, wissen Sie …«, sie hielt inne. »Sie hat noch nicht lange hier gewohnt. Und außerdem war sie ständig unterwegs, hat ja nur gearbeitet. Manchmal war sie wochenlang nicht hier. Also, viel kann ich nicht sagen. Tut mir leid.«

Olga bedankte sich und ging langsam weiter. Sie wusste nicht, was sie die Nachbarin hätte fragen sollen. Sie wusste nur, dass sie sich nicht allzu auffällig verhalten durfte, damit Kommissar Kirschbaum keinen Verdacht schöpfte. Sie schlenderte in Richtung Altstadt, die unterhalb des Klosters direkt an der Wupper lag, und setzte sich an den Fluss, der hier in einer großen Biegung, der »Wupperschleife«, um den Ort herumfloss. Olga blickte auf den mächtigen Felsen, der weit in den Himmel ragte. Hier irgendwo in einem verborgenen Winkel musste die Zwergenhöhle liegen, von der Benno immer erzählt hatte. Sie selbst war nie dort gewesen, weil die Höhle nur nach einer waghalsigen Kletterei zu erreichen war.

Entschlossen wandte Olga sich ab und ging in Richtung Kloster zurück, das hinter Julianes Haus lag. Dort angekommen bog sie von der Straße ab und betrat den Klostergarten hinter den Gebäuden. Auch hier fiel der Fels steil zum Fluss hin ab, und Olga stellte rasch fest, dass es keine Möglichkeit gab, weiterzugehen. Ihr Plan, von hinten an Julianes Haus zu gelangen, war gescheitert. Es blieb ihr nichts anderes übrig, als das Haus an den Nachbarn vorbei von der Vorderseite aus zu betreten. Missmutig ging sie die enge Straße, die keine zwei Autos gleichzeitig passieren ließ, zurück. Kurz vor Julianes Haus blieb sie stehen. Sie lauschte und sah sich um. Außer ihr war keine Menschenseele mehr unterwegs.

Schnell huschte sie den kleinen Weg entlang und verschwand hinter Julianes Haus. Olga stellte fest, dass der Abgrund hier nicht weniger Furcht einflößend war. Aber sie war relativ sicher vor den neugierigen Blicken der Nachbarn. Sie inspizierte die Hintertür und die beiden kleinen Kellerfenster, alles war fest verschlossen. Da entdeckte Olga das kleine Eisengitter, das etwas schief in den Boden eingelassen war und auf dem zwei große Blumentöpfe mit völlig vertrockneten Pflanzen standen, die nicht mehr zu identifizieren waren. Sie stellte die Töpfe zur Seite und musterte das schmutzige Loch. Unkraut wucherte darin, und Olga sah auf Anhieb mindestens fünf Erdkröten zwischen den grünen Blättern hocken. An der Hausseite befand sich ein kleines Fenster. Spinnweben bedeckten es wie eine Spanngardine. Aber es war nur angelehnt.

Olga sah an sich hinunter, betrachtete dann das Fenster. Passte sie da durch? Es war ihre einzige Chance, unbemerkt ins Haus zu gelangen. Sie legte das Gitter beiseite und setzte sich an den Rand des Kellerlochs. Behutsam sammelte sie die Kröten ein und entließ sie in die Freiheit, dann stieß sie mit dem Fuß gegen die beiden kleinen Fensterflügel, die ein knarzendes Geräusch von sich gaben und die Spinnweben mit einem Knistern zerrissen.

Olga tappte durch den feuchten, nach Moder riechenden Keller. Es dauerte eine Weile, bis sie sich an die Dunkelheit gewöhnt hatte. Sie stieg die hölzerne Kellertreppe empor und befand sich nun im Flur des winzigen Hauses. Sie stand still und horchte. Es war ruhig. Gespenstisch ruhig. Auch von draußen drang kein einziger Laut herein. Sie blickte sich kurz um, dann ging sie langsam auf eine offene Tür zu. Dass gedämpfte Licht legte einen Schleier auf das Chaos, das hier zurückgeblieben war.

Die kleine Küche hätte ein geschmackvoller und wohnlicher Ort sein können. Die Möbel waren hübsch und maßgearbeitet, das Geschirr stand in offenen Regalen, alles war praktisch und zweckmäßig angeordnet, wie in einer guten Werkstatt. Der Raum gab sofort preis, dass Juliane hier oft und gerne kochte. An der Zahl der überall herumstehenden Weingläser war abzulesen, dass sie nicht allein gewesen war.

Der Gestank, der aus der vollgepackten Geschirrspülmaschine strömte, war bestialisch. Am liebsten hätte Olga die Klappe zugeschlagen und sie sofort angestellt, aber sie beherrschte sich.

Olga hielt es in dem Gestank nicht länger aus und ging in den kleinen Flur zurück, der geradeaus in das Wohnzimmer und links zu einer Wendeltreppe führte. Erst jetzt wurde ihr klar, dass sie mit dem Haus auch Julianes Leben betreten hatte. Aber sie musste sich nicht an die Gesetze des Anstandes halten, sie konnte alle Grenzen überschreiten. Sie würde Schubladen herausziehen, kleine Döschen öffnen, in Schränken wühlen.

Olga stellte sich vor, was jemand empfinden musste, der in ihr eigenes Reich eindrang. Ihre Habseligkeiten betrachtete. Gab es etwas, wofür sie sich schämte, etwas, was sie vor aller Welt verbarg, etwas, das sie verraten, gar entblößen würde? Olga blieb vor dem großen schmalen Spiegel in Julianes Flur stehen, der vom Fußboden bis zur Decke reichte, und erschrak.

Olga gab das Bild einer Frau auf der Flucht ab, die sich durch die Gluthitze Arizonas geschleppt, einen reißenden Fluss überwunden und die mückenverseuchte Ebene nur knapp überlebt hatte.

Die rotblonden Haare waren schlampig hochgesteckt, das Gesicht war schweißbedeckt und gerötet. Der helle Rock hatte bei der Kletterei durch das Kellerfenster schmutzig graue Spuren abgekommen.

Sie wandte sich mit verächtlichem Gesicht ab und stieg die Metalltreppe hinauf. Das Innere des Hauses stand in krassem Gegensatz zu seinem äußeren elenden Erscheinungsbild. Die Wohnung war neu hergerichtet worden, die Holzdielenböden abgeschliffen, die Wände frisch verputzt.

Die Hitze unter dem Dach war unerträglich. Der Schweiß lief Olga über Rücken und Bauch. Sie sah sich um. Hier waren das Schlafzimmer und ein zweites Arbeitszimmer mit einem Gästebett.

Sie wusste gar nicht genau, wonach sie suchte. Vielleicht wollte sie ein Gespür dafür bekommen, welcher Geschmack, welche Ideen und welche Vorstellungen Juliane eigen waren. Olga war in Julianes Welt eingedrungen, um zu verstehen. Im Schlafzimmer hing ein Foto von Juliane. Sie nahm es von der Wand und betrachtete es. Juliane war eine schöne Frau gewesen. Zu Schulzeiten dagegen hatte sie eher unscheinbar gewirkt. So hatte es Olga zumindest empfunden. Thorvald hatte bereits damals die verborgene und schlichte Schönheit seiner Klassenkameradin entdeckt. Nicht groß, nicht dick, nicht dünn, etwas blass. Immer und ewig dieselbe Brille. Die braunen dünnen Haare zu einem Zopf gebunden. Als mittelmäßige Schülerin musste sie einiges dafür tun, ihr Notenniveau zu halten. Ihr flog nie etwas zu wie den Spitzenreitern des Jahrgangs, die ständig abstritten, irgendetwas für die Schule zu tun.

Juliane hatte eine Wandlung vollzogen. Aus dem kleinen unscheinbaren Pony war ein elegantes Turnierpferd geworden. Olga musste über ihren komischen Vergleich lächeln. Aber sie fand nun einmal, dass Anmut und Ästhetik der Pferde von keinem anderen Lebewesen übertroffen wurden. Die Weiblichkeit hatte sich bei Juliane genau an die richtigen Körperstellen geschmiegt und verfehlte ihre Wirkung auf die Männer nicht, wie Olga beim Klassentreffen leicht hatte feststellen können.

Juliane hatte als erwachsene Frau zu den Menschen gehört, die man gern und ein wenig neidisch und verstohlen betrachtete. War der Mörder so besessen von ihr gewesen, dass er sie erst tötete, um sie dann in aller Ruhe anzuschauen? Es gab solche Menschen. Olga schauderte.

Julianes Bett war ordentlich gemacht und schön breit. Der ganze Raum strahlte trotz des Dämmerlichts eine helle Ruhe aus. Der weiß lackierte Holzboden, das weiße Bett, die weiße kühle Leinendecke, alles war unschuldig und frisch und bot ihr und Luis Gelegenheit, schöne Stunden zu verbringen. Und bestimmt hatte Luis sich hier ebenfalls wohl gefühlt.

Luis und Juliane. Irgendwie passten die beiden gut zusammen. Olga sah sie jetzt ganz deutlich vor sich in dem Bett liegen. Er auf dem Rücken, rauchend, sie daneben, ihre langen braunen Haare auf dem Kopfkissen und auf seiner Brust verteilt, nach der Zigarette greifend. Beide lachten über irgendwelche Idioten. Für sie waren sowieso *alle* Idioten.

Olga bemerkte, dass es dunkler geworden war, und begann sich zu ärgern. Sie hatte die Zeit mit Selbstreflexionen vergeudet, statt sie auf die systematische Suche zu verwenden. Und sie durfte unter keinen Umständen Licht machen. Sie ging in das Arbeitszimmer. Hier lagen Berge von Papier, Zeitungen und Büchern herum, doch es war zu dunkel, um darin noch etwas zu erkennen. Da fiel ihr ein, dass sie in der Küche eine Taschenlampe gesehen hatte.

Im Licht der Lampe bekamen die Dinge eine andere Bedeutung. Alles, was sie beleuchtete, sah plötzlich wichtig und einmalig aus. Sie suchte vorsichtig auf dem kleinen Tisch herum, blätterte in Stapeln von Kopien und ausgedruckten Texten. Dazwischen lagen Fotos, Quittungen und kleine Zettel mit unleserlichen Notizen.

In dem Augenblick, als Olga glaubte, beim Blättern den Namen Ambach gelesen zu haben, machte unten jemand eine Tür zu. Sofort löschte Olga die Lampe und hatte im selben Augenblick das Gefühl, dass das Klicken der Taschenlampe unten zu hören war. Sie hielt die Luft an, rührte sich nicht vom Fleck. Auch unten war es totenstill. Als Olga wieder wagte, vorsichtig zu atmen, knarrte der Holzboden im Flur. Jemand ging ganz langsam und leichtfüßig umher. Das war nicht die Polizei. Olga bewegte sich noch immer nicht. Wenn jemand jetzt die Treppe heraufkäme, würde Olga ihm schreiend entgegenspringen, diese Starre und die Angst machten sie wahnsinnig. Schweiß lief ihr in die Augen.

Das Knarren hatte aufgehört. Er oder sie stand und horchte. Doch was noch viel schlimmer war, war dieses andere Geräusch. Es war von Anfang an da gewesen, aber Olga registrierte es erst jetzt, das Scharren von Krallen auf dem Holzboden.

Wie in Trance ging Olga auf die offene Tür zu, nahm die Klinke in die Hand und betete, dass sie keine Geräusche machte. Das Haus war rundum saniert worden, vielleicht hatte irgendjemand auch die Türklinken und die Scharniere geschmiert. Sie ging geräuschlos zu. Und jetzt? Zu ihrem Leidwesen fehlte der Schlüssel. Olga drehte sich herum und überlegte fieberhaft, was sie tun sollte. Es blieb nur das Fenster, das in eine kleine Dachgaube eingelassen war. Das Dach war sehr steil und unterhalb des Fensters keinen halben Meter breit, bevor es in einer losen Dachrinne endete. Und gleich neben dem Haus gähnte der Abgrund.

Innerhalb weniger Sekunden saß Olga auf dem Fensterbrett, ihre Schuhe hatte sie in der Hand. Wenn der Hund Witterung aufgenommen hatte, war er jetzt schon an der Tür. Als Olga gerade hinausklettern wollte, fiel ihr Blick auf den Stapel Papier, den sie durchgeblättert hatte, als sie die Geräusche vernahm. Sie wollte schnell noch einmal zum Tisch zurückflitzen, doch der Hund schien bereits an der Tür zu sein. Sie hörte ein leises Kratzen.

Olga hatte es nicht mehr geschafft, das Fenster von außen zu schließen. Zusammengekauert saß sie auf dem Dach, sah, wie der Lichtkegel einer Taschenlampe im Zimmer herumhüpfte. Sie hatte panische Angst, Geräusche zu machen oder einen Dachziegel loszutreten. Zentimeter für Zentimeter kroch sie das steile Dach hinauf.

Es war bereits einige Zeit vergangen, als Olga plötzlich ein Schreck durchfuhr. Ihre Schuhe. Sie hatte sie auf das Fensterbrett gestellt und dort vergessen. Zu spät.

Olga schob sich langsam bis zum Giebel vor und hockte sich neben den Schornstein wie eine alte Wetterhexe. Es vergingen zwanzig Minuten und niemand verließ das Haus. Als sie sich gerade wieder abwenden wollte, sah sie im Schein der Straßenlaterne eine Bewegung. Eine Gestalt mit einem großen Hund entfernte sich vom Haus und verschwand rechts die Straße hinunter. Jetzt! Endlich. Gespannt reckte sie den Hals und versteckte sich hinter dem Schornstein, falls sich der Besucher noch einmal umdrehen sollte. Doch nichts geschah. Niemand kam. Und irgendwann beschloss sie, das Haus wieder zu betreten.

Erst als sie im Zimmer stand, bemerkte sie, dass ihre Schuhe nicht mehr auf dem Fensterbrett standen. Olga war verwirrt. Was hatte das zu bedeuten? Hatte der Eindringling ihre Schuhe mitgenommen? Wozu? Olga stand noch einen Augenblick regungslos da, dann schlich sie zur Tür und horchte. Es war ruhig. Nach einigen Minuten Sicherheitszuschlag und nachdem sie die oberen

Räume vorsichtig inspiziert hatte, ging sie die Wendeltreppe hinunter. Alles wirkte so verlassen wie zuvor. Olga wollte gerade die Kellertreppe hinabsteigen, als ihr die Papiere auf Julianes Tisch einfielen. Die Taschenlampe stand noch auf dem Boden, wo Olga sie abgestellt hatte, um sich die Schuhe auszuziehen. Die Unterlagen auf dem Schreibtisch waren zerwühlt und deutlich weniger. Und das Blatt, das Olga gesucht hatte, war nicht mehr da.

Olga war bereits eine Weile an der Hauptstraße entlanggegangen. Hier konnte sie problemlos ohne Schuhe laufen. Erst, wenn der asphaltierte Weg der Zivilisation sie in den Wald in Richtung Hütte entließ, wo Wurzeln, Steine und Dornen regierten, würde es schwierig werden. Früher waren sie immer mit nackten Füßen im Wald herumgelaufen. Doch Hornhautraspel und Fußbalsam hatten sie verweichlicht und unbrauchbar gemacht für ein Leben außerhalb der Stadtmauern.

Das »Luis« war noch geöffnet und gut besucht. Olga hatte sich im Garten einen Platz ganz abseits gesucht. Ihr Rock und ihr helles Top waren über die graugrünen Rosetten der Mauerflechten des Dachs geschrubbt, die Haare waren verschwitzt und unordentlich zusammengebunden und sie war barfuß. Dass sie mit der abgegriffenen Plastiktüte eines Discounters im »Luis« auftauchte, vervollständigte das Bild einer Frau, die mit sich und der Welt abgeschlossen hatte. Die Tüte hatte sie auf der Straße gefunden. Sie enthielt einige schnell zusammengeraffte Unterlagen von Julianes Schreibtisch.

Alles, was Olga jetzt brauchte, war ein eiskaltes Bier. Sie hielt nach einem Kellner Ausschau, als sie Ines erblickte, die gerade auf die Veranda trat und suchend umherblickte. Olga stand auf und winkte ihr zu.

»Hier bist du, ich habe dich überall gesucht.« Ines musterte Olga stirnrunzelnd. »Was ist denn mit dir passiert?«

»Ich habe … wie soll ich sagen … eine kleine Privatrecherche durchgeführt. Ich war in Julis Haus.«

Ines sah sie erstaunt an. » Privatrecherche, so, so.« Dann schüttelte sie den Kopf. »Du weißt, was dir blüht, wenn das rauskommt. Hausfriedensbruch … hast du etwas mitgenommen?« Ines reckte den Hals, um zu sehen, ob Olga irgendetwas bei sich hatte. Die zeigte wortlos mit dem Finger auf die Tüte, die auf dem Boden lag.

»Unterlagen … das ist Diebstahl …«, fuhr Ines fort.

»Es muss ja nicht rauskommen. Ich habe kein Polizeisiegel beschädigt, ich bin durchs Kellerfenster eingestiegen. Aber ich war nicht die Einzige, die die Idee hatte, Juliane zu besuchen.«

»Ach?«, fragte Ines neugierig. »Wer denn noch?«

Olga hob die Schultern. »Das weiß ich nicht. Ich habe ihn oder sie nicht gesehen. Nur gehört.«

In diesem Augenblick tauchte Luis auf. Lässig, das Tablett auf fünf Fingern in Schulterhöhe balancierend, machte er einen eleganten Hüftschwung vor ihnen und wedelte mit einem Tuch über den Tisch.

»Die Damen?«

Olga sah ihn sauer an. »Na, sieht man dich auch mal wieder?«

Luis hob die Augenbrauen, als er Olga musterte. Erstaunt ließ er sich auf einen Stuhl fallen. »Wie siehst du denn aus? Bist du durch die Kanalisation gekommen?«

»Ich habe eine Wanderung zum Bilstein gemacht«, erklärte Olga pampiger, als sie beabsichtigt hatte, »und bin etwas vom Weg abgekommen.«

»Und woher die schlechte Laune?«, fragte Luis gespielt beleidigt.

»Ich möchte mal wissen, wo du die ganze Zeit gesteckt hast. Seit Tagen hast du dich nicht blicken lassen …«

Luis sah sie mit Unschuldsmiene an, das Tuch lag über seiner Schulter. Plötzlich spürte Olga, dass es nicht nur Luis war, über den sie sich ärgerte. Es war die ganze absurde Situation, in der sie sich mittlerweile befand. Dass sie regelrecht in Julianes Haus eingebrochen war, wurde ihr erst jetzt bewusst.

Auch Luis war nicht gewillt, darüber zu reden, was er in den vergangenen Tagen unternommen hatte. »Wollt ihr etwas trinken?«, fragte er freundlich.

Olga seufzte. »Eiskaltes Bier, schockgefrostet!«

Als Luis mit zwei Gläsern Prosecco zur Überbrückung zurückkam, setzte er sich zu den beiden Frauen. Jetzt sah er ernst und ein wenig traurig aus.

»Ich war bei Hanna, besser gesagt, ich habe es versucht. Sie will mich nicht sehen.«

Er legte einen Ring auf den Tisch, den er sich vom kleinen Finger gezogen hatte. »Den hat sie mir nachgeworfen.«

»Ist doch verständlich, meinst du nicht?« Olga wollte gerade anfangen mit Vorwürfen wie: Was fällt dir eigentlich ein, eine Frau wie Hanna zu betrügen. Sie ist ein Schatz, ein Sechser im Lotto. Sie ist schön, sie hat einen messerscharfen Verstand, sie hat alles, wofür andere Männer ihre Ehe aufs Spiel setzen würden …

Doch Olga sagte nichts von alledem. Es ging sie nichts an, mit wem Luis sich vergnügte. Aber sie hatten es in ihrer geliebten Hütte getrieben.

»Und dann auch noch in meiner Hütte«, sagte sie leise.

»Wenn du wüsstest, wer es mit wem in deiner Hütte getrieben hat. Wenn Holzdielen reden könnten«, erwiderte Luis und sah sie forsch an.

Olga ihn ebenso. »Was soll das heißen?«

»Ach, frag doch nicht so blöd. Das kannst du dir doch denken, dass so ein Schäferhüttchen für ein Schäferstündchen ideal ist.« Er musste grinsen.

Olga fand das nicht lustig. »Du meinst, dass die Leute da ein und aus gehen? In meinem Haus?«

»Dann verkauf es doch endlich«, rief Luis. »Ihr seid doch sowieso nie da.«

»Wie lange geht das denn schon mit dir und Juliane?«, unterbrach Ines die beiden.

»Ich glaube, das geht dich nichts an.« Er musterte die beiden kritisch. »Was habt ihr eigentlich vor? Kleine Privatrecherche?« Und mit näselnder Stimme fuhr er fort: »Nach dem Tod einer attraktiven Journalistin wird ihre Schulfreundin Johanna von Nahmen verhaftet. Olga Ambach und Ines Sadur glauben aber nicht an Mord und recherchieren auf eigene Faust. Doch je mehr sie herausfinden, desto mehr bringen sie sich in Gefahr, denn sie sind einem düsteren Geheimnis auf der Spur …! – Krimivorabendserie, was?«

»Da kannst du mal sehen, wie schnell einen die Realität einholt«, erwiderte Olga langsam und blickte Luis mit zusammengekniffenen Augen an. »Hast du was dagegen? Was hast du denn unternommen? Oder glaubst du, dass deine Frau eine Mörderin ist?«

»Natürlich nicht. Ich habe einen der besten Anwälte der Stadt eingeschaltet, was soll ich denn sonst machen?«

»Hast du mal mit Robert gesprochen?«, fragte Olga.

Hinter ihnen riefen einige Gäste schon zum zweiten Mal nach der Rechnung, und Luis erhob sich.

»Robert?«, fragte er erstaunt. »Was ist mit dem?«

»Das will ich ja von dir wissen. Was er so treibt, den ganzen Tag, da draußen im Steinbruch.«

»Keine Ahnung. Da fragt ihr den Falschen.«

Er wollte sich gerade seinen zahlenden Gästen zuwenden, als von hinten eine viel zu laute Stimme nach ihm rief. »Hey, Luis! Hat man deine Mikrowelle schon gepfändet oder gibt es noch warmes Dosenfleisch mit Stampfkartoffeln?«

Schwer ließ Thorvald sich auf einen Stuhl neben Olga fallen. Augenblicklich bemerkte er den abgerissenen Zustand Olgas. »Wie zum Teufel …«

Olga hob beschwichtigend die Hände. »Alles in Ordnung. Es ist nichts passiert.«

Thorvald runzelte die Stirn.

»Ich habe mich nur mal in Julianes Haus umgeschaut«, sagte Olga stolz. »Es war heute sozusagen meine erste Ermittlung.«

Thorvald sah sie skeptisch an. »Und wieso siehst du so aus?« Er schaute auf ihre Füße. »Wo sind deine Schuhe?«

»Die hat der Hund mitgenommen.«

»Der Hund?!« Thorvald richtete sich auf. »*Dieser* Hund?«

»Ich habe ihn vom Dach aus gesehen, hinterm Schornstein versteckt …«

Thorvald raufte sich die Haare.

»Von welchem Hund redet ihr?«, wollte Ines wissen und Olga berichtete ihr von dem nächtlichen Vorfall an der Hütte.

Ines dachte eine Weile mit ernster Miene nach. »Da braut sich was zusammen, ihr müsst euch in Acht nehmen.« Sie sah auf ihre Uhr. »Soll ich diese Unterlagen mal durchsehen? Vielleicht ist da ja etwas Brauchbares dabei.«

Olga nickte. Sie war dankbar, dass Ines Julianes Aufzeichnungen lesen wollte. Olga war viel zu müde, um noch konzentriert zu arbeiten. »Ich werde dir morgen helfen, vier Augen sehen mehr als zwei.«

In diesem Moment erblickte Olga Toni, der höchst freundlich auf ihren Tisch zusteuerte.

»Bitte sehr«, sang er in väterlichem Ton, als er den Frauen die eisigen Gläser reichte. Dazu servierte er zwei Schälchen scharfe Guacamole mit Taquitos. »Und der Herr!«

Der Koch hatte das polnische Dosenfleisch laut den Vorgaben seines Chefs in der Mikrowelle erhitzt und den aufgeweichten Fleischklumpen wieder in die Dose gedrückt, deren Deckel seitlich in die Höhe ragte. »Die Nummer einundvierzig. Alles zu Ihrer Zufriedenheit?«, fragte Toni froh.

Thorvald war von so viel Chuzpe tief beeindruckt, dass er gar nicht antworten konnte. Er nahm sein Plastikbesteck und begann, in dem grauen Fleisch herumzustochern.

»Du willst das doch nicht etwa essen?«, fragte Olga ungläubig.

»Warum nicht? Das ist Gammelfleisch allererster Güte.« Er drehte die Dose, doch das Etikett hatte sich abgelöst. »Oder gutes Katzenfutter.«

Er gabelte beherzt los. Die beiden Frauen sahen ihm neugierig zu. Als Thorvald mit dem Essen fertig war, brachen die drei auf, Ines ging in ihr Zimmer, Thorvald und Olga Richtung Wald.

Todmüde kamen Olga und Thorvald an der Hütte an. Olga hatte sich etwas Spitzes in die Ferse getreten und humpelte die letzten Meter auf Thorvalds Arm gestützt. Sie war froh, als sie sich endlich auf das Sofa fallen lassen konnte.

»Wir haben gar nicht an den Hund gedacht«, rief Olga. »Er hätte doch wieder vor der Tür liegen können.«

»Ich bin mir fast sicher, dass der Hund nur eine Warnung sein sollte«, sagte Thorvald. »Aber man kann nie wissen. Mannomann, bin ich müde.« Er schaute auf den kleinen Wecker. Es war genau ein Uhr.

»Oh nein, Benno!«, rief Olga plötzlich laut und schlug sich mit der Hand auf den Mund. Sie stand vor Thorvald, ihre Kleidung verschmutz, das rechte Fußgelenk von einer dornigen Ranke gestreift und blutig.

»Was ist mit Benno?«, fragte Thorvald müde.

»Wir haben ihn vergessen. Er liegt oben am Steinbruch, um Robert zu observieren.«

»Ist der jetzt total verrückt geworden?«

Olga erzählte ihm von dem Treffen mit Benno im Museum und von seinem Verdacht mit Roberts Geschäften.

»Das darf doch nicht wahr sein.« Thorvald stand auf und zog sich seine Schuhe wieder an.

»Was hast du vor?«

»Na, ihn suchen und hierher bringen, bevor er noch die Felswand runterfällt oder sonst irgendeinen Blödsinn anstellt.«

»Ich komme mit.«

»Und dein Fuß? Lass mal sehen.« Er setzte sich wieder aufs Sofa und Olga legte ihren Fuß auf seinen Schoß.

»Du hast dir ein paar Dornen eingetreten. Ich versuche sie herauszuziehen, und dann legst du dich ins Bett.« Er küsste sie auf das Knie. »Ich komm so schnell wie möglich wieder zurück und dann...« Ein zweiter Kuss auf Olgas Oberschenkel, doch dann stand Thorvald auf und suchte eine Pinzette.

Nachdem Thorvald aufgebrochen war, hatte Olga sich an der Küchenspüle gewaschen und anschließend ihre

Kleider eingeweicht. Im Spülschrank hatte sie einen uralten Rest verklumptes Waschmittel gefunden. Sie war bleiern müde, aber unruhig. Die ganze Situation hatte sich zugespitzt. Am liebsten hätte sie jetzt ihre Leute um sich gehabt. Thorvald, Benno, Hanna und ihren Vater. Sie betrachtete sich im Spiegel und öffnete die Spangen, mit denen sie das Haar hochgesteckt hatte. Auch das kräftige Striegeln mit der Bürste half nicht mehr viel. Das frische Blond mit dem leicht rötlichen Schimmer war stumpf und strähnig. Morgen würde sie die Haare waschen. Langsam ging sie die Treppe hoch und legte sich in das zerwühlte Bett.

Die Vorstellung, dass die beiden da draußen im dunklen Wald herumliefen, ließ Olga keine Ruhe. Vielleicht hatte der Hund schon Witterung aufgenommen. Und dann? Benno hatte sich mit Pfefferspray bewaffnen wollen. Thorvald dagegen war wehrlos.

Die Unruhe verdrängte die Müdigkeit. Sie erhob sich schwer aus dem Bett und schlüpfte in die alten Espadrilles, deren Sohlen schon so oft nass geworden waren, dass Olga das Gefühl hatte, sie ginge auf Frühstücksbrettchen. Sie schnappte sich das große alte Küchenmesser und machte sich auf den Weg. Die Schuhe schlappten über den schmalen Waldweg, sie waren zu weit geworden. Irgendwann ließ sie die Dinger einfach liegen. Sie waren ein Naturprodukt und würden irgendwann einfach zerfallen. Hoffentlich kam ihr jetzt kein nächtlicher Gast aus dem »Luis« entgegen. Der tat ihr jetzt schon leid.

War dort hinten nicht Thorvalds heller Schopf zu sehen? Er ging ruhig und zielstrebig, wie es seine Art war. Unbeirrbar. Doch dann sah sie plötzlich einen zweiten Kopf. Die Person war kleiner und deutlich schmaler. Die langen, schwarzen Haare liefen in der Mitte des Rückens spitz zu und sie bewegte sich auffällig graziös neben Thorvald, der jetzt seinen rechten Arm um sie legte. Genauso wie er es immer bei ihr tat. Olga blieb wie angewurzelt stehen, das Messer so fest umklammert, dass die Handknöchel schmerzten. Als die beiden hinter der letzten Kurve vor dem Steinbruch verschwanden, drehte Nyoko sich kurz um und lächelte Olga an.

Geschockt stand Olga da. Sie dachte an gar nichts mehr. Genauso wie am Montag, als sie die tote Juliane gefunden hatte. Der Schmerz durchschoss sie wie ein stumpfer vergifteter Pfeil. Langsam drehte sie sich um. Sie würde jetzt gleich ihre Sachen zusammenpacken, ein Taxi rufen und abreisen. Nie wieder wollte sie in diesen Wald zurückkehren. Was für ein verfluchtes Stück Erde.

Wie betäubt ging Olga den Weg zurück. Sie musste gleich da sein. Sie hatte bereits die beiden uralten Eichen passiert, deren wulstartige Verwachsungen der Wurzeln an zwei gewaltige Dinosaurierfüße erinnerten. Sie bemerkte nicht einmal den Schatten, der sich langsam aus dem großen Eibenbusch löste und ihr in einigem Abstand lautlos folgte. Seltsamerweise machte er nicht die geringsten Geräusche.

Olga hatte die Hütte erreicht, ging hinein und schloss die Tür zweimal ab. Ihr war so schwer ums Herz. Sie machte kein Licht und stellte sich ans rechte Fenster. Wie gestern Nacht, als die Augen plötzlich am Fenster aufgetaucht waren. Doch diesmal waren es nicht Augen. Ein Mann stand auf der Veranda und schaute sie an. Er war jung und groß. Und er weinte.

Olga rannte zur Tür, drehte den Schlüssel um und lief auf die Veranda. Er öffnete die Arme und umschloss sie fest.

»Jetzt hat man uns beide betrogen«, sagte Ruben traurig. »Olga, Olga …« Immer wieder strich er tröstend über ihr Haar.

Die Worte hallten nach, und als Olga die Augen aufschlug, sah sie in Thorvalds Gesicht, der sich über sie beugte und sie sanft zu wecken versuchte.

»Olga, bist du wach?«, fragte er leise. Die Ohrfeige schallte durch die Nacht und Thorvald ließ sich mit offenem Mund rückwärts auf das Bett fallen. Olga starrte ihn wirr an und richtete sich schnell auf.

»O Gott!« Sie kniete sich schnell vor ihn und hielt seine Wangen.

»Sag mal, hast du 'nen Knall?«, fragte er, nachdem er den Schreck überwunden hatte.

Olga war schweißnass und vollkommen durcheinander. »Was ist denn los?« Thorvald strich ihr die Haare aus dem Gesicht.

»Thorvald!« Erleichtert ließ sie sich wieder ins Bett fallen. »Gott sei Dank. Ich habe von dir und … ich hatte einen so furchtbaren Traum.«

Sie sah sich um. »Wo ist Benno?«

»Von Benno war keine Spur zu sehen.« Er zuckte mit den Schultern. »Ich konnte ihn ja schlecht rufen. Ich wollte ihn auch nicht anrufen.«

»Ach Mann«, stöhnte Olga und richtete sich auf. »Was passiert denn noch alles?«

Sie gingen die Treppe hinunter und Olga schaute auf die Uhr.

»Wenn ich nicht bald mal eine Nacht durchschlafe, weiß ich nicht, wie ich das hier alles durchstehen soll«, sagte sie gähnend und setzte sich an den Tisch. Der intensive Traum hatte sie noch fest im Griff.

»Seit ich hier bin, muss ich immer wieder an Ruben denken.«

»An Ruben?« Thorvald drehte sich um. »Ist der nicht schon vor Ewigkeiten gestorben?«

»Ja, vor dreißig Jahren.« Olga stand auf und stellte sich neben Thorvald ans Fenster. Sie dachte daran, dass es bald hell werden würde und die Vögel wieder laut zu singen beginnen würden.

»Ich träume von ihm, und tagsüber muss ich oft an ihn denken. Ich habe sogar wieder seine Stimme im Ohr. Seine warme, schöne Stimme.«

»Er hatte einen Unfall, oder?«

»Ja, er ist mit seinem Wagen von einer kurvigen Straße abgekommen, hier ganz in der Nähe.« Olga machte eine Pause. »Er war die ganze Steilböschung hinabgestürzt. Mich hatte er unmittelbar zuvor zu Hause abgesetzt.«

»Was? Davon weiß ich ja gar nichts.«

»Niemand weiß es, weil keiner zu Hause war, als ich ankam. Ich habe es nie erzählt. Das ist Rubens und mein Geheimnis.«

»Du hast ihn sehr gemocht?«, fragte Thorvald.

Olga nickte stumm und sah zur leeren Veranda hinaus, auf der Ruben eben noch gestanden hatte.

»Hat man eigentlich herausgefunden, was die Unfallursache war?« Thorvald sah Olga an. »Hat er sich umgebracht?«

»Er war zu schnell. Warum fragst du, ob es Selbstmord war?«

»Ich weiß nicht. Ich kann mich nur noch an den endlosen Streit erinnern, den dein Großvater mit seinen Söhnen hatte, vor allem mit Ruben, weil er als der Ältere nur ungern die Firma übernehmen wollte.« Thorvald überlegte. »Ich weiß nicht mehr, warum ich das damals dachte. Das ist schon so lange her. Wenn du sagst, es ist vor dreißig Jahren passiert … da waren wir zehn.«

»Ruben war der Lieblingssohn meines Großvaters«, fuhr Olga fort. »Großvater hat ihn vergöttert. Und Ruben hätte die Firma tatsächlich übernommen. Er hatte sogar Betriebswirtschaft oder so was studiert. Nur wegen Großvater. Das hat mein Vater mir mal erzählt. Du weißt ja, dass Ruben ein großartiger Maler war. Das war seine eigentliche Leidenschaft, nicht der Dampfhammer. Aber er hatte sich irgendwie arrangiert … und dann war er plötzlich tot.«

Olga atmete laut aus und musste plötzlich lachen. »Und dann gab es da noch Heinrich.«

»Heinrich?«

»Kannst du dich nicht mehr an Heinrich erinnern?«

Thorvald schüttelte den Kopf. »Nein!«

»Auf ihn setzte mein Großvater seine ganze Hoffnung. Er sollte Ruben einarbeiten, bis dieser das Ruder übernehmen konnte. Mehr weiß ich eigentlich gar nicht über ihn. Auf jeden Fall war er ein Scheusal, wie es wohl kein zweites auf der Welt gibt. Und arrogant.« Olga wandte sich vom Fenster ab und setzte sich auf das Sofa. »An sein Gesicht kann ich mich auch nicht mehr erinnern, aber sein zynischer Ausdruck ist mir in Erinnerung geblieben; er zog den Mundwinkel immer so hoch. Für uns Kinder hatte er nur Verachtung übrig. Lissy hat er einmal damit gedroht, sie mit einem Gullydeckel am Bein in den See zu werfen, wenn sie nicht augenblicklich verschwinde. Ab da hat sie jedes Mal angefangen zu heulen, wenn er auftauchte.«

Thorvald lachte und nickte zustimmend mit dem Kopf. »Ja, so erzieht man Kinder! Was ist aus dem geworden? Kinder hat er ja bestimmt keine.«

»Hoffentlich nicht«, sagte Olga. »Er war irgendwann nicht mehr da. Es wurde nie mehr über ihn geredet.«

»Reden ist sowieso nicht die Stärke der Ambachs, scheint mir«, bemerkte Thorvald.

»Nein«, seufzte Olga. »Auf jeden Fall muss dieser Heini was Besseres gefunden haben, oder er hatte das Theater mit den eigensinnigen Söhnen des Diktators satt. Der Sommer damals war der blanke Horror.«

Thorvald ging zum Kühlschrank in der Hoffnung, dort ein kühles Getränk zu finden.

»Mann, hab ich einen Durst.«

»Du hättest die Nummer einundvierzig nicht essen sollen. Selber schuld«, lachte Olga.

Mit einer Flasche Wasser in der Hand setzte er sich wieder zu Olga.

»Das weiß ich dann wieder«, knüpfte Thorvald an Olgas Schilderung an. »Vor allem, dass Roman so außer sich war. Ich habe nie mehr eine so heftige Reaktion auf den Tod eines Menschen erlebt. Wenn ich darüber nachdenke, war er nach Rubens Tod nicht mehr der Roman, den wir alle kannten.«

»Ja, es war furchtbar. Ruben war für ihn mehr als nur der große Bruder. All die Kraft, die er für den Widerstand gegen seinen Vater brauchte, bekam er von ihm. Roman hat es nie ausgesprochen, aber in seinem tiefsten Inneren machte er seinen Vater für Rubens Tod verantwortlich.«

»Reden sie immer noch nicht miteinander?«, fragte Thorvald, nachdem er fast die halbe Flasche ausgetrunken hatte.

»Du hast es eben selbst gesagt: Reden ist nicht die Stärke der Ambachs. Dass Roman und Vincent sich unterhalten, werden wir beide nicht mehr erleben.«

Olga stand auf. »Mir ist, als ob Ruben hier wäre. Schon die ganze Zeit spüre ich seine Präsenz. Ich glaubte sogar, vorhin seinen Geruch in der Nase zu haben. Ihn umgab immer ein ganz eigener Duft, ich habe nie herausbekommen, was das war, irgendwas mit Sandelholz. Aber ich erkenne ihn sofort wieder. – Warum tut er das?«

»Was?«

»Warum lässt er mich auf einmal nicht mehr in Ruhe?«

»Keine Ahnung.« Thorvald gähnte herzhaft. »Mich lässt Benno nicht in Ruhe. Was treibt der da draußen bloß?« Er sah Olga hilflos an. »Muss ich ihn jetzt wirklich suchen?«

»Eigentlich müsste er wissen, was er tut.«

»Genau das tut er ja gerade nicht. Ach zum Teufel«, Thorvald sah Olga aus müden Augen an. »Ich gehe jetzt ins Bett.«

»Ich komme gleich nach.«

Als Olga ein paar Minuten später die Treppe hinaufschlich, war Thorvald bereits eingeschlafen.

14

Gudrun Himmelreich trug ein dezentes helles Kostüm, das ohne weiteres eine Dreißigjährige hätte tragen können. Sie hatte eben die Figur dazu. Die weißen Haare waren zu einem kräftigen Zopf geflochten, der ihr weit den Rücken hinunterreichte. Das zurückgekämmte Haar betonte die hohe schöne Stirn und die dunklen Augen. Ihre Haltung und ihre Bewegungen waren entschieden und vermittelten Sicherheit und preußische Disziplin. Selbst ihre Stimme war alterslos und fest.

Sie ist vermutlich schon als Sekretärin auf die Welt gekommen, dachte Olga, während sie beobachtete, wie Frau Himmelreich den Gästen Tee servierte. Obwohl sie zu Gast bei Vincent war, hatte sie Elise das Tablett abgenommen und sie wieder hinausgeschickt. Als die Zeremonie beendet war, setzte sie sich mit ihrer Tasse wie selbstverständlich neben Olgas Großvater.

Thorvald hatte auf dem Klavierhocker Platz genommen und blätterte in den mitgebrachten Noten. Ab und zu blickte er zu Olga hinüber und lächelte verstohlen. Dann versank er wieder tief in Robert Schumanns ›Dichterliebe‹, ohne auf die Anwesenden zu achten. Einen langen Moment herrschte absolute Stille. Vincent und Gudrun zeigten nicht die geringste Ungeduld. Sie wussten, dass die tiefe Konzentration vor einem Konzert dazugehört, und genossen die Spannung.

Es kam kaum mehr vor, dass in Vincents Haus ein musikalisches Ereignis stattfand, noch dazu in so hochkarätiger Besetzung. Olga und Thorvald hatten sich, ohne lange zu überlegen, für Schumann entschieden. Als Olga nun gerade die einleitenden Takte zu ›Ein Jüngling liebt ein Mädchen‹ spielte, öffnete sich lautlos die Tür und ein weiterer Zuhörer trat ein. Leise schlich Benno zu dem zweiten Sofa am Fenster und setzte sich schnell. Olga lächelte, und Thorvald sang nur für Benno.

Ein Jüngling liebt ein Mädchen,
Die hat einen andern erwählt;
Der andre liebt eine andre
Und hat sich mit dieser vermählt.

Olga und Thorvald waren beruhigt, dass es Benno gut zu gehen schien. Mit übereinandergeschlagenen Beinen und verzückter Miene lauschte er dem Gesang und betrachtete dabei die Gemälde oder schaute aus dem Fenster zu seiner Linken, als ob es ihm Ruhe und Erholung verschaffte, der Musik zu lauschen und dabei die Gedanken in die Ferne zu schicken.

Das Mädchen nimmt aus Ärger
Den ersten besten Mann,
Der ihr in den Weg gelaufen;
Der Jüngling ist übel dran.

Thorvald schaute Benno mit hochgezogenen Augenbrauen an und freute sich sichtlich, während Benno ob dieser Anspielung müde das Gesicht verzog.

Thorvald und Olga hatten sich darauf geeinigt, im Anschluss an Schumanns ›Dichterliebe‹ noch Beethovens ›Adelaide‹ darzubieten, weil Thorvald das Lied unbedingt in sein künftiges Programm aufnehmen wollte.

Während der ersten Strophe wurde Benno unruhig, irgendetwas draußen schien seine Aufmerksamkeit zu fesseln. Bei »Eine Blume der Asche meines Herzens…« stand er vorsichtig auf, warf Olga eine Kusshand zu und verschwand genauso leise, wie er gekommen war.

Am Ende der romantischen Reise durch die Welt des Kunstliedes herrschte einen Augenblick Stille. Alle lauschten den träumerischen Klängen nach, bevor sie wieder in die Gegenwart zurückfanden. Dann stand Gudrun Himmelreich flink auf und bedankte sich bei Thorvald, indem sie ihm erst die Hand gab, dann ihre Contenance vergaß und ihn leidenschaftlich umarmte. Vincent Ambach hatte sich deutlich langsamer erhoben und ging gemessenen Schrittes auf den Künstler zu, um ihm mit einer ergebenen Verbeugung seinen Respekt zu bezeugen.

Thorvald hatte den hochgewachsenen, strengen Mann noch nie lächeln sehen, er konnte sich jedenfalls nicht daran erinnern. Umso mehr genoss er es, dass dieser jetzt strahlte. Vincent ging aus dem Zimmer und kam mit zwei riesigen Blumensträußen wieder zurück.

»Ich bin erstaunt, das muss ich sagen. Meine Enkelin hat wirklich nicht übertrieben, als sie so von Ihnen schwärmte.«

Olga blickte Thorvald an und lächelte verlegen, als ob sie sagen wollte: Schwärmen. Ich doch nicht!

Thorvald nahm sie in die Arme und küsste sie auf die Wange, dann verbeugte er sich tief vor ihr. »Bei dieser Begleitung konnte ich gar nicht anders. Madame, Sie waren wunderbar.«

Plötzlich wurde Olga ernst. »Ja, wunderbar. Ganz phantastisch. Juliane ist tot und wir machen einfach weiter.«

Alle waren still. Olgas Worte hatten den flüchtigen Zauber der Musik verscheucht, der sie für eine Stunde der tristen Wirklichkeit entrückt hatte.

Gudrun Himmelreich war es, die als Erste wieder das Wort ergriff. »Wir dürfen nicht in Trauer oder Hass verharren. Das Leben geht weiter. Wenn wir den Mut verlieren, dann hat das Böse wirklich gewonnen. Das dürfen wir nicht zulassen.«

»Sie haben ja recht«, sagte Olga. »Aber ich musste die ganze Zeit an Juliane denken.« Tränen schossen ihr in die Augen. Sie versuchte, sich zusammenzunehmen, denn sie wollte auf keinen Fall losheulen.

Eigentlich hatte sich Olga während des gesamten Vortrages nicht so entspannen können wie sonst beim Klavierspielen. Immer wieder hatte sie vorsichtig zu ihrem Großvater und Gudrun Himmelreich hinübergesehen. Sie wollte erforschen, wie die beiden zueinander standen, was sie verband. Vincent war sehr ergriffen gewesen. Olga hatte das gesehen, obwohl er keine Miene verzogen hatte.

Bei »Ich hab im Traum geweinet, mir träumte, du lägest im Grab ...« hatte er sein weißes Taschentuch aus seinem Jackett geholt und sich lautlos geschnäuzt. Zweimal hatte Gudrun Himmelreich seine Hand genommen und sie fest gedrückt. Olga hatte den Eindruck, dass sie ihn trösten und gleichzeitig ermutigen wollte.

Nach dem Konzert waren die beiden sachlich und höflich wie immer, Chef und Sekretärin. Dass da mehr war, hatte sie allerdings gemerkt.

Olga holte gerade noch ihre Tasche, als plötzlich Elise hinter ihr stand.

»Es war so schön, Fräulein Olga«, sagte sie dezent und leise. »Sie sind ein wundervolles Paar.« Dann reichte sie

Olga einen großen Kollegblock. »Den hat sie …«, sie stockte. »Ihre Schulfreundin, die umgebracht wurde, Juliane … den hat sie bei ihrem letzten Besuch hier vergessen. Ich weiß nicht, wohin damit, vielleicht können Sie etwas damit anfangen?« Sie drückte Olga den Block in die Hand.

Plötzlich stand Gudrun Himmelreich neben Elise. »Hast du noch etwas vergessen?« Sie blickte neugierig auf den Block, und Olga hatte den Eindruck, dass sie sofort wusste, um was es ging.

»Nein, nein«, sagte Elise schnell.

Gudrun Himmelreich begleitete Olga und Thovald hinaus.

»Jetzt wird es doch kein Porträt über Vincent geben«, sagte Olga, als sie langsam die Auffahrt hinuntergingen. »Hatte Juliane denn schon viel Material über ihn zusammengetragen?«

»Nein, sie war nur einmal hier und hat sich einen ersten Eindruck verschafft. Zu den Details sind wir noch nicht gekommen.«

»War Großvater bei den Gesprächen auch mit dabei?«

»Nein, bisher nicht. Aber ich hätte ihn schon dazu überredet«, entgegnete Gudrun Himmelreich augenzwinkernd. »Du hast deinem Großvater eine große Freude gemacht, Olga. Er ist sehr stolz auf seine Enkelin. Das wird er dir nicht vergessen.«

»Ich weiß«, sagte Olga. »Er vergisst nie etwas.«

Frau Himmelreich wusste gleich, was Olga damit meinte. Sie blieb stehen.

»Glaub mir, ich habe unzählige Male versucht, ihn dazu zu bewegen, aber …« Sie stockte. »Er ist zu alt, er kann nicht mehr über seinen Schatten springen. Er hätte es tun sollen, als er noch jünger war. Jetzt ist es zu spät.«

»Zu spät ist es eigentlich nie. Und wenn mein Vater den ersten Schritt machen würde? Wie würde er reagieren?«

»Würde Roman das tun?«

Olga überlegte. »Nein.«

»Ich hätte nicht gedacht, dass er deinem Großvater so viel bedeutet – unser Vortrag, meine ich.« Auf dem Weg zur Hütte ging Thorvald nachdenklich neben Olga her. Immer wieder blieb er stehen, schaute abwesend in die Baumkronen oder auf den munteren Bach. Es war wieder ein wenig Wind aufgekommen und die warme Luft strich angenehm über die Haut.

»Vielleicht ist ihm jetzt mehr denn je bewusst geworden, dass er seine Familie verloren hat«, schloss er nach einer Weile. »Immerhin hat er noch seine aufmerksame Sekretärin.«

»Ist dir das auch aufgefallen?«, fragte Olga, als sie am Bach stehen geblieben waren.

»Klar. Sie könnte seine Frau sein«, bestätigte Thorvald.

Das »Luis« war voll. Olga und Thorvald fanden einen Platz am Tresen. Olga ließ ihren Blick über die einzelnen Tische gleiten, konnte aber keine bekannten Gesichter entdecken. Thorvald hatte sein Bier in einem Zug ausgetrunken und streckte das Glas Toni hin, der es gegen ein volles tauschte.

»Ich denke, du musst noch zur Probe«, sagte Olga erstaunt.

»Muss ich auch. Aber ohne gute Schmierung läuft heute nichts.«

Olga hatte sich einen Kaffee bestellt und blätterte in Julianes Block, der vor ihr lag wie ein stummes Zeugnis aus einer anderen Welt. Er erhielt offensichtlich Notizen, die Juliane im Haus ihres Großvaters gemacht hatte.

Olga erinnerte sich an Julianes Worte über ihr gutes Gedächtnis, und das versetzte ihr einen Stich. Wenn Hanna wirklich unschuldig war, dann war Juliane wohl nicht aus Eifersucht getötet worden. War Juliane ihr phänomenales Gedächtnis zum Verhängnis geworden? Hatte jemand Angst vor dem lebendigen Bilderarchiv in Julianes Kopf?

Juliane hatte mehrere Projekte begonnen. Die Bergischen Neonazis, die Bergischen Industriellen, Produktpiraten. Hatte sie in ein Wespennest gestochen? Vielleicht ohne es zu merken. Oder absichtlich? Bei ihrem Temperament gut vorstellbar. Lag hier der Grund für ihren Tod? Wo sollte man ansetzen? Sie musste noch einmal mit Ines reden.

An der Tür stieß Olga fast mit Luis zusammen, der gerade hereinkam. Sie sahen einander nur kurz an. Es war alles schon gesagt, alles schon gefragt. Draußen atmete sie tief durch, ging die Treppe hinab und schlug den Weg nach rechts, in Richtung der alten Ställe ein.

Auf der Veranda stand Robert mit zwei ihr unbekannten Männern und prostete ihr mit einem Weizenbier zu. Sie lachten gerade laut über einen vermutlich nicht besonders feinsinnigen Witz. »Hallo, Olga«, rief Robert zu ihr herüber.

»Hallo, Robert!«, erwiderte Olga den Gruß. »Was gibt es denn zu lachen?«

»Ist nicht frauentauglich«, entgegnete er grinsend.

»Das habe ich mir gedacht.« Sie schaute die beiden anderen Männer an, die darauf warteten, dass Robert ihnen erklärte, wer diese süße Maus wohl sei. Doch Robert überging die Aufforderung.

»Ist Benno wohlbehalten wieder heimgekehrt?«, fragte Robert sie unvermittelt mit besorgter Stimme.

Olga stellte sich unwissend, aber ihr wurde ein wenig mulmig zumute. Klar hatte Robert ihn entdeckt. Man durfte seinen Feind nie unterschätzen. Das wusste Benno doch.

»Von wo heimgekehrt?«, fragte sie.

»Was sucht er denn so Geheimnisvolles, oben an den Felsen?«

»Du meinst die Ausgrabungen?« Olga war glücklich über ihre plötzliche Eingebung.

Jetzt runzelte Robert die Stirn. »Was für Ausgrabungen?«

»Die arbeiten gerade an Funden, die überall hier im Wald gemacht wurden. Es scheint sich um alte Kunstgegenstände zu handeln. Benno interessiert sich als Kunsthistoriker dafür, rein beruflich.«

Robert schien das tatsächlich zu beeindrucken. Olga sah ihn bereits in Gedanken den ganzen Wald umgraben.

»Und die liegen oberhalb von meinem Steinbruch?«

»Das ist noch nicht sicher, aber die Vegetation weist darauf hin. Sie fangen ja gerade erst an zu suchen.«

»Schon was von Hanna gehört?«, lenkte Robert ab. Vermutlich wollte er nicht zu viel Interesse zeigen, dachte Olga. Vorsorglich.

»War sie es?«, setzte er nach.

»Was denkst du?«

»Warum ist sie sonst allein im Wald herumgelaufen? Zu eurer Hütte?«, fragte er kühl.

»Sie hat Luis gesucht. Sie hatte einen Verdacht. Sie hat während des Abends beobachtet, dass er irgendwas mit Juliane hatte. Dann ist sie ihnen eben nachgegangen.«

Olga machte eine Pause und Robert grinste. Die beiden anderen hatten aufmerksam zugehört.

»Mann, hier ist ja richtig was los, bei euch«, sagte der

eine mit starkem Hamburger Akzent. Die Tatoos an den Armen und am Halsausschnitt ließen auf eine Tätowierung des ganzen Oberkörpers schließen.

Robert wehrte ärgerlich ab. Spätestens jetzt war ihm das Lachen vergangen. »Ist auch nicht wichtig. Diese blöde Geschichte bringt nur Ärger, das weiß ich jetzt schon. Kommt Jungs, die Zeit ist knapp und die Kosten schlafen nicht.«

Er nickte Olga zu und verschwand mit seinen Geschäftspartnern, die ihre halbvollen Gläser einfach mitnahmen.

Olga blieb noch eine Weile auf der Veranda stehen und schaute dem Dreiergespann nach. Diesen Leuten musste viel daran gelegen sein, schon durch ihr äußeres Erscheinungsbild alles klarzustellen. Jeder sollte auf den ersten Blick kapieren: »Wir sind nur kurz draußen. Also haltet uns nicht auf!«

Die geplanten Hotelzimmer lagen hinter dem »Luis«, in dem Gebäude, das zu früheren Zeiten als Stall und Hufschmiede genutzt worden war. Es war deutlich zu sehen, dass an dem Gebäude gearbeitet wurde. Die Natursteinmauern waren teilweise eingerüstet oder ohne Fenster, doch momentan war die Baustelle verwaist. Das Gerüst hatte an mehreren Stellen Moos angesetzt, es sah nicht so aus, als wäre es letzte Woche erst installiert worden. Die Zimmer, die schon fertig waren, wirkten trotz der Kargheit geschmackvoll. Die Wände waren weiß gekalkt, der Charakter der alten Ställe war nicht wesentlich verändert, nur der kalte Steinboden war durch schwere und breite Holzdielen ersetzt worden, auf denen sich auch im Winter gut barfuß laufen ließ.

»Eine leere Zelle mit Stil«, sagte sie halblaut. In der heutigen Zeit der ziellosen Sinnfindung kommt so etwas gut an, dachte sie im Stillen weiter. Muss nur gut vermarktet werden. Einen kleinen Buddha auf den Nachttisch, exquisites Mineralwasser daneben …

Die Tür zu Ines' Zimmer stand offen. Ines saß auf dem Bett, das mit Papieren übersät war. Olga blieb in der Tür stehen und fragte sich, was der Kriminalhauptkommissar bei diesem Anblick wohl sagen würde.

»Kirschbaum war vorhin schon hier«, sagte Ines, ohne aufzublicken.

»Columbo kommt aber immer unvermutet zurück, weil er noch eine Frage hat.«

»Dann hältst du ihn an der Tür auf«, murmelte Ines abwesend, als würde sie gerade einen wichtigen Gedanken verfolgen, der nicht verloren gehen durfte. Sie fischte ein Blatt aus einem Stapel und reichte es Olga.

Olga brauchte eine Weile, bis sie diese hingeworfenen Schriftzeichen zuordnen konnte. »Das sieht nach Stenografie aus. Na, prima!«

»Ich habe jede Menge Seiten gefunden, die ausschließlich in Kurzschrift geschrieben sind.«

»Das heißt doch, sie musste sich rasend schnell Notizen machen, obwohl sie ein so gutes Gedächtnis hatte. Wir müssen jemanden finden, der uns das entziffert«, schloss Olga. »Die Himmelreich kann bestimmt Steno.«

»Klar, aber die fragen wir nicht. Das müssen wir irgendwie selbst hinkriegen. So schwer kann das nicht sein.«

»Hast du sonst nichts Brauchbares gefunden?« Olga war enttäuscht.

Ines sammelte die Unterlagen zusammen und hielt nun den ganzen Stapel in ihren Händen.

»Wir wissen nicht, ob die Beamten Unterlagen von

Julianes Schreibtisch mitgenommen haben oder nicht. Wenn ja, warum dann diese nicht? Ich kann Kirschbaum schlecht einschätzen, aber ich glaube, er hat sich auf Hanna eingeschossen. Und warum sollte er sich die Mühe machen und nach anderen Beweismitteln suchen, wenn die Sache für ihn bereits klar ist.«

Ines ließ den Stapel auf die Knie sinken. »Ist ja auch nicht gerade aus der Luft gegriffen. Leider.«

»Ich habe übrigens noch etwas.« Olga reichte Ines das Ringbuch. »Das hat sie bei meinem Großvater vergessen, Elise hat es mir gegeben.«

»Ah!« In Ines' Gesicht blitzte ein Hoffnungsschimmer auf. Endlich hatten sie etwas, das direkt von Juliane kam und nicht erst durch Polizistenhände gegangen war.

Auch hier Julianes Schnellschrift, aber immerhin keine Stenografie. Es waren Notizen zu Olgas Familie. So viel konnten sie entziffern. Ines deutete auf eine Stelle in dem wirren Gekrakel, die zweimal dick eingekreist war.

»Aber sie muss ihr wichtig gewesen sein. Hier … scheint mit ›H‹ anzufangen.« Ines fand auf der nächsten Seite wieder diese Markierung. »Könnte dasselbe Wort sein.«

Olga war aufgestanden und hinausgegangen. Resigniert setzte sie sich auf die wackelige Bank, die an der Wand stand. »Nach was suchen wir? Das ist doch sinnlos. In der kurzen Zeit werden wir nichts erreichen.«

»Ich fahre morgen früh zu meinen Eltern«, sagte Ines, die sich neben sie gesetzt hatte. »Ich glaube, sie sind beleidigt, weil ich mich nicht blicken lasse. Ich nehme die Unterlagen mit und sehe sie noch mal genau durch. Ich werde schon was finden.«

15

Benno saß mit müden Augen vor dem Bildschirm, den Kopf in die linke Hand gestützt. Sein rechter Zeigefinger drückte unermüdlich auf die kleine Maus, aber nichts, was auf dem Bildschirm in schneller Folge vor ihm ablief, ließ seine Miene erhellen. Die Bilder huschten über den Bildschirm wie in einer schnellen Diashow.

»Verdammt!«, flüsterte er. Er war sich so sicher, dass er das Bild genau hier, in diesem Zusammenhang, gesehen hatte. Er erschrak fürchterlich, als sein Telefon klingelte. Mit klopfendem Herzen nahm er den Hörer ab.

»Ja? – Äh, Thalbach.«

»Ich bin es, Olga. Was ist los? Bist du am Schreibtisch eingeschlafen?«

»Olga, gut, dass du anrufst. Ich muss dich sprechen, dringend.«

»Was ist passiert?«, fragte Olga erschrocken und ärgerte sich erneut über ihre ungewohnte Schreckhaftigkeit. »Hast du etwas im Wald entdeckt?«

»Nicht direkt, oder doch, ja aber – anders.«

»Was soll die Geheimnistuerei? Kannst du nicht reden?«

»Genau!« Benno warf einen Blick in das Nebenzimmer, in dem sich zwei Kollegen unterhielten.

»Okay. Soll ich kommen? Es wird allerdings dauern. Thorvald ist vorhin mit dem Auto zur Probe gefahren, ich bin also nicht mobil.«

»Lass nur.« Er fuhr den Rechner runter. »Ich komme zu dir, bis gleich.«

Und schon hatte er aufgelegt.

Olga ließ ihr Handy in die Umhängetasche gleiten. Sie holte eine große Wasserflasche heraus und schraubte langsam und nachdenklich den Verschluss auf. Sie schaute in den ruhigen Wald. Der leichte Wind hatte für angenehmere Temperaturen gesorgt.

»Eigentlich müsste es jetzt ein Unwetter geben«, dachte Olga. »Mit starkem Regen, Blitz, Donner und Sturm. Das Bergische Wetter ist nicht mehr verlässlich. Nichts ist mehr verlässlich.«

Ines hatte ihre Sachen gepackt und war zu ihren Eltern aufgebrochen. Olga saß noch immer auf der Bank vor Luis' Gästezimmern und dachte über das merkwürdige Telefongespräch mit Benno nach. Was war so wichtig, dass Benno am Telefon nicht darüber sprechen wollte?

Sie lehnte den Kopf an die Wand und schloss die Augen. Eine süße Sehnsucht nach ihrer Hamburger Wohnung durchfloss Olga plötzlich. Mitten auf St. Pauli, in einem Viertel gelegen, wo sie nur auf den Bürgersteig treten musste, um das Gefühl zu haben, am prallen Leben teilzuhaben. Mal traf sie jemanden, den sie kannte, mal schoss sie einen Ball zurück, der vom Kinderspielplatz angeflogen kam. Manchmal holte sie sich beim Bäcker um die Ecke eine Brioche, setzte sich in die Bahn und fuhr einige Stationen, vorbei an den Landungsbrücken und am Hafen, der sich, je nach Geschäftigkeit und Lichtverhältnissen, immer wieder anders präsentierte.

Und sie zeichnete. Zusammen mit Thomas und Franka, ihren Leuten vom Verlag, ging sie die Arbeiten durch, trank Espresso, fachsimpelte, begutachtete andere Arbeiten, lachte, lobte, lästerte. Dann wieder setzte sie sich in eines der vielen Cafés, den Skizzenblock vor sich auf dem Tisch, und beobachtete Leute.

Abends joggte sie erst durch die Straßen und dann an der Elbe entlang, neben dem Zeichnen ihre zweite Leidenschaft. Sie hatte sich gute Laufschuhe besorgt, die den harten Asphalt abfederten. So gelang es ihr am besten, den Tag noch einmal Revue passieren zu lassen oder den nächsten zu planen. Außerdem bekam sie auf diese Weise allerlei mit. Es war wie beim Flanieren, nur ein bisschen schneller.

Auf dem Weg nach Hause musste sie manchmal betrunkenen Jungs ausweichen oder wurde blöde angemacht. Damit konnte sie umgehen. Mit einem riesigen Hund dagegen, der wie ein Werwolf umherschlich und von dem sie nicht wusste, wem er gehörte und wann er wieder zuschlagen würde, kam sie nicht klar. Irgendwer lauerte da im dunklen Wald und beobachtete sie. Und das machte ihr Angst.

Olga hatte überall herumgefragt, aber keiner konnte ihr Auskunft über den Hund geben. Immer wieder wurde Roberts Name genannt, aber Olga war sich sicher, dass er nicht zu Robert gehörte, dass er die Wahrheit sagte, wenn er bestritt, dass seine Hunde frei in der Gegend herumliefen.

Olga schaute auf die Zeitanzeige ihres Handys. Lange schon hatte sie auf der Bank gesessen. Sie öffnete ihre Tasche und zog die zusammengefaltete Zeichnung der toten Juliane heraus. Juliane. Wozu brauchte Juliane überhaupt ihren Block? Sie prahlte doch so mit ihrem tadellosen Gedächtnis, das Begebenheiten speicherte, die bis in die früheste Kindheit zurückreichten. Außerdem hatte Ines bemerkt, dass Julianes Notizen nicht aus einem Guss waren. Offenbar war Juliane mehrere Male bei Olgas Großvater gewesen. Und Gudrun Himmelreich hatte behauptet, Juli wäre nur einmal bei ihm gewesen. Und überhaupt, warum hatte Juli ihr gegenüber eigentlich verschwiegen, dass sie ihren, Olgas, Großvater schon aufgesucht hatte?

Olga überlegte, was das heißen könnte. Hatte Gudrun Himmelreich die anderen Besuche vergessen? Vielleicht hatte Juliane mit ihrem Großvater geredet, ohne dass sie davon wusste.

Olga blickte wieder auf ihre Handyuhr. Sie wollte sich gerade erheben, als sie eine vertraute Stimme vernahm.

»So ganz alleine hier?«, sagte Konrad und ging auf Olga zu.

Olga freute sich, ihn zu sehen. »Konrad! Wie schön.«

»Ich hatte gehofft, ihr besucht mich mal auf meinem Gipfel«, sagte Konrad, nachdem er Olga herzlich umarmt hatte. »Aber ihr habt ja nie Zeit, nicht mal im Urlaub.«

Olga hatte sofort ein schlechtes Gewissen. Sie hatte Konrad ganz vergessen. Zwar wurde über ihn geredet, aber auf die Idee, ihn dort oben zu besuchen, war sie in der Tat noch nicht gekommen.

»Die ganze schlimme Geschichte belegt mich völlig mit Beschlag, Konrad«, sagte sie entschuldigend. »Selbst meinen Vater sehe ich kaum. Wie geht es dir denn?«

»Könnte nicht besser sein. Ich werde alt, aber ich habe weder geistig noch körperlich Ausfallerscheinungen«, lachte er. »Ich habe keine Langeweile, muss nicht hungern und bin Vater eines prächtigen Sohnes, der allerdings im Moment etwas durcheinander zu sein scheint.«

»Das kommt uns auch so vor.« Olga schaute wieder auf ihre Uhr. »Benno müsste längst hier sein. Ich bin mit ihm verabredet.«

»Ich habe vorhin in seinem Büro angerufen«, meinte Konrad, »und dort sagte ein Kollege, er habe das Museum vor über einer Stunde Hals über Kopf verlassen, ohne zu sagen, wohin er wolle und wann er wieder zurückkomme. Du weißt ja, es ist noch viel zu tun bis zur Eröffnung der neuen Ausstellung.«

»Hast du ihn auf dem Handy angerufen?«

»Ja, er ist auch drangegangen, hat aber nichts gesagt.« Konrad sah Olga fragend an.

»Vielleicht hast du dich ja verwählt«, entgegnete Olga achselzuckend.

»Die Nummer ist in meinem Telefon eingespeichert. Ich kann mich nicht verwählt haben.«

»Benno hat sicher sein Telefon verloren oder irgendwo liegen lassen, durcheinander, wie er gerade ist. Stell dir nur vor, was er derzeit um die Ohren hat.« Olga wollte Konrad beruhigen, glaubte allerdings selbst nicht daran.

»Ich hatte gehofft, ihn hier bei euch zu finden«, sagte Konrad.

Beide blickten zur Waldgaststätte hinüber, aber Benno war nicht unter den Gästen.

»Hast du bei ihm zu Hause angerufen?« Etwas anderes fiel Olga nicht ein.

»Ja, mehrmals. Es läuft nur der Anrufbeantworter. Und Benno ruft eigentlich immer sofort zurück, wenn ich ihn darum bitte.«

»Irgendetwas stimmt hier nicht«, sagte Olga. »Ich fahre jetzt zu Thorvald ins Opernhaus und dann ins Museum oder zu Bennos Wohnung. Vielleicht treffe ich ihn irgendwo an.«

Was Olga nicht erwähnte, war der kleine Abstecher zum Steinbruch, den sie vorher noch machen wollte. Wer weiß, vielleicht hatte Benno ja den gleichen Gedanken? Ohne Auto allerdings würde sie dafür Stunden benötigen.

»Konrad, kannst du mir deinen Wagen leihen?«

Konrad zog sofort seinen Autoschlüssel aus der Tasche. »Er steht wie immer unten im alten Stall, du weißt schon.«

Olga machte sich auf den Weg. Als sie sich noch einmal umdrehte, sah sie Konrad an einem kleinen Tisch am Rande des Gartens sitzen und prüfend auf sein Handy schauen.

Die Dämmerung hatte den Himmel eingetrübt. Ein grauer Schleier lag über dem Wald wie ein düsterer Gedanke, der sich nicht verscheuchen ließ. Raschen Schrittes ging Olga weiter.

Kriminalhauptkommissar Kirschbaum kam aus dem »Luis« und suchte die einzelnen Tische ab. Als er Konrad Thalbach erblickte, kam er mit ernstem Gesicht auf ihn zu. Konrad stand langsam auf. Augenblicklich wusste er, dass es um seinen Sohn ging.

Thorvald blickte auf seine Uhr und streckte fünf Finger in die Luft, Olga zeigte nach draußen und verließ leise den Raum. Langsam ging sie durch die Gänge des Opernhauses. Die Vorstellung war gerade aus und die Leute standen noch überall herum.

Olga betrachtete das Opernpublikum. Es hatte sich kaum verändert, immer noch waren die älteren Gäste in der Überzahl, nur vereinzelt waren junge Leute da, in Jeans, redeten über das Stück oder überlegten, wo sie jetzt hingehen sollten. Die Roben der älteren Damen glitzerten, man parlierte höflich und taxierte die Kleider der anderen.

Eine Frau ärgerte sich über die allzu moderne Inszenierung. »Da stand ja gar nichts auf der Bühne!«

»Vielleicht sind die Bühnenbildner nicht fertig geworden«, witzelte ihr Gegenüber.

»Die Stadt hat wieder einmal die Mittel gekürzt«, sagte eine Dritte.

»Sie fangen beim Schulessen an und machen dann auch vor der Kultur nicht halt.«

Olga entfernte sich von der Runde, die wahrscheinlich gleich darüber diskutieren würde, wie schön es doch damals war, als die Sänger noch in Kostümen aus Mozarts Zeiten auftraten, einfach nur sangen, was Mozart aufgeschrieben hatte, und nicht alles neu interpretiert werden musste. Und wie sehr sie diesen ganzen Inszenierungsquatsch und das Regietheater hassten. Aus Protest würden sie nur noch in konzertante Aufführungen gehen!

Die jungen Leute hatten wahrscheinlich eine Wahl für den weiteren Verlauf des Abends getroffen und gingen lachend an ihr vorbei.

Um die muss man sich gezielter kümmern, dachte Olga. Von denen kommen viel zu wenige hierher.

Ihr fiel die Pariser Oper ein, die mit ihren Fünf-Euro-Stehplätzen einen Riesenerfolg hatte. Dafür standen junge Leute zwei Stunden Schlange.

Sie schritt gerade die Fotogalerie des Ensembles ab, suchte nach bekannten Gesichtern, als sie Thorvald sah, der sich einen Weg durch die hinausströmenden Menschen bahnte. Er sah besorgt aus.

»Ist was passiert? Warum hast du nicht angerufen?« Er gab ihr einen Kuss auf die Wange.

»Eigentlich ist nichts passiert«, sagte Olga. »Es ist nur … Benno.«

Thorvald blickte Olga verwundert an. »Was ist mit ihm?«

»Ich weiß nicht. Er ist nicht gekommen … Wir haben vorhin miteinander telefoniert und er tat so geheimnisvoll. Er sagte, er habe etwas entdeckt und müsse dringend mit uns sprechen.«

»Hat er vom Museum aus angerufen?«, wollte Thorvald wissen.

»Ja.«

»Komm! Wir fahren in seine Wohnung. Ich habe noch den Schlüssel.« Thorvald nahm ihre Hand, und schnellen Schrittes gingen sie zum Ausgang und dann Richtung Parkplatz. »Vielleicht ist er nach Hause gefahren und dann eingeschlafen, so überarbeitet, wie er gerade ist.«

Vor Konrads Audi blieb Olga stehen. »Ich muss Konrads Wagen wieder mitnehmen, wir treffen uns in der Bayreuther Straße.«

Auf Thorvalds Dauerklingeln folgte keine Reaktion. Die Eingangstür blieb zu. Schließlich schloss Thorvald auf.

In Bennos Wohnung roch es muffig. Trotz der hohen Gewölbedecke des alten Industriegebäudes aus rotem Backstein, hatte sich der Geruch aus der vollgepackten Spüle in dem großen Raum verbreitet. Olga öffnete die beiden großen Fenster, die zum Hof hinausgingen. Der Geruch erinnerte sie an Julianes Wohnung und beschwor sofort wieder das Bild der Toten herauf, umweht vom Stinkmorcheldunst.

Leise gingen sie in Bennos Wohnung umher. Die Dämmerung war bereits fortgeschritten, und sie mussten das Licht einschalten. Das Bett war ungemacht und Kleidungsstücke lagen auf dem Boden herum. »Das ist nicht Bennos Art«, dachte Olga, als sie das Chaos betrachtete.

»Es sieht so aus, als hätte er die letzten Tage nur gearbeitet, gegessen und geschlafen, ohne irgendetwas wegzuräumen. Wie ein Besessener«, sagte sie und blieb vor der Spüle stehen, in der sich leere Konservenbüchsen und Teller mit getrockneten Essensresten türmten.

Thorvald stand neben ihr und schaute auf das große grüne Tor des Weinhändlers auf der anderen Seite des Hofes. »Wer so wohnt, kann niemals dem Wein abschwören. Ich kann ihn förmlich riechen.«

»Das ist die offene Flasche neben dir.« Olga zeigte auf den Wein, der auf dem Küchentresen stand.

Thorvald nahm die Flasche und roch daran. Dann drehte er sie in seiner Hand und betrachtete das Etikett. »... ein Spanier, Jahrgang 2000 ... exzellenter Jahrgang. Nie würde Benno so einen Wein unverkorkt herumstehen lassen.« Er stellte die Flasche kopfschüttelnd zurück. »Als ich vor ein paar Tagen hier war, sah alles ganz anders aus.« Thorvald erinnerte sich an den Besuch in dieser Wohnung. Da hatte ihm Benno auch den Schlüssel mitgegeben. Gestern hatten sie eigentlich zu einer Weinprobe gehen und den Rest des Abends gemeinsam verbringen wollen. Doch wegen Thorvalds Opernpremiere und Bennos Termindruck im Museum, vor allem aber wegen der Ereignisse im Wald, hatten beide nicht mehr daran gedacht.

Olgas Telefon summte. Erwartungsvoll nahm sie den Anruf entgegen. Hoffentlich war es Benno.

»Hier ist Konrad. Olga ... Benno wird von der Polizei gesucht.«

»Von der Polizei? Warum das denn?« Olga sah verwirrt zu Thorvald, der neben ihr stand.

»Der Kommissar hat vorhin mit mir gesprochen, Benno wird verdächtigt ... wegen des Mordes ...« Konrad versagte die Stimme.

»Konrad ...« Olga wusste nicht, was sie sagen sollte. »Wir sind gerade in seiner Wohnung. Also hier ist er nicht, aber …«, sie atmete einmal tief durch. »Jetzt beruhige dich, ich weiß zwar auch noch nicht, was wir machen sollen, aber mir fällt schon irgendwas ein. Geh nach Hause, Konrad. Ich melde mich wieder.«

Thorvald hatte sich auf einen der Stühle an dem großen Esstisch gesetzt und das Telefonat ruhig mitangehört. »Benno wird also auch verdächtigt?« Olga nickte. »Wird er per Haftbefehl gesucht? Muss der nicht von einem Richter ausgestellt werden?«, fragte Thorvald und unterbrach so Olgas aufkommende leise Panik.

Olga schüttelte geistesabwesend den Kopf. »Konrad hat nichts von einem Haftbefehl gesagt. Aber irgendetwas muss die Polizei gefunden haben.« Sie sah Thorvald erschrocken an. »Ist Benno deswegen abgehauen? – Thorvald! Kannst du dir so was vorstellen? Wo sollte er denn hin?«

»Ich habe keine Ahnung«, seufzte Thorvald. »Die Sache wird immer mysteriöser.«

Er erhob sich langsam und ging in Bennos Arbeitszimmer zurück. Der Schreibtisch war in mehreren Lagen mit Papier und Büchern bedeckt. Das Notebook war zugeklappt, vier Kaffeebecher mit angetrocknetem Bodensatz standen auf den Papieren herum, dazwischen lagen zerknüllte Brötchentüten. Die großen Bücherregale machten einen unordentlichen Eindruck. Viele Bücher waren regelrecht herausgerissen und lagen aufgeschlagen auf dem Boden herum, andere waren in den entstandenen Lücken umgekippt und standen schräg auf den Regalbrettern. Eines, ein großer Foliant mit dem Titel ›Heroische Landschaften‹, lag aufgeschlagen mit den Buchdeckeln nach oben auf dem Boden, so dass mehrere Seiten umgeknickt waren.

Olga starrte das Buch an. »Schau dir das an.«

Thorvald trat hinzu und schaute lange auf das Buch. »Er hat irgendetwas gesucht«, sagte er leise.

»Oder jemand anders!« Olga sah Thorvald an. »Würde Benno ein Buch so behandeln?«

Thorvald erinnerte sich daran, wie Benno sich aufregen konnte, wenn Thorvald seine Bücher aufgeschlagen und mit dem Buchdeckel nach oben abgelegt hatte, weil er zu faul war, ein Lesezeichen zu suchen. Er hob das Buch auf und legte es ordentlich auf den Schreibtisch. Olga trat hinzu und sie schauten sich die Seiten an. Rechts war eine Waldlandschaft von Jacob van Ruisdael abgebildet.

Thorvald klappte das Notebook auf und fuhr mit dem Finger über den Trackpoint. Langsam erwachte das Gerät mit einem Surren wieder zum Leben. Er war nur in Schlummerposition gewesen. Benno hatte einfach den Deckel zugeklappt und war abgehauen. Thorvald schob sich den Stuhl zurecht, rief das Internet auf und ging das Protokoll der Suchmaschine rückwärts durch. Benno hatte die Homepages unzähliger Museen angeschaut, und zwar insbesondere solcher, die Provenienzforschung und Kunstraub zum Thema hatten, oder sich mit Kunstauktionen beschäftigten.

»An was hat er denn noch gearbeitet? Außer der neuen Ausstellung, meine ich«, fragte er, während er die Seiten durchging.

Olga überlegte. »Soviel ich weiß, hat er nur an der Turner-Ausstellung gearbeitet, da war er schon im Rückstand.«

»Hat er sich mit Provenienzforschung beschäftigt?«

»Ja, er wollte diesem Thema demnächst eine Ausstellung widmen. Hat er mir beim Klassentreffen erzählt. Es soll um Bilder gehen, die während der Nazizeit enteignet wurden und jetzt in Museen oder in Privatbesitz sind.«

Sie wollte sich gerade wieder dem Rechner zuwenden, als die Türklingel so laut schrillte, dass Olga fast schwarz vor Augen wurde. Sie starrten sich an. Durften sie überhaupt hier sein? Aber Benno hatte Thorvald ja den Schlüssel gegeben, dachte Olga sofort. Es schellte abermals, allerdings energischer, und jemand hämmerte mit der Faust an die schwere rote Metalltür.

»Machen Sie auf, Frau Ambach. Hier ist Kriminalhauptkommissar Kirschbaum. Wir wissen, dass Sie hier sind!«

Olga und Thorvald sahen sich an. Dann ging Thorvald entschlossen zur Tür und öffnete sie.

Kirschbaum und zwei Beamte traten ein und bugsierten Thorvald und Olga in die große Küche. Kirschbaum sah müde aus.

»Darf ich fragen, was Sie hier suchen?«, fragte er knapp.

»Wir suchen Benno«, antwortete Olga brav.

»Wie sind Sie hereingekommen?«

»Ich habe einen Schlüssel.« Thorvald holte den Schlüssel aus seiner Hosentasche und hielt ihn hoch. »Den hat Benno Thalbach mir gegeben. Ich soll ihn behalten, solange ich hier bin.«

»Darf ich?«

Kirschbaum streckte die Hand aus, um den Schlüssel entgegenzunehmen.

»Warum?«

»Sie werden schon gehört haben, dass wir mit Herrn Thalbach reden müssen. Er gehört zum Kreis der Verdächtigen.«

Thorvald lachte verächtlich auf. Er legte den Schlüssel auf den Küchentresen und setzte sich auf einen der Stühle, die um den großen, rechteckigen Tisch herumstanden.

»Dann können Sie genauso gut uns festnehmen«, sagte er resigniert.

Thorvald erinnerte sich plötzlich an Bennos Gesichtsausdruck der letzten Tage. Dieser flackernde, schwarz funkelnde Blick, der den sonst so sanften Augen etwas Dämonisches, Besessenes verlieh. Unerreichbar für Appelle an die Vernunft oder für Trost. Dann aber fielen ihm die Kinderaugen seines besten Freundes ein. Er wusste, dass es den Benno von damals gar nicht mehr gab. Jenen dürren und quirligen, schwarzhaarigen Jungen, mit dem er nächtelang durch die Wälder gestreift war und unzählige selbst gezimmerte Baumhütten bewohnt hatte, ohne dass die Eltern irgendetwas mitbekommen hatten. Jenen Jungen, der ihm mit seinem Flitzebogen einen Indianerpfeil ins Bein schoss, ihn bei Mathearbeiten abschreiben ließ, seine erste Freundin hinter seinem Rücken küsste und der, nach mehreren vergeblichen Versuchen, sich zu pieksen, fast verblutete, weil er sich die Pulsadern aufgeschnitten hatte, um dann doch noch sein Blutsbruder zu werden.

Die lange Zeit der Trennung hatte Benno verändert. Das begriff Thorvald jetzt. Wie er heute war, darüber konnte er nur mutmaßen.

»Ich war am Abend des Klassentreffens mit Benno zusammen und er hatte nicht vor, jemanden umzubringen«, sagte er schließlich.

»Sie sind nach eigenen Aussagen gegen Morgengrauen zu Frau Ambach gegangen und haben außer ihr niemand anderen mehr gesehen. Richtig?«

Thorvald nickte und wusste gleichzeitig, dass das nicht stimmte.

»Vier ihrer Klassenkameraden berichten aber, dass sie Benno Thalbach im Wald gesehen haben, und zwar exakt zur selben Zeit, als Sie unterwegs waren. In der Nähe der Hütte.«

Ich habe ihn auch gesehen, dachte Thorvald. »Das ist schon möglich«, sagte er. »Alle sind im Wald herumgelaufen. Es war heiß, wir hatten getrunken, es war eben ein Waldfest.«

Olga erinnerte sich daran, dass Thorvald Benno gesehen hatte, als er zur Hütte gekommen war. Und sie hatte auch wieder Bennos verzweifelten Gesichtsausdruck vor Augen, als sie aufgebrochen war. Sie wandte sich an Kirschbaum.

»Ich habe ihn nicht gesehen. Als Herr Einarsson zu mir kam, waren wir allein. Aber auf dem Weg dorthin liefen wirklich viele Leute im Wald herum. Sprechen Sie doch noch mal mit Robert Hunter.«

Kirschbaum wollte gerade Luft holen, um etwas zu sagen, als Thorvald so abrupt von seinem Stuhl aufsprang, dass dieser nach hinten kippte.

»Sagen Sie doch endlich, warum Benno eigentlich verdächtigt wird. Was haben Sie gegen ihn in der Hand, dass Sie so ein Theater veranstalten?«

»Das Theater überlasse ich ausgebildeten Leuten wie Ihnen. Es spricht für Sie, dass Sie ihren Freund verteidigen wollen. Aber Sie haben ihn viele Jahre nicht mehr gesehen, oder?«

Kirschbaum sah ihn regungslos an.

»Er ist nach Hause gegangen!«, rief Thorvald.

»In die Stadt!«, entgegnete Kirschbaum trocken. »Er ist betrunken zwanzig Kilometer über Stock und Stein und die Landstraße nach Hause gelaufen? Erscheint Ihnen das realistisch?«

»Das haben wir früher öfter gemacht«, erwiderte Thorvald ruhig. »Wir sind sogar schon mal von Lüdenscheid nach Hause gelaufen, die ganze Nacht durch. Mit einigen Pausen natürlich.«

Olga musste lächeln. »Stimmt. Als ihr zu dem Open-Air-Festival getrampt seid und die Leute, mit denen ihr gefahren seid, euch versprochen hatten, euch wieder mitzunehmen. Aber die waren dann nicht mehr da, als die Veranstaltung zu Ende war. Da sind Benno und Thorvald einfach losgegangen und haben immer wieder versucht, Autos anzuhalten. Aber damals sahen sie nicht so vertrauenswürdig aus wie heute. Es hielt keiner an, also sind sie weitergegangen, bis sie zu Hause waren. Benno hat das bis heute immer wieder gemacht.«

»Wir haben bisher niemanden gefunden, der ihn gesehen hat.«

»Dann suchen Sie weiter«, rief Thorvald ungehalten.

»Welches Motiv sollte Benno denn haben, Juliane umzubringen?«, fragte Olga, an Kirschbaum gewandt. »Die hatten doch gar nichts miteinander zu tun.«

»Die Gedankengänge eines Verzweifelten sind nicht immer logisch«, antwortete Kirschbaum.

Olga stellte fest, dass der Kommissar auf keine ihrer Fragen eine Antwort gab. Sie wusste, dass alles, was er an Erkenntnissen hatte, Täterwissen sein konnte. Und das behielt er natürlich für sich.

»Ich möchte Sie jetzt bitten, die Wohnung zu verlassen«, beendete er die Unterhaltung. »Wenn Sie etwas von Ihrem Freund hören, dann verständigen Sie uns bitte.«

Er sah Thorvald und Olga eindringlich an und reichte ihnen die Hand. Dann wies er seine Kollegen mit einem Kopfnicken an, die beiden nach draußen zu begleiten.

Während der Fahrt musste Olga ständig an Benno denken. Irrte er durch den Wald und schlief in einer der verborgenen Zwergenhöhlen in seinem Schlafsack? Oder war er vor dem Haftbefehl über die Autobahn in unerreichbare Ferne geflohen und hatte alles hinter sich gelassen? Seinen Vater, die Arbeit für das Museum, in die er seine ganze Kraft und Phantasie gesteckt hatte?

Wenn es so war, konnte das nur eine Kurzschlussreaktion gewesen sein, in ein paar Tagen würde er doch wiederkommen müssen. Irgendwann war das Geld zu Ende. Beim nächsten Geldautomaten würden sie ihn finden. Der Gedanke, dass ihr bester Freund Benno, der ihr Bruder hätte sein können, jetzt irgendwo herumirrte, schien ihr unerträglich. Oder würde er sich entgegen aller Vernunft in der Nähe ihrer Hütte verstecken und warten, dass sie endlich kam? Machte man nicht in verzweifelten Situationen grobe Fehler? Eigentlich wünschte sie sich so etwas. Dann hätte die Ungewissheit ein Ende und alles würde sich aufklären. Warum flieht jemand, der unschuldig ist? Weil er Angst hat, dass ihm niemand glaubt.

Luis stand mit Konrad vor der Tür seines Lokals, als Thorvald und Olga ankamen. Olga reichte Konrad den Autoschlüssel.

»Er hat gesagt: ›Ich habe gewusst, dass das Ärger gibt‹«, meinte Konrad.

»Wer? Benno?«, fragte Thorvald.

»Und dann hat er aufgelegt.« Konrad sah ins Leere.

»Was kann er denn gemeint haben? Meinte er dich und Juliane?« Olga sah Luis fragend an.

»Kann schon sein«, antwortete Luis. »Das hört sich allerdings so an, als ob er schon länger Bescheid wusste. Und das halte ich für ausgeschlossen.«

»Gute Tarnung, wie?« Thorvald sah ihn verächtlich an.

»Geht dich das was an?«, entgegnete Luis arrogant.

»Ob mich das was angeht?«, schrie Thorvald plötzlich.

»Was soll denn diese blöde Frage? Deinetwegen hocken wir doch alle in diesem Scheißwald hier und haben nur Ärger. Deine Geliebte Juliane ist tot, deine Frau Hanna sitzt im Knast und mein Freund Benno wird von der Polizei gehetzt! Und das geht mich nichts an?«

Seine Stimme überschlug sich. Die Gäste, die draußen an den Tischen saßen, sahen neugierig zu ihnen herüber. Thorvald spürte, wie der ganze aufgestaute Ärger der letzten Tage aus ihm herausbrach. In unheimlicher Geschwindigkeit. Bilder schossen durch sein Hirn: Bennos Kindergesicht, Julianes aufreizendes Lachen, das rot gefleckte Gesicht Christian Reuthers, Vincent Ambachs faltige, feuchte Tränensäcke, der humorlose Kommissar.

Thorvald holte aus und erwischte Luis' linke Wange mit voller Wucht. Luis flog rückwärts in die großen Blumentöpfe mit dem mannshohen Bambus, die gerade noch verhinderten, dass er durch die große Fensterscheibe stürzte.

Thorvald rieb sich die Faust und stapfte die Treppe hinunter Richtung Wald. Die Gäste saßen mit offenem Mund da, die mit Spaghetti umwickelten Gabeln in der Hand. Toni, der mit einem Unglück fast gerechnet hatte, kam aufgeregt durch das Lokal gelaufen und half Konrad, seinen benommenen Chef aus den zertrümmerten Blumentöpfen zu hieven.

16

Olga lag auf der Liege aus dunklem Teakholz. Ihr Blick verlor sich in den Wolken, die sich vor die Sonne geschoben hatten. Ihre Sonnenbrille kontrastierte die Wolkenränder scharf. Es würde nur noch wenige Sekunden dauern, bis die Sonne wieder zum Vorschein kam. Dann würden wieder ein paar Minuten vergehen, bis die nächste Wolke die Terrasse ihres Vaters verdunkelte.

Olga dachte nach. Das hatte sie die ganze Nacht über getan. Ab und zu war sie in einen Traum abgeglitten, war allerdings immer wieder aufgewacht, als würde sie von den Traumgestalten selbst aus dem wirren Geschehen katapultiert, als würden diese wollen, dass Olga die Dinge in der realen Welt ordnete und nicht macht- und tatenlos in der Traumwelt umherirrte.

Eine der Gestalten war Ruben gewesen, aber diesmal zusammen mit ihrem Großvater Vincent, der hinter seinem Sohn herschwebte und ihn zu packen versuchte, ihn aber nicht erreichte. Olga konnte nicht erkennen, ob ihr Großvater nach Ruben griff, um ihn an sich zu ziehen, oder ob er ihn wegstoßen wollte. Vincents Gesichtsausdruck war immer derselbe. Reglos und kalt. Doch im Traum spürte Olga deutlich, dass es bodenlose, nicht gutzumachende Verzweiflung war, die das Gesicht ihres Großvaters zeichnete. Dieser Traum war noch so präsent, dass sie das Gefühl hatte, es wäre gar keiner gewesen.

In Hamburg war der Vorsatz in Olga herangereift, sich von der Hütte zu trennen. Sich von altem Ballast zu befreien. Bisher hatte sie geglaubt, die Unruhe, die sie immer wieder befiel und deren Ursprung nicht eindeutig auszumachen war, ginge von ihrer nicht abgeschlossenen Vergangenheit hier im Wald aus. Die chaotische Trennung ihrer Eltern, die Schwester, die sie am liebsten verleugnete. Und im Mittelpunkt diese unglückselige Hütte, die irgendwie immer die Hauptrolle spielte und die sie schleunigst loswerden musste.

Aber die Hütte war gar nicht schuld. Das wusste Olga jetzt. Das ungesunde Beben, dessen negative Schwingungen von dem empfindlichen Seismografen ihres Unterbewusstseins registriert wurden, kam vom alten Herrenhaus ihres Großvaters. Das war der eigentliche Grund, warum sie ein Bedürfnis nach Ordnung, Klarheit und Abschluss verspürte.

Olga war aufgestanden und schaute, an die Mauer der Veranda gelehnt, in den Garten ihres Vaters. Bevor Vincent starb, musste er mit seinem Sohn Frieden schließen! Sie wollte es hinausschreien in den verdammten Wald, so dass es aus jedem feucht-modrigen Winkel widerhallte. Alle, die mit Vincent oder mit Roman zu tun hatten, sollten es einfordern. Diese letzte große Tat würde alle befreien und Vincent könnte mit gutem Gewissen und erlöst in die Grube fahren. Wie der fliegende Holländer. Dann würde Olga auch nicht mehr von Ruben träumen. Diese plötzliche Klarheit durchströmte Olga mit neuer Kraft, die sogar ihr ständiges Schlafdefizit ausglich.

Wo ihr Vater nur steckte! Bevor sie zu ihrem Großvater ging, musste sie mit ihm reden. Das war zwar nicht minder schwierig, aber sie musste sich irgendwie vorbereiten. Sie brauchte ja nicht von Versöhnung zu sprechen. Von ihrem Vater benötigte sie nur einen Anstoß. Es reichte schon aus, wenn er sie für verrückt erklären, sich aufregen oder irgendeine andere ablehnende Reaktion zeigen würde. Das würde Olga in Fahrt bringen. Es war eigentlich völlig egal, wie ihr Vater reagierte. Nur *dass* er reagierte, war nötig.

Irgendwann wollte Olga nicht länger warten. Sie lief in den Wald, folgte einfach dem Hohlweg. Beim Laufen kamen die Gedanken von ganz allein. Und körperliche Bewegung war das Einzige, was Olga blieb, um der Stagnation der letzten Tage entgegenzuwirken, diesem Stillstand, der nachgerade unerträglich geworden war.

Sie hatte die abgetragenen, viel zu großen Shorts und die ausgelatschten Turnschuhe an und spürte bereits nach wenigen Metern, wie sehr ihr das Laufen gefehlt hatte.

Der Hohlweg verzweigte sich in viele kleinere Wege, die sich schließlich ganz im Wald verloren. Nach einer Stunde verlangsamte sich ihr Tempo. Vorsichtig bahnte Olga sich den Weg durch eine kleine Lichtung, die auf der einen Seite mit Brennnesseln zugewachsen war. Jetzt konnte sie den Weg nur noch ahnen. Schweiß strömte aus jeder einzelnen Pore ihres Körpers und schwemmte den säuerlichen Unmut mit hinaus. Olga fühlte sich zusehends freier und entspannter. Sie hielt Ausschau nach dem Bach, in dem sie sich abkühlen wollte, und holte dabei das Telefon aus der Tasche ihrer Shorts. Unzählige Male hatte sie die Wahlwiederholung gedrückt, und auch jetzt ließ sie Bennos Handy so lange klingeln, bis sich die Mailbox meldete.

Das leise Klingeln kam von rechts aus den Brennnesseln und verstummte mit dem Einsetzen der Mailbox. Olga blieb stehen. Sie starrte auf ihr Telefon, als hielte sie dieses seltsame Ding zum ersten Mal in der Hand. Langsam führte sie es an ihr Ohr, sie hörte gerade noch den Piep, der sie zum Sprechen aufforderte. Sie unterbrach die Verbindung. Dann wählte sie wieder, es klingelte erneut.

Vorsichtig drehte Olga den Kopf in die Richtung, aus der das Klingeln zu kommen schien, bis es wieder verstummte. Olga trat die Brennnesseln, versuchte, sie nicht zu berühren. Sie drehte sich einmal um sich selbst und wählte mit klopfendem Herzen wieder Bennos Nummer.

Das Handy lag unter dem Adlerfarn, der den Weg säumte. Die großen Wedel sahen unberührt aus, doch einen Meter weiter waren sie abgekickt worden, und zwar, wie es den Anschein machte, vor nicht allzu langer Zeit. Es war still. Olga spürte wieder diese Spannung in ihrem ganzen Körper, die sie auch empfunden hatte, als sie Juliane gefunden hatte. Sie schloss die Augen und spürte brennende Tränen aufsteigen.

»Nein, bitte … nein«, flüsterte sie.

»Benno?« Olgas vorsichtiger Ruf blieb ohne Echo. Ohne Antwort. Sie rief erneut und hörte selbst die Angst, die in ihrer Stimme mitschwang. Es war still. Nur ein Eichelhäher gab aus sicherer Entfernung Antwort, dann wieder Stille. Sie hob das silberne Telefon auf, das Display zeigte zweiundsiebzig Anrufe in Abwesenheit.

Über fünfzig Polizeibeamte mit Suchhunden hatten die Umgebung großräumig durchkämmt. In einer geschlossenen Kette waren sie nebeneinander durch das unwegsame Gelände gegangen und hatten überall herumgestochert. Wenn Benno selbst, oder etwas, das er verloren hatte, noch hier gewesen wäre, dann hätten sie es gefunden. Ihr Blick ging auch nach oben … sie mussten jede noch so abwegige Möglichkeit in Betracht ziehen.

Olga staunte, in welch kurzer Zeit Kirschbaum diese gut organisierte Truppe herbeikommandiert hatte. Es kam ihr vor wie eine Demonstration des perfekt funktionierenden Polizeiapparates. Der Fund wurde offensichtlich als brandheiß eingestuft. Die Hunde durchschnüffelten jeden Winkel, doch immer wieder verloren sie durch die unzähligen Wasserschneisen die Spur. Irgendjemand hatte sich einmal die Mühe gemacht und über dreitausend namentlich erfasste Bäche gezählt, die das Bergische Land wie ein Netzwerk durchzogen.

Die kleine Lichtung mit den Brennnesseln lag auf einer Anhöhe genau auf halber Strecke zwischen Romans und Vincents Haus. Auf der einen Seite führte der Pfad zu Roberts Steinbruch, gegenüber ins »Luis« und von dort führte auf halber Strecke die schmale Straße zu Konrads Haus hinauf. Dieser Ort war eine strategische Schnittstelle von fünf Möglichkeiten, fünf Mutmaßungen. Was hatte Benno hier oben gesucht? Zu wem wollte er? Von wem kam er? Wem war er hier begegnet? Wer hatte ihn mitgenommen?

Martin Kirschbaum stand mit zwei seiner Leute an der Fundstelle des Handys und schaute in den Wald. Olga beobachtete die Männer und fragte sich, was wohl in ihren Köpfen vorging. Die Hundestaffel war ergebnislos wieder abgezogen, und es machte fast den Anschein, als hätten die Beamte ihre Hunde nur Gassi geführt. Auftrag erledigt, ab ins Auto. War Benno von Zwergen verschleppt worden?

Olga hatte auf die Beamten gewartet, sie musste ihnen schließlich die Stelle zeigen.

»Ich war im ganzen letzten Jahr nicht so oft hier draußen im Grünen wie in den letzten Tagen«, sagte Kirschbaum und schaute in die Baumwipfel, als würde er sie zum ersten Mal als Bestandteil der Natur betrachten. Olga stand schweigend am Rand des Hohlweges und schaute ebenfalls in die Höhe.

Bäume, dachte sie. Bäume waren doch Symbole des Lebens …

Dann sah sie wieder zu Kirschbaum hinüber, der immer noch die Gegend sondierte. Sie musste an Ines denken. Was brachte diese beiden völlig verschiedenen Menschen dazu, sich einen so aberwitzigen Beruf auszusuchen? Ihr Leben dem Aufklären von Verbrechen, dem nicht natürlichen Tod zu widmen? Nach Ungeheuern zu suchen, Lügner zu enttarnen, Menschen den gewaltsamen Tod eines nahestehenden Menschen mitzuteilen? Sich selbst in Gefahr zu bringen? Wie erklärten sie das ihren Kindern? Dass Papa oder Mama den ganzen Tag und oft auch nachts nicht bei ihnen waren, weil sie böse Menschen jagen mussten. Freiwillig. Doch dann sah sie die Gemeinsamkeit der beiden. Diese vollkommen klare Nüchternheit, die Dinge so zu sehen, wie sie waren, nämlich nicht in Ordnung; und der starke Drang, so lange daran zu arbeiten, bis sie wieder geregelt waren. Kirschbaum und Ines waren Ordnungsfanatiker.

»Sind Sie sicher, dass Sie mir alles gesagt haben?«, unterbrach Kirschbaum Olgas Gedanken. »Hat Benno Thalbach zum Beispiel noch ein anderes Handy, das nicht auf seinen Namen läuft? Und haben Sie diese Nummer?«

Olga zuckte die Schultern. »Benno hat mir diese Nummer beim Klassentreffen gegeben. Ich habe natürlich nicht gefragt, ob sie auf ihn registriert ist.«

Kriminalhauptkommissar Kirschbaum atmete tief durch. »Was hatte Benno Thalbach vor?«

Olga dachte nach, dann wurde ihr klar, dass sie nichts

wusste, was ihm weiterhelfen würde. Selbst der Einbruch in Julianes Haus hatte nichts Neues zutage gefördert.

»Benno hatte sich anfangs in den Kopf gesetzt, dass Robert Hunter irgendetwas mit der Sache zu tun hat.«

Sie sah Kirschbaum an, der wie immer auf mehr wartete. »Und er musste irgendetwas gefunden haben. Er war … ich weiß nicht, wie ich sagen soll, er war fast euphorisch. Er wollte nicht am Telefon darüber reden.«

»Sie sagten ›anfangs‹. War er später anderer Meinung?«

»Ich habe danach nicht mehr mit ihm gesprochen, aber er sagte, dass es nichts mit Robert zu tun hätte.«

»Was könnte Benno vorgehabt haben?« Kirschbaum ließ nicht locker. »Denken Sie an die letzten Treffen mit ihm. Was hat ihn geärgert, was hat ihn gefreut?«

»Gefreut hat ihn das kleine Konzert, dass Thorvald Einarsson und ich bei meinem Großvater gegeben haben«, fiel Olga spontan ein. »Er war so entspannt und …« Olga stockte.

»Und?«, fragte Kirschbaum leise, aber eindringlich. Er wollte, wie Ines auch, dass Olga erzählte. Dass sie die Situationen wiedergab, die Reaktionen und alles, was gesagt, getan oder angedeutet worden war, und sei es noch so unbedeutend.

»Dann stand er plötzlich auf und verließ den Raum.« Olga sah Benno jetzt wieder ganz deutlich vor sich, seine seligen Augen, in denen sich die Freude über das Wiedersehen mit Thorvald spiegelte.

»Und dann?«

»Danach habe ich ihn nicht mehr gesehen.« Olga stiegen die Tränen in die Augen. Sie sah Kirschbaum an. »Benno ist nicht weggelaufen, das ist nicht seine Art. Irgendetwas hindert ihn daran, zurückzukommen. Er …«

Sie konnte kaum mehr weitersprechen, versuchte mit aller Kraft, die aufsteigenden Tränen zu unterdrücken.

»Beruhigen Sie sich. Wir werden alles tun, um ihn zu finden. Das Handy wird uns weiterhelfen.«

Kirschbaum wollte schon gehen, dann hielt er noch einmal inne und sah Olga an.

»Woran hat Benno zuletzt gearbeitet?«

»Hauptsächlich an der Turner-Ausstellung.«

Der Kommissar gab ihr die Hand. »Sollen wir Sie mitnehmen?«

Olga schüttelte den Kopf.

»Ich melde mich, sobald wir Neuigkeiten haben.«

Kirschbaum ging zu seinen Leuten, die an der Wegkreuzung auf ihn warteten. Ohne sich noch einmal umzudrehen, verschwanden sie. Die Arbeit war getan, der Wald hatte seinen Frieden wieder.

Reglos stand Olga da und schaute sich um. Sie wusste nicht, in welche Richtung sie gehen sollte. Für einen kurzen Augenblick hatte sie die Orientierung verloren. Sie hörte wieder das Fluchen der Fuhrleute, das Knarren der Ochsenkarren, das Geschrei der Wegelagerer. Hatten sie Benno hier aufgelauert? So wie vor fast achthundert Jahren, als Engelbert, Graf von Berg und Erzbischof von Köln, von einer Horde Verschwörern in einem dieser unheimlichen Hohlwege erschlagen wurde, die ihm dort an einem düsteren Novemberabend auflauerten. So wie vor ihm der päpstliche Legat Kardinal Theoderich. Oder die beiden Kaufleute aus Thorn, die hier von einer Horde Ritter des Junkers Gerhard von der Mark überfallen wurden und Pferde und Barschaft einbüßten? Oder Juliane, die vielleicht auch in einem Hohlweg erschlagen wurde, bevor sie ertrank. Nackte Angst packte Olga.

Sie durfte keine Panik bekommen. Unter keinen Umständen. Sie musste sich beruhigen, jetzt sofort. Olga wusste sich in solchen Momenten aufsteigender Hilflosigkeit zu helfen. Sie drehte sich um sich selbst und versuchte, die wuchernden Büsche und Bennnesseln mit den Augen einer Fremden zu sehen, die noch nie in diesem Teil der Welt war. Wie anders eine vertraute Umgebung doch aussehen konnte, wenn man leugnete, dass man eigentlich wusste, wie der Weg hinter der nächsten Biegung aussah. Wenn man sich bemühte, all das zu vergessen, was man falsch gemacht hatte. Einen Augenblick lang kam es Olga so vor, als wäre es tatsächlich möglich, alles zu vergessen und ganz woanders weiterzumachen. Wie eine Verunglückte, die ihr Gedächtnis und damit ihre Vergangenheit verloren hatte.

17

»Ihr Großvater ist nicht hier«, sagte Elise freundlich, nachdem sie die Türe geöffnet hatte, und lächelte in professioneller Unverbindlichkeit.

»Wo ist er denn hin?«, fragte Olga verwundert.

»Er ist mit Frau Himmelreich in die Stadt gefahren, mehr weiß ich leider nicht.« Sie hob entschuldigend die Schultern.

»Wann kommen sie wieder?«

»Tut mir leid, das kann ich Ihnen auch nicht sagen.« Sie sah Olga voller Bedauern an. »Frau Himmelreich sagte nur, ich müsse mich nicht um das Essen kümmern und könne mittags gehen.«

»Frau Himmelreich …« Olga schaute kurz zu Thorvald und räusperte sich. »Wir wollten eigentlich nur die Noten holen, die wir vergessen haben«, entgegnete Olga enttäuscht.

Schon wieder nichts, dachte sie. Ich komme immer zu spät oder zur falschen Zeit.

Elise geleitete die beiden in den Salon. Olga setzte sich auf den Klavierhocker, hob den Deckel des Flügels und klimperte mit einer Hand die »Promenade« aus Mussorgskis ›Bilder einer Ausstellung‹. Diese Melodie bemächtigte sich ihrer immer in Momenten, in denen sie auf irgendetwas wartete oder an nichts denken wollte.

Thorvald hatte auf dem harten Ledersofa Platz genommen und schaute aus dem Fenster. Ihn hatte der Fund von Bennos Handy mehr getroffen, als er zeigen wollte.

Er war schweigsam geworden. Als Olga zu ihm hinübersah, dachte sie, dass Benno genauso dagesessen und aus dem Fenster geschaut hatte.

Elise kam mit einem Tablett herein und servierte Kaffee. Olga nahm die Tasse entgegen und setzte sich Thorvald gegenüber.

»Bitte, setzen Sie sich zu uns.« Olga deutete auf den Platz neben Thorvald, und Elise setzte sich vorsichtig.

»Sagen Sie, Elise … war Juliane eigentlich lange hier?«

Olga wusste eigentlich gar nicht genau, wonach sie fragen sollte, aber sie wollte über Juliane reden.

»Unterschiedlich, sie war ja mehrere Male hier.«

Olga war erstaunt. »Aber sie hat nur mit Frau Himmelreich geredet.«

»Ja, das stimmt. Herr Ambach wollte sie zwar auch einmal empfangen, aber …« Olga hob die Augenbrauen »… aber sie … Frau Himmelreich hat das nicht zugelassen.« Elise holte tief Luft. »Sie sagte, Ihrem Großvater würde es nicht gut gehen … das Herz. Es würde ihn zu sehr belasten.«

»Sie wollte ihn schonen?«

»Ja, natürlich …« Elise schaute unsicher zu Olga.

Olga bemerkte ihr Zögern. »Aber?«

»Ihrem Großvater ging es sehr gut. Er war vorher noch mit Herrn Thalbach im Garten, und er selbst hatte sich einverstanden erklärt, mit Frau May zu sprechen.«

Olga sah zu Thorvald hinüber, der aufgestanden war und eingehend das Bild betrachtete, das neben der Verandatür hing. Er beugte sich immer wieder zu der rechten unteren Ecke, als hätte er dort etwas entdeckt, das so klein war, dass er es nicht auf Anhieb erkennen konnte.

»Was könnte es sonst für Gründe gegeben haben?«, fragte Olga.

Elise schüttelte den Kopf. »Ich weiß es nicht. Es wurde in meiner Gegenwart nicht mehr darüber geredet.«

»Elise, ist Ihnen noch etwas aufgefallen? Denken Sie nach! Ich möchte wissen, was Juliane kurz vor ihrem Tod gemacht hat.«

»Das war alles, was ich mitbekommen habe. Mehr weiß ich nicht.«

Elise sah sie hilflos an. »Sie werden Ihrem Großvater nichts davon erzählen? Dass Sie das von mir haben?«

Olga stand auf und nahm Elises Hand. »Keine Sorge. Und danke für den Kaffee. Ich lasse Ihnen meine Handynummer da, falls Ihnen doch noch etwas einfällt. Rufen Sie mich an?«

Elise blieb noch eine Weile an der Tür stehen, um den beiden nachzuschauen. Den Zettel mit Olgas Nummer umschloss sie fest mit der Faust.

»Meinst du, ich kann mich hier überhaupt noch sehen lassen?«, fragte Thorvald, als sie am Eingang vom »Luis« standen.

Olga zuckte mit den Schultern. »Das musst du wissen. Mehr als zurückschlagen kann er ja nicht.« Olga war mit ihren Gedanken noch bei dem Gespräch mit Elise.

»Juli muss sich ganz schön geärgert haben. Da hätte sich Vincent zu einem Gespräch bereit erklärt und dann kommt sie nicht an der Himmelreich vorbei.«

»Die hat im Laufe ihres Berufslebens gelernt, wie man Leute ohne Termin abwimmelt«, sagte Thorvald. »Mit der möchte ich mich auch nicht anlegen.«

»Stimmt, ich glaube nämlich langsam, dass Vincent gar nichts mehr ohne sie macht.«

»Machen darf!«, rief Thorvald.

Kaum eingetreten, stießen sie auf Luis.

»Was willst du hier?«, raunzte dieser.

»Mich entschuldigen«, erwiderte Thorvald knapp.

Olga wusste, dass das nicht wirklich Thorvalds Absicht war, aber wer im Wald lebte oder festhing, wie Thorvald zurzeit, der konnte es sich nicht leisten, auf das »Luis« zu verzichten. Und dafür musste er den Preis des Friedens zahlen. Außerdem schien Thorvald irgendetwas von Luis zu wollen.

Luis Sander blickte ihn kalt an und ging an ihm vorbei zu den Gästen, die eine Bestellung aufgeben wollten.

»Ich warte draußen«, sagte Olga. »Das regelst du mal schön alleine.«

Thorvald sah Luis nach und ging dann in Richtung Bar. Als Luis wieder zurückkam, packte Thorvald schnell seinen Arm.

»Komm schon! Friede.« Thorvald rollte mit den Augen. Es kostete ihn sehr viel Mühe. »Es tut mir leid. Okay?«

Dann sah er Luis' Wange. Sie war geschwollen und gerade dabei, sich bunt zu färben.

»Au Backe, das hat gesessen. Was kann ich tun?«

Luis sagte noch immer nichts, versuchte aber nicht mehr, sich loszureißen.

»Wir müssen an Benno denken«, setzte Thorvald nach. »Wir sind alle in einer beschissenen Situation. Hanna, du, Olga, ich. Wir müssen uns zusammenreißen.«

»Die ganze Geschichte hat mein Geschäft bisher nicht beeinträchtigt«, sagte Luis schließlich. »Im Gegenteil, ich habe den Eindruck, dass seit dem Mord noch mehr Leute gekommen sind.« Er schaute sich um, das Lokal war fast voll. »Und das zur Mittagszeit.«

»Sei doch froh. Je nachdem, wie die Sache hier weitergeht, werden noch mehr kommen«, erwiderte Thorvald. »Und du kannst dein Hotel fertigstellen. Eine Übernachtung. Und wer sie überlebt, bekommt zur Belohnung ein schönes Frühstück. Klingt doch gut.«

»Ohne Hanna macht das keinen besonderen Spaß.« Luis sah Thorvald an. »Je länger sie in U-Haft sitzt, desto geringer wird die Wahrscheinlichkeit, dass ich sie zurückgewinne.«

»Das kann schon sein«, stimmte Thorvald zu. »Du hast sie verspielt, du Dummkopf.«

»Ich spiele immer mit dem höchsten Einsatz«, entgegnete Luis leise.«

»Hast du schon mal gewonnen?« Thorvald spürte die Abneigung gegen Luis erneut in sich aufsteigen.

»Am Ende gewinne ich immer.« Luis redete schon wieder wie immer. Eine Mischung aus Langeweile und Überheblichkeit. Thorvald bereute seine Entschuldigung bereits.

Er zeigte auf das Gemälde hinter sich. »Von wem ist das eigentlich?«, fragte er, um das Thema zu wechseln.

»Konrad«, sagte Luis. Er zeigte in den großen Raum. »Die sind alle von Konrad.«

»Aber das ist ein Tizian!«, rief Thorvald ungläubig.

»Konrad ist ein Geheimtipp. Er sagt selber, dass er bald so weit ist, Sachverständigen echte Probleme zu bereiten.«

»Du meinst, seine Kopien von den Originalen zu unterscheiden?«, lachte Thorvald.

»Du kennst doch Konrad. Er redet nach wie vor nur, wenn er gefragt wird, hockt den ganzen Tag in seinem Atelier oder auf der Bank davor und arbeitet.«

Thorvald nickte. »Was sagt Benno dazu?«

»Hat Konrad sich jemals was sagen lassen?« Luis grinste Thorvald an. »Er ist sehr gefragt, alle wollen ein Gemälde von ihm, oder sagen wir … von Rembrandt, Breughel oder Liebermann. Er kann jeden Preis verlangen, die zahlen alles. Und vor kurzem sind sogar ein paar Bilder aus seinem Atelier verschwunden.«

»Echt? Wann?«

»Vor drei oder vier Wochen, glaube ich.«

»Und wer war das?«

»Robert nicht«, lachte Luis. »So viel steht fest. Er hatte ein wasserdichtes Alibi, ein Kurzurlaub im Knast.« Luis lehnte sich zurück, verschränkte die Arme hinter dem Kopf. »Vielleicht war's ja der alte Ambach«, grinste er.

»Wie kommst du denn auf den?«

»Der tut doch alles, um ein Bild zu kriegen, das er sich in den Kopf gesetzt hat.«

»Aber er bevorzugt Originale.«

Luis winkte ab. »Die Sache wurde bisher nicht aufgeklärt.« Er betrachtete Thorvald kritisch. »Warum interessieren dich die Bilder auf einmal so?«

»Ich habe mich immer auch für bildende Kunst interessiert. Aber es gibt keinen besonderen Grund.« Thorvald sah sich um. Der Laden war noch voller geworden. »Hopp – an die Arbeit!«, rief er.

Luis stand seufzend auf.

Thorvald stand noch eine Weile vor Konrads Bild, als Olga hereinkam. Er ging auf sie zu, nahm sie am Arm und zog sie nach draußen.

»Olga!«

»Du tust mir weh!«, rief sie.

Er ließ sofort locker. »Benno hat nicht aus dem Fenster gesehen.«

»Wie? Was meinst du?«

»Bei deinem Großvater … Benno hat die ganze Zeit nach links gesehen, und ich dachte, er genießt die schöne Aussicht von Vincents Terrasse.«

Olga sah ihn fragend an. »Ich verstehe nicht.«

»In Bennos Wohnung lagen doch jede Menge aufgeschlagene Bücher herum.« Thorvald ging nervös vor Olga auf und ab. »In fast allen war das Bild abgedruckt, das bei deinem Großvater an der Wand hängt. Der Eichenwald. Ein Ruisdael! Es hängt links von der Terrassentür.«

Olga nickte und zuckte mit den Schultern. »Ja … und?«

»Dieses Bild war auch auf einigen Internetseiten zu sehen gewesen, die Benno aufgerufen hatte. Auf den Seiten der Provenienzforscher. Das konnte ich gerade noch sehen, bevor Kirschbaum kam.«

Olga runzelte die Stirn und dachte eine Weile nach. »Willst du damit sagen, Vincent hat ein verschollenes Bild an der Wand hängen, das er gar nicht haben sollte?«

»Benno arbeitet doch bereits an der neuen Ausstellung, die sich mit geraubter Kunst befasst. Da ist ihm das Bild untergekommen. Vielleicht ist er nur deshalb zu unserem Hauskonzert gekommen, um zu sehen, ob es tatsächlich beim alten Ambach hängt.«

»Oder er ist wirklich nur deinetwegen gekommen und hat dann das Bild entdeckt«, überlegte Olga.

Thorvald seufzte. »Was, wenn Juli auch hinter die Geschichte mit dem Bild gekommen ist?«

Olga sah ihn wortlos an.

»Ist ja nur eine Vermutung«, sagte Thorvald schnell.

»Dann müssen wir mit meinem Großvater reden.«

»Und der erzählt dir dann, dass er ein Bild hat, das Göring für seine Privatsammlung in Carinhall einem jüdischen Geschäftsmann … sagen wir *abgekauft* hat? Für zwanzig Reichsmark, gegen Quittung natürlich.« Thorvald lachte kurz auf. »Glaubst du das wirklich?«

»Vielleicht weiß er es ja gar nicht.«

»Ein ahnungsloser Vincent Ambach?«, lachte Thorvald. »Du weißt, dass das Unsinn ist.«

Olga nickte langsam. »Wir sollten mal mit Konrad reden. Der geht bei Vincent ein und aus, und er versteht was von Kunst.«

Sie nahm Thorvalds Hand und zog ihn mit. »Und zwar jetzt!«

Konrad saß in seinem Atelier auf einem hohen Hocker und betrachtete sein Werk. Eigentlich war es fertig, doch er konnte noch nicht ganz davon lassen. Immer wieder setzte er an, um Schattierungen nachzuarbeiten oder Kontraste durch Kreuzschraffierungen abzumildern. Der Moment, in dem Konrad sein Werk für fertig erklärte, konnte sehr lange auf sich warten lassen. Manchmal kam er auch gar nicht.

Das Bild zeigte eine Jagdszene mit einem gerecht gestreckten Hirsch. Der Jäger hatte das Tier bereits als seines gekennzeichnet und ihm den Inbesitznahmebruch, den kleinen abgebrochenen Fichtenzweig, aufgelegt.

»Damit wird einem anderen Jäger angezeigt, dass das Stück ordnungsgemäß erlegt und nicht gewildert worden ist«, erklärte Olga.

Konrad hatte seine dünne krümelige Zigarette ausgedrückt. »Aber ich schätze mehr den symbolischen Charakter dieses Rituals. Du kennst dich noch gut aus, Olga.«

»Ich bin in einer Jagdhütte groß geworden«, erwiderte sie. Wieder betrachtete sie das Werk. »Der Zweig ist auch der letzte Schmuck des erlegten Wildes. Es wird damit geehrt, so wie wir unsere Toten mit Blumenschmuck ehren.«

Bei diesen Worten hielt Olga inne und Konrad senkte den Pinsel. Er stand von seinem Hocker auf. Er sah krank aus, so als wäre er seit dem Abend zuvor um zehn Jahre gealtert.

Sie gingen hinaus vor das Atelier und setzten sich auf die Bank, die aus einem dicken Buchenbrett bestand, das auf zwei Baumstümpfen lag. Von dort aus hatte man den schönsten Blick ins Tal.

»Konrad?« Thorvald betrachtete ihn lange von der Seite.

»Als Benno sagte, irgendetwas würde Ärger geben… meinte er damit deine Bilder?«

Konrad blinzelte.

»Ich meine, die hinter dem Paravent«, ergänzte Thorvald.

Konrad verzog keine Miene.

»Bilde, Künstler. Rede nicht!«, sagte Thorvald nach einer Weile und sein Blick verlor sich ebenfalls in den anmutigen Farbspielen des Tales unter ihnen.

An dieser Stelle war der Hang nur spärlich bewachsen, wie um Konrad einen Gefallen zu tun, ihm die Sicht nicht zu nehmen. Olga mochte diesen sonnenbeschienenen Hang immer besonders gern. Ihn hatten die allgegenwärtigen Buchen und Fichten nicht erobert und er wirkte durch den blühenden Ginster, das Steinkraut und die Glockenblumen fast exotisch. Einmal, so erinnerte Olga sich wieder, hatte sie hier mit ihrem Vater Enzian gefunden. Sie konnten es kaum glauben, aber das Bestimmungsbuch bestand darauf: Gentiana germanica. Sie hatten ihn stehen gelassen und Olga hatte ein Foto davon gemacht.

»Benno will nicht, dass ich für Vincent arbeite«, sagte Konrad irgendwann.

»Warum nicht?«, fragte Olga erstaunt. »Das hast du doch schon immer getan.«

»Schon… ja. Früher war ich einer seiner vielen Angestellten…«

»… du warst neben Gudrun Himmelreich eine absolute Vertrauensperson«, unterbrach Olga.

»Hm.«

»Was ist passiert, Konrad?«, fragte Thorvald. »Was meinte Benno, als er sagte, es würde Ärger geben?«

»Das kann nur mit dem Einbruch bei mir zusammenhängen«, entgegnete Konrad leise. »Benno ist nicht begeistert von meinen Kopien …«

»Der Einbruch … ja. Luis hat mir davon erzählt. Welche Bilder wurden denn geklaut. Landschaften zufällig?«

Konrad sah Thorvald fragend an. »Nein, es waren ausschließlich Impressionisten. Drei insgesamt.«

»Was glaubst du … wer könnte das getan haben?«

Thorvald lehnte sich zurück, streckte die Beine von sich und verschränkte die Arme vor der Brust. Die schöne Aussicht wirkte beruhigend auf ihn. Sie verschaffte ihm eine sonderbare Klarheit und Zufriedenheit. Wieder schaute er Konrad an und verstand plötzlich, warum er so war, wie er war. Er war voll und ganz in seiner Umgebung aufgegangen. Einzig mit Hilfe seiner Malerei konnte er sich öffnen und ein wenig von sich preisgeben.

»Weißt du etwas über Vincents Bilder?«, fragte Thorvald.

Konrad zog ein völlig platt gesessenes Päckchen Tabak aus der Gesäßtasche seiner farbverschmierten Jeans.

»Was willst du wissen?«

»Nichts Besonderes. Ich habe nur seine Sammlung gesehen und … ich muss schon sagen. Er hat ein unschätzbares Vermögen an den Wänden hängen. So etwas spricht sich doch herum.«

»Natürlich. Du denkst, das nächste Mal wird bei Vincent eingebrochen?«, fragte Konrad.

»Er ist gut versichert, nehme ich an. Er hat einen wunderschönen Ruisdael an der Wand hängen. Wie kommt man überhaupt an solche Bilder?«

Konrad ließ sich Zeit, bevor er antwortete. Thorvald wusste, dass man für ihn etwas mehr Geduld aufbringen musste als für andere Menschen. Konrad war jemand, der die Aura eines tibetischen Mönches hatte. Auf Thorvald jedoch schien die Ruhe nicht übergegangen zu sein. Wie von einer Ratte gebissen, sprang er plötzlich auf.

»Verdammt!«, schrie er und stürzte bereits den steilen Pfad hinab.

Von weit her war noch »Olga, ich liebe dich!« zu hören, dann war alles still wie zuvor.

Olga und Konrad sahen einander ratlos an, als sich Olgas Telefon meldete.

»Ich habe die Proben vergessen und ich weiß genau, dass Reuther gerade dabei ist, mich zu verfluchen.«

Thorvalds atemlose, gehetzte Stimme schrillte so laut aus dem Handy, dass Konrad mithören konnte. Olga musste lachen und selbst Konrad konnte ein müdes Lächeln nicht unterdrücken.

Als Olga am Haus ihres Vaters eintraf, stand die Haustür offen. Roman kam auf sie zu und gab ihr einen Kuss. Olga wusste, dass sie ohne Umschweife zur Sache kommen wollte.

»Papa, ich muss mir dir reden.« Sie nahm ihren Vater am Arm und zog ihn auf die Terrasse.

»Schieß los. Was hast du auf dem Herzen?« Roman war sichtlich erfreut, dass Olga seinen Rat brauchte.

»Ich weiß gar nicht, wo ich anfangen soll.« Die Ereignisse der vergangenen Tage hatten in ihrem Kopf ein Chaos angerichtet und ergaben keinen Zusammenhang mehr.

»Ich muss mit dir über Vincent reden.«

Romans rechte Augenbraue zuckte. »Was gibt es da zu reden?« Er trat an die Mauer und sah in den Garten. »Wenn es nicht bald regnet, ist alles hier zum Teufel.«

»Papa ... weißt du irgendetwas über Vincents Bilder?«

Er sah Olga erstaunt an. Mit dieser Frage hatte er nicht gerechnet.

»Ich meine ... weißt du, wo er seine Bilder herhat?«

Er zuckte mit den Schultern. »Von Kunstauktionen, aus dem Katalog, was weiß ich. Warum interessiert dich das?«

Olga verdrehte die Augen. Sie wusste gar nicht, wo sie ansetzen sollte. Es war schon schwierig bis unmöglich, mit ihm über sein Verhältnis zu Vincent zu reden. Raubkunst der Nationalsozialisten machte das Gespräch nicht leichter.

»Warst du bei ihm?«

»Ja, und ich habe seine Gemäldesammlung gesehen, die sich noch einmal beträchtlich vergrößert hat.«

»Dein Großvater hat viel Energie und Geld hineingesteckt. Sein Leben lang.«

›Dein Großvater!‹, dachte Olga. Er würde nie ›Mein Vater!‹ sagen.

»Wenn du etwas über seine Bilder wissen willst, musst du ihn schon selbst fragen, da kann ich dir wirklich nicht helfen.«

Vielleicht wusste er tatsächlich nichts. Wieder eine Sackgasse.

»Weißt du wenigstens etwas über den Einbruch in Konrads Atelier? Ungefähr vor einem Monat?«

»Oh ja, das hat sich natürlich herumgesprochen. Ich wusste gar nicht, wie wütend Konrad werden kann. So habe ich ihn noch nie erlebt.«

»Er hat vermutlich lange an den Arbeiten gesessen«, erwiderte Olga.

»Arbeiten! Ja. Alles Fälschungen. Ich weiß ehrlich gesagt nicht, was ich davon halten soll.«

»Alle hier haben doch einen Thalbach an der Wand, denke ich. Du nicht?« Olga sah sich um.

»Doch, natürlich. Aber die *echten*. Seine Jagdbilder. Du kennst sie doch. Die Bilder im Flur.« Roman deutete mit dem Kopf in Richtung der Bilder.

»Keinen Picasso?«

»Nur als Kunstdruck. Geschenke von Pharmaunternehmen. Worauf willst du hinaus?«

»Wir haben Benno das letzte Mal bei Vincent gesehen, als er bei unserem kleinen Konzert war. Seitdem ist er spurlos verschwunden.«

Roman sah sie ernst an.

18

Olga kam sich vor wie eine Geistesgestörte, die in dem weitläufigen Park eines Privatsanatoriums umherwandelte. Mit starrem, nach vorne gerichtetem Blick, immer dieselben Wege, immer dieselben Ziele. Der kleine verträumte Pavillon am See, das Badehaus, die Orangerie. Und wieder zurück, ohne jedoch eine dieser Stationen betreten zu haben, weil der Pavillon keinen Eingang hatte, das Badehaus baufällig und die Orangerie verschlossen war. Also ging sie wieder den langen, hellen Gang mit dem dicken Teppich und den weißen Kugelglaslampen entlang, zurück in ihr Zimmer. Tagaus, tagein.

Mittlerweile hatte sie den eigentlichen Grund ihres Aufenthalts in der Hütte vergessen. Jeder einzelne Tag hatte sich in sinnlosen, enervierenden Unternehmungen verloren. Hatte sich in zermürbendem Warten aufgelöst. Jetzt lief sie wieder durch den Wald, kam von irgendwoher, ging irgendwohin, mit dem schalen Gefühl, wieder nichts erreicht zu haben. Wütend stapfte sie den schmalen Weg zur Hütte hinauf. Was sie dort wollte, wusste sie noch nicht. Es musste schon spät sein. Sie hatte kein Zeitgefühl mehr, wie das immer geschah, wenn sie keiner regelmäßigen Beschäftigung nachging.

Als sie auf die Veranda trat, blieb sie ruckartig stehen. Es dauerte eine Weile, bis sie das, was sie dort sah, richtig einordnen konnte. Ihre weißen Schuhe, die sie zuletzt auf Julianes Fensterbank gesehen hatte, standen adrett nebeneinander vor der Tür, im rechten steckte eine weiße Lilie.

Sie drehte sich schnell um, alles war still. Sie bekam Gänsehaut, hatte den Eindruck, als könnte noch jemand hier sein.

»Verdammt noch mal!«, flüsterte sie.

Dann bemerkte sie, dass die Tür nur angelehnt war. Sie zögerte und holte tief Luft. Langsam öffnete sie die Tür. Alles war ruhig. Lange blieb sie so stehen, sah nach hinten in den Garten und dann wieder ins Haus. Ruhe. Irgendwo weit weg war fröhliches Kinderlachen zu hören. Bennos, Thorvalds oder ihr eigenes? Mehrere Kinder schrien, riefen irgendetwas und lachten immer wieder. Sie bückte sich, nahm die Lilie und trat ein.

Er war in der Hütte gewesen. Oder sie. Es war nichts zerwühlt und die Schubladen waren nicht herausgerissen, aber jemand hatte sich hier umgeschaut. Schlagartig wurde ihr klar, dass der heimliche Besucher die Hütte während ihrer Abwesenheit regelmäßig betreten hatte. Sie hatte mehr als einmal bemerkt, dass die Tür offen gewesen war, wenn sie von einer ihrer Unternehmungen zurückgekommen war. Obwohl sie sicher gewesen war, sie zugemacht zu haben. Sie musste sich angewöhnen abzuschließen.

Wer verfolgte sie? Olga hatte einfach keine Idee. Nach einer Weile suchte sie nach ihrer Handtasche. Sie zog die Zeichnung heraus, die sie von der Toten gemacht hatte, und starrte auf das Blatt Papier.

»Wer hat dir das angetan, Juli?«

Die Lilie lag auf dem Tisch. Die Lilie. Licht, Reinheit, Unschuld. Und Tod. Drei Tage vor dem Tod beginnt eine Lilie zu welken, so eine alte Legende. Wie diese Blume, so welkte auch das Leben. Ihr Leben? Wer kannte die Legende sonst noch außer Olga?

Sie faltete die Zeichnung langsam zusammen und steckte sie in die Gesäßtasche ihrer Jeans.

Es dauerte lange, bis Ines an ihr Telefon ging. Im Hintergrund waren Kinderstimmen zu hören, die fröhlich durcheinanderplapperten.

»Bist du im Kindergarten?«, fragte Olga.

»Ja, so ähnlich«, antwortete Ines. »Meine Kinder sind hier. Henry ist krank geworden und Leo muss arbeiten. Er hat sie zu meinen Eltern gebracht. Wo steckst du?«

»Ich bin in der Hütte«, antwortete Olga.

»Und?«, fragte Ines. »Gibt es Neuigkeiten?«

»Das kann man so sagen. Meine Schuhe – du weißt, die ich bei Juliane verloren habe. Sie standen vor der Hütte.«

Schweigen am Telefon.

»Außerdem war jemand in meiner Hütte.«

»Das ist nicht gut.«

»Nein, ist es nicht.« Olga stand auf und schloss die Tür von innen ab.

»Ich habe dieses Wort entziffert«, wechselte Ines das Thema.

»Bitte?«

»Dieses Wort, das Juli mehrere Male geschrieben und markiert hatte.«

»Ja? Und? Was heißt es?« Olga hatte gar nicht mehr daran gedacht.

»Hagenberg.«

»Hagenberg«, wiederholte Olga tonlos.

»Sagt dir das Wort etwas«, fragte Ines.

»Hagenberg …« Olga versuchte sich zu erinnern. »So heißt der Wupperabhang hinten an der Nordseite des

Beyenberges. Aber den Ausdruck benutzt heute keiner mehr. Auf seinen Wiesen wurde früher Wäsche gebleicht … warte mal, wenn ich so darüber nachdenke … Ganz in der Nähe liegt diese Fundstelle der Kunstgegenstände, von der alle reden. Für die sich Benno auch interessiert.«

Ines schwieg.

»Was machen wir damit?«, fragte Olga.

»Ich weiß es noch nicht. Wir sollten uns da vielleicht einmal umsehen. Ich kann allerdings erst morgen früh.«

»Ja gut, dann bis morgen.«

Olga stand am Fenster der Hütte und schaute in den wolkenlosen Abendhimmel, der sich bereits verfärbt hatte. Im Radio war vom Ende der Hitzewelle die Rede gewesen, von schweren Gewittern mit Regen. Wann würde die Erlösung endlich kommen.

Hagenberg. Bei diesem Namen klang in ihrem Unterbewusstsein noch etwas anderes nach, was mit Wäschebleichern nichts zu tun hatte. Hatten sie dort nicht oft gespielt? Natürlich, aber das war nichts Besonderes. Ihr Revier war erstaunlich groß gewesen. Und die Eltern wussten nicht, wie weit sie ihr Territorium ausgedehnt hatten.

Sie ging zum Bücherregal und holte die Fotoalben und eine Schachtel mit alten Fotos heraus.

Als Thorvald eintraf, hatte Olga bereits zwei Alben durchgeblättert und mehrere Fotos vor sich ausgebreitet, auf denen die Wiesen des Hagenbergs zu sehen waren. Die Fotos der Familien beim Picknick, mit und ohne Esel.

Thorvald setzte sich zu Olga auf den Boden.

»Tito!«, rief er und betrachtete wehmütig das Bild. »Hier ist er noch mal.« Er musste lachen. »War er hier …«, er zeigte Olga das Foto, »… war er hier nicht zweimal mitten durch das Essen gerannt, durch die Hähnchenkeulen und den Kartoffelsalat? Deine Mutter hat einen Tobsuchtsanfall gekriegt und ist schnaubend vor Wut nach Hause gelaufen.«

Ja, auch sie konnte sich gut daran erinnern. Aber so, als wären diese Begebenheiten in einem Kinofilm vorgekommen, den sie früher einmal gesehen hatte. Distanziert und nicht sie selbst betreffend.

Thorvald hatte inzwischen weitergeblättert. Wie ein Kind saß er im Schneidersitz auf dem Boden. Auf einem der Fotos waren Thorvald und Benno zu sehen, die sich ihr gesamtes Federbett samt Kopfkissen in die Frotteeschlafanzüge gestopft hatten und wie zwei aufgequollene, dicke Dampfnudeln hinter Tito herstapften. Da waren sie acht Jahre alt gewesen.

Thorvald griff sich an die Stirn. »Benno hat die ganze Zeit versucht, ›Der Mond ist aufgegangen‹ zu rülpsen, ist aber immer wieder hingefallen, weil es schon dunkel war und er den Boden vor lauter Bauch nicht sehen konnte, und ich hab mir vor Lachen in die Hose gemacht.«

Olga blätterte weiter. »Also, was an dem Hagenberg sein soll, weiß ich nicht. Auf den Fotos ist nichts Besonderes zu finden. Ich muss morgen mal dorthin.«

»Geh aber nicht allein, okay?« Thorvald hob den Kopf und betrachtete sie.

»Geh mit Ines. Tagsüber wird der Hund hoffentlich nicht auftauchen. Und ihr könnt neue Theorien über die Verstrickungen diverser Leute in den Mordfall anstellen.«

Olga legte das Album zur Seite. »Leider habe ich bislang völlig versagt«, seufzte sie. »Ich weiß ja noch nicht einmal, wonach wir eigentlich suchen.«

»Wieso?«, fragte er. »Ihr sucht mit einem anderen Fokus als die Polizei. Das ist doch gut.«

»Vielleicht hast du recht. Ich kann die Sache mit Benno auch nicht akzeptieren. Ich will sie nicht akzeptieren«, rief sie energisch.

»Nein, Bennos Verschwinden kann ich auch nicht hinnehmen«, sagte Thorvald. »Wir müssen die Sache mit dem Bild verfolgen. Das könnte uns auf eine Spur bringen. Sonst weiß ich nicht, wo ich Benno noch suchen soll. Ich habe den ganzen Wald durchkämmt, die Stellen, wo wir unsere Baumhäuser hatten, unsere Verstecke. Er ist nirgendwo.«

»Fährst du eigentlich nächste Woche wieder nach Kopenhagen?«

Thorvald neigte den Kopf und schaute sie an, als hätte er sie erst heute nach langer Zeit wiedergesehen. Als wäre er erst jetzt, nach sieben nervösen und beunruhigenden Tagen, bereit, sich auf sie einzulassen.

»Wenn ich fahre, dann nehme ich dich mit.« Er wickelte eine lange Strähne aus Olgas Haar um seinen Finger.

»Und die Hütte?«, fragte Olga leise.

»Scheiß auf die Hütte!«

Thorvald zog Olga zu sich herüber. Er nahm ihren Kopf in beide Hände und küsste sie ganz zart auf den Mund. Nur ein Hauch. Olga hielt für einen Moment inne, dann erwiderte sie den Kuss.

Langsam ließen sie sich auf den Boden sinken und küssten sich gierig, wie zwei Schiffbrüchige, die nach Tagen endlich frisches Trinkwasser bekamen. Thorvald durchwühlte ihre hochgesteckten Haare, bis sich die Klammern lösten. Er fuhr langsam und fest an ihrem Körper entlang, als versuchte er, sich an jedes Detail zu erinnern.

Olgas Handy summte. Sie ignorierten es. Es war unmöglich, jetzt aufzuhören. Thorvald schien es gar nicht gehört zu haben und Olga hätte nicht die Kraft gehabt, sich von ihm zu lösen. Das Summen hörte auf. Nach einer Minute begann es erneut.

Olga holte tief Luft und tastete nach dem Telefon. Thorvald ließ sich mit geschlossenen Augen und einem lauten Stöhnen auf die Seite rollen. Er hob das angewinkelte Knie und legte es auf Olgas Oberschenkel. Er küsste sie auf die Wange und biss in ihr Ohr, während Olga versuchte, ihr Telefon aus der engen Hosentasche zu fischen. Als sie das Telefon endlich in der Hand hielt, war das Summen vorbei.

»Nummer unterdrückt«, sagte sie. »Wer kann das gewesen sein?«

Olga setzte sich hin. Thorvald lag wie erschossen neben ihr, die Haare im Gesicht, die Augen geschlossen, und rührte sich nicht. »Ich fange langsam an, diese Scheißdinger zu hassen«, sagte er.

Olga küsste ihn auf die Haare und stand langsam auf. »Komm!«, forderte sie ihn leise auf. »Gehen wir schlafen.«

Es war spät geworden, und Olga begann die Fotoalben einzusammeln.

»Ich frage mich die ganze Zeit, ob Juli etwas über das Gemälde bei Vincent wusste«, sagte Olga, während sie die Alben der Reihe nach zurück in den Schrank stellte.

»Sie hat mir erzählt, dass sie auch an einer Reportage über Neonazis arbeitet …«

Olga hielt inne und schüttelte den Kopf. »Vielleicht ist sie da auf irgendetwas gestoßen und …«

»Und was?«, murmelte Thorvald, immer noch benommen. Er hatte sich noch keinen Zentimeter gerührt. Er strich sich das Haar aus dem Gesicht. »Lass uns hinaufgehen«, brummte er und griff nach ihrer Hand.

Als sie die letzten Fotos in die Schachtel zurücklegen wollte, blieb ihr Blick an einem Foto hängen, auf dem Ruben zu sehen war. Olga setzte sich wieder auf den Boden. Erst jetzt fiel ihr auf, dass alle Bilder, die sie bisher betrachtet hatten, nur von ihrer und Thorvalds Familie stammten. Nur die Kinder, Papas und Mamas. Die anderen Familienmitglieder kamen nicht vor. Hatte ihr Vater die Fotos vernichtet, die Vincent oder Ruben zeigten? Dieses hier hatte er offensichtlich vergessen.

Sie nahm sich die Schachtel noch einmal vor, suchte darin und fand ein weiteres Foto, auf dem Ruben lässig an das Geländer der Veranda gelehnt stand. Daneben waren zwei weitere Personen abgelichtet. Einer von ihnen war der teeniehafte Luis, mit schulterlangem Haar, zerrissener Jeans und nacktem Oberkörper, der andere saß auf den Stufen und blickte an der Kamera vorbei, eine Zigarette im Mundwinkel.

»Ohne Zweifel, Luis hatte was!«, sagte Olga mehr zu sich selbst als zu Thorvald.

»Das muss lange her sein«, sagte Thorvald müde. »Und wenn das stimmen sollte, dann hat er's vor mir verborgen.«

Er richtete sich auf und legte sein Kinn auf Olgas Schulter. »Ich habe aber auch was!« Er schnappte nach Olgas Ohr und wollte schon wieder in ihre Bluse greifen, doch Olga wandte sich schnell ab.

Thorvald gab stöhnend auf. »Lass mal sehen. Wer ist der andere?«

»Ich weiß es nicht. Vermutlich einer von Rubens Freunden.«

Sie drehte das Foto um. Es stand nichts darauf. Lange

betrachteten sie die Menschen darauf, dann steckte Olga es in ihre Tasche.

»Ich habe die ganze Zeit das Gefühl, dass Benno gleich hier vor der Hütte steht«, sagte Thorvald, der die Tür geöffnet hatte und auf die Veranda hinausgetreten war. »Er kommt gleich irgendwo aus einem Busch und ruft: ›Ihr glaubt ja gar nicht, was dieser Scheißkerl da unten treibt …‹ Olga, ich weiß, dass er hier irgendwo ist. Wir müssen noch mal suchen.« Thorvald dachte nach. »Roberts Steinbruch. Was zum Teufel hat Benno da entdeckt?«

Er wandte sich an Olga. Das Licht in der Hütte ließ ihre offenen, zerzausten Haare leuchten wie die einer robusten Waldelfe.

»Bist du noch fit?«

Olga sah an sich hinunter. »Fit? Ja, schon, aber … was hast du vor?«

»Wo hat dein Vater in seinem Haus die Jagdwaffen?«, fragte Thorvald.

»Im Schrank. Da, wo sie immer waren.«

»Ist der abgeschlossen?«

Olga nickte.

»Scheiße!«

»Aber ich weiß, wo der Schlüssel ist.«

Thorvald sah Olga mit schmalen Augen an. »Wir können nur beten, dass der Köter erst auftaucht, wenn wir das Gewehr haben. Und dann werden wir den Anstifter finden. Und vielleicht auch Benno.« Thorvald war zu allem entschlossen. »Okay?«, fragte er leise und strich Olga über die Wange.

Schweigend gingen sie in mittlerweile vollkommener Dunkelheit, begleitet vom Gesang des Baches und dem dunklen Ruf des Waldkauzes, den schmalen Waldweg entlang. Olga trug ihre festen Schuhe und die Taschenlampe in der Hand, die sie sich aus der Stadt mitgebracht hatte, um nachts aufs Klohäuschen zu gehen. Mittlerweile hatte sie die Lampe ständig in ihrer Umhängetasche. Thorvald hatte sich die alte Stirnlampe umgebunden, die sie in der Hütte gefunden hatten.

Olga ging voraus, Thorvald folgte in einigem Abstand. Rechts und links neben sich sah sie den Strahl von Thorvalds Lampe umherhüpfen, wie ein Irrlicht, das sie vom Weg abbringen und in den Wald locken wollte, nur um sie dann die Klippen hinabzustürzen. Plötzlich vernahm Olga ein leises Schnaufen. Sie blieb stehen.

»Warst du das?«, fragte sie ganz leise.

»Was?«

»Hast du gerade geschnauft?«

»Ja. Ich habe an morgen gedacht. An die Premiere.«

Sie gingen weiter. Ruhige, gleichmäßige Schritte. Oben auf der Anhöhe hörte Olga wieder das Geräusch. »Hast du schon wieder gestöhnt?«

»Nein.«

Sie blieben stehen. »Es war ganz deutlich«, sagte sie leise. »Es kam von rechts, aus dem Busch. Genau wie vorhin.«

Olga hielt den Atem an. Auch Thorvald vernahm jetzt das geräuschvolle Atmen und hörte mit Entsetzen das Knurren.

»Das ist er wieder.« Olga flüsterte so leise sie konnte. Das Geräusch war verstummt.

Sie sahen sich an, dann rannten sie los.

Es war der Traum, den Olga immer wieder träumte. Viel zu schnell rannte sie. Viel zu schnell den schmalen Weg entlang. Bergab. Gleich würde sie fallen. Und immer diese Angst, sich einen Ast ins Auge zu stoßen. Aber sie konnte nicht stehen bleiben. Sie war eine gute Läuferin. Eine schnelle noch dazu. Und sie hatte Ausdauer. Sie rauchte schon lange nicht mehr. Ihre Lungen arbeiteten gut. Keine Seitenstiche. Der Ausläufer eines Brombeerstrauches wickelte sich um ihren Fuß, als hätte er auf sie gewartet, um ihr ein Bein zu stellen. Sie riss ihn ab.

Die Wunde brannte und ließ sie noch schneller laufen. Hinter sich hörte sie Thorvald. Er war ihr dicht auf den Fersen. War es überhaupt Thorvald? Sie konnte sich nicht umdrehen, dann würde sie fallen. Etwas schob und zog sie gleichermaßen, dass sie durch den Wald flog, wie in dem Traum. Jetzt kam der Berg. Dahinter war das Haus. Den Berg noch. Nur noch den Berg rauf.

»Lauf!«, schrie er. »Lauf!«

Das Schrillen der hellen Pfeife kam von weit her. Jemand packte sie an der Schulter. Olga fiel. Das Gesicht in den Boden gedrückt, blieb sie liegen, beide Hände über dem Kopf. Ihr einziger Schutz.

»Ist ja gut.« Mit Mühe presste Thorvald die Silben heraus. Keuchend saß er auf dem Boden, die Knie angezogen, den Kopf in die Hände gestützt.

Olga hatte sich langsam aufgerichtet. Sie war ganz steif vor Angst. »Wir können hier nicht bleiben. Wir müssen ins Haus. Ich trau der Ruhe nicht. Komm!«

Einen Moment lang hätte sie am liebsten laut geschrien und vor Wut losgeheult. Aber Olga riss sich zusammen. Sie mussten weitergehen und das Gewehr ihres Vaters holen.

Wortlos gingen sie das letzte Wegstück. Thorvald neben ihr. Schließlich tauchte Romans Haus dunkel und verlassen vor ihnen auf. Er schien nicht zu Hause zu sein. Olga schloss dankbar die Augen. Routiniert stieg sie über die Terrassenmauer und spürte erst jetzt, wie ihr Knöchel brannte. Die Dornen hatten tiefe Risse verursacht, und Blut lief in ihren Schuh. Einen Augenblick blieben sie stehen und sahen einander an. Thorvald nahm Olga in die Arme, bis ihr Herzschlag sich wieder beruhigt hatte.

Die Terrassentür war angelehnt, wie meistens. Als Olga Licht gemacht hatte, sah sie, dass auch Thorvald nicht ohne Blessuren davongekommen war. Er hatte eine tiefe, blutende Schramme quer über der linken Wange.

»Oje«, sagte Olga. »Das wird deinem Regisseur nicht gefallen.«

»So schlimm?«, fragte er und ging zu dem großen Flurspiegel. »Ach du Scheiße!«

Er begutachtete die Wunde und verzog das Gesicht wie bei einer Nassrasur. Olga hatte in der Zwischenzeit aus dem Badezimmer ihres Vaters Desinfektionsspray und eine sterile Kompresse geholt.

»Das soll die Maskenbildnerin einfach noch betonen«, sagte sie, während sie das Blut von seiner Wange tupfte. »Du spielst einen Jäger und keinen Salonlöwen. Das passt doch irgendwie.«

Nachdem die weiße Kompresse in Thorvalds Gesicht leuchtete, machte Olga sich auf die Suche nach dem Schlüssel für den Waffenschrank. Der lag, wie sollte es anders sein, in dem kleinen Fach in der oberen Schreibtischschublade.

»Wenn ich das Vieh vor den Lauf kriege, knall ich es sofort ab, glaub mir!«, sagte Thorvald. »Wo ist die Munition?«

Olga zog eine schmale Schublade auf und suchte drei Patronen heraus, während Thorvald mit angelegtem Gewehr durch den Flur schritt und alle möglichen Skulpturen und Pflanzentöpfe mit dem Zielfernrohr anvisierte, bevor er mit einem hellen ›Klick‹ abdrückte.

»Ich weiß gar nicht mehr, wann ich das Ding zuletzt in der Hand hatte.«

Während Thorvald die Munition in das Patronenlager schob, verarztete Olga ihren Knöchel und stellte fest, dass sie auf dem Parkettboden Blutflecken hinterlassen hatte. Schnell wischte sie sie weg. Bevor sie den Schrank wieder verschloss, entdeckte sie das Nachtfernglas. Sie hängte es sich um den Hals, dann verließen sie das Haus.

Thorvald ging stramm voraus, das Gewehr über die Schulter gehängt. Fest entschlossen, den Hund bei nächster Gelegenheit niederzustrecken. Sie bogen von dem Hauptweg in einen schmaleren, fast zugewachsenen Pfad ein, der direkt zur Kante des Steinbruchs führte.

Thorvald ging jetzt ganz langsam voraus, hier musste sie irgendwo sein. Er konnte sich noch gut daran erinnern, dass der Weg ohne Vorwarnung ganz einfach aufhörte. Auch Olga spürte wieder dieses Ziehen in den Beinen, das den schauerlichen Abgrund ankündigte.

Plötzlich war er da. Direkt vor ihnen tat sich das ungeheuerliche Loch auf, diese riesige, nie verheilte Wunde des Waldes. Olga konnte nur noch auf allen vieren weiter. Thorvald hatte sich ebenfalls auf den Bauch gelegt und war den letzten Meter gekrochen, ein höchst gefährliches Unterfangen, denn die letzten Meter bis zur Kante waren so abschüssig, dass man sich kaum halten konnte.

Thorvald bedeutete Olga, hinter ihm zu bleiben, und gab ihr das Gewehr. Dann hakte er sich mit dem Fuß an einer jungen Birke fest, die schräg aus dem Boden wuchs, und rutschte langsam bis zur Kante vor. Die Rutschbahn in die Hölle.

»Mannomann!« Er schob sich noch ein klein wenig vor. »Das ist ja schlimmer als die düstersten Prophezeiungen der Edda.« Er seufzte schwer, dann setzte er Romans Nachtglas an. »›Weder Sand noch See, nicht Erde unten noch Himmel oben. Endloser Abgrund, Gras aber nirgendwo!‹«

Langsam suchte er den verschwenderisch beleuchteten Hof am Fuße des Steinbruches ab. Roberts US-Army-Dodge stand direkt vor der Tür seines Hauses am Rande der gegenüberliegenden Felswand, die den großen Platz bis auf eine kleine Öffnung für die Durchfahrt umgab. Überall standen Fahrzeuge herum, noch intakt oder bereits zerlegt. Ganz rechts in der Ecke lagen Einzelteile vorsortiert auf riesigen Haufen. Türen, Motorhauben, ganze Motoren. Langsam zogen Olga und Thorvald sich wieder zurück und setzten sich in sicherer Entfernung auf einen umgestürzten Baumstamm.

»Hier kommen wir nie runter«, sagte Olga. »Wir können nur unten durch das Tor gehen, bei Robert klingeln und ihn fragen, ob er zufällig Benno einkassiert hat.« Olga stützte das Kinn auf die Hände. »Glaubst du wirklich, dass Benno sich hier versteckt hält? Er hätte sich doch mit uns in Verbindung gesetzt. Irgendwie. Und er hätte sein Handy nicht weggeworfen.«

Thorvald war wieder aufgestanden und auf den Hügel gestiegen, der einige Meter vom Rand des Abgrunds entfernt lag. Still stand er da oben und schaute dem Licht nach. Dann begann er, sich langsam im Kreise zu drehen. Der weiße Lichtkegel stach wie ein Leuchtturmlicht von seinem Kopf in die umliegenden Büsche und ließ die glatten und nackten Stämme der Buchen einen Sekundenbruchteil aufleuchten.

»Benno!«

Sein Ruf verlor sich im Geäst der Bäume. Ein kleines Tier raschelte im vertrockneten Laub.

Dann war es wieder so still, als hielte der ganze Wald zusammen mit seinen Bewohnern in seinem nächtlichen Treiben inne und lauschte den beiden hilflosen Menschenwesen, die da ohne Ziel und Orientierung umherwanderten.

Reglos stand Thorvald auf dem Hügel, wie ein versteinerter Wächter der Finsternis. Er lauschte und wartete.

Wohin, wohin, wohin seid ihr entschwunden?
o Jugendzeit, o Liebesglück?

Thorvald wusste nicht, was er noch tun sollte. Olga hockte noch immer zusammengekauert auf dem Baumstamm. Die Angst und die Sorge um ihren Freund, diese verteufelte Hilflosigkeit und die Wut darüber, hatten sie mutlos gemacht.

Da reichte der Anfang von Lenskis Arie aus, ein seltsames dunkles Empfinden in den Tiefen ihrer Seele anzurühren. Getragen von dem schalen Gefühl der Unzulänglichkeit, lähmender Mittelmäßigkeit, beflügelt von heißer Todessehnsucht.

Was wird der nächste Tag mir bringen?
Vergebens such ich es zu schauen.
Verborgen ist die Zukunft mir,
ich frage, was das Schicksal will?
Der Morgen bringt vielleicht den Tod mir,
vielleicht bleibt mir der Sonne Licht.
Von Gott kommt, alles wie's auch sei!
Er lenkt das Gestern und das Heute,
er sendet uns des Tages Pracht,
er sendet uns die dunkle Nacht.

Thorvald hatte diese Gabe, um die ihn Olga so beneidete. Er war in der Lage, das Seelendrama zu überwinden, alles Leid der Welt in wenige Töne zu legen und auf seiner Stimme hinauszutragen.

Dann herrschte wieder dumpfe, einsame Stille. Die Absurdität der ganzen Situation wurde deutlicher denn je. Was sollte das alles bringen? Thorvald drehte sich wie ein Leuchtturmlicht.

»›Mjölnir! … Thor! … schleudere deinen Hammer gegen das Böse!‹«

Olga stieß einen Seufzer aus und wartete, was sich Thorvald noch alles einfallen ließ. Der hatte mittlerweile auch die Nase voll und holte tief Luft.

»Verdammt, Benno! … Komm raus, du Idiot!«

Als ein Blitz über den Himmel zuckte und den nächtlichen Wald für einen Augenblick wie das Blitzlicht einer Kamera erleuchtete, glaubte Olga, ein paar Schritte neben Thorvald eine geduckte Gestalt gesehen zu haben. Sie sprang auf. Thorvald stand reglos auf seinem Berg und schaute in den Himmel, als würde er auf ein Zeichen jenes Wettergottes warten, dessen Namen er trug. Würde dieser einmal, ihm zuliebe, seinen Wunderhammer schleudern? Das einsetzende Donnergrollen ließ ihn berechtigte Hoffnung hegen.

Olga wollte gerade flüstern, was sie glaubte, gesehen zu haben, als der nächste Blitz aufleuchtete. Wieder sah Olga das zusammengekauerte Wesen.

»Thor! Da ist jemand.«

Olga war kaum in der Lage zu sprechen, der Schreck lähmte sie vollkommen. Thorvald sprang mit drei Sätzen den Hügel hinab, stellte sich dicht neben sie und griff nach dem Gewehr. Er lauschte. Plötzlich war ein heftiger Wind aufgekommen und alles war anders. Es war deutlich zu spüren, dass das Unwetter diesmal nicht an ihnen vorbeiziehen würde. Das war der Umbruch, auf den sie gewartet hatten. Dann hörten sie, wie in Roberts Steinbruch ein Motor angelassen wurde. Ein schweres Auto fuhr eilig davon.

Benno lag auf der Seite, das rechte Bein angezogen, er rührte sich nicht. Olga und Thorvald knieten neben ihm, suchten nach einem Lebenszeichen.

Dann sprang Thorvald wieder auf und hielt das Gewehr im Anschlag, als rechnete er jeden Augenblick mit einem erneuten Angriff.

»War das der Hund?«, flüsterte Olga und sah auf. »Thorvald ... ist der hier irgendwo?«

»Ich weiß es nicht!« Thorvald blieb, wo er war, und ließ die Umgebung nicht aus den Augen. »Lebt er noch?«

Olga tastete nach Bennos Halsschlagader. »Ich weiß nicht, ich kann keinen Puls fühlen.«

Thorvald ließ sich neben Benno fallen und tätschelte ihm die Wangen.

»Benno, alter Junge.« Seine Stimme zitterte. »Mensch, reiß dich zusammen. Du warst immer der Stärkere von uns beiden. Komm ... Benno, komm ... ich habe uns so einen schönen Rotwein besorgt ...«

Mit wirrem Blick sah er Olga an, die gerade ihr Handy ans Ohr hielt. Dann beugte er sich zu Benno hinunter, um zu hören, ob er noch atmete.

»Papa? Du musst sofort nach Hause kommen ... Benno ... er stirbt uns hier weg!«

Beide hatten nicht eine Sekunde darüber nachgedacht, ob sie den Verletzten bewegen sollten oder nicht. Trotz Bennos Kopfverletzung richteten sie ihn auf, und Thorvald legte sich den Freund vorsichtig über die Schulter.

Dann gingen sie los. Es begann zu regnen. Olga ging voran mit dem Gewehr in der einen und der Lampe in der anderen Hand. Thorvald folgte ihr auf den Fersen. Der Donner tobte über den hohen Bäumen und die Blitze halfen ihnen, nicht vom Wege abzukommen. Der Wind fuhr in heftigen Böen durch die Baumkronen und ließ kleine Äste und Zweige regnen.

Schweigend gingen sie in gleichmäßigen Schritten den Weg entlang. Der Regen wurde stärker. Thorvald wusste nicht, ob er einen lebenden oder einen toten Körper durch den Wald trug. Er war so schwer, und Thorvald spürte keine Regung eines Muskels, keinen Reflex, der bei einer unachtsamen Bewegung oder bei Schmerzen ausgelöst worden wäre. Ein lebender Körper, sei er auch noch so ohnmächtig, hilft doch immer irgendwie mit! Benno aber hing wie totes Wild über seiner Schulter. Thorvalds Hände und sein Gesicht waren mit Blut verklebt. Seine Augen brannten. Das Blut vermischte sich mit salzigen Tränen und den dicken Regentropfen, die von den Blättern der Bäume herabfielen. Erst die schweren Schritte hinter ihm ließen ihn wieder zur Besinnung kommen.

»Olga!«, schrie er.

Auch sie hatte die Geräusche gehört und stand bereits hinter Thorvald, das Gewehr im Anschlag.

Robert hatte sich in schnellen Schritten aus der Dunkelheit gelöst und stürmte auf sie zu.

»Bleib stehen!«, schrie Olga.

Robert blieb sofort stehen und starrte sie entsetzt an. »Bist du bescheuert?«

»Was willst du hier?«, rief Olga mit fester Stimme, um ihre Angst zu verbergen, und richtete das Gewehr neu aus. »Wo ist der Hund? Ich knall ihn auf der Stelle ab!«

»Was redest du da? Ich hab die Rufe gehört.« Er ging auf Olga zu.

»Bleib stehen!«, schrie sie erneut. »Pfeif den Hund zurück und hau ab!«

»Verdammt noch mal, die Hunde sind im Zwinger. Ich bin allein!«, rief Robert wütend. »Ich will euch helfen. Oder wollt ihr ihn krepieren lassen?«

»Er ist vielleicht schon tot!«, schrie Thorvald und seine Stimme überschlug sich.

Olga ließ das Gewehr sinken und Robert lief sofort zu Thorvald und half ihm, Benno auf den Boden zu legen. Dann nahmen sie ihn zu zweit und trugen ihn mit schnellen Schritten durch den Wald. Romans Haus war nicht mehr weit.

Roman hatte seine Notfalltasche geholt, doch bei dem Anblick des Schwerverletzten schüttelte er den Kopf. »Er muss ins Krankenhaus. Sofort! Olga, ruf den Notarzt!«

Bennos Kleidung war durchtränkt von Blut, sein Gesicht war bis zur Unkenntlichkeit geschwollen und blutverschmiert. Er war kaum noch zu erkennen.

»Du weißt, dass er gesucht wird«, sagte Thorvald, der fast genauso schlimm aussah wie Benno.

»Lebend im Gefängnis oder frei auf dem Friedhof.« Roman sah Thorvald und Robert, der schweigend mit verschränkten Armen an der Tür stand, herausfordernd an. »Was würde Benno bevorzugen?«

Thorvald starrte auf seinen bewusstlosen Freund.

Roman legte seine Hand auf Thorvalds Arm. »Bennos Unschuld wird sich erweisen, dann ist er bald wieder draußen. *Lebend* draußen.«

Er wandte sich wieder Benno zu. »Das hier war kein Unfall. Im Krankenhaus ist er sicher. Ich kann das sonst nicht verantworten.«

Er beugte sich zu Benno hinunter und legte ihm die Hand auf die Stirn. »Halt durch, Junge«, flüsterte er. »Du musst uns doch sagen, wer das war. Nur so können wir Hanna helfen.«

Roman setzte sich neben Benno auf den Boden und streichelte seine Stirn. Sein Blick verlor sich in der Ferne.

Olga hatte ihn die ganze Zeit über beobachtet. Roman hatte denselben Ausdruck in den Augen, der Olga damals so eine Angst gemacht hatte. Damals, als Ruben gestorben war.

Das warme Wasser lief über seinen Kopf und spülte einen Teil der Verzweiflung zusammen mit dem roten Schaum in den Abfluss. Es dauerte eine Weile, bis das Wasser an Thorvalds Füßen wieder klar war. Er duschte ewig, er konnte gar nicht mehr aufhören. Er ließ das Wasser in den Mund laufen und wiegte den Kopf hin und her, um den letzten Schaum aus dem Haar und das verkrustete Blut aus seinem Gesicht zu spülen. Schon mehrmals hatte er überlegt, sich die Haare ganz kurz zu schneiden, schon allein wegen der Hitze. Das Gefühl feuchter Strähnen, die im Nacken festklebten, wurde allmählich unerträglich. Doch der Gedanke an die Premiere hatte ihn davon abgehalten.

Thorvald seufzte laut und drehte das Wasser noch heißer, so dass weiße Nebelschwaden aufstiegen. Am Abend sollte Premiere sein. Es war keine große Herausforderung für ihn, und die Rolle war nicht schwer, aber er war noch nie so wenig bei der Sache gewesen, noch nie so unbeteiligt. Er hatte nicht die geringste Lust, heute Abend auf der Bühne zu stehen, und dann auch noch Wagners Erik, der um die Liebe seiner Angebeteten kämpfte und am Ende verlor. Das machte ihm Angst. Diese Lustlosigkeit, mit der er sich nachher ins Opernhaus schleppen würde. Das war noch nie da gewesen.

Und er hatte Angst, den Kampf zu verlieren, den sie gegen einen unbekannten Gegner im Wald führten. Benno zu verlieren, vielleicht auch Olga und Roman. Eine nie gekannte Angst überfiel ihn, entzog ihm alle Kraft. Außerdem machte er sich langsam Sorgen um seine Stimme. Die Ereignisse der letzten Tage, der Schlafentzug, waren eine Belastung, die der Stimme schaden konnte. Er musste sie schonen. Er musste schlafen.

Die Schramme auf seiner Backe brannte wie Feuer. Nur in das große Badetuch eingewickelt verließ er das Dampfbad und setzte sich neben Olga auf das weiße Ledersofa. Ihm gegenüber hing Roman in dem großen Sessel und starrte in sein Whiskeyglas.

»Willst du etwas trinken?«, fragte Roman mit gedämpfter Stimme, um Olga nicht zu wecken, die, nachdem sie geduscht hatte, auf dem Sofa eingeschlafen war.

»Ich könnte mir jetzt die ganze Flasche reinziehen, und wenn ich so ein Bedürfnis habe, dann lasse ich es lieber ganz.«

»Du musst schlafen.« Roman sah auf seine Uhr. »Es ist gleich vier.«

»Wird Benno überleben?«

»Ich weiß es nicht, Thorvald.« Mit einem Zug trank er das Glas leer. »Ich hol dir was zum Anziehen. Ich muss ins Bett.« Roman stand auf und sagte im Hinausgehen: »Vorher schaue ich mir noch deine Wange an. Du willst doch später schön sein.«

19

»Olga?«

»Ja?«

»Wie weit ist der Himmel weg?«

Olga schaute lange in die Wolken.

»Manchmal ist er ganz nah und dann wieder so weit weg, dass man glaubt, es gibt ihn gar nicht.«

Das kleine Mädchen schaute sie mit ernsten fragenden Augen an. Marfa saß im Schneidersitz auf einer Decke im Gras vor der Hütte, ihre Puppe und ein kleiner Teddybär saßen auf einer Extradecke und hatten kleine Schalen mit Blättern und Popcorn vor sich. Ihre langen blonden Haare waren zu einem Pferdeschwanz gebunden und sie trug ein dunkelblaues Kleidchen mit bunter Stickerei auf der Brust.

»Meinst du, dass Gott es hört, wenn ich ganz leise spreche? So wie jetzt?« Sie bewegte ihre Lippen, ohne dass ein Laut herauskam.

»Nein!«, lachte Olga.

»Gott weiß, dass ein Mädchen wie du meistens lieb ist und nichts Schlimmes tut. Deshalb lässt er dich in Ruhe.«

Wieder dachte Marfa nach. »Und wenn ich lüge?«

»Gott wird dafür sorgen, dass du dich schlecht fühlst, wenn du lügst.«

»Glaubst du, dass es Gott gibt?«

Olga schaute das Mädchen an. Was sollte sie ihr jetzt sagen? Offenbar beschäftigte sich Ines' fünfjährige Tochter gerade intensiv mit dem Thema und sie wollte die

Kleine nicht beeinflussen, egal in welche Richtung. Solche elementaren Fragen musste sie den Eltern überlassen. Sie hätte sie ohnehin nicht beantworten können. Und wenn, dann wäre die Antwort immer unbefriedigend gewesen. Zum Glück meldete sich Olgas Handy.

»Benno ist immer noch nicht aufgewacht.«

Die Ereignisse der vergangenen Nacht lagen wie Blei auf Olgas Gemüt und Thorvalds Stimme zeigte deutliche Spuren von Erschöpfung und Sorge. Gleich nachdem Thorvald aufgestanden war, hatte er sich auf den Weg ins Krankenhaus gemacht.

Olga schluckte. »Kann man sagen, wann er aufwacht?«

»Nein. Wir können nur warten.«

»Komm zurück, Thorvald. Du musst schlafen. Denk an deine Stimme.«

»Ich bleibe. Ich kann mich hier irgendwo hinlegen«, sagte Thorvald schroff und beendete das Gespräch.

»Schläft dein Freund immer noch?« Marfa hatte Olga während des Gesprächs genau beobachtet.

»Ja. Er schläft sich gesund.«

Olga konnte ihre Tränen nicht unterdrücken. Deshalb stand sie auf und ging in die Hütte. Sie lehnte sich an die Küchenspüle und ließ die Tränen laufen. Sie wusste, wie schlimm das sein konnte, wenn man nicht weinte. Dann wischte sie die Tränen weg und suchte die Kekse, die Thorvald mitgebracht hatte.

Als Olga wieder aus der Hütte trat und Marfa die Kekse auf die Decke gelegt hatte, hörte sie eine andere Kinderstimme. Ines war mit ihrem Sohn an den Bach gegangen, weil Viktor ein kleines Floß aus Baumrinde dort fahren lassen wollte. Den kleinen Henry hatte Ines bei ihren Eltern in der Stadt gelassen. Viktor kam übermütig in den Garten gerannt und ließ sich auf die Puppendecke fallen, um sich eine Hand voll Popcorn zu stibitzen. Marfa sah ihn wütend an, und Victor sprang auf und verschwand blitzschnell mit seiner Beute hinter der Hütte.

»Viktor!«, rief Ines. »Ich möchte, dass ihr beide hier vor der Hütte bleibt. Ich möchte euch sehen können.«

»Ich bin mir fast sicher, dass der Hund nur im Dunkeln auftaucht«, sagte Olga. »Aber trotzdem, bleibt nicht zu lange hier draußen.«

Ines hatte sich neben Olga auf die Verandatreppe fallen lassen und suchte in ihrer Tasche nach den Zigaretten. »Ich habe das hier«, sagte sie beiläufig und zeigte Olga eine kleine Flasche Spray. »Das hat jeder Briefträger bei sich. Solltest du dir auch zulegen.«

Sie steckte sich eine Zigarette an und schaute in den Himmel. Der Regen war bereits in der vergangenen Nacht mit dem Gewitter wieder abgezogen und hatte die feuchtheiße Luft mitgenommen. Es war bewölkt und deutlich kühler. Es herrschte wieder das nichtssagende, dumpfe Alltagswetter, das an den meisten Tagen in dieser Gegend festhing und gute Laute und Inspiration unter seinem dichten Tuch erstickte.

»Was ist mit Benno?«, fragte Ines, nachdem sie den Rauch tief inhaliert und in die Luft geblasen hatte. »Gibt es etwas Neues?«

Olga schüttelte den Kopf. »Nein. Nichts. Sein Vater ist bei ihm. Und Thorvald auch.«

»Wird Thorvald heute Abend singen?«

Olga nickte.

Die Frauen saßen schweigend auf der Treppe und schauten in das grüne Dickicht. Sie hatten sich so an die leuchtenden Farben der von der Sonne beschienenen Natur gewöhnt, dass bei dem jetzt herrschenden Zwielicht alles trostlos und vergessen wirkte. Der heftige Wind der letzten Nacht hatte die Bäume durchgeschüttelt und die Wiese vor der Hütte war übersät mit abgebrochenen Ästen und Blättern.

»Willst du einen Kaffee?«, fragte Olga schließlich.

»Ja. Stark und schwarz.«

Olga ging hinein, um Wasser aufzusetzen. Die Angst hatte sie jetzt fest im Griff. Wieder fiel ihr Kirschbaum ein. Was wusste er? Olga konnte ihn nicht einschätzen. Er machte seine Arbeit und sie war aus irgendeinem Grunde verunsichert, weil er sie nicht an seinen Erkenntnissen teilhaben ließ. Beobachtete er sie? War der nächtliche Beobachter an ihrem Fenster vielleicht einer von seinen Leuten? Vielleicht gehörte sie ja selbst zum Kreis der Verdächtigen. Oder Thorvald. Warum ließ Kirschbaum sie beide in Ruhe?

Mit zwei Kaffeebechern ging sie wieder hinaus. Sie hatte das Gefühl, keine Luft mehr zu bekommen.

»Was machen wir hier eigentlich?«, rief sie laut und sah Ines an. »Wozu soll das gut sein? Wir sind schuld, dass Benno vielleicht nie mehr aufwacht.«

»Wieso denn?« Ines war aufgestanden und sah sie ruhig, mit einem kühlen, emotionslosen Blick an. »Hier ist etwas nicht in Ordnung, aber wir sind nicht schuld daran.«

»Wir können es aber nicht ändern«, rief Olga verzweifelt. »Oder besser … *ich* kann es nicht. Ich gebe zu, ich kriege einfach langsam Angst.«

»Angst kann beflügeln. Also, reiß dich zusammen«, sagte Ines trocken.

Olga wurde wütend. Es war dieselbe Wut, die sie als Kind überkam, wenn sie mit Ines zu tun hatte. Sie spürte wieder diese Macht, die von Ines ausging. Die Kälte, wenn sie Zuspruch erwartete. Überheblichkeit, wenn sie Freundschaft erhoffte.

»Sie haben übrigens auch die Freundin deines Vaters verhört. Du siehst, Kirschbaum hat eine neue Variante der Eifersucht ins Visier genommen.« Ines stand jetzt neben ihr. »Juli hat sich öfters mit deinem Vater getroffen.«

»Wer sagt das?«

»Kirschbaum und seine Leute machen ihre Arbeit gründlich. Sie ermitteln in alle Richtungen«, sagte Ines. »Das kannst du dir doch denken. Sie haben alle befragt, die hier wohnen. Und die Kontakt mit Juliane hatten. Und dazu gehörten neben Vincent Ambach auch Gudrun Himmelreich und dein Vater.«

»Sie war wegen ihrer Ambach-Story bei ihm«, schloss Olga.

»Und hat ihn dermaßen angebaggert, dass alle Vögel im Wald ein Lied davon sangen«, sagte Ines.

»Roman und Juliane?«, sagte Olga leise, ihr wurde heiß. Sie war einigermaßen verwirrt. »Woher bist du denn so gut informiert über Kirschbaums Ermittlungen?«

Ines schaute Olga nur an, ohne zu antworten.

»Okay«, fuhr Olga fort, »du gehörst zu den Menschen, die nicht lügen können, und schweigst … das heißt also, du kommst über jemanden bei der Polizei an interne Ermittlungsergebnisse heran? Daher auch das Wissen über Julis Todeszeitpunkt?« Plötzlich hellten sich Olgas Gesichtszüge auf. »Dieser Jemand war auf dem Klassentreffen«, sagte sie triumphierend. »Andreas … Hauptkommissar?« Olga schlug sich an die Stirn. »Warum bin ich nicht früher draufgekommen?«

Ines sah Olga an. Dann ging sie ein paar Schritte in den Garten. »Wenn du auch nur ein Sterbenswörtchen sagst, jemals, dann ist er seinen Job los. Und ich werde dir dein ganzes restliches Leben versauen. Du kannst mir glauben, ich kann das.«

Ines brauchte ihr nicht zu drohen. In Olgas Leben gab es sowieso nicht viel zu versauen.

»Er hat mir so einiges gesteckt«, sagte Ines. »Mindestens vier unserer braven Mitschüler sind vorbestraft.«

»Echt?« Olga schaute sie völlig verblüfft an.

»Ja, Kirschbaum und seine Leute haben sich durch deine Liste gearbeitet und so einiges zutage gefördert.«

Plötzlich horchte Ines auf. »Wo sind die Kinder?« Schnell stand sie auf und ging in die Hütte.

»Sie waren doch gerade eben noch hier.« Olga lief einmal um das Häuschen herum. Die Kinder waren nicht mehr da.

Laut nach den Kindern rufend liefen Olga und Ines im Wald umher, Olga schlug sofort den Weg in Richtung Steinbruch ein. Sie betete, dass ihre Panik unbegründet war. Trotzdem fing sie an zu rennen. In der Nähe des Steinbruchs verlangsamte sie ihre Schritte.

Bloß nicht rufen, dachte sie. Selbst Marfa, die Größere der beiden, könnte meinen, Olga wolle verstecken oder fangen spielen und in Richtung des Abgrunds laufen.

Olga begann, diese Gegend zu hassen. Wieso gab es so etwas überhaupt? Warum war dieser Teil des Waldes nicht längst abgesperrt worden? Sie bückte sich und kroch langsam auf die Kante zu. Alles war ruhig. Sie sah hinunter. Dort lagen keine zerschmetterten Kinderleichen herum. Tränen der Wut und der Hilflosigkeit schossen Olga in die Augen.

Sie sah noch einmal genauer in die Tiefe und musste sich die Tränen aus den Augen wischen, um besser sehen zu können, was sich dort abspielte. Zwischen Roberts Schrottwagen standen mindestens zehn Autos, die nicht zu seinem Inventar gehörten. Sie hatten blinkende Blaulichter auf dem Dach. Olga starrte mit offenem Mund hinunter. Wie Ameisen liefen die Beamten hin und her und trugen stapelweise kleine weiße Kisten aus der Felswand unterhalb von Olga. Manche Polizisten standen herum und überwachten die Aktion. Robert Hunter selbst konnte sie nicht sehen.

Sie blieb liegen und fischte ihr Handy aus ihrer Jeanstasche. Ines meldete sich beim dritten Klingeln. Ihre Stimme war umgeben von Kindergeplapper. Olga stieß ein lautes Stöhnen der Erleichterung aus.

»Wo waren sie?«, fragte sie.

»Ganz in der Nähe. Sie sind einem Reh nachgelaufen. Es ist nichts passiert.«

»Aber hier ist was passiert.«

»Wo bist du?«

»Ich liege am Steinbruch und sehe zu, wie sie Roberts Lager ausräumen. Sieht nach Hehlerware aus.«

»Ah! Jetzt kommt Bewegung in die Sache.«

»Du wusstest also nichts davon?«, fragte Olga.

»Nein, aber ich habe mir so was gedacht. Euer Robert war in seiner Branche bereits auffällig. Er hat gefälschte Markenartikel unter die Leute gebracht, in großem Stil.«

Olga musste an Roberts Geschäftspartner aus Hamburg denken. Sie waren bestimmt nicht hier, um die Idylle des Waldes zu genießen und Bergischen Zwieback zu essen.

»Könnte Juli davon gewusst haben?«, fragte Olga und hörte durch das Telefon, wie Viktor rief, dass er jetzt der Pirat und Marfa die Prinzessin sein solle, die er gleich erdrosseln würde.

»Piraten entführen Prinzessinnen und ermorden sie nicht gleich«, rief Ines zu ihnen herüber. »So können sie den König erpressen und Lösegeld verlangen.«

Plötzlich schoss es Olga durch den Kopf: »Produktpiraten! – Juli erzählte was von Produktpiraten. Als wir uns nachts, beim Klassentreffen am See unterhielten. Sie hat daran gearbeitet.«

»Hm ... und du meinst, da ist sie mit Robert kollidiert? Hat ihn durch ihre Recherchen in Bedrängnis gebracht?«, fragte Ines.

»Kann doch sein, dass Robert sie als Bedrohung empfunden hat. Du kennst doch Juli. Sie ist die klassische investigative Journalistin. Wenn sie einmal Witterung aufgenommen hat, dann bleibt sie dran.«

Olga dachte über diese neue Möglichkeit nach. Dann merkte sie, dass sie gerade eben über Juliane gesprochen hatte, als wäre sie noch da, nur in einem Zwischenreich gefangen, das sie erst verlassen konnte, wenn ihr Mörder identifiziert war. Sie sah Juliane vor sich, wie sie sich auf dem Steg am See räkelte und zufrieden den Rauch der Zigarette in die Luft hauchte ... zufrieden mit sich und damit, die Dinge kontrollieren zu können.

»Sie ist ihm vielleicht ohne Absicht zu nahe gekommen«, überlegte Ines. Sie hatte offensichtlich keine Argumente, diese neue Variante zu ignorieren.

»Juliane tut nichts ohne Absicht«, entgegnete Olga.

»Haben sie Robert denn schon verhaftet? Kannst du irgendetwas sehen?«, fragte Ines.

»Ich sehe nur Polizisten, die seine Verstecke ausräumen. Der ganze Steinbruch ist durchlöchert wie ein Käse. Sie laufen überall herum und suchen. Aber Robert sehe ich nicht.«

»Olga?«

»Ja?«

»Bitte ... Mach, dass du von dort wegkommst. Sofort. Wir sind auf dem Weg ins ›Luis‹.«

Olga hatte aus lauter Sorge um die Kinder ihre eigene Angst total vergessen. Sie robbte rückwärts von der

Kante zurück und stand langsam auf. Sie hatte sich vorgenommen, nicht mehr allein und ohne Gewehr in den Wald zu gehen, und ihren Vorsatz bei erster Gelegenheit über den Haufen geworfen.

Eigentlich hätte Olga sich freuen müssen, dass das »Luis« in diesem Sommer wieder die Funktion der alten Waldklause eingenommen hatte. Die Bar und die Hütte waren zum Treffpunkt aller geworden. Man brauchte gar keine Handys. War irgendetwas passiert oder brauchte man Informationen, so rannte man hinauf zur Hütte oder gleich ins »Luis«.

Als Olga die große gläserne Flügeltür öffnete, lief Marfa ihr freudig entgegen, um sie zu begrüßen.

»Hallo, kleine Prinzessin«, rief Olga. »Hast du dich wieder aus der Gewalt der Piraten befreit, oder hat der König dich freigekauft?«

»Ich hab den Piraten mit Schokolade abgelenkt und bin schnell weggelaufen«, rief Marfa vergnügt.

»Das ist gut«, sagte Olga im Hineingehen. »Man muss die Schwächen des Gegners nutzen.«

Thorvald stand an der Bar und sah gerade zur Tür. Er rannte auf Olga zu und zeigte auf sein Handy.

»Benno ist aufgewacht!«, rief er und umarmte Olga. Er freute sich wie ein Kind.

Die schwere Last der Sorge fiel von Olga ab. Sie schloss die Augen und atmete tief durch. Benno lebte. Gott sei Dank!

Arm in Arm gingen sie zurück zur Bar.

Ines saß auf dem Barhocker, den Kopf in die rechte Hand gestützt, und zwinkerte Olga vergnügt zu.

»Benno hat die reinste Odyssee hinter sich«, sagte Thorvald. »Er wusste nicht einmal, dass er gesucht wird.«

»Was ist denn nun passiert?«, fragte Olga ungeduldig.

»Er wurde zusammengeschlagen«, antwortete er. »Mehr weiß ich nicht.«

»Und wo?«, fragte Olga.«

»Als Benno wieder zu sich kam, lag er auf dem Plateau oberhalb des Steinbruchs, in der Nähe der Zwergenhöhle«, erklärte Thorvald. »Kennst du das noch? Ganz da oben?«

»Ja, natürlich«, erwiderte Olga. »Da kommt man ja gar nicht mehr weg. Wenn man einmal auf dem Plateau gelandet ist, muss man entweder die Steilwand hoch oder den noch schlimmeren Abhang runter. Wie ist er nur dahin gekommen?«

Olga kannte die Stelle gut und wusste, dass man nur auf diesen teuflischen Felsvorsprung gelangte, wenn man von oben herunterfiel. Und die Gefahr, ganz abzustürzen, war nicht eben gering.

Thorvald hob die Schultern. »Er hat eins auf den Schädel gekriegt, ist gefallen und auf dem Plateau gelandet. Und wer auch immer das war, kam nicht mehr an Benno heran. Das hat ihm das Leben gerettet.«

Olga konnte die absurde Geschichte immer noch nicht begreifen. »Aber wie ist er nur von dort weggekommen? Wir haben ihn doch oberhalb des Steinbruches gefunden.«

»Er ist geklettert. Er hat sich nicht getraut zu schreien, aus Angst, dass sie ihn endgültig fertigmachen.«

Olga sah Thorvald nachdenklich an.

»Ich kenne Robert schon so lange ... Mag sein, dass er gefälschte Solinger Küchenmesser und Armbanduhren in Umlauf bringt. Aber jemanden so brutal zu misshandeln? Robert kennt Benno, seit der geboren wurde.« Olga holte tief Luft, während sie überlegte. »Warum hat Robert uns geholfen, Benno in die Hütte zu schaffen? Hat ihn sein schlechtes Gewissen geplagt? Hatte er etwas wiedergutzumachen?«

»Keine Ahnung«, seufzte Thorvald und fuhr sich mit beiden Händen durch die Haare. Er stand von seinem Barhocker auf und blickte auf die Uhr. Es war kurz vor fünf.

»Ich muss los. Ihr könnt ja noch ein bisschen Kalle Blomquist spielen. Tut mal was Sinnvolles.«

»Warte mal«, rief Ines in diesem Moment und kam auf Thorvald zu. »Toi, toi, toi. Fährst du nach dem Auftritt nach Hause?«

»Ich denke, ja.«

»Und wann ist die Hochzeit? Hat Nyoko endlich einen passenden Termin gefunden?«

»Im Oktober«, antwortete er, schon auf dem Weg zur Tür, und sah Olga für den Bruchteil einer Sekunde an. »Vielleicht.« Dann hob er den rechten Arm. »Gehabt euch wohl.«

Olga stand neben ihrem Barhocker und sah ihm nach. Gedanken schossen wild durch ihren Kopf. Benno fiel ihr ein, der verzweifelt um Hanna gekämpft hatte. Er hatte sein Leben aufs Spiel gesetzt. Sein Leben für das einer Frau, die er bereits verloren hatte.

Sie hatte nicht gekämpft. Olga Ambach hatte einfach nur verloren. Alles Blut war aus ihrem Kopf gewichen. Sie wandte sich um und steuerte wie ein Pantoffeltierchen, das einem Lichtreiz ausgesetzt wurde, auf die helle Öffnung der Tür zu. Es hatte leicht zu regnen begonnen, Olga bemerkte es nicht.

Sie wollte nur noch weg. Wo hatte sie ihre Reisetasche gelassen? Sie brauchte sie. Jetzt sofort.

20

Vincent Ambach hatte sich die dunkelblaue Fliege mit den kleinen blassen Ovalen umgebunden und stand vor dem großen Spiegel in seinem Schlafzimmer, der ihn in ganzer Länge wiedergab. Es waren Jahre vergangen, seit er sie zum letzten Mal getragen hatte, und wahrscheinlich würde sie seinen dürren Hals heute zum letzten Mal zieren. Lebend. Es wäre möglich, dass sie genau diese auswählten, wenn er in seinem offenen, weiß ausgeschlagenen Sarg lag, die Hände gefaltet, endlich zufrieden, dem siechen Körper entwichen zu sein. Er verzog den Mund kaum sichtbar zu einem Lächeln.

Lange betrachtete er sein Spiegelbild. Der Anzug war zu weit geworden, und er musste die Hose mit einem schmalen Gürtel über den spitzen Hüftknochen zusammenziehen. Auch die Anzugjacke hing an ihm wie an einem wackeligen Kleiderständer. Bedächtig knöpfte er die Anzugjacke zu und wandte sich vom Spiegel ab. Für einen Sekundenbruchteil bemerkte er noch seinen eigenen verächtlichen Blick.

Er setzte sich auf sein Bett und zog die Schublade des Nachttisches auf. Sie war gefüllt mit Tranquilizern und Barbituraten jeglicher Art, die er über lange Zeit gesammelt hatte. Vielleicht würde er sie, wenn er die Dummheiten und Schwachsinnigkeiten des alltäglichen Lebens eines Tages satthatte, allesamt in einem großen Glas Whiskey auflösen, sich vor das wärmende Kaminfeuer setzen und das kostbare Getränk genüsslich zu sich nehmen.

Er ging ins Wohnzimmer und setzte sich in den Ohrensessel vor dem Kamin. Eine Weile sah er ins Feuer. Dann nahm er das Programmheft des ›Fliegenden Holländers‹, das auf dem Beistelltisch lag. Er betrachtete den Umschlag und überlegte, wie oft er Wagners Oper bereits gesehen hatte. Zwanzig Mal?

Besessenheit, Enttäuschung, Geldgier und ewige Verdammnis waren das Öl im Getriebe des schlingernden Weltenrades. Senta und der Holländer. Ein ums andere Mal dachte er darüber nach, was diese Frau dazu trieb, ihr eigenes Leben hinzugeben, um das eines anderen zu retten, zu erlösen. Wie war das möglich? Konnte man einen Verfluchten durch reine, ehrliche Liebe erlösen?

Als Gudrun Himmelreich den Salon betrat, hatte Vincent Ambach seinen Platz am Kamin gerade verlassen. Er stand links neben der Terrassentür vor dem Bild in dem schlichten schwarzen Holzrahmen. Lange sah er sich die düstere und schwermütig wirkende Landschaft an, aber nicht so, wie ein Kunstinteressierter im Museum. Den Kopf mal nach rechts, dann nach links geneigt, einen Schritt vor, um ein Detail zu studieren, dann zwei zurück, um den Gesamteindruck zu vertiefen. Es sah beinahe so aus, als würden die beiden, der Künstler Jacob van Ruisdael und er, Vincent Ambach, einen letzten stummen Dialog führen. Über etwas, das ihn schon sehr lange beschäftigte. War doch Ruisdaels Landschaft der Spiegel seines eigenen Empfindens geworden. Sein Blick vertiefte sich in die Blätter der mächtigen knorrigen Eichen, jener uralten Baumriesen, die ein kleines Menschenleben mühelos überdauerten. Nur der Baumstumpf, der mahnend im Vordergrund hockte, machte deutlich, dass auch diese fest verwurzelten, alten Baumriesen eines Tages kippen konnten. So wie er selbst in sehr naher Zukunft nicht mehr sein würde. Der Künstler hatte ihm mit diesem Symbol seine eigene Vergänglichkeit vor Augen geführt.

Gudrun Himmelreich hatte sich auf den zweiten Stuhl am Kamin gesetzt und hielt das Programmheft in den Händen. Sie sah zu ihm herüber, als er das Bild von der Wand nahm. Er hielt es schräg und bewegte es leicht auf und ab, um mit Hilfe des Lichtes den glänzenden Firnis zu begutachten. Er war stark nachgedunkelt, und es fiel ihm schwer, die Details und Einzelheiten, die Ruisdael so virtuos ausgearbeitet hatte, überhaupt noch richtig zu erkennen. Er betrachtete eingehend die Rückseite, dann wieder das Bild.

Vincent Ambach drehte sich um, ging langsam zum Kamin zurück, das kostbare Gemälde in den Händen wie ein Tablett, auf dem bis zum Rand gefüllte Champagnergläser balanciert werden mussten. Vor dem Feuer blieb er stehen. Er bückte sich steif und legte das Bild ganz behutsam auf die lodernden Buchenholzscheite.

Olga saß in der Hütte. Sie hatte die Tür abgeschlossen. Das war eigentlich nicht nötig, denn keiner würde sie jetzt behelligen. Die Premiere des ›Fliegenden Holländers‹ stand kurz bevor.

Sie saß auf dem wackeligen Stuhl am Tisch und ihr war kalt. Es hatte sich eingeregnet und sie war auf dem Weg hinauf zur Hütte nass geworden. Die Verdunstungskälte ließ sie zittern wie Pappellaub in leichtem Wind. Es war ihr egal. Ihr Handy meldete sich. Sie reagierte nicht. Sie schaute noch nicht einmal auf das Display, um den Anrufer zu identifizieren. Sie stand auf und ging an der großen Gasflasche vorbei, die Thorvald aus der Stadt mitgebracht hatte und die er unter dem Waschbecken hatte anschließen wollen. Sie war überflüssig geworden.

Ihr Handy klingelte. Sie sah auf das Display. Die Nummer war unterdrückt..

»Hallo? … Olga? … Ich bin's. Benno.«

Olga stiegen Tränen in die Augen. »Hallo, Benno.« Ihre Stimme zitterte. Sie wusste nicht genau, ob sie wegen ihrer beschissenen Situation heulte oder ob es die maßlose Freude und Erleichterung waren, dass Benno lebte.

»Was ist los mit dir?«, fragte Benno besorgt. »Du hörst dich so komisch an.«

»Ich freue mich einfach, deine Stimme zu hören.«

Olga begann heftig zu weinen, und als sie spürte, dass sie so schnell nicht mehr aufhören würde, schaltete sie ihr Telefon aus. Es dauerte eine ganze Weile, bis sie sich leer geweint hatte. Allmählich löste kühle Nüchternheit ihre Verzweiflung ab. Ihre Kräfte, die sie jetzt brauchte, um die Abreise anzutreten, kehrten zurück. Alles, was in den letzten Tagen geschehen war, seit sie den Weg hinauf in den Wald ihrer Kindheit gegangen war, war bereits Vergangenheit.

Olga schleuderte Thorvalds Blumenstrauß, den er ihr aus der Stadt mitgebracht hatte, in hohem Bogen in den Wald und machte sich auf den Weg. Noch einmal spürte sie das bohrende Gefühl des kalten Verrats in sich aufsteigen. Sie hatte sich die alte gelbe Regenjacke übergezogen, die einen großen Riss an der linken Schulter hatte. Wäre sie doch nie gekommen.

Endlich konnte sie nach Hause fahren. Benno war gerettet. Was die Polizei über ihre Abreise denken würde, war ihr mehr als gleichgültig.

Die ganze Zeit über hatte Thorvald kein einziges Wort darüber verloren!, brannte es noch einmal in ihr auf. Nyoko wartet in Kopenhagen auf ihn! Und er beklagt sich über die immer länger werdenden Abstände ihrer Treffen!

Olga saß allein auf einem der verschmierten und von Zigarettenkippen angesengten Sitze unter dem Dach der Bushaltestelle und starrte auf die regennasse Straße. In der Ferne tauchte ein Auto auf und fuhr langsam und scheinbar lautlos auf die Bushaltestelle zu. Am Steuer des roten Porsche saß ein dunkelhaariger Mann, der sie durch die beschlagene Scheibe ansah. Er rollte langsam an ihr vorbei und Olga hatte den Eindruck zu sehen, wie Ruben das Fenster herunterkurbelte und sie fragend anblickte.

Olga rührte sich nicht. Der Wagen fuhr langsam weiter, bis Olga nur noch die roten Bremslichter sah. Dann beschleunigte der Fahrer und bog nach rechts auf die Hauptstraße ab.

Einige der Musiker saßen bereits im Orchestergraben und spielten noch einmal schwierige Passagen oder stimmten ein letztes Mal ihre Instrumente. Es waren erst wenige Zuschauer im Saal. Einige standen in den oberen Rängen und genossen die prickelnde Atmosphäre, die kurz vor jeder Premiere in dem Raum schwirrte. Die Kakofonie aus dem Orchestergraben, das gedämpfte Gerede der langsam hereinströmenden Menschen, die surrende Anspannung der Darsteller, die durch den geschlossenen Vorhang zu strömen schien, all dies barg freudige Erwartung.

Vincent Ambach und Gudrun Himmelreich saßen im Parkett in der zweiten Reihe, genau in der Mitte. Frau Himmelreich hatte auf einer frühzeitigen Abfahrt bestanden. Sie wollte die zeitraubende Suche nach einem Parkplatz vermeiden, und außerdem gehörte sie zu den Menschen, die die Zeit vor der Aufführung genießen wollten. Mit einem Sekt, einem kleinen Imbiss.

Doch dieser Abend war anders. Sie hatten kaum miteinander gesprochen. Die Sache mit dem Bild hatte sie erschüttert. Sie war aufgesprungen, als die lodernden Flammen das Gemälde mit einem lauten Knistern auffraßen. Sie wollte es aus dem Feuer holen, doch sie konnte nur noch mitansehen, wie es sich in rasender Eile auflöste und zerfiel. Starr vor Entsetzen stand sie vor dem Kamin. Als sie sich zu Vincent Ambach umdrehte, hatte dieser den Salon bereits verlassen.

»Es hat Konrads Jungen beinahe das Leben gekostet.« Ohne den Kopf zu wenden, hatte Vincent Ambach diesen einen Satz gesagt, als sie im Auto vor der roten Ampel standen. Die Scheibenwischer waren quietschend über das nasse Glas gezuckt. Gudrun Himmelreich hatte nicht geantwortet.

Vincent Ambach hatte aus dem Seitenfenster auf die Menschen geblickt, die mit dunklen Schirmen an der Fußgängerampel standen. Autos hatten zu hupen begonnen und waren an ihnen vorbeimanövriert. Sie hatten eine ganze Grünphase verpasst.

Olga stand an der Haltestelle in mittlerweile strömendem Regen, ihre Reisetasche über der rechten Schulter. Das Wasser lief durch die undichte Stelle des Regenmantels und verteilte sich langsam auf ihrem Rücken. Der Bus kam und zwei Leute stiegen aus. Sie gingen schnellen Schrittes an Olga vorbei, ohne sie zu beachten. Sie sah den Busfahrer an, der den Motor abgestellt hatte und eine Zeitung hervorholte. Auch wenn Olga noch die Absicht gehabt hätte, einzusteigen, er hätte die Tür erst geöffnet, wenn seine Pause beendet war. Er ließ sie im Regen stehen.

Langsam ging sie los, die schmale Straße entlang, und bog nach links ab. Hinter Julianes Haus stellte sie sich dicht an die Hauswand und schaute in den tiefen Abgrund. Der Fluss war dabei, wieder zu einem ernst zu nehmenden Gewässer anzuschwellen.

Sicher war auf dem Klassentreffen über Thorvald und Nyoko geredet worden. Ines hatte ja auch davon gewusst. Warum hatte er denn nichts zu ihr, Olga, gesagt? Bestimmt wäre sie irgendwie damit klargekommen. Sie hatte doch selbst immer wieder versucht, sich von ihm zu lösen. Unfertige Gedanken zwar, aber immerhin …

Sie atmete tief durch. Der Boden unter ihren Füßen hatte sich in ein Schlammloch verwandelt, und der Regen fiel in Strömen. Aus der Ferne hörte sie herannahendes Gewittergrollen. Eine Hitzewelle wie diese würde nicht zu Ende gehen ohne das tosende Finale mit Donner, Blitz und Regen wie in der biblischen Sintflut. Ach, wenn der Regen doch nur die verfluchte Hütte samt den albernen Erinnerungen den Abhang hinabspülen würde.

Sie stand an die Hauswand gelehnt und schaute in den bleifarbenen Himmel, als sich das Fenster über ihr einen kleinen Spalt öffnete.

»Pssst!«

Olga fuhr herum und blickte nach oben. Eine Hand schob sich aus dem Fenster und bedeutete ihr, näher zu kommen. Der Arm war stark genug, die ganze Frau ins Trockene zu ziehen.

Thorvald Einarsson saß in seiner Garderobe, die Arme hinter dem Kopf verschränkt, die Füße auf dem Schminktisch übereinandergelegt. Zuvor hatte er sich mit speziellen Stimm- und Körperübungen in Form gebracht. Jetzt hatte er die Augen geschlossen und versuchte sich zu entspannen. Er musste ruhig werden. Ganz locker. Er gab sich Mühe, sich auf seinen Atem zu konzentrieren. Er musste versuchen, diese besondere Form der Entspannung zu finden, die gleichzeitig Anspannung war und die für den nötigen Adrenalinschub sorgte, die ihn dann zur Höchstform auflaufen ließ.

Christian Reuther hatte laut aufgejault, als er die Schramme in Thorvalds Gesicht gesehen hatte. Doch gab die eilends herbeigerufene Maskenbildnerin ihr Bestes und betonte die Wunde noch, wie Olga es vorhergesagt hatte. Thorvald steckte bereits im Kostüm des armen Erik, der gleich um seine verlorene Liebe kämpfen musste. Bald würde er die Tür zur Bühne aufreißen und in die Spinnstube stürzen, in der seine Angebetete in fantastische Träumereien und Wahnvorstellungen verfallen war, ausgelöst von dem Konterfei eines verfluchten Seemanns aus Holland, der sich angemaßt hatte, Gott und Teufel gleichzeitig zu einer Segelregatta um das Kap der Guten Hoffnung herauszufordern. Erik würde bitten und flehen, beschwören und verzweifeln. Und hatte bereits zu Beginn keine Chance mehr.

»Helft ihr! Sie ist verloren!« Mit diesem Aufschrei würde er seine Niederlage eingestehen und zusammenbrechen.

Der Regisseur flitzte wie ein Wiesel zwischen den einzelnen Garderoben hin und her und machte die Sänger verrückt. Thorvald verdrehte die Augen und stöhnte. Er ging auf die Bühne und spähte durch einen schmalen Spalt im Vorhang.

Er sah ihn sofort. Den mageren, bleichen Mann in dem dunklen Anzug. Den Holländer in Person. Bleich, verhärmt und reglos saß er im Parkett neben einer eleganten, auffällig ernsten Dame, die auf den Bühnenvorhang starrte, als würden sich dort bereits dramatische Szenen abspielen. Es dauerte eine Weile, bis er Gudrun Himmelreich wiedererkannt hatte, die er in Ambachs Haus als heitere Person kennengelernt hatte.

Doch dann begannen Thorvalds Augen zu suchen. Wo war sie? Er hatte damit gerechnet, sie neben ihrem Großvater zu sehen. Oder war ihr das Geld ausgegangen und sie hatte sich eine Karte für den zweiten Rang besorgt?

Er sah auf die Uhr. Der Gong war bereits zum dritten Mal ertönt. In wenigen Minuten würde das Drama unaufhaltsam seinen Lauf nehmen.

Robert lehnte nervös an der Küchentür, die streng nach französischem Tabak riechende Zigarette zwischen Daumen und Zeigefinger.

Olga stand am Fenster und blickte ihn feindlich an.

»Was willst du hier? Ich dachte, deine Geschäftsfreunde aus Hamburg hätten dich aus dem Wald geschleust.«

»Die haben anderes zu tun.« Er lachte höhnisch. »Kann Benno sich immer noch nicht erinnern?«

Olga wurde unruhig. »Die beiden haben Benno …?«

»Mann!«, rief Robert und riss die Arme in die Höhe. »Die beiden, die beiden! Diese Idioten haben noch ganz andere Sachen gemacht. Scheiße!«

»Waren die das mit Benno?«, rief Olga und sie merkte, wie die Wut in ihr aufstieg. »Sie haben ihn fast umgebracht!«, schrie sie und ging einen Schritt auf Robert zu, als wollte sie ihm die Augen auskratzen. Robert blieb völlig unbeeindruckt.

»Warum deckst du sie? Was habt ihr vor?« Olga stand dicht vor ihm und funkelte ihn an.

Robert erwiderte ihren Blick kühl. »Ist jetzt sowieso alles egal.« Er warf den filterlosen Zigarettenstummel in die Spüle.

»Habt ihr irgendetwas mit den Bildern zu tun? Es

würde mich nicht wundern, wenn ihr alle unter einer Decke steckt.«

»Ihr kapiert auch gar nichts«, erwiderte Robert genervt.

»Dann klär mich auf«, rief Olga. »Du hast bisher keine einzige meiner Fragen beantwortet. Warum hilfst du mir nicht? Was bist du nur für ein mieses Schwein!«

»Ich?« Er legte sich die rechte Hand an die Brust. »Das sagst ausgerechnet du? Eine Ambach? Ich glaube, du solltest mal lieber vor deiner eigenen Tür kehren. Die ganze Ambachsippe, dein Wikinger und Benno eingeschlossen, ihr seid so ein elitärer Scheißhaufen, dass ich kotzen könnte!«

Olga konnte nicht sagen, was passiert war, aber Roberts Angriff hatte ihr den Wind aus den Segeln genommen. Sie hatte ihre Kraft verloren. Ganz plötzlich. Was hatte er gesagt?

Robert mochte eine einfache Natur sein. Er dachte nicht um die Ecke. So wie Olga. Um sich am Ende zu verheddern und nicht ans Ziel zu kommen. Jemand wie Robert dachte einfacher, direkter. Und klarer. Vielleicht hatte er ja gar nicht so unrecht.

Olga starrte Robert an, dann sackte sie langsam in sich zusammen. Sie fühlte sich unendlich einsam. Vor ihr stand ein halbseidener Gauner, der von der Polizei gesucht wurde und der trotz aller Beteuerungen seiner Unschuld ein Mörder sein konnte. Eigentlich war von ihrer ganzen Familie, einschließlich Thorvald, niemand mehr übrig geblieben, dem sie vertrauen konnte. Selbst ihrem Großvater nicht.

Müde zog Olga ihr Handy aus der Tasche.

»Wehe!«, rief Robert und machte einen Schritt auf sie zu.

»Beruhig dich. Kirschbaum rufe ich erst an, wenn ich in Sicherheit bin.«

Ines meldete sich nach dem dritten Klingelton. »Olga! Wo bist du?«

»Ich bin unterwegs«, log sie.

»Zur Oper? Du wirst zu spät kommen.«

»Nein, nicht zur Oper, ich … ach, was soll's. Ich bin bei Juliane.«

»Was?«

»Ja, ich will hier noch mal was klären …«

»Olga?«, unterbrach Ines sie. »Was ist los?«

»Hör mal, wir müssen uns sehen, kannst du kommen?«

»Ich muss erst die Kinder zu meinen Eltern bringen. Ich will sie nicht im Wald lassen. Ich melde mich gleich noch mal … Olga?«

»Ja?«

»Wo ist Robert?«

Olga warf einen kalten Blick auf Robert, der sie wütend anstarrte.

»Wieso? Haben sie ihn noch nicht?«

»Nein, er ist flüchtig.«

»Dann wird er nicht weit kommen. Kirschbaum und seine Männer sind wachsam. Bis gleich.«

»Kannst du kommen?«, äffte Robert sie nach. »Bist du bescheuert? Was soll das?«

»Es ist keine besonders gute Idee, sich hier zu verkriechen.«

»Warum hast du mich nicht verpfiffen? Die hat doch nach mir gefragt.«

»Ja, ja, beruhige dich. Ich brauche dich noch einen Augenblick.« Olga zog das Foto aus ihrer Jeanstasche und reichte es ihm.

»Das ist doch Luis«, sagte Robert erstaunt. »Und Ruben.«

»Wer ist der Dritte?«

»Heini«, sagte Robert und schaute genauer auf das Bild. »Heini Hagenberg. Der Lackaffe.«

»Hagenberg!« Olga sah auf das Bild. »Das ist Heinrich«, sagte sie leise. »Wer sonst!«

Sie sah Robert an. »Kannst du dich noch an den erinnern?«

»Klar, kann ich mich an das Arschloch erinnern. Zum Glück ist der abgehauen.«

»Weißt du, wann das war?«

Robert betrachtete das Foto eingehend. »Das muss kurz vor dem Unfall von deinem Onkel gewesen sein. Ich weiß nichts Genaues. Was ich aber weiß, ist, dass sich alle gewundert haben. Er ist einfach nicht mehr zur Arbeit erschienen. Alle haben erzählt, dass er nach einem Riesenkrach mit dem Alten fristlos gekündigt hat. Dabei war er doch in den erlesenen Kreis der Nachfolgeanwärter des großen Meisters aufgestiegen.«

Ein heller und ungewöhnlich langer Blitz, dem augenblicklich ein schwerer Donnerschlag folgte, erschütterte das kleine Haus. Olga erschrak und Robert wurde unruhig. Olga dachte daran, dass Juliane mit ihren Recherchen über die Ambachs wahrscheinlich ähnlich weit gekommen war. Und sie hatte etwas gefunden. Heinrich Hagenberg. Das Bild. Sie musste noch einmal in Julis Arbeitszimmer. Ein zweiter Donner krachte los, als Olga die Treppe hinaufstieg. Das Gewitter, das sie zuvor in der Ferne hatte rumoren hören, tobte jetzt direkt über ihnen, und riesige, schwere Regentropfen prasselten aufs Dach. In der oberen Etage war es immer noch stickig. Olga ging in Julis Arbeitszimmer. Und da fiel es ihr wieder ein. Warum hatte sie ständig Rubens Gesicht vor Augen? Warum musste sie ständig an ihn denken? Weil sie ihn hier gesehen hatte.

Sie hörte, wie Robert die Treppe heraufkam. Langsam, behutsam. Ja, so war es auch vor drei Tagen gewesen, als jemand leise das Haus betreten und sie aufgeschreckt hatte. Ruben? Machen Gespenster Geräusche? Genauso hatte Olga vor dem Schreibtisch gestanden und in den Papierstapeln geblättert. Und irgendwo dazwischen hatten Fotos gelegen. Auf einem war Ruben zu sehen gewesen. Vermutlich hatte Juliane es aus den Bildern gefischt, die Olga zum Klassentreffen mitgebracht hatte.

»Oh Gott«, dachte Olga. »Hätte ich diese verfluchten Bilder doch nie mitgebracht. Obwohl… ich hatte kein Foto von Ruben dabei.«

Sie suchte den Papierstapel, in dem die Fotos liegen mussten. Es waren mehrere Schwarz-Weiß-Fotos gewesen, aber sie waren nicht mehr da.

Robert stand unruhig hinter ihr. »So ein Quatsch«, sagte er und ging wieder zur Tür. »Ich muss hier weg.«

Olga drehte sich zu ihm um. Robert schien seine Coolness zu verlieren.

»Wo willst du hin?«

»Das werde ich dir gerade sagen!«, rief er verächtlich.

»Viel Glück!«, sagte sie so leise, dass er es nicht mehr hören konnte.

Olga vernahm das Geräusch der beiden Flügel des Küchenfensters, als Robert sie von außen zudrückte. Dann war alles ruhig. Plötzlich tat er ihr leid. Robert war einer der kleinen Fische, die sie drankriegen würden. Für ihn würde nichts mehr so sein wie früher. Sie holte tief Luft. Hier war etwas Größeres im Spiel. Etwas

Dunkleres, Gefährlicheres. Etwas, das Roberts kriminelles Kleinwarengeschäft bei weitem überschattete. Und vor dem sie sich in Acht nehmen musste. Erneut fragte sie sich, warum sie die Dinge nicht Martin Kirschbaum überließ.

Aber Olga war klar geworden, dass der Kriminalhauptkommissar dabei war, einen entscheidenden Fehler zu machen. Er unterschätzte die Waldbewohner. An sie würde er nicht mehr herankommen. Die hatten ihre Reihen längst geschlossen.

Laut seufzend ging sie jeden Papierberg noch einmal durch.

Sie hatten ihre Reihen zwar geschlossen. Aber Olga hatte den Fuß in der Tür.

Sie ging in Julianes Schlafzimmer und setzte sich aufs Bett. Sie nahm den Stapel Bücher, der neben dem Bett auf dem Boden lag. Sie blätterte ein Buch nach dem anderen durch. Nichts. Sie stand wieder auf und ging an den Schreibtisch. Über dem Tisch, an der Wand war ein Regal befestigt, auf dem einige Bücher lagen. Sie nahm das Buch mit dem Titel ›Erinnerungen an die Christliche Seefahrt‹ und schlug es auf. Da waren sie. Fest in die Bindung hereingedrückt, so dass sie bei flüchtigem Durchblättern nicht herausfallen konnten. Es waren Olgas Aufnahmen. Fünf Stück. Fünf Farbfotos. Nicht die, die sie auf dem Schreibtisch gesehen hatte, vor drei Tagen. Diese Fotos hatte Benno in der Nacht des Klassentreffens aussortiert. Thorvald, Hanna, Benno, Olga und Juli. Die Floßbilder.

Eine Ewigkeit stand Olga nun schon in Romans Wohnzimmer und starrte in den grauen Garten. Sie dachte an Thorvald, der in diesen Minuten auf der Bühne stand und versuchte, seine Geliebte davon zu überzeugen, dass *er* doch der Einzige für sie sei.

Der Sturm, der mit dem heftigen Gewitter einhergegangen war, hatte die beiden hohen Tongefäße mit dem Oleander umgefegt. Sie waren an den Rand der Terrasse gerollt, das eine war dabei zerbrochen.

Was hatte Olga denn erwartet? Ein Mann wie Thorvald. Immer in der Welt unterwegs. Gerade dabei, den Opernhimmel zu erobern. Von weiblichen Fans umlagert. »Nein, danke. Ich warte auf meine Olga. Die heiratet mich später. Ganz sicher.«

Sie lachte verächtlich. Ihre Stärke war es, die Dinge so lange ruhen zu lassen, bis sie an Bedeutung verloren oder sich von selbst regelten. Thorvald war immer für sie da gewesen und sie hatte geglaubt, dass auch er so dachte.

Das Band, dieses unsichtbare Band, das sie seit der Kindheit festhielten. Tristan und seine Isolde. Isolde und Tristan. Hatte der Trank seine Wirkung eingebüßt? Der fortgesetzte Schmerz, das pausenlose Herzeleid, an dem Tristan und Isolde zugrunde gehen sollten. Thorvald hatte das Band losgelassen. Sie war frei. Sie war gerettet. Und sie war allein.

Ihr Telefon meldete sich. Prüfend sah sie auf das Display. Es war bestimmt wieder Benno, der von seinem Krankenbett aus telefonierte. Sie brachte es nicht übers Herz, ihn zu ignorieren.

Sie drückte die grüne Taste, ohne etwas zu sagen.

»Hallo? … Olga? Hier ist Elise Schwandt.«

»Ja, Elise.« Olga nahm den Anruf völlig teilnahmslos entgegen.

»Sie hatten mir doch Ihre Nummer gegeben.«

Olga erinnerte sich und hätte am liebsten gesagt, dass sie das nicht mehr interessierte.

»Sind sie noch dran?«, fragte Elise zögernd.

»Ja ...«

»Sie sollten wissen ..., Ihr Großvater hat vor einer Stunde den Ruisdael verbrannt.«

Olga schloss die Augen und atmete tief durch. »Waren Sie dabei?«, fragte sie tonlos.

»Ich kam gerade herein, als er und Frau Himmelreich den Salon verließen. Sie war ganz aufgelöst. So habe ich sie noch nie gesehen.«

»Und mein Großvater?«

Es dauerte einen Moment, bis Elise wieder sprechen konnte.

»Ihm hätte man nichts angemerkt. Ich wunderte mich nur über das Knacken im Feuer und sah dann das Bild ... Allmächtiger ... Warum tut er so etwas?« Elises Stimme zitterte. »Was ist nur mit ihm?«

Olga hatte den Eindruck, dass Elise sich ohnehin Sorgen um ihren Großvater machte, unabhängig von dem Vorfall mit dem Bild. Sie hatte schließlich ihr ganzes Leben für ihn gearbeitet, war mit ihm zusammen alt geworden.

»Er ... er ist so anders. Ich kenne ihn gar nicht mehr wieder. Er ...« Sie machte eine lange Pause. »Er will gar nicht mehr leben. Das spüre ich ganz deutlich.«

»Und Frau Himmelreich?«, fragte Olga.

»Sie ist fast nur noch an seiner Seite. Seit sie ihr Zimmer hier hat.«

»Sie wohnt bei Vincent?« Das war Olga neu.

»Sie hat sich eines der Gästezimmer hergerichtet«, sagte Elise. »Ich weiß gar nicht, ob sie ihre Wohnung in der Stadt noch hat.«

»Elise, sagt Ihnen der Name Hagenberg etwas?«

»Hagenberg?« Sie dachte einen Augenblick nach. »Hagenberg. Meinen Sie Heinrich Hagenberg?«

»Was wissen Sie über ihn?«, fragte Olga.

»Heinrich Hagenberg hat doch bei Ambach gearbeitet. Sie waren noch klein, Sie können sich bestimmt nicht mehr erinnern.«

»Heini, der Kinderschreck!«

»Ja, ich glaube, das trifft zu.«

Olga hörte, dass Elise schmunzelte.

»Wie kommen Sie auf Herrn Hagenberg?«, fragte Elise. »Der ist doch schon so lange fort.«

»Was ist denn aus ihm geworden?«

»Er hat Deutschland damals verlassen, glaube ich.«

»Hat Juliane mit Frau Himmelreich über ihn gesprochen?«

»Das weiß ich leider nicht.«

»Danke, Elise und ... machen Sie sich keine Sorgen um meinen Großvater. Er ist neunzig und er ist müde. Damit müssen wir nun mal leben.«

Der kleine Stein knallte direkt vor Olga an die Scheibe. Sie zuckte zusammen und wischte sich schnell die Tränen aus dem Gesicht, als Ines' blonder Schopf an der Terrassenmauer auftauchte.

»Was ist?«, fragte sie, als sie neben Olga stand.

Olga konnte nicht antworten.

»Thorvald?« Ines holte tief Luft. »Vergiss ihn. Mit dem wird keine glücklich. Der denkt nur an sich.« Ines wartete einen Moment und schaute aus dem großen Fenster in den verregneten Garten. »Sie haben übrigens eben gerade Robert Hunter festgenommen.«

Olga schloss die Augen. Obwohl sie Ines' nüchterne Art manchmal schwierig fand, in diesem Moment liebte sie Ines dafür. Dafür, dass sie nicht versuchte, sie zu trösten, ihr Mut zuzusprechen oder sie mit eigenen leidvollen Erfahrungen abzulenken versuchte.

»Wo?«

»In deiner Hütte. Dieser Trottel!«

Olga erschrak. »In meiner Hütte?«, wiederholte sie leise. »Das heißt doch … er wusste wirklich nicht mehr, wohin er sollte.« Sie sah Ines an. »Ich hatte geglaubt, dass er auf ein gut funktionierendes Netzwerk von Fälscherkollegen zugreifen kann, die ihn sicher außer Landes bringen.«

»Du und deine verklärte Weltsicht«, sagte Ines ärgerlich. »Also, was hast du entdeckt?«

Olga musste niesen. Sie hatte gar nicht bemerkt, dass sie immer noch in den nassen Klamotten steckte. Sie warf die Regenjacke auf einen Stuhl, nahm die Fotos aus ihrer Handtasche und reichte sie Ines.

»Warst du dabei?«, fragte sie. »Beim Klassentreffen, meine ich, als Benno die Bilder hier herausgesucht hatte?« Ines nickte. »Aber warum hat Juli diese Bilder mitgenommen und dann so gut versteckt?« Olga setzte sich neben Ines. »Ich hatte ein Foto von Ruben auf ihrem Schreibtisch gesehen. Aber diese hier … Was wollte sie damit? Die haben nichts mit der Familienchronik der Ambachs zu tun.«

Olga erhob sich wieder und ging ans Fenster. Der Regen hatte nachgelassen, die Wolken verzogen sich langsam und ließen einige tiefblaue Himmelsflecken leuchten. »Ich habe eben noch mit Robert gesprochen.«

»Das dachte ich mir.« Ines sah nicht von den Bildern auf.

»Er sagte, seine beiden Kumpel aus Hamburg hätten Benno so zugerichtet.«

»Hat er gesagt, was sie von ihm wollten?«

»Auch wenn sie ihn ganz schön reingeritten haben, es scheint so was wie einen Ehrenkodex zu geben. Die halten alle dicht. Da ist aber noch etwas anderes. Mein Großvater hatte ein Bild in seinem Besitz, das unter NS-Raubkunst fällt.«

Ines sah sie an und zog die Augenbrauen hoch. »Und Benno hat das gewusst?«

»Er hat es entdeckt, als er unser kleines Konzert besucht hat.« Olga holte ihr Telefon aus der Tasche und wählte Konrads Nummer. Zu Hause meldete sich niemand. Sein Handy war abgeschaltet. »Er ist bestimmt bei Benno im Krankenhaus.«

Sie ging zurück und ließ sich auf das Sofa fallen. »Vincent hat das Bild vorhin verbrannt.«

»Mit ihm muss ich zugrunde gehen.«

Mit verklärtem Blick, unerreichbar für die Warnungen des armen Freundes Erik, der ihr gerade einen bösen Traum als unheilvolle Prophezeiung offenbarte, blickte Senta in weite Ferne.

»Sie ist dahin! Mein Traum sprach wahr!«

Voller Entsetzen stürzte Erik davon, während Senta starr, ganz dem Wahn verfallen, aufs Meer schaute. Unerreichbar für Appelle an die Vernunft.

Thorvald hatte genügend Zeit, bis er wieder auf die Bühne musste. Er ging in die Kantine, um etwas zu trinken. Schon vor einer Weile hatte ihn eine seltsame Unruhe gepackt. Wo war Olga? Sie hatten schon vor Tagen verabredet, dass sie in seiner Garderobe auf ihn warten könne.

Thorvald zog sein Handy aus seinem Jagdwams und wählte Olgas Nummer.

»Wo steckst du? Bist du nicht in der Oper?«, fragte er mit gedämpfter Stimme.

»Nein«, gab Olga knapp zurück. »Was ist los?«

»Ich weiß nicht, aber ... dein Großvater sitzt vorne im Parkett. Er sieht zum Fürchten aus ... und die Himmelreich auch. Da muss doch irgendwas passiert sein, was Schlimmes.«

»Sag mal, spinnst du?« Olga hörte deutlich Christian Reuthers Stimme im Hintergrund, obwohl er diesmal sehr gedämpft schrie.

»Scheiße!« Damit beendete Thorvald das Gespräch.

»Was ist passiert?«, fragte Ines.

»Thor hat Stress und Vincent mimt den Fliegenden Holländer.« Mürrisch betrachtete Olga ihr Telefon und warf es aufs Sofa.

Ines stand auf und holte ihre Umhängetasche. Sie zog Julianes großen Notizblock heraus, schlug die letzte Seite auf und reichte ihn Olga. Sie hatte die Fakten und Namen aller beteiligten Personen in einem Diagramm zusammengestellt. Ines Sadur war wieder ganz die Kriminalhauptkommissarin.

Olga lehnte sich zurück und versuchte, das Wirrwarr der ihr so vertrauten Namen und Orte zueinander in Beziehung zu setzen. Julianes Name stand fest verwurzelt wie ein Baum im Zentrum des Waldes, an dessen Ästen alle Namen der Waldbewohner standen. Es fehlte kein Einziger. Selbst ihren eigenen Namen fand Olga neben Thorvalds. Sie blickte zu Ines hoch.

»Im Grunde hast auch du ein Motiv«, sagte Ines in dem für sie so typischen kühlen, sachlichen Ton, als würde sie in ihrem Vernehmungszimmer sitzen, ein Mikrofon auf dem Tisch.

»Es ist nicht zu übersehen, wie du an ihm hängst. Und Thorvald hat keinen Hehl daraus gemacht, dass Juli ihm nicht egal war. Damals wie heute.«

Olga schwirrte der Kopf. »Aber das war vorbei.«

»Bist du sicher?« Ines sah sie scharf an. »Hast du nicht gesehen, wie die beiden miteinander getanzt haben?«

Doch, das hatte sie. Klar hatte sie das gesehen. Alle anderen auch. Manche hatten neugierig zu Olga geblickt, um zu sehen, wie sie darauf reagierte. Juliane in ihrem engen, lagunengrünen Kleid hatte sich mehr als einmal an Thorvald geschmiegt und die Augen beim Tanzen geschlossen. Sie hatten sich angelächelt. Waren sie kurze Zeit danach nicht verschwunden?

Olga blickte wieder stumm auf den Block. Ihr wurde schwindelig. Juliane. Auf dem Blatt wuchs ein Ast von Juliane zu Luis. Ein anderer von Juliane zu Roman, ein dritter zu Vincent, und schließlich ein vierter zu Gudrun Himmelreich.

Sie warf den Block auf den Tisch. »Eifersucht! Alles Unsinn.«

»Nicht nur Eifersucht«, sagte Ines. »Schau dir mal die Verbindung zwischen Juli und Luis an.«

Olga beugte sich nach vorn, um Ines' Aufzeichnungen sehen zu können. Da entdeckte sie den kleinen Totenkopf, der auf dem Ast saß, von Staubwolken umgeben, aus denen Dynamitstangen herausragten. Olga stutzte.

»Die Comicsprache müsste dir doch vertraut sein«, sagte Ines und lächelte. »Ich bin darin nicht so gut wie du.«

»Luis und Juli hatten Streit?«, fragte Olga verblüfft.

»Und wie. Da müssen ganz schön die Fetzen geflogen sein.«

Olga sah auf. »Sagt das dein Informant?«

Ines nickte. »Das hat Hanna ausgesagt.«

»Ja, aber …«, Olga dachte nach. »Worüber sollten die sich gestritten haben … und … warum hat die Polizei nicht Luis in die Mangel genommen?«

»Oh, das haben sie. Aber er hat ein glaubwürdiges Alibi. Er war zum Zeitpunkt im ›Luis‹, er hat gearbeitet.

Blätter mal um«, sagte Ines ruhig. Sie hatte Olga die ganze Zeit aufmerksam beobachtet.

Auf der nächsten Seite stand Heinrich Hagenberg im Zentrum.

»Mit dem stimmt was nicht«, sagte Ines.

»Aber da steht ja *dein* Name!« Olga erschrak.

Ines nickte. »Juli hatte meinen Namen notiert. Sie wollte beim Klassentreffen über irgendetwas mit mir reden. Aber sie ist nicht mehr dazu gekommen.«

»Über Hagenberg?«

»Vielleicht.«

Ines zündete sich die Zigarette an, die sie die ganze Zeit in der Hand gehalten hatte.

»Ich habe meine Kollegin in Berlin eingeschaltet. Anne ist eine Freundin. Ich habe sie gebeten, alles zum Thema Hagenberg zu recherchieren, was sie finden kann.«

»Sein Verschwinden hat damals ziemliche Verwunderung ausgelöst – sagt Robert zumindest«, erwiderte Olga.

Ines sah sie erwartungsvoll an. »Kann er sich an Hagenberg erinnern?«

»Gut sogar. Er sagte, dass sich alle gewundert hätten, dass er ausgewandert sei, obwohl er einen leitenden Posten bei Vincent bekommen sollte. Was ist mit seiner Familie?«

»Keiner mehr da, der Auskunft geben könnte. Olga, wann genau ist dein Onkel eigentlich verunglückt?«

»Vor dreißig Jahren.«

»Geht's nicht genauer?«

Olga zuckte die Schultern. »Er ist noch am Unfallort gestorben. Das Datum steht auf dem Grabstein.«

»Ist das weit?«

»›Selig sind, die da hungern und dürsten nach der Gerechtigkeit, denn sie sollen satt werden.‹ Ruben Gernot Ambach. Er ist vor genau dreißig Jahren gestorben.« Ines betrachtete den Grabstein.

Auch Olga schaute auf das Grab und erst nach einer Weile fielen ihr die Blumen auf. »Jemand hat ihm Lilien aufs Grab gestellt.« Sie dachte an ihre Zeichnung. Und an die Lilie daneben.

Ines ging in die Hocke und zog die Vase heraus. »Die brauchen frisches Wasser.«

»Er ist achtunddreißig geworden«, sagte Olga.

»Ja. Wir haben schon zwei Jahre mehr geschafft«, meinte Ines und sah sich nach einem Wasserhahn um.

»Weißt du, was ›Ruben‹ bedeutet?«, fragte Olga, als Ines die Vase mit frischem Wasser zurückgestellt hatte. »Ruben bedeutet ›Sehet, ein Sohn‹.«

»Tja«, sagte Ines. »Vincent und seine Söhne. Er hatte sich bestimmt alles ganz anders vorgestellt.«

Neugierig blickte sie zu Olga und wartete auf eine Reaktion. Doch Olga sah sie nur fragend an. »Du kanntest deinen Onkel nicht besonders, oder?«

»Doch ... Wieso? Was meinst du denn?«

»Jetzt sag nicht, du hattest keine Ahnung, dass Ruben homosexuell war?«, fragte Ines erstaunt.

Olga starrte auf den Grabstein. Dann sah sie auf. »Woher weißt du das?«

»Aus Julis Aufzeichnungen.«

»Woher wusste sie ...« Olga ließ sich langsam vor dem Grab nieder und starrte auf den weißen Marmorstein.

Ruben Gernot Ambach. Sein Duft, der Geruch nach Sandelholz, diese zarten Hände, seine weiche, warme Stimme ... Oh Gott, so zart. Wie musste Vincent das alles gehasst haben.

»Das war für deinen Großvater das Allerletzte«, schloss Ines. »Der eine pfeift auf die Tradition und führt das Lebenswerk seines Nachbarn fort und nicht das des eigenen Vaters, der andere treibt sich in Schwulenbars herum.«

Olga schlug die Hände vor ihr Gesicht. Sie atmete tief durch. Dann begann sie zu lachen. Sie lachte so laut, dass zwei alte Frauen, die ein paar Gräber weiter standen, verärgert zu ihnen herüberschauten.

Ines blickte auf ihre Uhr. »Du solltest mal mit deinem Vater sprechen. Wann ist die Oper zu Ende?«

»Bald.«

Sie sind schon alt und bleich statt rot!
Und ihre Liebsten, ach, sind tot!

Auf der Bühne war die Hölle los. Die komplette Mannschaft Kapitän Dalands feierte in wilden und ausgelassenen Tänzen die Rückkehr in den sicheren Heimathafen. Im Hintergrund lag dunkel und bedrohlich das verlassene Geisterschiff des Holländers.

Thorvald war wieder zur Bühne zurückgegangen und stand am seitlichen Rand, hinter der Kulisse. Das Parkett lag im Dunkeln, doch Thorvald bemerkte trotzdem die Unruhe, die in der zweiten Reihe herrschte. Ein Zuschauer nach dem anderen musste aufstehen, um Vincent Ambach, schwer auf Gudrun Himmelreichs Arm gestützt, an den hochgeklappten Sitzen vorbeizulassen. Am äußeren Ende der Sitzreihen wartete jemand auf die beiden. Thorvald konnte nicht gleich erkennen, wer das war. Doch dann glaubte er, Luis gesehen zu haben.

Er schaute auf die Uhr, die er unter dem Ärmel seines

Jagdrockes versteckt hatte, und stieß einen lauten Fluch aus. Er wusste genau, dass Olga nicht gemütlich im »Luis« vor ihrem Weinglas saß. Sie schlich wieder irgendwo herum, bei Roman oder Vincent. Wieder verfluchte er Christian Reuther, der ihm sein Handy abgenommen hatte. Wieder schaute er auf seine Uhr. Bis zu seinem nächsten Auftritt war noch genügend Zeit. Er stürzte in die Garderobe des Fliegenden Holländers. »Ich brauche dringend dein Handy!«

»Was ist denn mit dir los? Hast du zu Hause die Herdplatte angelassen?«, fragte dieser belustigt und reichte Thorvald sein Telefon.

Thorvald nahm es und stöhnte laut auf. »Die Nummer. Ich habe Olgas Nummer doch nicht im Kopf!« Er starrte den Holländer wirr an. »Dieser Scheißkerl von Reuther!«

»Wem sagst du das. Er kommt übrigens gerade.«

In diesem Moment wurde die Tür aufgerissen. »Einarsson! Wo …«

Thorvald, der exakt einen Kopf größer war als der Regisseur, drehte sich herum und packte ihn blitzschnell am Kragen. »Wenn du mir nicht sofort mein Telefon zurückgibst, gehe ich zu Fuß zur nächsten Telefonzelle. Vielleicht bin ich zur Premierenfeier wieder da.«

Er ließ den Regisseur los, richtete dessen Halstuch neu aus und funkelte ihn böse an.

Reuther fasste ohne weitere Umstände in seine Hosentasche, sah Thorvald tödlich beleidigt an und warf das Handy auf den Schminktisch. Dann verließ er erhobenen Hauptes die Garderobe.

Thorvald griff danach und wählte Olgas Nummer.

»Hagenberg war damals verschwunden. Ruben war schwul. Roman ging seinen eigenen Weg …« Olga ging neben Ines den Waldweg entlang. Großvater hat nie etwas tatenlos hingenommen. Niemals! Er hat immer alles geregelt. Zum Leidwesen seiner Söhne. Wenn die etwas nicht hinbekamen – mein Großvater hat allerhöchste Ansprüche, denen ein normaler Mensch nie gerecht werden kann – also, wenn ihnen etwas nur mittelmäßig gelang –, riss er die Dinge an sich und regelte sie, bis sie so waren, wie er das wollte.«

»Und als Ruben starb, holte er Heinrich ins Boot«, fuhr Ines fort.

»Der war schon im Boot. Er sollte nur noch das Steuer übernehmen.«

»Als Ersatzsohn? – Warum ist er dann abgehauen?«

»Das ist es eben. Wo ist dieser Kerl abgeblieben? Er könnte uns vielleicht weiterhelfen.« Olga hatte ihren schnellen Gang wiederaufgenommen. »Spätestens morgen will ich das wissen und dann fahre ich nach Hause. Ich bleibe keinen Tag länger hier.«

Sie kamen an die Kreuzung, von der drei Wege abgingen: zum »Luis«, weiter bergauf in die Hütte oder bergab an den See.

Sie sahen sich an. »Zum See? Bis die Oper vorbei ist?«, fragte Olga. »Und der Hund?«

»Wir sind zu zweit, ich habe Pfefferspray und ich bin ausgebildet im Umgang mit dieser Art von Monstern«, entgegnete Ines.

Hintereinander stapften sie durch das hohe feuchte Gras. Nach einer Weile tat sich die dunkle Wasserscheibe vor ihnen auf.

Vom Seeufer aus machte es den Anschein, als wären die grauen Wolken oben an den Rändern der steilen Klippen hängengeblieben. Sie standen unterhalb der Felswand, aus deren Spalten üppiger sattgrüner Farn wucherte. Olga sah hinauf und dachte sich, dass es eigentlich ein Wunder war, dass bisher noch niemand von dort oben herabgestürzt war.

Auch Ines hatte den Kopf in den Nacken gelegt, und als hätte sie Olgas Gedanken gelesen, sagte sie: »Ganz schön gefährlich. Und hier durftet ihr spielen?«

»Durften wir nicht. Haben wir aber.«

Eine Weile blieben die beiden Frauen am Ufer stehen. Sie sahen auf die dunkelgrüne Wasseroberfläche, die so friedlich dalag. Der orange-blau-graue Wolkenhimmel spiegelte sich darin. Sie hatten einen kleinen Frosch aufgeschreckt, der nah am Ufer entlangschwamm. Er war grün und hatte dunkle Punkte auf dem Rücken und sah genauso aus wie die Pflanzen um ihn herum.

Olga lächelte und betrachtete ihn mit geneigtem Kopf, dann schaute sie wieder auf die Klippen, die sich im Wasser spiegelten und sich in den ringförmigen Wellen auflösten, die das kleine Tier verursachte. Etwas raschelte laut im Gebüsch unterhalb der Klippen. Doch Olgas Blick hing noch immer an dem verschwommenen Spiegelbild des Felsens auf dem Wasser.

Stand dort oben nicht eine hagere Gestalt? Ganz starr. Erhob sich der große Vogel über den Klippen und flog fort? Julis Gedächtnis war nicht im Meer des Vergessens verloren gegangen. Wer erhob sich über dem Felsen?

»Ein großer Vogel!«

Olga stand mit offenem Mund da und hob langsam den Kopf in Richtung der Klippen. Ines ging langsam zum Steg, lief bis zu dessen Ende und setzte sich. Dann sah sie zu Olga herüber, die ihr folgte.

Sie gab Ines das Foto. Thorvald und Benno saßen auf dem Floß und blickten fröhlich in Olgas Kamera. Die Fotografin Olga musste am Ufer des Sees gestanden haben.

Um Thorvalds Gipsarm war eine Plastiktüte gewickelt. Im Hintergrund ragte der Felsen wie ein Mahnmal in den Himmel. Erst jetzt erkannte Ines, dass sich ein lachendes Mädchen am Floßrand festhielt. Man konnte nur einen Teil von Julianes Gesicht erkennen.

»Mit ihrem kleinen Scherz hat sie Thorvald wohl ein lebenslanges Trauma verpasst«, grinste Ines. »Er hat mir ausführlich davon erzählt.«

»Genau hier, wo wir gerade sitzen, lag unser Floß.« Olga sah sich um. »Irgendwas war am Ufer los, dahinten, bei den Klippen. Benno sagte immer, er hätte oben einen großen Schatten gesehen. Ich hatte den Eindruck, unten wäre ein großes Tier, ein Reh oder so was. Unmittelbar danach fing Thorvald an zu schreien. Dann lachte Juliane. Sie konnte gar nicht mehr aufhören. Sie lachte und Thorvald wurde wütend. Ich sah am Felsen hoch, weil sich da etwas bewegt hatte, etwas Großes, Dunkles.« Olga hielt inne. »Ines, da war was.« Sie zeigte mit geradem Arm auf die Klippen. »Da oben stand jemand. Als Kind habe ich immer wieder davon geträumt.«

Olga suchte die Fotos ab, konnte aber in der Dämmerung nichts mehr erkennen.

»Juliane hatte sich heimlich herangeschlichen, weil sie euch überraschen wollte«, vermutete Ines, »und deshalb haben die, die möglicherweise da oben waren, sie auch nicht gesehen.«

»Aber Juli hat sie gesehen«, sagte Olga ganz leise. »Hat sie doch erzählt. Beim Klassentreffen. Mehrmals sogar. Ich habe das bisher nicht beachtet.«

»Weißt du noch, an welchem Tag das war?«

»An dem Tag bekam Thorvalds Gips Wasser ab und Roman musste ihm einen neuen machen, ohne dass seine Eltern was mitbekamen. Er war so aufgeregt.«

»Thorvald?«

»Nein, mein Vater. Er war total sauer. Wir hatten ihm zwar nicht gesagt, dass wir auf dem See waren, aber das konnte er sich ja denken. Nie zuvor hatte er mich so angeschrien. Und wir haben uns lange gewundert, warum er wegen des Gipses so ein Theater gemacht hat.«

»Hat dein Vater die alten Krankenakten noch?«

»Bestimmt. In seinem Archiv.« Olga stand wieder auf und schaute sich um. Dann öffnete sie den Reißverschluss ihrer Jeans.

»Brr, das willst du wirklich tun?« Ines schüttelte den Kopf. »Aber, was wundere ich mich. Ihr seid doch alle verrückt hier draußen!«

»Das ist das Einzige, was ich noch nicht geschafft habe, seit ich hier bin. Ich muss wenigstens einmal in den See steigen, bevor ich wieder abreise.«

Als Olga sich ausgezogen hatte und splitternackt am Rande des Steges stand, blickte sie noch einmal zu dem mächtigen Felsen, der wie ein Mahnmal vor ihr stand. Wieder hatte sie das Gefühl, dort oben, zwischen den Blättern der Büsche, ein weißes Gesicht zu sehen. Dann schoss sie mit einem fast lautlosen Kopfsprung ins dunkle Wasser. Schnell glitt sie in die Tiefe und ließ sich bis auf den Grund des Sees fallen. Es war noch so viel Licht am Himmel, dass Olga die Umrisse des Steges erkennen konnte. Ihr Floß. Die kleinen Kinderfüße baumelten am Rande des Holzes. Hannas Schwimmbrille zeichnete sich deutlich ab. Olga drehte sich schwerelos im trüben Wasser wie die Seejungfrau, deren Gesang ein Ertrinkender vernahm. Gleich würde der Hecht kommen. Schnell wieder hoch!

Thorvald hatte den Gesang gehört. Das hatte er immer wieder gesagt. Er hatte ganz viele, unglaublich helle

Laute gehört, die wie leuchtende, feine Streifen durchs Wasser geschossen waren. Er wusste nicht, ob er das gehört oder gesehen hatte. Irgendwie beides.

Und Juliane hatte gelacht. Juliane war ertrunken. Sie hatte denselben Gesang gehört. Olga ging plötzlich die Luft aus. Schnell wie ein Pfeil schoss sie in Richtung der milchigen Scheibe über ihr.

»Alles in Ordnung?«, rief Ines.

Olga antwortete nicht. Eine Weile blieb sie schwer atmend am Rand des Steges hängen, dann zog sie sich hoch und platschte wie ein großer Fisch auf das Holz. Mit ihrem Unterhemd trocknete sie sich ab, dann zog sie den engen Pullover über die nackte Haut.

»Juliane hat damals laut gelacht, als Thorvald wieder auftauchte ... sie konnte gar nicht mehr aufhören.« Schweigend blickte Olga auf das Wasser, das sich langsam wieder beruhigte, bis es glatt vor ihnen lag. Als wäre nie etwas gewesen. Im Wasser hinterlässt niemand Spuren.

Langsam, als hätte der Teufel alle ihre offenen Fragen mit einem Satz beantwortet, drehte sie sich zu Ines und starrte sie an.

»... und Juli hat gerufen.« Olga stand auf. »Ich habe Juliane rufen hören ... Ines ... ich habe meinen Namen gehört. Als sie ermordet wurde, hat sie meinen Namen gerufen.«

Ines sah sie ohne jegliche Regung an.

Olga flüsterte: »Es war kein Traum, ich habe das nicht geträumt.« Sie wandte sich ruckartig um. »Ines ... Juli hat nach mir gerufen. Im Morgengrauen. Da hat sie ihrem Mörder bereits ins Gesicht gesehen.«

»Wann war das?«

»Die Vögel«, sagte Olga leise. »Die Vögel ...«

Ines runzelte die Stirn und Olga fuhr fort. »In der Nacht

des Klassentreffens bin ich allein zur Hütte gegangen. Ich habe mich auf die Veranda gesetzt. Die Vögel haben so laut gesungen. Ich bin eingenickt, kurz darauf kam Thorvald durch die Büsche.«

Olga hatte das laute, übermütige und fröhliche Vogelkonzert wieder in ihren Ohren. »Das Rotkehlchen hatte gesungen, dann die Amsel, glaube ich. Und der Kuckuck, das weiß ich genau. Die verschiedenen Vögel fangen zu bestimmten Zeiten an zu singen. Das kann man mit Hilfe der Vogeluhr genau berechnen. Das habe ich von meinem Vater gelernt.«

Ines war schnell aufgestanden. »Wenn das stimmt, dann haben wir vermutlich den genauen Todeszeitpunkt.«

»Wieso, steht der noch nicht fest?«, fragte Olga und fuhr sich verwirrt durch die nassen Haare. Dann schlüpfte sie in die widerspenstige Jeans, die an den feuchten Beinen festklebte.

»Juli lag mehr als einen Tag im Wasser, da gibt es Probleme.«

»Komm!« Olga bückte sich, um die Fotos einzusammeln, und lief polternd den Steg zurück. »Im Internet finden wir bestimmt eine Vogeluhr für diese Gegend hier.«

Die Frauen liefen den Berg hinauf. Ines, die nicht wenig rauchte, keuchte schwer.

»Was genau hat Juli beim Klassentreffen gesagt?«, rief sie.

Olga drosselte das Tempo und versuchte, sich den Abend wieder ins Gedächtnis zu rufen.

»Sie hatte so mit ihrem Gedächtnis geprahlt und behauptet, sich an Dinge zu erinnern, die passiert waren, als sie fast noch ein Baby war.«

Eine Zeit lang hörte man nur das Knacken der Äste und die hastigen Schritte der Frauen im stillen Wald. Ab und zu blieb eine der beiden im Gestrüpp hängen oder stolperte über eine Baumwurzel. Olga spürte, wie gut ihr das schnelle Gehen tat. Sie konnte wieder klare Gedanken fassen.

Erst jetzt hatte sie richtig begriffen, dass sich ihre Kindheitserinnerungen mit den Ereignissen von vor einigen wenigen Tagen verflechten ließen. Sie hatte den roten Faden gefunden, der sie an die richtige Stelle führen würde, hin zu den Abgründen.

Nur wenige Minuten noch, bis Thorvald wieder auf die Bühne musste. Der Gesang der holländischen Geistermannschaft schwoll an, wiederholte sich, wurde energischer.

Olga war nicht ans Telefon gegangen. Ines' Nummer war nicht in seinem Telefon gespeichert. Er hatte versucht, über Benno an sie heranzukommen. Doch der ging nicht dran.

Die Norweger versuchten, die Holländer mit ihrem Lied zu übertönen. Das Tosen des Meeres setzte ein, wurde lauter und bedrohlicher. Der Wind ging in einen heftigen Sturm über und heulte, der wilde Gesang der Holländer … in Thorvalds Kopf flog alles durcheinander.

Der Gesang verstummte. Jemand schubste ihn auf die Bühne.

Was musst ich hören? Gott, was muss ich sehen?
Ist's Täuschung? Wahrheit? Ist es Tat?
Gerechter Gott! Kein Zweifel! Es ist wahr!
Welch unheilvolle Macht riss dich dahin?
Welche Gewalt verführte dich so schnell,
grausam zu brechen dieses treuste Herz!
Dein Vater – ha – …

In Eriks Jagdrock klingelte es.

»Wohl kenn' ich ihn, mir ahnte, was geschieht!«
Der Bildschirm des Computers in Romans Arbeitszimmer warf einen bläulichen Schimmer auf die Gesichter der beiden Frauen.

»Es waren das Rotkehlchen und der Kuckuck. Kannst du die Recherche übernehmen?«, bat Olga. »Ich suche in der Zwischenzeit nach Romans Krankenakten. Hoffentlich hat er sie noch.«

Langsam stieg sie die Treppe hinunter und stellte sich in die Mitte der großen Eingangshalle. Sie schloss die Augen und drehte sich im Kreise. Sie hatte plötzlich wieder die Gerüche der Praxis in der Nase. Desinfektionsmittel, der süße Geruch nach Hansaplast und Verband. Sie versuchte, eine Erklärung herauszuhören. Sie hörte ihren Vater schimpfen, als er Thorvalds Gips erneuerte. Was hatte er gesagt? Wo war er danach hingegangen? Noch nie in ihrem Leben hatte Olga so viel Stille gehört. So eine Leere gespürt.

Ihr Blick fiel auf das ehemalige Sprechzimmer ihres Vaters. Sie trat ein und steuerte auf die kleine Tür zu, hinter der sich sein Aktenraum befand. Noch nie hatte sie die schweren Schubladen der Metallschränke geöffnet. Das war die Welt ihres Vaters gewesen. Er hatte es nie verboten, es war selbstverständlich, dass man dort nicht herumwühlte.

Der abgerissene Finger des Nachbarn, der mit dem Ehering am Zaun hängengeblieben war. Der verrenkte Nackenwirbel des Bauern, oben am Berg, der im Suff gestürzt war … Alles war archiviert worden.

Olga lächelte. In diesem Wald war so gut wie jeder erpressbar. Ihr Vater hatte das Vertrauen, das die Patienten ihm entgegenbrachten, ernst genommen und sich weitgehend an die Schweigepflicht gehalten. Trotzdem wusste jeder über jeden Bescheid.

»... C, ... D., ... E., Ebner ..., Ehlers ..., Einarrson Thorvald!« Endlich hatte sie Thorvalds Krankenakte in der Hand. »Durchfall, schwere Schädelprellung, Impfung aus Angst verweigert, Platzwunde an rechter Augenbraue, Sturz aus Baumhütte nach übermäßigem Alkoholgenuss, schwere Prellung am Schienbein rechts ...«, las Olga und lächelte. Das war Tito gewesen. »... Entzündung nach Einschuss Indianerpfeil, Mumps, Windpocken, Fraktur Unterarm rechts! Gips nach Kontrolle erneuert!«

Er hatte es tatsächlich aufgeschrieben: am 30. Juli. Vor dreißig Jahren.

»Der letzte Tag auf dem Floß.« Olga rechnete zurück. Ruben war am 20. Juli gestorben. Was war in diesen zehn Tagen geschehen? Langsam stieg Olga die Treppe wieder hinauf. Zehn Tage. Widerwillig versuchte sie, sich diese schrecklichen Tage in ihr Gedächtnis zurückzurufen. Doch sie waren nicht in Bildern abgespeichert, sondern in Farben und Empfindungen. In Furcht und Unwissenheit. In Ahnungen, die einem Kind in Erinnerung blieben, weil ihm Erklärungen vorenthalten wurden.

»Und? Bist du weitergekommen?«

Ines saß immer noch vor dem Bildschirm. »Also ... das Rotkehlchen beginnt immer exakt eine Stunde und zwanzig Minuten vor Sonnenaufgang, die Amsel fünf Minuten später, dann mischt sich der Kuckuck ein. Sie wecken sich gegenseitig.«

Ines zeigte auf ihren Block. »Sonnenaufgang war um halb sechs, dann hat das Rotkehlchen um zehn nach vier angefangen, der Kuckuck demnach ... um halb fünf.«

Sie schaute Olga an. »Also, wenn das wirklich Juli war, die nach dir gerufen hat ... dann wäre sie zwei Stunden nach dem von der Gerichtsmedizin geschätzten Todeszeitpunkt noch am Leben gewesen.«

In Olgas Kopf wirbelte alles durcheinander. »Sie war es … das war Juli.« Sie atmete tief ein. »Damit wären doch Benno und Hanna entlastet. Und Luis …«

»Luis hätte vielleicht doch kein Alibi.« Ines schaltete den Computer aus und stand auf. »Ich denke, das ist etwas, was wir Kirschbaum getrost anvertrauen können!«

Erik war neben der toten Senta zu Boden gesunken. Verloren. Von Anfang an war er verloren. Im Hintergrund versank das Geisterschiff des Holländers mit lautem Getöse. Erik war mit seinem Gesicht genau neben Sentas Kopf gelandet.

»Kannst du mir dein Auto leihen?«

»Wo ist denn deins?«, fragte Senta leise.

Das stürmische Meer schloss sich endgültig über dem Schiff. Am Horizont, eng umschlungen, entschwand der holländische Seemann mit seiner gedoubelten Erlöserin.

»Christian hat meinen Schlüssel einkassiert. Er hatte Angst, dass ich abhaue.«

»Aber ich brauche es morgen zurück.«

Er lag so günstig, dass er ihr einen schönen Kuss geben konnte. »Senta, mein rettender Engel.«

»Bleibst du nicht zur Premierenfeier?«

In diesem Augenblick schloss sich der Vorhang. Thorvald sprang auf. »Wo ist der Schlüssel?«

»In meiner Handtasche!« Thorvald rannte von der Bühne. »Aber lass mir den Hausschlüssel da!«

Auf dem Weg zur Garderobe prallte er mit Christian Reuther zusammen.

»Halt – Stopp! Wohin?«

Thorvald blieb vor ihm stehen. Christian Reuther sah

ihn froh an. Er war gut gelaunt. Alles war gut gelaufen. Er konnte zufrieden sein. Die Bravorufe hallten durch die Oper und der Beifall töste.

»Das mit dem Telefon, mein Lieber …«

»… hast du mir längst verziehen. Leb wohl, ich schicke dir meine Kontonummer per SMS.«

21

Noch nie war Thorvald so schnell im Wald gewesen. Die Sängerin hatte einen Kleinwagen mit enorm viel PS, die reinste Rakete. Auf der Fahrt war er zweimal geblitzt worden. Einmal war er über eine rote Ampel gefahren, das andere Mal viel zu schnell. Beide Male hatte er sein Handy am Ohr, weil er versucht hatte, Olga zu erreichen.

Er preschte die enge Straße entlang. Links huschten die senkrechten Felsen vorbei, rechts rauschte der Fluss.

Er dachte an die Premierenfeier, die gleich beginnen würde. Glänzende Gesichter, die funkelnden Damen mit speckigen Rücken und vom schweren Schmuck lang gezogenen Ohrläppchen. Gebügelte Herren, die neben ihren Gattinnen wie Mitglieder eines Männerchors wirkten. Spätestens jetzt würden sie merken, dass er nicht mehr da war.

Als Thorvald im »Luis« ankam, traf er Olga, die mit beiden Ellenbogen auf den Tresen gestützt müde dasaß. Er war erleichtert und wusste selbst nicht mehr, warum er so panisch geworden war. Aber er hatte immer dieses Bild vor Augen. Der todblasse Vincent, die todtraurige Gudrun Himmelreich, Luis' Schatten im Seitengang. Und Olga irgendwo im Wald, diesem Hund und einer dunklen Bedrohung ausgeliefert.

Thorvald setzte sich neben sie und griff nach ihren feuchten Haaren.

»Warst du im See?«

Olga nickte. Sie drehte ihren Kopf zu Thorvald und sah ihn von oben bis unten an.

»Hallo, Erik!«

Thorvald fuhr sich durch die Haare. Dann sah er an sich herunter. In der Eile hatte er vergessen, den Jagdrock und die knielangen ledernen Beinkleider auszuziehen.

»Wieso bist du allein? Und warum bist du nicht ans Telefon gegangen?«

»Ines ist bei ihren Kindern, sie kommt später in die Hütte«, sagte Olga. Jetzt fiel ihr ein, dass ihr Telefon immer noch auf Romans Sofa lag.

Thorvald sah sie eine Weile skeptisch an. Olga erwiderte den Blick nur kurz. Ihr Kopf war leer. Und was sollte sie ihm sagen? Wo sollte sie anfangen? Sie konnte jetzt unmöglich über Nyoko reden. Eine Ohrfeige! Das wäre das Einzige gewesen, was ihr in dieser Situation passend erschien. Aber selbst dazu war sie zu müde.

»Was ist in der Oper passiert?«, fragte sie.

»Deinem Großvater ging es nicht gut. Er sah aus wie eine wandelnde Leiche …«

»Das tut er doch schon lange«, unterbrach Olga ihn.

»Und Luis tauchte plötzlich auf. Was hat das zu bedeuten?«

Olga war nicht in der Lage, weiter mit Thorvald zu reden. »Toni?« Sie winkte dem Kellner zu. »Falls Ines kommt, sage ihr bitte, ich bin bei Vincent Ambach.«

»Ich komme mit. Dann kannst du mir erzählen, was ihr gemacht habt«, sagte Thorvald schnell.

Olga sah ihn von Kopf bis Fuß an. »So?«

Thorvald zuckte mit den Schultern, trank mit einem Zug das Bier aus, das Toni ihm gebracht hatte, und stellte das Glas laut auf dem Tresen ab.

»Danke, Toni, alter Junge«, rief er. »Ich habe meine Klamotten in der Hütte. Ich hole sie eben.«

»Thorvald …«

»Was ist?«

Er drehte sich zu Olga und wollte seine Hände an ihre Wangen legen. Er war erleichtert, er war froh, den Abend hinter sich gebracht zu haben. Doch Olga wich zurück.

»Thorvald, ich möchte lieber allein zu meinem Großvater. Ich …«

Thorvald überlegte einen Augenblick. »Okay, dann fahre ich jetzt zu Benno. Das wollte ich sowieso.« Er sah Olga neugierig und ein wenig unsicher an. »Alles in Ordnung?«

Olga nickte nur. Was sollte in Ordnung sein?

»Bleib bei Vincent, bis ich wieder da bin, oder lass dich von irgendjemandem abholen. Versprochen?« An der Tür drehte sich Thorvald noch einmal zu ihr um, dann war er verschwunden.

Das Licht über der Eingangstür brannte und die Räume in der oberen Etage waren hell erleuchtet. Olgas Herz klopfte fast so laut wie der Löwenkopf, den Olga schwer auf die massive Holztür fallen ließ. Vincent hatte den Löwen aus Stahl fertigen lassen. Damals, als er sich noch im Glanze seines Konzerns sonnen konnte. Der Löwe, Sinnbild des Hochmuts. In Stahl erstarrt. Es dauerte eine Weile, bis sich die Tür öffnete. Als Elise Olga erblickte, entspannte sich ihr Gesicht.

»Guten Abend, Elise. Ich möchte gern zu meinem Großvater.«

Olga hatte ein ungutes Gefühl, als sie hinter Elise den langen Flur entlangging. Aus dem Salon hörte sie Gudrun Himmelreichs Stimme.

»Wer ist denn da, Elise?«

»Ich bin es, Frau Himmelreich!«, kam Olga Elise zuvor.

Als sie den Salon betrat, sah Olga, wie sich Frau Himmelreich von dem Sofa erhob, auf dem auch ihr Großvater saß, eine Decke über die Beine gelegt, ins Leere starrend.

Als sie Olga entgegenging, hatte Frau Himmelreich wieder ihr neutrales Sekretärinnengesicht aufgesetzt. Doch Olga sah trotzdem die Überraschung, die sich dahinter verbarg. Sie hatte inzwischen gelernt, diese aufgesetzte, lebenslang perfekt eingeübte, nüchterne Geschäftsmäßigkeit, hinter der diese Frau alles andere verbarg, zu durchschauen. Jetzt aber sah Frau Himmelreich ganz anders aus. Ihre Haut war fast durchsichtig, das dezente Make-up konnte ihren inneren Zustand nicht verbergen.

Olga gab sich jetzt ebenso sachlich und zielorientiert. Denn sie spürte sofort, dass sich ihr Gegenüber schon wieder zwischen sie und ihren Großvater schieben wollte. Diesmal würde Olga sich nicht abwimmeln lassen. Gudrun Himmelreich gab Olga die Hand, ihr Händedruck war schlaff und flüchtig. Und ihre Hand war eiskalt.

»Warst du auch in der Oper, Olga?«, fragte sie zerstreut. »Thorvald war großartig, wirklich.«

»Ja, er ist großartig«, erwiderte Olga. »Nein, ich war nicht in der Oper. Warum mussten Sie die Vorstellung früher verlassen, Frau Himmelreich?«

»Es ging ihm plötzlich sehr schlecht. Er bekam Atemnot. Es wurde so schlimm, dass wir gehen mussten.«

»Warum ist er nicht im Krankenhaus, wenn es ihm so schlecht geht?«, fragte Olga. »Zumindest zur Beobachtung …«

»Papperlapapp!«

Vincent Ambach richtete sich auf und schob die Decke von seinen Knien.

»Wer in die Klauen dieser weiß bekittelten Dilettanten gerät, kann sich gleich selbst erschießen.« Er versuchte, sich aufzurichten. »Das geht schneller und ist weniger qualvoll. Die Kassen würden Millionen sparen und diese Verbrecher könnten zum Teufel gehen.«

Vincent Ambach war aufgestanden und ging ein wenig schwankend auf Olga zu. »Ich freue mich, dich zu sehen, Olga …«

»Großvater, du brauchst absolute Ruhe …«

»Quatsch!« In diesem Augenblick gaben seine Beine nach. Es sah so aus, als hätte ihm jemand von hinten einen Schlag in die Kniekehlen versetzt.

»Vincent!« Gudrun Himmelreich ging rasch auf ihn zu, doch sie konnte den Sturz nicht mehr verhindern.

Olga rührte sich nicht von der Stelle. Zu groß war die Distanz zwischen ihr und ihrem Großvater, als dass sie ihm reflexartig zu Hilfe gekommen wäre. Sie hatte Gudrun Himmelreich den Vortritt gelassen.

Olga sah, dass er sich den Kopf an der Tischkante angeschlagen hatte. Er blutete aus einer Wunde an der linken Stirnseite. Gudrun Himmelreich richtete ihn wieder auf und Olga begriff, dass sie allein klarkommen würde. Gudrun Himmelreich hob den Kopf und funkelte sie böse an. »Geh jetzt, du machst alles noch schlimmer!«

»Er braucht einen Arzt«, sagte Olga nur und ging zur Tür.

Gudrun Himmelreich hatte Vincent ein Taschentuch auf die Wunde gedrückt und beachtete Olga nicht mehr. Nur ihr Großvater sah sie unverwandt an. In seinen Augen blitzte ein Flehen auf, wie Olga es noch nie gesehen hatte.

Ein Hilferuf, nur für einen Sekundenbruchteil, an seine Enkelin gerichtet. Vincent Ambach bat um Hilfe. Olga erwiderte den Blick. Und sie brauchte nicht zu nicken, Vincent verstand auch so.

Ohne sich noch einmal umzuschauen, verließ sie den Salon. Von außen lehnte sie sich an die Tür und schloss einen Moment lang die Augen. Dann löste sie sich langsam von der Tür und schlich lautlos den Gang entlang. Kurz vor der Treppe bemerkte sie das Licht am anderen Ende des Gangs. Die Tür zu einem der ehemaligen Gästezimmer stand offen. Sie hielt inne. Das helle Licht, das durch die halb geöffnete Tür drang, zog Olga an. Die Neugier darauf, was sich hinter der perfekt gestylten Fassade der Sekretärin Himmelreich verbergen mochte, setzte sich durch. Das hier war ihre einzige Chance.

Das neutrale Gästezimmer hatte sich in ein gemütliches Zuhause verwandelt. Überall lagen Bücher, Olga sah an den Buchdeckeln, dass Gudrun Himmelreich sich für Archäologie interessierte. Sie wollte wissen, wer diese Frau war, die es geschafft hatte, so viel Einfluss auf Vincent Ambach zu haben wie niemand zuvor. Oder ließ ihr Großvater sie nur gewähren, weil er sonst keinen mehr hatte? Weil er alt und schwach geworden war und sich nicht mehr wehren konnte?

»Nein!«, sagte Olga leise. Das war es nicht. Das passte nicht. Das war nicht ihr Großvater. Diese beiden verband etwas anderes. Olga betrachtete die Bücher, die auf einem kleinen Sekretär lagen, der hinter dem Sofa an der Wand stand. Eines befasste sich mit Kunst. Sie nahm das Buch und schlug es an der mit einem Lesezeichen markierten Stelle auf.

Plötzlich hörte Olga, wie die Salontür leise geschlossen wurde, Schritte kamen näher. Sie konnte nichts mehr tun, als sich hinter das Sofa fallen zu lassen. Gudrun Himmelreich trat ein und ging auf ihren Schreibtisch zu. Olga lag hinter dem modernen cremefarbenen Ledersofa und hielt die Luft an. Sie hörte, wie die Frau eine dreistellige Nummer wählte.

»Guten Abend. Mein Name ist Gudrun Himmelreich. Bitte kommen Sie ins Haus von Vincent Ambach. Mein Mann ist soeben verstorben.«

Es war dunkel. Es war vorbei. Olga sah an sich herunter. Sie stand an der Wegkreuzung mitten im dunklen Wald und hatte außer ihrer feuchten Jeans und dem klammen Pullover auf ihrer Haut nichts dabei. Wo sie ihre Reisetasche gelassen hatte, wusste sie nicht mehr. Sie ging einfach weiter. Jetzt stand sie da mit ihren Fragen, die nur er hätte beantworten können.

Gudrun Himmelreich war seine Frau!

Alles hing irgendwie an Gudrun Himmelreich. Sie war der Schlüssel. Jetzt verstand Olga.

Benno Thalbach saß im Bett mit einem weißen Turban auf dem Kopf und sah aus wie ein schlecht geschminkter Monostatos. Das gesamte Gesicht und Teile des Oberkörpers hatten sich dunkel verfärbt. Aber er blickte zufrieden aus seinen geschwollenen Augen und hielt sich das von seinem Besucher mitgebrachte Glas mit der rubinroten Flüssigkeit aus der Toskana unter die Nase.

»Frische Frucht … Tabak- und Ledernuancen … Zimt- und Nelkenwürze.« Er schnupperte und begutachtete das Etikett der Flasche. »Madonna del Piano.« Er hielt das Glas ins Licht seiner Bettlampe und lächelte. »Das Leben ist zu kurz, um schlechten Wein zu trinken, mein Lieber.«

»Auf dich«, erwiderte Thorvald und der dunkle tönende Klang zusammenstoßender Weinkelche schallte durch das trostlose Krankenzimmer.

Draußen auf dem Flur klapperte ein Teewagen vorbei. Dann herrschte andächtige Stille.

»Wann fährst du wieder nach Hause?«

Thorvald war auf dem harten Stuhl zurückgerutscht, hatte den Kopf gegen die Wand gelehnt. Ein Bein über das andere geschlagen, genoss er den Wein mit geschlossenen Augen. Es dauerte lange, bis er sich eine Antwort abrang.

»Weiß nicht … bald.«

Benno schlürfte geräuschvoll einen Schluck Wein und ließ ihn langsam von der Zungenspitze erst zu einer, dann zur anderen Seite gleiten. Er schluckte und schmatzte.

»Nordisch angehauchter Geschmack … beachtliche Fülle … Eleganz …«

Glücklich sah er Thorvald an. »Erbaulicher Abgang! – Was hält dich noch?«

»Die Sache ist noch nicht ausgestanden.« Thorvald schnippte mit dem Fingernagel gegen das Glas.

»Ja und? Was kümmert dich das? Hanna kommt raus, Robert ist drin, mir geht es bald wieder gut …«

»Ich lasse Olga nicht allein hier. Robert wird außer seinen Hehlereien nichts nachzuweisen sein.«

»Aber nur, weil er zu blöd für so was ist.« Benno verzog schmerzhaft das Gesicht, als er seine Sitzposition ein wenig änderte.

»Geht's?« Thorvald war sofort aufgestanden, um ihm zu helfen. Er rückte das Kissen hinter ihm zurecht und stellte das Kopfteil des Bettes ein wenig höher. »So kannst du den Wein besser trinken.«

In diesem Augenblick griff Benno nach seinem Freund

und zog ihn zu sich heran. Tränen liefen ihm über die Wangen.

»Ohne dich läge ich jetzt in einer Schublade der Gerichtsmedizin, an meinem großen Zeh ein Namensschild.«

»Als Rache für den Indianerpfeil in meinem Bein hätte ich dich liegen lassen sollen«, scherzte Thorvald.

»Dafür hast du dich schon gerächt, falls du dich erinnerst. Du hast mir mit schwarzem wasserfesten Edding Brille und Vollbart ins Gesicht gemalt«, konterte Benno vorwurfsvoll.

Thorvald nahm wieder auf dem harten Stuhl Platz und streckte die Beine von sich. »Dann sind wir jetzt quitt.«

Benno hielt das Weinglas wie eine kostbare Reliquie in beiden Händen. Seine Miene hatte sich verfinstert.

»Sie sind ohne Vorwarnung auf mich losgegangen. Zwei Riesenkerle, die mit Robert unter einer Decke stecken. Und der soll unschuldig sein?«

»Heißt das, du kannst dich wieder an alles erinnern?«, fragte Thorvald erfreut und beugte sich gespannt nach vorne.

»Die haben im Hohlweg auf mich gewartet. An der Stelle, wo Olga mein Handy gefunden hat. Standen da vor mir und grinsten. Ich bin nicht geübt im Umgang mit solchen Leuten.« Benno lachte verbittert und hielt sich sofort den schmerzenden Kopf. »›Wo willst *du* denn hin, du Clown?‹ – Als ich höflich antworten wollte, hat mir der Größere gleich eine reingehauen. Rumms! Feuerrot, tiefschwarz. Aus! Und stell dir vor: Man sieht wirklich Sterne! Hätte ich nie gedacht.«

»Bist du sicher, dass du ›höflich‹ warst?« Thorvald kannte das Temperament seines Freundes. Er hatte sich schon als zwölfjähriger Steppke nicht gescheut, einen

Motorradrocker die »Reinkarnation eines Würstchens« zu nennen, als dieser ihm den Eingang zur Eisdiele versperren wollte. Vermutlich verstand der nur »Würstchen«, aber das war völlig ausreichend. Benno war der Erste unter Thorvalds Freunden gewesen, dessen rechter Schneidezahn durch eine Porzellankrone hatte ersetzt werden müssen.

»Ist doch jetzt egal, oder? Die wollten auf jeden Fall verhindern, dass ich zum alten Ambach gehe.«

»Wegen des Bildes!«

»Ach, das wusstet ihr?«

»Na, wir waren nicht ganz untätig. Sag mal, hast du das Bild erst entdeckt, als wir bei Vincent gespielt haben?«

Benno nickte. »Ich habe es sofort erkannt.«

»Der alte Ambach. Was glaubst du? – Hat er gewusst, dass sein Gemälde auf der Fahndungsliste der Kunstdetektive steht?«

Benno lachte gequält auf. »Was für eine blöde Frage. Natürlich hat er das gewusst. Das war ja gerade der Reiz. Da geht es doch gar nicht mehr um die Kunst, die eigentlich allen zugänglich sein sollte. Da geht es um Eigennutz ... Selbstsucht, um puren Egoismus. Vincent Ambach wollte ein großes Kunstwerk eines großen Künstlers genießen, und das wollte er ganz allein tun. Das ist pure Wollust. Wie Ludwig II., der ganz allein im leeren Zuschauerraum Wagner-Vorstellungen genoss. Ich wollte versuchen, ihn zu überzeugen, dass er jetzt, am Ende seines Lebens, moralisch wieder etwas gutmachen kann, indem er etwas Altruismus an den Tag legt und das Bild zurückgibt.

»Und dass die Nachfahren seines früheren jüdischen Besitzers es dann wieder für zig Millionen an einen arabischen Ölscheich verkaufen«, fuhr Thorvald zynisch fort. »Dann wäre es doch wieder weg!«

Benno zuckte mit den Schultern. »Ich weiß … du hast die Geschichte mit dem Kirchner-Gemälde mitbekommen. Achtunddreißig Millionen Dollar haben die für die ›Berliner Straßenszene‹ gekriegt. Wir müssen seitdem auch um unsere Sammlung fürchten. Aber irgendwo muss man doch ansetzen. Ich wollte mit dem Alten ja erst mal nur reden.«

Thorvald schüttelte langsam den Kopf und machte ein nachdenkliches Gesicht. »Aber was wollten Roberts Typen von dir?«

Benno richtete sich ein wenig auf und versuchte, sich nach vorne zu beugen, als würde in dem leeren Bett neben ihm einer liegen, der sein Geheimnis nicht mithören durfte.

»Zu deiner Frage von eben, ob das Bild echt sei: Mein Vater war vorhin hier. Und weißt du, was der mir erzählt hat?«

Thorvald hob die Schultern. Er musste wieder an die kurze Unterredung mit Konrad vor seinem Atelier denken und daran, dass er nicht besonders gesprächig gewesen war.

»Er sagte«, fuhr Benno fort, »du hättest ihn nach dem Ruisdael gefragt. Du wolltest wissen, ob dieses Gemälde, oder sagen wir besser, seine Kopie, unter den gestohlenen Bildern war.«

»Konrad verneinte.«

»Richtig. War es auch nicht. Es wurden drei Impressionisten geklaut, an denen er eine Ewigkeit gearbeitet hat. Ein van Gogh, ein Renoir und ein Liebermann. Aber …«, er hob den rechten Zeigefinger und die Augenbrauen, so weit es ihm möglich war, »… den Eichenwald von Ruisdael hat er ein knappes Jahr zuvor an einen Geschäftsmann aus Hamburg verkauft! Ein Auftragswerk! Gegen exzellente Bezahlung!«

Benno saß triumphierend in seinem Bett, und sein in allen Farben schillerndes Gesicht strahlte vor Freude über seine Erkenntnisse.

»Ja. Und?«

»Mensch, Thor, denk doch mal nach! Hamburg! Ich weiß nicht, was das für ein Vogel war, der das Bild gekauft hat, und wie die beiden Typen aus Hamburg in seinen Besitz gekommen sind. Aber ich bin mir sicher, dass die das Bild gegen Vincents Original eintauschen wollten!«

»Das ist wahrlich ein guter Grund, dich auszuschalten.«

»Tja. Aber hat man mich mal an der Backe, wird man mich so leicht nicht los.« Benno lächelte traurig. Thorvald wusste, dass er in diesem Moment an Hanna dachte.

»Die kommen nicht weit. So viel tätowierte Masse ist nicht schwer zu finden. Weiß Kirschbaum das alles?«

»Ja, klar.« Benno nickte zufrieden. »Juli muss irgendwie Wind von dieser ganzen Geschichte bekommen haben.«

»Ein Mord und ein versuchter Mord wegen eines Bildes?« Thorvald schüttelte ungläubig den Kopf.

»Da geht's um Millionen!«, rief Benno. »Und du kannst dir nicht vorstellen, was Konrad für ein Theater gemacht hat …«

»Hier gibt's auch gleich Theater!«

Eine kräftige Stimme schreckte die beiden Männer auf, die im schwachen Schein der Lampe zusammensaßen. Benno stöhnte und ließ resigniert den Kopf ins Kissen sinken. Thorvald war schnell aufgestanden, um dem Feind auf Augenhöhe zu begegnen.

Eine stämmige Krankenschwester stand vor ihm. Sie war nicht kleiner als Thorvald. Ehe er reagieren konnte, hatte sie bereits die Weinflasche in der Hand. Mit der anderen Hand griff sie nach seinem Weinglas. Nie hätte er gewagt, zu protestieren oder gar den Wein zurückzuverlangen, ganz egal, wie teuer der Wein war. Und er war sehr teuer. Gott sei Dank hatten sie die Flasche bereits fast ausgetrunken.

Mit hochgezogenen Schultern und Unschuldsmiene grinste er zu Benno herüber, der sich schlafend gestellt hatte.

»Grinsen Sie nicht so frech! Was fällt Ihnen ein, hier Alkohol auszuschenken? Dr. Thalbach ist schwer verletzt. Wollen Sie ihn endgültig umbringen?«

Thorvald war langsam in Richtung Tür zurückgewichen und öffnete sie schnell. Gleich würde er wieder unter Menschen und in Sicherheit sein.

Olga beschloss, noch einmal zu Julianes Haus zu gehen, um ihre Reisetasche zu holen, die sie dort vergessen hatte.

An der Stelle am Steilhang, dessen Bäume allesamt von einem Orkan umgerissen worden waren, kam ihr eine alte Frau mit einem riesigen Hund entgegen. Olga blieb wie angewurzelt stehen. Die Frau grüßte freundlich. Olga erwiderte den Gruß nicht. Sie drehte sich um und starrte den beiden nach. Sie zögerte keinen Moment: Das war er. Der schwarze Köter, das nächtliche Ungeheuer, das ihr Leben bedroht hatte. Kein Zweifel. Eigentlich hatte sie immer noch Robert in Verdacht. Deshalb dauerte es eine Weile, ehe sie dieser alten Frau in sicherem Abstand folgte. Sie fragte sich, ob die Alte das kräftige Tier wohl im Griff hatte. Gleichzeitig war sie unendlich erleichtert. Endlich würde sie eine Antwort auf eine der vielen offenen Fragen bekommen.

Als sie auf der Hauptstraße angelangt waren, verringerte Olga den Abstand. Genau auf Höhe der Bushaltestelle, an der sie wenige Stunden zuvor noch so verzweifelt gehockt hatte, kam eine andere Frau den Berg herab. Sie hob grüßend die Hand.

»Guten Abend, Frau Sander!«, rief sie der Alten zu. »Noch eine kleine Runde raus? Endlich Regen, was? Da brauchen wir nicht mehr so viel zu gießen.«

»Frau Sander!«, sagte Olga leise. Sie war so verblüfft, dass sie fast vergaß, der alten Frau und dem Untier weiter zu folgen.

Drei Häuser vor Julianes Haus bog die Alte links ab und schloss eine Haustür auf. Der Hund warf einen tranigen Blick auf Olga, wie ein demenzkranker Greis, der ihr gestern noch an die Gurgel wollte und heute nicht mehr wusste, wer sie war. Dann schloss sich die Tür.

Olga griff in ihre Tasche. Aber sie hatte ihr Telefon ja im Haus ihres Vaters liegen lassen. Schnellen Schrittes ging sie weiter. Jetzt konnte sie wieder allein in den Wald gehen. Der Hund lag zufrieden in seinem Körbchen.

Ines nahm den Anruf nach dem zweiten Klingeln über die Freisprechanlage entgegen. Sie war im Wagen ihres Vaters in Richtung Wald unterwegs. »Und, was gibt's?«

Olga saß im Garten ihres Vaters unter dem Sonnenschirm, der jetzt ein Regenschirm war, auf einer Liege. Sie berichtete Ines von ihrer Begegnung mit dem Hund.

»Das heißt doch, dass Luis … dass er den Hund auf uns gehetzt hat«, sagte Olga leise.

»Ja, davon müssen wir jetzt ausgehen. Er hat sich den Hund seiner Mutter ausgeliehen, um euch einzuschüchtern. Du sagtest doch, er sei nur nachts gekommen. Der Hund, meine ich.«

»Ich weiß nicht mehr, ich glaube schon.«

»Ja oder nein?«, hakte Ines nach.

»Ja! … Nein! An dem Tag, als ich Juli gefunden habe, bin ich auf unserem alten Moosbett eingeschlafen … und der Hund hat mich geweckt.«

»Da war der Hund bestimmt mit der alten Sander unterwegs, also ganz friedlich«, schloss Ines. »Du musst mit Luis' Mutter reden. Am besten gleich! Übrigens … Anne, meine Kollegin aus Berlin, hat eben angerufen.«

»Und?«

»Also, ich versuche, die Geschichte zusammenzukriegen: Heinrich Hagenberg, von Beruf Betriebswirt, keine Kinder, ledig. Hobbys: schnelle Autos. Mit seinem Porsche ist er ziemlich erfolgreich Rennen gefahren.«

»Ruben hatte auch einen«, wandte Olga ein. »Und vorhin habe ich einen ganz ähnlichen gesehen.«

»Hagenberg hatte sich tatsächlich einige Dokumente bei der Botschaft beglaubigen lassen«, fuhr Ines fort. »Er wollte nach Paraguay.«

»Da würde ich jetzt auch gern hin.« Olga schaute auf ihre Uhr. Sie war nervös. Warum blieb ihr Vater so lange fort? »Er *wollte* nach Paraguay. Und ist er aufgebrochen?«

»Das weiß man bei der Botschaft nicht. Er hat die notwendigen Formalitäten nicht eingehalten. Er hätte nach einer gewissen Zeit eine Daueraufenthaltserlaubnis beantragen müssen.«

»Hat er aber nicht.«

»Nein. Sag mal, Olga … weißt du irgendetwas über den Unfall deines Onkels?«

Olga zuckte die Schultern. »Nur das, was ich dir erzählt habe.«

»Na, du warst ja auch erst zehn«, erwiderte Ines.

»Warum fragst du? Was ist mit dem Unfall?«

»Anne ist da auf ein paar Ungereimtheiten gestoßen.«

»Ihr habt euch mit Rubens Unfall beschäftigt?«, fragte Olga verwundert.

»Und da bemängelte ein … ich finde den Namen jetzt nicht … auf jeden Fall hatte sich damals ein Gutachter beschwert, dass der Unfall nicht richtig untersucht wurde.«

»Meinst du, es war gar kein Unfall?«, flüsterte Olga. Sie schluckte. Tränen schossen ihr in die Augen. Plötzlich gab es kein Halten mehr. »Mein Großvater ist vorhin gestorben.«

Einen Augenblick war es still am anderen Ende.

»Was ist denn passiert?«

»Ich war gerade bei ihm. Er war gestürzt und hatte sich den Kopf angeschlagen. Ich weiß nicht, ob er daran gestorben ist … aber …«

Ines machte eine lange Pause. »Bist du traurig?«

»Es ist seltsam. Nein, ich bin traurig und wütend. Sie hat mich wieder nicht an ihn herangelassen.«

Olga hörte plötzlich, wie im Haus Glas zu Bruch ging.

»Ines? – Ich melde mich gleich noch mal.«

Sie warf das Telefon auf die Liege, erhob sich und ging langsam in Richtung Haus. Die Terrassentür war angelehnt. Als sie vorsichtig ins hell erleuchtete Wohnzimmer trat, spürte sie, dass die Stille eine Bedrohung in sich trug. Sie schaute sich um. Es war niemand da. Langsam ging sie weiter in den Flur. Glas knirschte unter ihren Füßen. Jemand hatte die Scheibe des Waffenschranks eingedrückt, eines der Jagdgewehre war nicht mehr da.

Olga drehte sich einmal um die eigene Achse. »Thor? Bist du hier?«

Vor dem Haus ihres Großvaters stand der Leichenwagen mit geöffneten Hecktüren. Die Leichenbestatter trugen den Sarg gemessenen Schrittes heraus.

Elise stand mit geröteten Augen an der Tür. Olga nahm ihre Hände und hielt sie einen Moment.

»Elise, ist mein Vater hier?«

»Er war hier. Frau Himmelreich hatte ihn verständigt. Aber er hatte einen seltsamen Anruf….« Sie sah auf die Uhr. »Vor ungefähr einer Viertelstunde ist er weggegangen.«

»Wohin denn? Er ist nicht zu Hause, von dort komme ich eben.«

»Er hat mir nichts gesagt.« Elise hob den Arm und zeigte hinter Olga in den Wald. »Er ist in diese Richtung gelaufen.«

Olga drückte noch einmal Elises Hände. Dann drehte sie sich um und ging die Auffahrt hinab. Der Wagen mit dem Sarg ihres Großvaters stand noch vor dem Haus. Der Fahrer wartete, bis Olga vorbeigegangen war, dann setzte er sich langsam in Bewegung. Olga blieb noch einmal stehen und schaute auf die grau getönten Scheiben.

»Es tut mit leid, Vincent… Großvater. Ich bin zu spät gekommen.«

Nein, sie würde nicht aufgeben. Sie wollte diese Geschichte vollends aufklären. Egal, was dabei herauskommen würde. Vincent hatte sie um etwas gebeten. Und dafür musste sie alles andere vergessen. Vor allem musste sie die Gedanken an Thorvald abschütteln.

Es gelang ihr nur nicht, diese ganz besondere, reine Leere im Kopf zu erzeugen. Wie beim Bogenschießen. Sogar den Wunsch, das Ziel zu erreichen, musste sie vergessen. Nur dann würde sie ins Schwarze treffen.

Sie ging den Hohlweg entlang, der hinunter zum See

führte. Trotz der Dunkelheit konnte sie zwischen den Stämmen der Bäume das Wasser erkennen. Sie ging langsam auf die dunkle Fläche zu. Olga konnte den See mehr riechen als sehen. Die Luft roch frisch, nach Feuchtigkeit, nach Erde und Gras. Undeutlich sah sie den dunklen Umriss des Steges, der in der Luft zu schweben schien.

Olga schaute zum Himmel. Die Wolkendecke war aufgerissen und einige Sterne zeigten sich über dem Felsen. Es war ein wenig heller geworden. Auch hatten sich ihre Augen an die Dunkelheit gewöhnt. Da entdeckte sie ihn. Der dunkle Schatten bewegte sich hin und her, dann erschien ein zweiter. Unbeweglich standen sie an der Felskante. Zwei Wächter der Nacht.

Olga huschte lautlos um den See herum. Irgendwann merkte sie, dass sie zu weit gelaufen war. Sie machte kehrt und fand endlich den schmalen Weg, der durch den Wald hinauf zum Kopf des Felsen führte.

Was um Himmels willen wollte ihr Vater hier? Sie traute sich nicht zu rufen. Jemand war bei ihm. Wer war an dem Waffenschrank gewesen? Warum war sie schon wieder so verdammt allein?

Roman sprach mit ruhiger Stimme. Langsam näherte sie sich den dunklen Umrissen, die da oben an dem Felsen hockten. Die Stimme ihres Vaters. Einmal lachte er sogar. Dann war es wieder ruhig.

Jemand lachte… oder… weinte? Olga schlich sich noch näher heran.

»Schau runter. Komm!«

Roman machte eine Pause.

»Erinnerst du dich, was ich damals gesagt habe? Genau hier an dieser Stelle?«

Keine Antwort.

»Verdammt noch mal, *er* hat das getan. Nicht du. Komm und schau runter. Du musst dich erinnern.«

Es herrschte wieder einen Augenblick Ruhe. Etwas raschelte im Laub hinter Olga. Dann wieder die vertraute Stimme ihres Vaters.

»Er hat sich selbst das Recht gegeben, Gesetze zu überschreiten und zu töten. Auch wenn er wusste, dass er dafür bestraft wird. Und das vielleicht auch wollte.«

»Und?«

Olga konnte die andere Stimme nicht erkennen.

»Er hat mehr gelitten, als wir uns das jemals vorstellen können. Und er *ist* bestraft worden, glaub mir.«

»Warum bist du so anders? Verdammt! Warum bist du nicht so wie dein Vater?« Luis' Stimme überschlug sich. »Du musst irgendetwas tun. Der Alte ist tot. Du lebst!«

»Du musst dich stellen.« Romans Stimme klang ruhig, aber eindringlich. »Wenn du ihnen klarmachst, dass es ein Unfall war, dann …«

»Ich verstehe überhaupt nicht, wie sie in dem kleinen Bach ertrinken konnte«, rief Luis verzweifelt. Olga sah undeutlich, dass er aufgestanden war. »Man wird mir kein Wort glauben. Und was, wenn man ihre Unterlagen findet? Da steht auch dein Name, Roman. Und meiner. Alles steht da drin, verstehst du? Alles! Dieses Biest hat alles herausgefunden. Und sie hat mich damals gesehen. Nein, nein, so einfach ist das nicht.«

Unruhig ging er hin und her. »Der Alte nimmt uns noch alle mit, warte nur ab. Der hat auch noch von da oben Macht über uns. Seit er tot ist, habe ich erst richtig Angst vor ihm. Als ich Vincent und die Himmelreich vorhin nach Hause gefahren habe, hat er mich immer so merkwürdig von der Seite angeschaut.«

»Warum bist du überhaupt in die Oper gefahren?«, fragte Roman.

»Gudrun Himmelreich hat mich angerufen, weil es ihm plötzlich so schlecht ging. Wen hätten sie sonst anrufen sollen? Sie hatten doch keinen mehr. Aber das ist doch jetzt alles scheißegal.«

Luis stand neben Roman, ganz nah an der Kante des Felsens. Langsam hob er den Gewehrlauf und zielte auf Romans Kopf.

»Du wirst jetzt deine Tochter anrufen und ihr sagen, sie soll die Unterlagen rausrücken. Ich sage es ein letztes Mal! Sie oder diese arrogante Polizistin. Eine von beiden hat die Papiere irgendwo in der Hütte versteckt.«

Olga tastete erschrocken ihre Hosentaschen ab. Ihr Telefon lag in Romans Garten.

»Roman, ich setz die ganze Bruchbude da oben in Brand, ich mache Ernst!«

Ein Gewehr wurde durchgeladen. Das Geräusch kam allerdings aus dem Wald. Olga drehte sich um und in diesem Augenblick jagte der Schuss durch die Luft, so dass es in ihrem Kopf weiß aufblitzte. Sie warf sich auf die Erde, die Arme über dem Kopf. Es dauerte eine Ewigkeit, bis der Knall verhallt war. In ihren Ohren rauschte ein mächtiger Wasserfall.

Dem zweiten Schuss folgte ein Aufschrei. Olga hörte Schritte, die in den Wald liefen. Dann kamen andere Schritte, schwere Schritte, aus dem Wald zurück. Jemand stolperte über sie, ein Gewehr schlug am Felsen auf.

Olga merkte, dass Thorvald über sie gefallen war und sich nun wieder aufrappelte.

»Olga! Oh mein Gott!« Sie richtete sich mühsam auf. »Bist du verletzt?«

Olga sah an sich hinab. »Ich weiß es nicht.« Er half ihr

auf die Beine. »Ich glaube, mir fehlt nichts«, sagte sie verwirrt.

Sie gingen langsam in Richtung der Felskante. Als Olga den Abgrund vor sich spürte, blieb sie stehen. Roman löste sich aus der Dunkelheit und stürmte auf die beiden zu.

»Papa!«

»Olga! Was machst du denn hier?«

»Ich habe dich gesucht … ich … ist dir was passiert?«

»Nein, nein. Aber Luis … los … schnell! Wir müssen ihn finden, bevor er noch mehr Dummheiten macht. Er weiß nicht mehr, was er tut.« Roman rannte bereits durch den Wald.

Olga lief ihm nach. »Will er zur Hütte?«

»Ja. Er sucht Julianes Unterlagen. Die habt ihr doch, oder?«, rief Roman und lief los.

»Aber Ines ist bestimmt inzwischen dort!«, rief Olga.

Roman war bereits außer Sichtweite. »Wir müssen uns beeilen! Schnell!«

Der Weg vom See bis hinauf zur Jagdhütte schien ihnen unendlich lang. Als hätten sie sämtliche Dämonen des Waldes an den Fersen, liefen die drei Gestalten durch das dichte Gestrüpp. Im Laufen nahm Roman das Gewehr an sich, das Thorvald über der Schulter hängen hatte.

»Guter Schuss vorhin, Thor. Oder Zufall?«

Thorvald war völlig außer Atem. »Ich bin betrunken. Such dir was aus!«

Ein Nachtkäuzchen schien ihnen zu folgen, sein Ruf begleitete sie in gleichbleibendem Abstand.

22

Die Hütte lag still auf der Anhöhe. Die Fensterläden waren zu. Das Verandalicht brannte. Roman bedeutete Olga und Thorvald, am Waldrand zurückzubleiben. Er ging langsam auf die Hütte zu, schlich die Verandastufen hinauf und horchte an der Tür. Vorsichtig drückte er die Klinke hinunter, doch die Tür war verschlossen. Er glaubte, einen Hauch von Benzin wahrzunehmen. Augenblicklich fielen ihm die großen Kanister Benzin für den Rasenmäher ein, die hinter der Hütte standen. Leise schlich er zu den anderen zurück.

»Was ist?«, flüsterte Thorvald.

Roman schüttelte den Kopf. »Ich fürchte, Luis ist jetzt am Zug. Wir können da nicht rein, ohne unser Leben zu riskieren.«

»Und Ines?«, fragte Olga leise. »Sie ist doch auch da.«

»Ich kann versuchen, von hinten aufs Dach zu klettern. Das Dachfenster geht leicht auf«, schlug Thorvald vor, doch Roman drückte ihn gleich wieder zu Boden.

»Das ist meine Angelegenheit«, sagte Roman. »Ich will nicht, dass euch was passiert. Außerdem fällst du in deinem Zustand vom Dach und brichst dir wieder was.«

»Dann lass uns zusammen gehen«, schlug Thorvald nach kurzer Überlegung vor. »Du gibst mir Deckung!« Schon war er hinter dem Haus verschwunden. Roman postierte sich ein paar Meter neben Olga hinter dem großen Ilex. Vom Haus her kam kein Geräusch, kein Laut. Olga verlor die Geduld. Sie wollte sich gerade vorsichtig erheben und zu ihrem Vater kriechen, als im Inneren der Hütte eine grelle Stichflamme zu sehen war.

»Nein! Papa! Er kann doch nicht …«

Olga rannte zu ihrem Vater.

»Verdammt! Luis! Was machst du da?«

Es vergingen seltsam magische Sekunden, die Olga wie in Zeitlupe erlebte. Eine gewaltige Explosion holte sie wieder auf den Boden der Tatsachen zurück. Sie war so heftig, dass ein großes Stück Wand der Vorderseite herausgesprengt wurde. Olga glaubte die Druckwelle zu spüren.

»Thor!«

Olga wollte losrennen.

»Bleib stehen, Olga!« Roman packte Olga und warf sie zu Boden.

Olga versuchte, sich von ihm loszureißen, doch Roman hielt sie fest. Gemeinsam liefen sie in weitem Abstand um das brennende Haus herum.

»Thorvald! Ines!« Olga blieb stehen und schrie. Sie fiel auf die Knie, schrie, bis ihr die Stimme versagte. Weinte, kippte vornüber, das Gesicht landete im feuchten Gras.

Ein Husten holte sie aus der bodenlosen Verzweiflung zurück. Undeutlich und flirrend sah sie eine dunkle Gestalt, die eine zweite aus der brennenden Hütte zog. Olga und Roman stürmten ihnen entgegen.

Sie halfen Luis, den ohnmächtigen Thorvald bis an den sicheren Waldrand zu ziehen. Luis fiel neben Thorvald ins Gras, schlug sich die Hände vor das Gesicht und blieb liegen.

Olga rannte auf die brennende Hütte zu. Ein Funkenregen ging über ihr nieder.

»Olga!« Roman lief hinter ihr her. »Du kannst da nicht mehr rein.«

Olga riss sich los. Wie in Trance lief sie vor dem Haus

hin und her. Irgendwann ließ sie sich fallen und starrte in das Flammeninferno. Die Wirklichkeit schien sich von ihr zu entfernen. Das Feuer wurde kleiner, rückte in weite Ferne, als wäre es bereits Vergangenheit.

Wie eine Marionette drehte sie sich zu Luis hinüber, der wie ein Irrer auf die Hütte stierte, die allmählich in sich zusammenfiel.

Plötzlich hörte Olga eine helle Stimme rufen. Wie die eines Engels. Sie drehte sich langsam um. Ines stand am Waldrand. Ihre hellen Haare leuchteten im Licht des Feuers wie ein Heiligenschein. Olga blieb wie betäubt vor dem Geist stehen. Mit offenem Mund sah sie, wie Ines auf sie zuschwebte und sie an den Oberarmen zu packen versuchte. Olga bekam Angst und wich zurück. Ines packte ihre Hand und zog, als wollte sie Olga ins Reich der Toten zerren. Gewissenhaft wollte die Kriminalhauptkommissarin aus Berlin ihre Arbeit zu Ende bringen. Wahrscheinlich dachte sie sich, dass es für Olga am besten wäre, wenn Vincent seiner Enkelin alles selbst erzählte. Oder Juliane. Oder Heinrich. Und Ruben würde sich bestimmt freuen, Olga endlich wiederzusehen. Sie könnten wieder mit seinem roten Porsche herumfahren. Im Himmel tun Unfälle nicht weh. Ines machte den Mund auf und zu. Doch Olga verstand sie nicht.

»Olga? Hörst du mich?«

Olga sah sie nur an und antwortete nicht.

»Olga?«

Ines strich ihr leicht über die Wange. »Olga Ambach? Bist du da?« Olga schüttelte ihren Kopf, als säße eine Fliege auf ihrer Nase. »Kannst du mich verstehen?«

»Ja.«

»Ich habe vorhin den Schuss gehört und dich überall gesucht.«

»Aber … wo warst du denn?«

»Du hast nicht zurückgerufen … da war mir klar, dass irgendetwas passiert sein musste.«

Olga zeigte auf die lichterloh brennende Hütte. »Du warst nicht …?« Olga sackte in sich zusammen und Ines packte sie schnell.

Plötzlich fuhr Olga herum, riss sich los und lief zu Thorvald, der immer noch auf dem Boden lag. Roman saß neben ihm.

Sie beugte sich hinunter und strich über Thorvalds Wangen. Er hatte sich die Haare angesengt.

»Das ist nicht schlimm«, sagte Olga leise. »Du wolltest sie doch sowieso abschneiden. Wegen der Hitze. Weißt du noch?«

Sie streichelte sein Gesicht, nahm seine Hand und drückte sie fest an ihre Lippen. Langsam wiegte sie ihren Kopf hin und her. Plötzlich schlug er die Augen auf. Er sah sie an und lächelte.

»Warum hast du mich aus dem Feuer gezogen? Ich denke, du willst uns loswerden. Du kannst dich wohl nicht entscheiden.« Thorvald saß neben Luis, der ohne jede Regung in das Feuer starrte.

Luis drehte mechanisch seinen Kopf in die Richtung, aus der die Stimme kam, doch er sah durch Thorvald hindurch. Die Augen waren matt und stumpf und er wirkte völlig geistesabwesend. Sein rechter Arm blutete. Der Schuss hatte ihn oberhalb des Ellenbogens gestreift.

»Hoffentlich greift das Feuer nicht auf den Wald über«, flüsterte Olga, die neben ihrem Vater hockte und fassungslos in die hell lodernden Flammen schaute.

Roman schüttelte den Kopf. »Gott sei Dank hat es nach der großen Hitze schon geregnet. Mach dir keine Sorgen.«

Olga seufzte. Von weit her waren erregte Stimmen zu hören. »Das musste so kommen… ich wusste, dass irgendetwas in der Art passieren würde…« Olga spürte, wie sich ihr Magen verkrampfte und der Zorn in ihr aufstieg. Sie stand auf. »Papa! Was ist damals passiert? Was habt ihr mit Heinrich Hagenberg gemacht? Warum ist er verschwunden?«

Luis lachte plötzlich laut auf, als wäre er für einen kurzen Moment zur Vernunft gekommen. »Ich glaube bis heute nicht, dass er richtig tot war.«

Mit einem wilden, irren Blick schaute er Roman an. »Haben wir ihn nicht doch lebendig begraben? Immer und immer wieder taucht er nachts bei mir auf. Steht dann da, am Fenster. Ich sage dir … er hat noch gelebt!«

Olga starrte wütend auf ihren Vater. Sie hatte keine Lust mehr auf Fragen. Sie wollte Antworten. In dieser Nacht noch. Antworten auf alles.

Roman antwortete nicht. Er hatte sich neben Thorvald gehockt und untersuchte, ob er verletzt war.

»Ich will wissen, warum Juliane sterben musste.« Olga wandte sich an Thorvald, der, die Unterarme auf die Knie gestützt, dasaß und unendlich müde aussah.

»Kannst du noch?«, fragte sie ihn.

»Was?«

»Luis in Schach halten. Wir gehen noch einmal zum See.« Sie wandte sich ihrem Vater zu. »Dort ist es doch passiert, oder?«

»Lass ihn, Olga.« Roman klopfte Thorvald auf die Schulter, nahm sein Gewehr und stand auf. »Ich kümmere mich um Luis. Und du, mein Freund, du gehst in mein Haus und legst dich ins Bett!«

Thorvald sah ihn an, als hätte er die Worte, die Roman an ihn gerichtet hatte, nicht verstanden. Dann wandte er sich plötzlich wieder an Luis. »Warum hast du das getan?«

Luis sah ihn verwirrt an. »Was?«

»›Was!‹«, lachte Thorvald verächtlich. »Stimmt. Er hat so viel Scheiße verbockt, dass er erst nachfragen muss, was ich meine! Das Feuer. Die Gasflasche, du Idiot! Da hätte jemand in der Hütte sein können!«

»Da war niemand«, murmelte Luis teilnahmslos.

Thorvald schüttelte den Kopf. »Ich muss jetzt nicht ins Bett, Roman. Wir gehen alle zusammen!«

Mühsam rappelte er sich auf, dann beugte er sich noch einmal zu Luis hinunter.

»Wer weiß, was ihm noch so einfällt? Eine kleine Handgranate von Robert in der Tasche? Ein Pfiff, und das Hündchen will wieder mit uns spielen? Was?«

»Halt die Schnauze!«, erwiderte Luis.

Thorvald konnte sich nicht länger zurückhalten. Er packte Luis am Hemd vor der Brust und riss ihn mit einem Ruck hoch. »Das mit dem Hund … Freundchen … das zahle ich dir heim, glaub es mir.« Er zog ihn noch näher an sich heran. »Wenn du je wieder aus dem Knast rauskommen solltest und hier im Wald mit deinem blöden Spazierstock auf einer Bank sitzt, dann komme *ich* aus dem Busch. Ohne Vorwarnung. Und dann hau ich dir so in die Fresse, dass …«

»Schluss jetzt!« Roman packte Thorvald und zog ihn von Luis weg. »Du hast mir gezeigt, dass du wieder munter bist! Also … kommt jetzt!«

Olga sah, dass Ines immer noch einige Schritte entfernt an einem Baum lehnte und alles beobachtete. Doch Olga musste allein weitermachen, Ines hatte ihren Teil getan.

Olga nahm sie fest in ihre Arme. »Ich bin so froh, dass dir nichts passiert ist.«

Ohne etwas zu sagen, verschwand Ines im dunklen Wald.

Roman stand neben Luis am Seeufer und zeigte mit dem Gewehrlauf in Richtung des großen Felsens. »Er liegt dahinten. Unter dem großen Moos.«

Olga antwortete nicht.

Erst nach einer Weile fuhr Roman fort. »Heinrich Hagenberg war der Mörder meines Bruders.«

Olga schloss die Augen. Sie konnte nicht antworten. Sie spürte ihr Herz hart gegen ihre Brust schlagen.

»Er hat Rubens Wagen so manipuliert, dass er nicht mehr bremsen konnte. Heinrich Hagenberg wollte Rubens Platz in der Firma haben.«

Thorvald schüttelte den Kopf, als wollte er die Verwirrung loswerden. »Aber das war doch ein Unfall. Das hat doch die Polizei auch gesagt.«

»Die Polizei schon«, erklärte Roman. »Es gab keinen Anlass, etwas anderes anzunehmen. Ein tragischer Unfall. Steile Kurven, ein schnelles Auto. Ruben fuhr immer zu schnell, er war bekannt dafür.«

Er bückte sich langsam, nahm einen Stein und warf ihn in hohem Bogen ins Wasser. Lange schaute er schweigend auf die Wellenkreise, als würden diese die Mauer der Zeit aufbrechen und die Vergangenheit für einen kurzen Augenblick sichtbar werden lassen.

»Es war Vincent, der von Anfang an nicht an einen Unfall geglaubt hatte. Er hat das Autowrack untersuchen lassen. Ohne Wissen der Polizei natürlich. Du kennst ja deinen Großvater. Er hatte seine Leute an allen wichtigen Stellen postiert. Es waren die Bremsen. Heinrich hat irgendetwas an den Bremsen gemacht, er war ja Fachmann auf diesem Gebiet.«

»Hat Vincent ihn …« Olga schloss die Augen und beschwor die Bilder ihrer Kindheit herauf. Das Floß lag plötzlich wieder auf dem See. Der große Vogel, den Benno gesehen haben wollte. Das Reh, das sie zu sehen geglaubt hatte. Vincent und Heinrich. Vincent oben, Heinrich bereits unten …

»Rache!«, sagte sie leise. »Simple, kalte Rache. Und Vincent hat es allen erzählt. In Stein gemeißelt.«

»Nachdem Vincent mit Sicherheit wusste, dass es kein Unfall war, hat er Heinrich überall gesucht«, fuhr Roman fort. »Irgendjemand hatte ihm erzählt, dass Heini mit Luis bei den Klippen war. Der Tag war besonders schön und sie wollten ein Feuer machen und grillen. Ich wollte später dazukommen und ein paar Würstchen und Bier mitbringen.«

»Auf einmal stand Vincent da«, sagte Luis plötzlich. »Er ging auf uns zu und sagte, Heini solle aufstehen. Der hatte Respekt vor dem Alten und tat, was er sagte. Doch Vincent sah ihn nur an. Sagte kein Wort. Sah ihn mit kaltem Blick an. Heinrich wurde mulmig zumute. Er fing an, irgendetwas zu faseln, dann bekam er Angst. Er wusste genau, was Vincent von ihm wollte. Auf einmal wurde er ausfallend. Sprach von Ruben als ›nichtsnutzige Schwuchtel‹! Ich habe ihm gesagt, er soll die Klappe halten. Aber er hörte nicht auf. Er hat nur gelacht, und da … da tauchte Roman auf …«

Roman unterbrach ihn. »Ich hatte von Gudrun Himmelreich gehört, dass Vincent überall nach Heinrich gesucht hatte, und da wusste ich, dass er auch zu den Klippen gegangen war.«

»Und dann?«, fragte Olga.

»Vincent war bei der Jagd mit dem Pferd gestürzt und hatte sich den Fuß verstaucht«, erinnerte Roman sich.

»Ich hatte ihm einen Stock verpasst. Heinrich stand mittlerweile ziemlich nah an der Felskante. Er verstand immer noch nicht, was Vincent vorhatte.«

Romans Augen ruhten auf Olga. »Als ich oben am Felsen ankam, hob Vincent gerade seinen Stock und drückte ihn gegen Heinrichs Brust. Der versuchte, sich an dem Stock festzuhalten, doch Vincent stieß und ließ den Stock los. Dann drehte er sich um und ging nach Hause. Ohne uns anzusehen.«

»Er hat noch versucht, nach mir zu greifen«, rief Luis und streckte die Arme aus. Olga spürte, dass er in diesem Augenblick alles noch einmal erlebte. »Aber … es ging so schnell. Ich konnte nichts mehr machen. Er hat überhaupt nicht geschrien. Er war ganz ruhig, als er da runterfiel.«

In Olgas Kopf wirbelten Tausende von Fragen durcheinander. Sie schloss wieder die Augen.

»Was hast du gemacht, Papa?«

»Ich bin zur Kante gelaufen und habe gesehen, dass er genau auf dem großen Moosflecken lag. Einen Moment lang dachte ich, dass er vielleicht noch leben könnte. Aber so verdreht wie sein Körper dalag, war mir klar, dass er sich das Genick gebrochen hatte.«

»Aber hast du uns denn nicht gesehen?«, fragte sie. »Auf unserem Floß?«

Roman seufzte und schüttelte den Kopf. »Du weißt doch, von hier unten bis hinauf zu dem Plateau ist es ein Stück zu laufen. Wenn man dort oben sitzt, kriegt das unten am See niemand mit. Gesehen habe ich nichts. Ich habe einen Schrei von einem Kind gehört. Und Kinderlachen. Was meinst du, wie erschrocken ich war, als Thorvald abends mit seinem Gips ankam. Ich wusste natürlich sofort, dass ihr am See wart.«

»Warum seid ihr nicht zur Polizei gegangen?«, fragte Olga.

Roman schwieg eine ganze Weile. »Wer nicht gleich zur Polizei geht«, sagte er schließlich, »der tut es überhaupt nicht.« Dann drehte er sich um und schaute auf die Klippen. »Er war mein Vater. Bis dahin war er doch mein Vater.« Er atmete tief ein. »Ich bin zurückgekommen und habe ihn unter dem Moos vergraben. Luis kam später dazu und hat mir geholfen.«

Er packte Luis an der Schulter. »Obwohl ich ihn immer wieder nach Hause geschickt habe. Aber er war damals schon ein sturer Bock.«

Thorvald schüttelte den Kopf. Er begriff nicht. Er war in den letzten Tagen mit Wagners Erik beschäftigt gewesen. Und mit Benno.

»Was hast du überhaupt damit zu tun, Luis? Und Juliane? Ihr hattet gar nichts miteinander?«

»Nur einmal, ich konnte einfach nicht widerstehen. Aber habt ihr wirklich geglaubt, ich hätte Hanna wegen so einer verlassen?«

»Ja, klar«, entgegnete Thorvald. »Sofort.«

Olga sah ihn kurz an. Für einen Sekundenbruchteil war sie abgelenkt und sah Thorvald plötzlich so, wie er wirklich war. Ein simpler Held, der sich in der Damenwelt nach Belieben bediente. Ohne schlechtes Gewissen und Rücksicht.

Sie rieb sich die Augen, um wieder zu sich zu kommen. Sie sah nicht nur ihr Verhältnis zu Thorvald mit einem Mal klar und deutlich. In ihr öffnete sich der Vorhang, der die Bühne des Geschehens hier im Wald bisher verborgen gehalten hatte.

»Juli muss bei den Recherchen über unsere Familie auf Heinrich Hagenberg gestoßen sein«, sagte Olga. »Jenen

Mann, den sie als Kind im Moos gesehen hat. Sie dachte, er schliefe. Sie hat sich an ihm vorbeigeschlichen, weil sie sich den kleinen Spaß mit Thorvald ausgedacht hatte. Vielleicht hat sie euch alle gesehen. Dreißig Jahre später ist sie Journalistin und arbeitet an unserer Familienchronik. Sie forscht nach, sie erinnert sich, sie kombiniert, sie stellt fest, dass es da eine Verbindung gibt. Eindeutige Spuren. Und dreißig Jahre sind für sie keine Barriere. Der Film mit unserem kleinen Floßabenteuer liegt ordentlich archiviert in ihrem Kopf.«

Olga dachte an die Notizen, die Ines entziffert hatte.

»Und dann ist Klassentreffen. Ihre große Chance. Sie trifft auf einen Schlag alle Beteiligten. Ach … sie muss einen Freudensprung gemacht haben, als sie die Einladung erhalten hat. Sie würde endlich ihre Lücken füllen können. Sie erzählt von dem Floßabenteuer, macht Andeutungen, bekommt auch noch Fotos serviert. Und sie erhofft sich Informationen, die nur eine Polizistin ihr beschaffen konnte: Ines Sadur, ihre Schulfreundin.«

Sie wandte sich an ihren Vater. »Seit wann wusstest du, was Juliane vorhatte?«

Roman kratzte sich am Kopf und seufzte. »Ich wusste es gar nicht. Vorhin …«, er zeigte nach oben.

»Ich habe es vorhin von Luis gehört. Dass sie alles aufgeschrieben hat und dass du die Notizen aus ihrem Haus gestohlen hast.« Er schüttelte den Kopf. »Was hast du dir eigentlich dabei gedacht …?«

Olga ließ ihren Vater nicht ausreden und wandte sich wieder an Luis.

»Du warst das also, der mit dem Hund in Julianes Haus herumgeschlichen ist. Und du hast auch meine Schuhe mitgenommen.« Olga schüttelte den Kopf. »Das mit der Lilie im Schuh hätte ich dir gar nicht zugetraut. Aber …

wie bist du überhaupt auf Juliane aufmerksam geworden? Ich meine ... sie hat das doch niemandem erzählt?«

»Na, weil ich sie gesehen habe«, rief Luis aufgebracht. »Damals. Ich sah da plötzlich ein kleines Mädchen rumlaufen. Ich dachte, ich spinne! Sie hat mir zugewinkt und ist an dem Moosflecken vorbeigeschlichen, auf dem Heinrich lag. Ich habe es Roman erzählt, aber der kannte sie auch nicht. Ich habe später herausgefunden, dass sie eine Schulfreundin von euch war, aus der Stadt, die öfter zu Besuch bei ihrer Tante am Kreuz war. Erst als die Himmelreich mir in der Nacht des Klassentreffens erzählte, dass eine gewisse Juliane May gezielte Fragen über die Ambachs, die Firma und mich gestellt hat, bin ich hellhörig geworden.«

Luis machte eine wegwerfende Bewegung mit der Hand. »Quatsch – hellhörig! Meine Alarmsirenen gingen an.«

»Gudrun Himmelreich?«, fragte Olga erstaunt. »Die Himmelreich hat dich aufmerksam gemacht?«

In einiger Entfernung knackten plötzlich Äste im Wald und das Geräusch holte die vier wieder in die Gegenwart zurück. Allen war klar, dass eine ganze Horde Menschen durch den dunklen Wald kam.

Luis biss die Zähne zusammen, so dass seine Wangenknochen sichtbar wurden.

»Luis?« Olga musste sich beeilen. »Vorhin, als du mit Roman oben am Felsen warst, da hast du gesagt, du kannst nicht verstehen, wie sie in dem kleinen Bach ertrinken konnte.« Sie griff ihn fest am Arm. »Was ist an dem Bach passiert?«

»Ich wollte wissen, was sie weiß. Irgendwann ist sie damit rausgerückt: Dass da was nicht stimme, mit deiner Familie ..., ihr würdet ein dunkles Geheimnis hüten ...

Sie hat sich lustig gemacht über mich, über die arroganten Ambachs. Sie sagte, sie hätte so viel zusammen, dass sie die ganze Sippe hochgehen lassen könnte. Mir ist klar geworden, dass es um Erpressung gehen würde. Sie fragte mich plötzlich, woher das ganze Geld stammte, das ich in meinen Laden stecke.«

»Was für Geld?«, fragte Thorvald.

Luis biss sich auf die Lippen und sah zu Roman. Dann holte er tief Luft. Resigniert ließ er die Schultern sinken. »Vincent hat mich bezahlt.«

Thorvald riss die Augen auf und Olga sah ihren Vater an. Der nickte langsam. »Für einen wie Vincent gibt es nur eine Form der Wiedergutmachung.«

Luis atmete tief ein. »Es stimmte, was Juliane behauptete. Ich habe das ganze Geld ins ›Luis‹ gesteckt. Sie muss irgendwie gewusst haben, dass die beiden Läden in der Stadt rote Zahlen schreiben.«

Plötzlich hatte Luis wieder die Verzweiflung in den Augen stehen. »Ich ... ich habe plötzlich Panik gekriegt. Erst ihre Bemerkung mit dem verfluchten Geld, und dann fragte sie auch noch, warum ich da oben auf dem Felsen gestanden habe. Vor dreißig Jahren. Sie hat mich gesehen! Sie war eine Zeugin ... Ich habe Heinrich nicht umgebracht! Aber mir ist dann einfach die Sicherung durchgebrannt. Ich wollte sie packen und zur Vernunft bringen. Wir waren beide nicht nüchtern, sie ist plötzlich hysterisch geworden, fing an zu schreien – ich glaube, sie hat nach dir gerufen, Olga, die Hütte ist ja gleich um die Ecke – dann ist sie gefallen und mit dem Kopf auf einen Stein geschlagen.«

Hilflos sah er Roman und Olga an. »Sie hat sich nicht mehr gerührt. Sie war tot. Und ich bin abgehauen.«

»Ist sie in den Bach gefallen?«, fragte Olga schnell.

Luis nickte.

»Wo?«

»Na, da, wo du sie gefunden hast.«

Olga zog die gefaltete Zeichnung aus ihrer Tasche und reichte sie Luis.

»Du hast sie gezeichnet?«, fragte er leise, als er die Zeichnung nahm.

»Lag sie so?«

»Nein! Verdammt! Hier liegt sie doch unter Wasser!«

Luis sah sie aufgebracht an. »Olga! Du kennst doch den Bach. Der ist nur so hoch.« Er hielt Daumen und Zeigefinger zwei Zentimeter auseinander.

Schnell nahm Olga die Zeichnung an sich und steckte sie in ihre Jeanstasche. Roman hatte ungeduldig zugehört und packte seine Tochter am Arm.

»Geht jetzt! Schnell. Und bringt das Gewehr wieder zurück.«

Olga sah ihren Vater an, nahm das Gewehr und ging los. Thorvald war an ihrer Seite. Schweigend verschwanden sie zwischen den Bäumen. Einmal nahm er ihre Hand. Sie entzog sie ihm. Die Fragen waren durch Antworten ersetzt worden, aber sie befriedigten Olga nicht. Sie fühlte sich wie ausgehöhlt. Sie war vollkommen leer.

Es roch nach Feuer. Der Rauch hatte sich im ganzen Wald verteilt, erfüllte die Luft, strich über die Höhen, lag in den Tälern. Er würde die Gespenster ihrer Kindheit mitnehmen. Und es würde frisches, neues Grün nachwachsen. Dort, wo einst die Hütte gestanden hatte.

23

Thorvald lag auf dem nach hinten gestellten Beifahrersitz. Sein Kopf war zur Tür gefallen und er schlief seit über einer Stunde tief und fest. Vorher hatte er noch Witze über seine Haare gemacht und darüber, dass er noch nicht mal mehr einen Haustürschlüssel hatte, oder Scheckkarten. Auch der Pass war verbrannt. Das Rückflugticket war sowieso verfallen, die Kleidungsstücke allesamt dreckig. Dass sie ein Opfer der Flammen geworden waren, war nicht weiter schlimm.

Olga war nicht besser dran. Ihre Reisetasche stand vermutlich immer noch vor Julianes Haus, und ihre Brieftasche hatte sie in der Hütte vergessen. So war das Einzige, was sie dabeihatte, ein altes Kinderportemonnaie mit Bambi-Aufdruck aus Olgas Zimmer, das ihr Vater mit mehreren Hunderteuroscheinen gefüllt hatte, damit Thorvald die Fähre von Puttgarden über den Fehmarn-Belt bezahlen konnte. Den Wagen würde Roman in Kopenhagen abholen.

»Was kann ich noch für euch tun?«, hatte er hilflos gefragt, als er müde und erschöpft nach Hause gekommen war. Er wusste, dass er vorerst nichts tun konnte, was die Geschehnisse von vor dreißig Jahren für Olga und ihre Freunde begreifbarer machen würde.

Sie brauchten Abstand, das wusste er, und sie mussten schleunigst nach Hause. Er wusste auch, dass da noch etwas war, das die beiden untereinander klären mussten.

Einmal war Thorvald in seinem Sitz hochgeschnellt

und hatte sich völlig orientierungslos im Auto umgeschaut. Er hatte sich die angesengten Haare aus dem Gesicht gestrichen, eine halbe Flasche Wasser getrunken und war sofort wieder eingeschlafen.

Der schwere Volvo glitt lautlos zwischen den weißen Fahrbahnmarkierungen durch die Nacht. Olga war hellwach, obwohl ihr Schlafdefizit seit ihrer Ankunft im Wald von Nacht zu Nacht dramatischer geworden war.

Im Radio, das Olga ganz leise gestellt hatte, lief die Peer-Gynt-Suite. Als Solvejg ihr Wiegenlied sang, schossen Olga Tränen in die Augen. Dieses Lied hatte ihre Mutter ihnen immer vorgesungen, als sie Kinder waren. Sie hatte sich ins Bett gesetzt, ihre kleinen Töchter auf den Schoß genommen und ihnen zuerst eine Geschichte erzählt. Und dann hatte sie gesungen. So schön.

»... ich will dich wiegen, ich will wachen ...«

»Kannst du dafür noch bestraft werden, Papa? Nach dreißig Jahren?«, hatte Olga ihren Vater gefragt.

Luis hatte den Streit mit Juliane May gestanden und die Beamten hatten ihn mitgenommen.

Olga fragte sich, ob ihr Vater jetzt, nach Vincents Tod, etwas Ähnliches tun und zur Polizei gehen würde.

Olga hatte mit Ines' Unterstützung Licht in die Schattenwelt ihrer Familie gebracht, und Roman hatte dazu beigetragen, dass Olga begreifen konnte.

Und doch waren Thorvald und Olga mit einem schalen Unwohlsein ins Auto gestiegen. Denn da war noch etwas, ein kleines Rattenloch, in das bisher kein Licht gedrungen war. In einem der unzähligen kleinen und versteckten Höhlen, Winkel und Spalten des Waldes saß noch etwas, das nicht gut war. Aber ihre Kräfte waren verbraucht. Sie konnten es nicht mehr ans Licht zerren.

Oder waren es die Geschehnisse von vor dreißig Jahren, die Olga nur bruchstückhaft erfassen konnte und die immer neue Fragen aufwarfen, Zweifel und Fassungslosigkeit mit sich brachten?

Warum hatten drei Menschen gewaltsam sterben müssen? Wofür? Ging es wirklich nur um Macht und Geld? Ging es nur um einen Posten in einer Firma? Eine Story? Ein Bankkonto?

Vincent hatte Luis mit Geld getröstet. Die einzige für ihn denkbare menschliche Zuwendung, die er sich abringen konnte. Olga erinnerte sich an das Gespräch mit ihrem Großvater, als sie in seinem Salon bei einer Tasse Tee über die Reaktionen der Menschen nach Julianes Tod geredet hatten. Wie sollte er sich in dieser Situation Luis gegenüber verhalten, vor dessen Augen er einen kaltblütigen Mord begangen hatte? Einen Mord, für den er nicht zur Rechenschaft gezogen wurde, weil er außerhalb der Justiz nach seinen eigenen Gesetzen lebte? Er, Vincent Ambach, der doch ein Vorbild sein wollte?

Sein Sohn Roman hatte auch das für ihn geregelt. Er hatte sich Luis' angenommen. Jetzt verstand Olga die innige Beziehung, die Roman und Luis verband. Es war viel mehr, als Vater und Sohn je sein konnten. Und Roman Ambach hatte beschlossen, seinen Vater für den Mord zu bestrafen, indem er ihn für tot erklärte. Roman hätte zur Polizei gehen können. Vielleicht hatte Vincent sich das erhofft. Aber sein Sohn hatte die Leiche vergraben und den Vater verlassen.

Für Vincent Ambach war Luis Sander letztlich zu einem wiederkehrenden monatlichen Posten in seiner Buchhaltung geworden. Und Luis Sander wurde dreißig Jahre später selbst verantwortlich für den Tod eines Menschen.

Immer wieder sah Olga in der dunklen Frontscheibe den Blick ihres Großvaters. Diesen Hilfe suchenden Blick, als sie ihn das letzte Mal lebend gesehen hatte. Wer war Vincent Ambach gewesen? Dieser fremde alte Mann, von dem sie ihre Liebe zur Musik, ihre Lust am Zeichnen geerbt hatte. Von dem alle sagten, er sei ein gefühlloser, kalter Tyrann.

Ihr Großvater hatte sich selbst mit dieser Fassade umgeben. Sie verlieh ihm Sicherheit, verschaffte ihm Schutz vor den Fragen des Lebens, die sich nicht mit logischer Berechnung erklären ließen. Obwohl er mit einer solchen Hingabe Bach spielte, war er ein Mörder. Er hatte den Mörder seines Sohnes getötet. Vincent Ambach gab sich das Recht dazu.

Olga musste auf die Toilette. An einer Tankstelle hielt sie an und stieg aus dem Wagen. Vorher schaute sie auf den schlafenden Thorvald und bemerkte, dass sein Gesicht noch ganz rußig war. Darunter leuchtete die Schramme, die er sich in der Nacht zuvor im Wald zugezogen hatte, als sie vor dem Hund flüchten mussten. Er trug die Jeans, aus der der Hund ein Stück herausgerissen hatte. An der Stelle war noch ein dunkler Blutfleck.

Auf einmal tat er ihr leid. Es war *ihre* Familientragödie, in die er hineingeraten war. Und er war bis zum Schluss bei ihr geblieben. Sie strich ihm eine Haarsträhne aus dem Gesicht, dann öffnete sie leise die Tür.

Als sie wieder zurückkam, stand Thorvald neben der offenen Tür, reckte sich und gähnte dabei laut.

»Brrr, ich friere wie ein Schneider«, rief er und lief an ihr vorbei in die Tankstelle, um sich einen Kaffee zu holen.

Als er mit dem dampfenden Kaffee zurückkam, reichte er Olga eine Decke, die er aus dem Kofferraum geholt hatte. »Ich übernehme jetzt«, sagte er. »Schlaf schön, und wenn du wieder aufwachst, bist du zu Hause. Wo sind wir überhaupt?«

»Irgendwo vor Bremen.«

Olga legte sich die Decke über und schaute aus dem Seitenfenster. Die Dämmerung hatte eingesetzt. Ein orangefarbener Streifen zog sich über den Horizont. Sie holte ihr Handy aus der Hosentasche. Neben der Zeichnung der toten Juliane das Einzige, was sie noch hatte. Sie wählte eine Nummer.

»Wen willst du denn jetzt wecken?«, fragte Thorvald.

Es dauerte eine Weile, bis Roman sich meldete. Olga wusste, dass er ein Telefon an seinem Bett stehen hatte.

»Papa? War Heinrich sofort tot?«

Thorvald blickte immer wieder zu ihr herüber. Olga saß ganz ruhig da und sah aus dem Fenster, während sie zuhörte.

»Wessen Idee war das eigentlich, ihn nach Paraguay auswandern zu lassen?«

Einmal sah sie kurz Thorvald an, dann schaute sie wieder aus dem Fenster.

»Ja … du auch.«

Sie schaltete ihr Handy aus und schmiss es auf die Rückbank. Dann legte sie ihren Kopf auf die Lehne und schloss die Augen.

»Reden! Ich frage mich immer wieder, warum die Menschen nicht miteinander reden können.«

Thorvald betätigte die Scheibenwaschanlage. Ein dickes Insekt war genau in Augenhöhe auf die Windschutzscheibe geknallt. Thorvald hob den Zeigefinger. »Ich sage es dir – Mist, jetzt sehe ich gar nichts mehr! – Es ist pure Bequemlichkeit. Man stellt sich stur, man gibt sich selbst die Antworten, die man von anderen einfordern müsste. Das ist viel einfacher als eine offene Konfrontation. Man könnte ja Dinge über sich selbst erfahren, die man gar nicht hören will.«

Das Wasser der Scheibenwaschanlage strömte in kleinen Wellen über die Scheibe.

»Die Welt würde so anders aussehen, wenn die Leute ehrlich und offen miteinander umgingen.«

Olga schloss die Augen. Ein übermächtiges Bedürfnis nach Schlaf überzog sie, und ihre Arme und Beine wurden bleischwer.

»Doch. Ja. Wie schön, dass wenigstens du so ehrlich bist… ehrlich…und so offen…«

Olga nahm nur noch von weitem wahr, dass Thorvald fragte, wie die Feuerwehr überhaupt bis zur Hütte gekommen war. Seine Stimme verhallte irgendwo in den dunklen Gängen eines traumlosen Schlafes.

Als Olga die Augen aufschlug, stand der Wagen. Beißendes, grelles Licht drang ins Auto. Die Sonne schien. Und sie war allein. Sie öffnete die Tür und stieg aus. Der Volvo stand auf einem großen Parkplatz. Die Luft war warm und erfüllt von einem lauten Rauschen. Waren sie immer noch an der Autobahn? Sie ging einen ausgetretenen Pfad hinauf, um auf die kleine Straße zu gelangen, die oberhalb des Parkplatzes entlangführte. Wie angewurzelt blieb sie stehen. Sie musste sich die verschlafenen Augen reiben. Träumte sie noch? Olga stand am offenen Meer.

Nein, es war kein Traum. Als sie den Strand hinunterstolperte, sah sie Thorvald. Er war damit beschäftigt, flache Steine über die Wasseroberfläche flitzen zu lassen.

Als er sie sah, lachte er. »Es geht nicht, es sind zu viele Wellen!«

»Was soll das? Wo sind wir hier?«, rief sie, immer noch verwirrt.

Olga hatte Thorvald bisher nur im dunklen Wald gesehen. Im hellen Sonnenlicht sah er viel schlimmer aus.

Sein ehemals weißes T-Shirt war grau-braun-rußig, durchsetzt mit dunklen Blutflecken, vermutlich von Luis' Schussverletzung. Er sah aus, als hätte man ihn gerade aus einem Unfallwagen gezogen.

»Auf dem Schild stand irgendwas mit ›Weißer Strand‹. Das hat sich so schön angehört und da bin ich einfach von der Autobahn abgefahren.«

»Weißenhäuser Strand? Aber der liegt ja mehr als hundert Kilometer hinter Hamburg. Sag mal … bist du jetzt völlig verrückt geworden? Ich will nach Hause!«

»Wieso? Ich habe dich gerade entführt. Hast du das noch nicht gemerkt? Wir haben einen Mord hinter uns, einen Mordversuch. Erpressung. Aber noch keine Entführung!«

»Du gemeiner Kerl! Du Egoist! Ines hatte ganz recht. Du denkst nur an dich!«, schrie Olga.

»Du kommst mit nach Kopenhagen!« Thorvald hatte bereits angefangen sich auszuziehen. Olga stand fassungslos vor ihm, dann drehte sie sich um und lief in Richtung des Parkplatzes davon. Thorvald wusste genau, was sie vorhatte. Er war mittlerweile splitternackt.

Mit einem Kopfsprung stürzte Thorvald sich in die Wellen. Das Wasser war eisig und er tauchte mit einem Aufschrei wieder auf. Aber es war die schönste Wiedergutmachung, die er seinem geschundenen Körper geben konnte. Das Ostseewasser sollte den Fluch der letzten Tage von ihm nehmen. Es sollte alles wegwaschen, den Frust, die Wut, den Schweiß, den Dreck, den Schorf der Wunden.

Er wollte wieder Thorvald Einarsson sein. Der Sänger. Der sich in Kopenhagen in seine Arbeit stürzen wollte. Er war unendlich erleichtert. Immer wieder tauchte er unter, wusch sich die Haare und schwamm mit kräftigen Armschlägen ins Meer hinaus.

Als er sich langsam wieder ans Ufer treiben ließ, sah er Olga, die seine Sachen nach dem Autoschlüssel durchsuchte. Hätte er ihn im Wagen stecken lassen, wäre sie ohne jeden Zweifel davongefahren. Mit dem Bambi-Portemonnaie. Dann wäre die Situation für ihn bedeutend schwieriger geworden. Als er wieder Grund unter den Füßen spürte, versuchte er auf dem Meeresboden, der mit großen, runden und vollkommen glatten Steinen übersät war, Halt zu finden.

»Finstre Furien, ihr Geister der Hölle!«

Olga funkelte ihn böse an. Thorvald verlor das Gleichgewicht und fiel nach hinten ins Wasser zurück. Er ließ sich im flachen Wasser treiben und arbeitete sich mit den Händen über die Steine ganz langsam bis nach vorne an den Strand.

»Straft mit Qualen mich, straft mit Qualen mich,
straft mit Qualen, mit grausamen Schmerzen!«

»Halt die Klappe!«

»Der Schlüssel liegt auf dem linken Vorderreifen, Schatz!«

Als Olga losstürmen wollte, krabbelte Thorvald blitzschnell auf allen vieren aus dem Wasser, stürzte hinter ihr her und erwischte sie im Flug am rechten Fuß. Sie rauften eine ganze Weile, bevor er sie schließlich überwältigte. Dann hob er sie einfach hoch, als wollte er eine unwillige Braut über die Schwelle ins Glück tragen. Schnell rannte er wieder zurück ins Wasser und warf sie in hohem Bogen hinein.

Olgas Schrei verstummte, als eine Welle über ihr zusammenschlug. Als sie wieder an die Oberfläche kam, dauerte es eine Weile, bis sie den Schock und die Kälte überwunden hatte. Sie strich sich die Haare aus dem Gesicht und schlug außer sich vor Zorn aufs Wasser.

»Jetzt bist du wenigstens sauber«, lachte Thorvald und ließ sich wieder ins Wasser fallen. »Komm! Lass uns ein bisschen schwimmen.«

Olga gab sich geschlagen und ließ sich in dem kühlen Wasser treiben. Eigentlich war jetzt alles egal. Sie streckte die Arme aus und ließ sich von den Wellen sacht auf und ab tragen. Ihre Haare lösten sich und wiegten sich in der Strömung. Grünbrauner Seetang schwamm auf der Wasseroberfläche, und sie musste die Augen zusammenkneifen, weil die Sonne blendete. Plötzlich verdunkelte sich der Himmel. Thorvald beugte sich über sie.

»Einer Leiche ausgesprochen unähnlich treibt Ophelia durch den Wassergarten!«, flüsterte er, dann küsste er sanft ihre Lippen. Nur ein Windhauch.

»Aber ich lebe!«, murmelte Olga.

Er küsste sie wieder. Olga spürte seine Hände, die über ihre Wangen strichen.

»Ich auch!« Er fuhr mit seinen Lippen ihren Hals entlang. »Und wie!«

Der Kuss war lang, heiß und salzig. Obwohl Olga im Wasser lag, durchströmte sie eine Hitzewelle. Es war jetzt wirklich alles egal. Sie waren hier. Der Wald und alles, was geschehen war, schienen weit, weit weg. Und Thorvald? Er war wie immer. Das war ja das Schlimme.

Die klatschende Ohrfeige traf ihn so unvorbereitet, dass er den Halt verlor und rückwärts ins Wasser fiel. Olga versuchte unbeholfen, aus dem Wasser zu gelangen. Als sie endlich festen Boden unter den Füßen hatte, drehte sie sich um. Thorvald schwamm grinsend hin und her.

»Ich krieg dich noch … wart's nur ab!«

Olga beachtete ihn nicht und zog sich aus. Ihre nassen Sachen legte sie auf einen großen Stein in der Sonne.

Als Thorvald sich endlich aus dem steinigen Wasser bis zum Strand vorgearbeitet hatte, saß Olga in nassem Slip und BH auf einem großen Stein und streckte ihr Gesicht der Sonne entgegen. Thorvald trocknete sich mit seinem verdreckten T-Shirt ab. »Roman hat seine Joggingsachen im Kofferraum. Ich hole sie dir.«

Sie richtete sich auf und rieb den Sand von ihrem Körper. Erst jetzt spürte sie, was für einen riesigen Hunger sie hatte. Sie konnte sich gar nicht mehr erinnern, wann sie das letzte Mal gegessen hatte.

Als sie Romans Jogginghose und seine Trainingsjacke übergestreift hatte, verspürte sie Sehnsucht nach ihrem Vater. Sein Geruch, der noch in den Kleidern hing, erfüllte sie mit Trauer und Unsicherheit. Sie schaute aufs Meer. Plötzlich erschien ihr alles, was in der letzten Woche geschehen war, in eine ferne, unerreichbare Vergangenheit gerückt. Es war zu einer Geschichte geworden, die ihr jemand erzählt oder die sie gelesen hatte.

Thorvald stand vor ihr, bückte sich leicht und sah ihr in die Augen. »Alles in Ordnung?«

Dann zeigte er auf ein kleines Waldstück, das oberhalb der Steilküste lag, die sich westwärts an der Bucht entlangzog.

»Bevor wir weiterfahren, möchte ich einmal da hinauf. Einverstanden?«

Olga nickte. Er legte seinen Arm um ihre Schultern und gemeinsam verließen sie den Strand, der sich langsam mit Badegästen gefüllt hatte. Als sie den Weg durch den Wald gingen, schaute Olga in die Baumwipfel der Buchen. Der Himmel war so blau, wie sie es in ihrem Wald trotz des heißen, sonnigen Wetters nicht gesehen hatte. Rechts schimmerte das silbrige Wasser zwischen den Baumstämmen.

»Bäume, Bäume, schon wieder Bäume. Ich brauche Himmel«, sagte sie.

Als sie das kleine Waldstück durchquert hatten, standen sie am Rande einer Steilküste, über der der knallblaue Himmel in das ebenso blaue Meer eintauchte, so dass sie die Linie des Horizonts nur ahnen konnten.

Thorvald drückte Olga fest an sich. »Hier hast du deinen Himmel.«

Langsam gingen die beiden den schmalen Pfad entlang. Thorvald hatte die Decke mitgenommen. Sie bahnten sich einen Weg durch die Sträucher und setzten sich nahe des Abgrunds ins Gras. Schweigend schauten sie auf das glitzernde Wasser.

Irgendwann drehte sich Thorvald zu Olga. Er beugte sich zu ihr und hauchte etwas in ihr Ohr. Eine Windböe strich über sie hinweg und nahm seine geflüsterten Worte mit, bevor sie Olga erreichten. Ihre Blicke trafen sich. Das Meer. Der Himmel. Die Augen, so blau. Er drückte Olga sanft nach hinten, bis sie auf dem Rücken lag. Thorvald drehte sich zu ihr, der Wind wehte ihm die Haare ins Gesicht, in Olgas Gesicht. Die Haare, hellblond und rot … Seine Hand tastete. Der Reißverschluss der Jacke schob sich nach unten, nackte Haut … Gänsehaut auf der Brust. Ein schmutziges T-Shirt flog wie ein weißes Segel übers Meer. Weiche Haut, glatt und salzig.

»Was macht Nyoko eigentlich gerade?«

Thorvald öffnete die Augen. »Was?«

»Ich habe dich gefragt, was Nyoko gerade macht«, wiederholte Olga ihre Frage kühl.

Thorvald seufzte schwer und fiel auf den Rücken. Er

schüttelte langsam den Kopf. »Sonst hast du keine Sorgen, was?«

Er drehte sich auf die Seite und stützte den Kopf in die Hand. »Sag mal, was ist los mit dir? Was hast du denn? Liebst du mich nicht mehr?« Er strich ihr die Haare hinter das Ohr. Dann ließ er sich auf den Rücken fallen. »Sie ist in Moskau. Bei ihrer Freundin. Zufrieden?« Er richtete sich auf. »Es gibt Ärger.«

»Ach?« Mehr brachte Olga nicht heraus.

Olga blinzelte und schaute aufs Meer, das wie ein riesiges, mit Pailletten besetztes Tuch funkelte.

»Eine Japanerin, die in Dänemark lebt, und eine Norwegerin mit Wohnsitz in Russland wollen in Deutschland auf einem Leuchtturm heiraten!« Thorvald lachte bitter und schaute sie vorwurfsvoll an, als wäre das Olgas Idee gewesen.

Olgas Kopf drehte sich von ganz alleine zu Thorvald. Das war zu viel.

»Du und Nyoko … ihr beide seid gar nicht …« Olga stand auf. Es verging eine Ewigkeit und irgendwann hörte sie, dass Thorvald zu lachen begann.

»Wie war das noch mit dem ›miteinander reden‹? Eine Frage, ein Wort und alles ist geklärt?« Er sprang auf und gab ihr einen Klaps auf den Hinterkopf. Olga fuhr herum und wollte zurückschlagen, doch er ergriff ihr Handgelenk und drehte ihren Arm auf den Rücken. Olga schrie auf.

»Thor … hör auf! Du, du …« Sie versuchte zu treten, doch Thorvald sprang zur Seite.

Thorvald ließ Olga los, fuhr sich durch die Haare und breitete die Arme aus.

»Ach, Olga, dich hab ich geliebt …«

»Du frierst ja.« Thorvald zog die Decke fester um Olga. »Komm, lass uns gehen. Es ist so windig geworden.«

Sie lagen eng umschlungen unter der Decke, und es fiel beiden unendlich schwer, sich voneinander zu lösen.

»Jetzt hast du auch kein T-Shirt mehr«, lachte Olga. »Meine Sachen sind bestimmt wieder trocken, dann kannst du Romans anziehen.«

Sie standen auf dem Felsvorsprung, hatten die Decke über sich gelegt und schauten auf das Meer.

»Kannst du dich noch an die ›Augsburger Puppenkiste‹ erinnern?«, fragte Thorvald nach einer Weile. »Wie die das Wasser mit der dünnen Baumarktplastikfolie gemacht haben?« Er machte mit der Hand eine Wellenbewegung und pustete.

»Du bist immer so romantisch!«, seufzte Olga. »Gab es damals überhaupt schon Baumärkte?«

Olgas Sachen waren auf dem Autodach getrocknet. Eigentlich hatten sie vorgehabt, sich in der nahen Stadt neu einzukleiden. Doch als kurz vor Oldenburg das Schild »Puttgarden« auftauchte, sahen sie einander nur kurz an, schüttelten die Köpfe, und Thorvald gab in dem Kreisverkehr so viel Gas, dass die Reifen quietschten. Dann schoss der Volvo auf die Autobahnauffahrt hinab, Richtung Norden, nach Hause.

Olga versuchte herauszufinden, was sie jetzt am nötigsten brauchte. Eigentlich war alles gleich katastrophal. Ihr Outfit, die Müdigkeit, der Hunger. Nachdem sie sich einen Kaffee gekauft hatte, spazierte sie langsam über Deck. Die vielen Touristen, die an ihr vorbeigingen, nahm sie gar nicht richtig wahr. Benommen stieg sie die Treppen hinauf, um auf das Sonnendeck zu gelangen.

Der Kaffee auf leeren Magen bekam ihr überhaupt nicht, sie ließ ihn auf einem der Tische stehen. Mit den Ellenbogen auf die Reling gestützt, betrachtete sie das Meer. Das Schiff hatte bereits abgelegt und ein lauer leichter Wind wehte durch ihre Haare. Sie schloss die Augen. Es roch nach Algen und Schiffsdiesel.

Sie waren geflohen, in Eile, hatten ein Chaos zurückgelassen, dessen Dimensionen sie noch nicht richtig überschauen konnte. Wie nach einem bösen Traum entzogen sich die Geschehnisse immer wieder ihrem Gedächtnis.

Olga wusste nur, dass es die Gemeinschaft, die bis vor einer Woche im Wald zusammengelebt hatte, nicht mehr gab. Jeder Einzelne war von den Ereignissen betroffen und musste Konsequenzen ziehen.

Eine Möwe stand vor Olga in der Luft, um nach etwas Essbarem Ausschau zu halten. Es sah so aus, als würde der Vogel wie ein Mobile an einem durchsichtigen Faden hängen. Eine Frau hielt ein Stückchen Weißbrot in die Luft und der Vogel schnappte gelassen und routiniert danach.

Als sie sah, dass die Skandinavier inzwischen mit prall gefüllten Plastiktüten herumliefen, dachte sie daran, dass sie Thorvald ein T-Shirt besorgen sollte.

Sie brachte es nicht übers Herz, Thorvald zu wecken. Er lag auf der Rückbank, ein Bein angewinkelt, den ausgestreckten Arm neben dem Kopf an das Fenster gelehnt, so dass es von außen so aussah, als läge eine nicht mehr ganz frische Leiche im Wagen. Sie musste an Benno denken. Sie hatten sich nicht von ihm verabschiedet. Sie packte das T-Shirt aus und legte es auf die Kopfstütze des Fahrersitzes, bevor sie die Tür vorsichtig zudrückte.

Der Duft von Blüten erfüllte die ganze Wohnung. Aus der halb geöffneten Badezimmertür strömten Nebelschleier, die den Duft des heiß dampfenden Badewassers überall hintrugen.

Die oberste Schublade des Nachttisches in Vincent Ambachs Schlafzimmer war geöffnet. Aus dem Wohnzimmer ertönte Klaviermusik. Die beunruhigenden, doch zugleich tröstlichen Klänge von Schumanns ›Dichterliebe‹ vermischten sich mit dem Duft der Sommerblumen.

Zwei kleine, geöffnete Schachteln und ein leeres Glasfläschchen lagen auf dem Tisch neben einer halb vollen Flasche Chardonnay. Der Spiegel im Bad war beschlagen. Ihre Versuche, die weiße Schicht mit der Hand wegzuwischen, waren wenig fruchtbar, weil die heiße, feuchte Luft sofort wieder auf der kalten Oberfläche kondensierte. Der Spiegel verweigerte die Abbildung des blassen, schmalen, gealterten Gesichts.

»Was hast du vorhin im Wasser gesagt?«, fragte Olga. Sie war mit Thorvald aus der lauten und überfüllten Cafeteria auf das Sonnendeck zurückgekehrt. Müde, die Ellenbogen auf das Holz der Reling gestützt, verloren sich ihre Blicke in den unzähligen kleinen weißen Dreiecken der Segelboote, die in großer Entfernung ganz ruhig auf dem Wasser zu schweben schienen.

»Dass ich dich noch drankriege. Dass …«

»… über Ophelia!«, unterbrach Olga ihn.

»Einer Leiche ausgesprochen unähnlich treibt Ophelia durch den Wassergarten?«

»Kennst du das Bild der Ophelia von Millais?«

»Das mit den vielen Blumen?«, fragte Thorvald.

»Ich habe dieses Bild gesehen«, sagte Olga nachdenklich. »Ich weiß aber nicht mehr wo. Die ganze Zeit schon denke ich darüber nach.«

»Bei Benno«, sagte Thorvald. »Auf seinem Tisch lag ein

Bildband über die Präraffaeliten. Auf dem Umschlag war die Ophelia abgebildet. Ich habe es auch gesehen. Man sagt, Millais habe ein halbes Jahr nur an den Pflanzen gearbeitet. Und doch ist es keine botanische Studie, sondern Malerei. Richtig gute Malerei.«

Olga zog ihre Zeichnung aus der Tasche und faltete sie auseinander. Sie schüttelte den Kopf. »Nein, nicht bei Benno … vor allem aber ist das Bild eine romantische Todesverklärung. Millais' Modell hat gelebt. Sie ist zwar beinahe an Unterkühlung gestorben, aber sie lebte. Und ihr Gesicht ist über dem Wasser.«

Olga reichte Thorvald die Zeichnung und sah ihn an. »Juliane lag mit dem Gesicht unter der Wasseroberfläche. Nur zwei Finger breit. Aber das ist der feine Unterschied: *Sie* ist ertrunken.«

Sie schaute lange in die Ferne. »Nur … Luis war das nicht.« Sie hielt Daumen und Zeigefinger zwei Zentimeter auseinander. »So hoch war das Wasser.«

Thorvald hielt die Zeichnung in die Luft. »Natürlich war er das nicht.« Dann ließ er sie los. »Ich bin sehr gespannt, wie er da wieder rauskommt.«

Das kleine Stück Papier flatterte wie ein angeschossener Vogel in der Luft herum, bevor es in der weißen, gischtenden Wasserstraße am Heck des Schiffes verschwand.

Sie hatte den Zopf geöffnet und die langen weißen Haare sorgsam gebürstet. Wie zwei Gletscher lagen sie auf ihren schmalen Schultern. Ihr Gesicht verblasste immer wieder in den Nebelschleiern. Sie musste sich am Waschtisch festhalten, weil ihr Gleichgewichtssinn und ihre Kraft schwanden. In ihrem Kopf machte sich ein warmer Druck breit, die Wirkung der vielen Schlaftabletten setzte schneller ein, als sie erwartet hatte. Die Augen wurden schwer und müde. Vorsichtig drehte sie sich um und hob das rechte Bein. Mit dem Fuß fühlte sie die Temperatur, dann tauchte sie ihn langsam zwischen den Mohnblüten, den Gänseblümchen und dem Hahnenfuß in das heiße Wasser ein.

Die Haare hatten sich aus der kalten Starre gelöst und schmolzen zwischen den bunten Blumen dahin. Sie schloss die Augen. Sie lag bewegungslos da. Nur der Puls ihrer Halsschlagader verursachte gleichmäßige kleine Wellen und ließ die Blüten sanft schaukeln. Nur ganz leicht.

Wisst ihr, warum der Sarg wohl
So groß und schwer mag sein?
Ich senkt' auch meine Liebe
Und meinen Schmerz hinein.

Als die letzte Strophe verklungen war, lagen die vielen schönen Blumen bewegungslos auf der Wasseroberfläche.

Wir leben nicht für die Zukunft.
Wir leben, damit uns eine Vergangenheit bleibt.
Nietzsche

Epilog

Olga und Thorvald waren am Nachmittag in Kopenhagen angekommen. Nach einer ausgiebigen Dusche schliefen sie bis abends. Zwei Tage lang verließen sie das Bett nicht.

Am dritten Tag trat Thorvald wie ein bleicher verhärmter Schwindsüchtiger aus seiner Wohnung und schlich an den Häuserwänden seines Viertels im Østerbro entlang. Er wusste beim besten Willen nicht mehr, wo er sein Auto geparkt hatte. Er wollte endlich mit den Proben für den Liederabend beginnen.

Olga kehrte wieder nach Hamburg zurück. Als sie in ihrer kühlen Wohnung stand, fühlte sie sich so allein und leer wie nie zuvor in ihrem Leben. Sie war keine zwei Wochen fort gewesen, doch diese Tage hatten ihr ganzes Leben aus den Angeln gehoben. Wie sollte sie nur die nächsten Stunden ohne Thorvald überleben?

Sie hatte zwei Möglichkeiten. Sich sofort zu betrinken oder mit der Arbeit anzufangen. Da sie außer Mineralwasser und Himbeersirup nichts im Hause hatte, setzte sie sich an ihren Zeichentisch. Sechs Wochen arbeitete sie am Stück durch und verließ die Wohnung nur zum Einkaufen. Irgendwann bemerkte sie, dass ihre Tage ausgeblieben waren. Konnte man mit vierzig bereits in die Wechseljahre kommen? Der Teststreifen aus der Apotheke widerlegte diese Hypothese. Erst später fiel ihr auf, dass ihr erster Gedanke nach Verfärbung des Streifens gewesen war, dass Roman sich vermutlich wie ein Schneekönig über ein Enkelkind von Thorvald freuen würde.

Sie dachte vorerst nicht daran, Thorvald etwas davon zu erzählen.

Benno war nach dem Zusammenstoß mit einer Krankenschwester auf eigenes Risiko aus dem Krankenhaus entlassen worden. Konrad hatte ihn bei sich zu Hause einquartiert. Roman kam täglich, manchmal sogar zweimal täglich, und pflegte Benno wieder gesund.

Einmal besuchte ihn die Archäologin Maria Haller, weil sie von dem Unglück gehört hatte, das Benno zugestoßen war. Konrad, der Benno gerade den Verband wechseln wollte, musste plötzlich ganz dringend in sein Atelier. Er setzte sich mit hoffnungsvollem Lächeln auf die Bank und drehte sich eine dünne krümelige Zigarette. Zufrieden blies er den weißen Qualm in Richtung des sonnigen Abhangs. Einen Tag später, nach Feierabend, kam Maria Haller wieder.

Roman musste sich für die Geschehnisse von vor dreißig Jahren verantworten. Er nahm keinen Anwalt in Anspruch, gestand alles. Er sollte mit zwei Jahren auf Bewährung davonkommen. Er spielte mit dem Gedanken, das Haus und die Praxis zu verkaufen und sich irgendwo weit weg niederzulassen. Norwegen? San Francisco? Kapstadt?

Auch Luis bekam zwei Jahre, musste sich wegen unterlassener Hilfeleistung verantworten, weil Juliane noch gelebt hatte, als er davongelaufen war.

Es dauerte lange, bis Hanna und Luis wieder miteinander redeten. Er konnte ihr nicht erklären, warum er sie eine Woche lang hängen gelassen hatte. Er wusste es selbst nicht. Er wusste nur, das der Albtraum, der dreißig Jahre angedauert hatte, endlich vorbei war.

Luis und Hanna gaben sich eine zweite Chance und flogen nach Vancouver. Kaum dort angekommen, wussten sie beide, dass sie dort bleiben wollten. Luis eröffnete eine Frühstückspension in Port Alberni, im Herzen von Vancouver Island, die Waldgaststätte übergab er an Toni. Hanna ließ sich als Ärztin nieder.

Robert musste sich für den Handel mit gefälschten Markenartikeln verantworten. Nach seiner Haft, so schwor er sich, würde er sich auf seine Hundezucht und die Armeefahrzeuge konzentrieren.

Dank Roberts Mithilfe wurden kurze Zeit später seine beiden Hamburger Geschäftspartner gefasst. Sie hatten ein Gemälde in einem schlichten schwarzen Rahmen bei sich, das einen Wald mit mächtigen, alten Eichen darstellte. Laut einem Gutachten des Kölner Büros des Art-Loss-Registers war der Ruisdael echt.

Konrad erhielt einen neuen Auftrag. Benno hatte ihn gebeten, einige Kopien und Fälschungen verschiedener Künstler und Epochen anzufertigen. Sie sollten die geplante Ausstellung ›Tatort Kunst‹ bereichern.

Gudrun Himmelreich hatte keinen Abschiedsbrief hinterlassen. Was hätte sie auch schreiben sollen? Und an wen? Sie hatte sich für ihre Beerdigung Ophelias Blumen gewünscht, die Blumen, die an dem Bach wuchsen, in den sie die bewusstlose Juliane gelegt hatte, jene Frau, die sich angemaßt hatte, zu richten. Über ihren Mann, dem sie ihr ganzes Leben gewidmet hatte. Ihr Leben war ein Teil seines Lebens. Erlösung durch reine Liebe.

Das Programmheft des ›Fliegenden Holländers‹ lag noch auf dem Beistelltischchen. Es war aufgeschlagen.

Doch kann dem bleichen Manne Erlösung einstens noch werden, fänd' er ein Weib, das bis in den Tod getreu ihm auf Erden!

Quellen

Autorin und Verlag danken den Rechteinhabern für die Abdruckgenehmigung folgender Textstellen:

Seite 219:
»Weder Sand noch See, nicht Erde unten noch Himmel oben, endloser Abgrund, Gras aber nirgendwo!« (aus der Edda)
Aus: ›50 Klassiker, Mythen und Sagen des Nordens‹, hgg. von Edmund Jacoby
2007 Gerstenberg Hörbuch

Seite 220:
Peter Tschaikowski: ›Eugen Onegin‹, Op. 24
Arie: Wohin seid ihr entschwunden, Lensky, Act 2
CD: The Magic of Wunderlich, Bayerisches Staatsorchester, Otto Gerdes
rec. München, Residenz, Herkulessaal, 20.–24. Juli 1966
Autor: Konstantin Shilovski
Übersetzer: Alexander Puschkin
2005 Deutsche Grammophon GmbH, Hamburg

Seite 316:
Georg Friedrich Händel: ›Serse‹, Finstre Furien, ihr Geister der Hölle, Act 3
CD: The Magic of Wunderlich, Symphonieorchester des Bayerischen Rundfunks, Orchestra Rafael Kubelik, Oktober 1962
Autor: Silvio Stampiglia, Originaltext: Nicolo Minato
2005 Deutsche Grammophon GmbH, Hamburg

Jutta Profijt im dtv

»Jutta Profijt ist *die* Krimientdeckung! Zum Brüllen komisch! Schräger, mit viel Fantasie geschriebener Krimispaß.«
Gong

Kühlfach 4
Roman
ISBN 978-3-423-**21129**-1
ISBN 978-3-423-**40122**-7 (eBook)

Das Leben des Rechtsmediziners Dr. Martin Gänsewein gerät völlig aus den Fugen, als ihm eines Tages die Seele von Autoschieber Pascha sein Leid klagt. Pascha behauptet nämlich, ermordet worden zu sein, und Martin soll ihm helfen, die Wahrheit ans Licht zu bringen. Eine verrückte Mörderjagd beginnt. »Nur zwei Worte: Zum Totlachen!« (Für Sie)

Im Kühlfach nebenan
Roman
ISBN 978-3-423-**21185**-7
ISBN 978-3-423-**40312**-2 (eBook)

Zu seiner Freude hat Pascha geistliche Gesellschaft von Ordensschwester Marlene erhalten, die bei einem mysteriösen Klosterbrand ums Leben kam. Er weiß sofort: Da ist was faul! Dr. Gänsewein ist noch angeschlagen vom letzten Abenteuer, doch Pascha stürzt sich schon Hals über Kopf in die Ermittlungen und in Gefahr …

Bitte besuchen Sie uns im Internet: www.dtv.de

Veit Heinichen im dtv

»Best of Triest!«
FAZ

Gib jedem seinen eigenen Tod
Ein Proteo-Laurenti-Krimi
ISBN 978-3-423-**20516**-0
Eigentlich hat sich Kommissar Laurenti auf einen ruhigen Triester Sommer eingestellt. Doch nach einem merkwürdigen Yacht-Unfall bekommt er es mit Mord, Geldwäsche und Menschenschmuggel zu tun. »Spannend und lesenswert.« (Kölner Stadt-Anzeiger)

Die Toten vom Karst
Ein Proteo-Laurenti-Krimi
ISBN 978-3-423-**20620**-4
Ein grausiger Ritualmord auf dem Karst: der zweite Fall für Kommissar Laurenti. »Proteo Laurenti ist ein leidenschaftlicher Ehemann mit Machoallüren, viel Sinn für gutes Essen und ein scharfsinniger Aufklärer im Kampf gegen das Böse. Man möchte noch öfter mit ihm auf Spurensuche gehen!« (Maike Albath in der ›SZ‹)

Tod auf der Warteliste
Ein Proteo-Laurenti-Krimi
ISBN 978-3-423-**20756**-0
Proteo Laurenti ermittelt in einer Triester Schönheitsklinik. Hier werden nicht nur Gesichter geliftet, sondern auch illegale Operationen vorgenommen – und Schlimmeres …

Der Tod wirft lange Schatten
Ein Proteo-Laurenti-Krimi
ISBN 978-3-423-**20994**-6
Auch in Laurentis viertem Fall führen Spuren in die unruhige politische Vergangenheit Triests. Außerdem stören die Hochfinanz des Balkans und der Geheimdienst Laurentis Kreise …

Totentanz
Ein Proteo-Laurenti-Krimi
ISBN 978-3-423-**21161**-1
Wieder tauchen alte Feinde von Proteo Laurenti auf. Und diesmal wollen sie vor allem eins: den Tod des Kommissars.

Die Ruhe des Stärkeren
Ein Proteo-Laurenti-Krimi
ISBN 978-3-423-**21235**-9
Drogenschmuggel, illegale Hundekämpfe und eine EU-Sicherheitskonferenz machen Laurenti bei seinem sechsten Fall zu schaffen.